D1433748

Virginia ANDREWS®

April

Virginia ANDREWS®

April

 DE KERN

Sinds de dood van Virginia Andrews werkt haar familie met een zorgvuldig uitge-
kozen auteur aan de voltooiing van haar nagelaten verhalen en ideeën en aan het
schrijven van nieuwe romans, waartoe ook deze behoort, die zijn geïnspireerd op
haar vertelkunst.

Alle namen, personen, plaatsen en gebeurtenissen in dit boek zijn bedacht door de
auteur. Elke gelijkenis met feitelijke gebeurtenissen of bestaande personen, nog in
leven of overleden, berust op puur toeval.

Beste Virginia Andrews-lezer,

Als u op de hoogte wilt blijven van het boekennieuws rondom Virginia Andrews,
dan kunt u een e-mail met uw naam sturen naar *info@defonteinbaarn.nl* o.v.v.
Virginia Andrews (uw gegevens worden uitsluitend voor deze mailinglijst gebruikt). Uitgeverij De Kern organiseert regelmatig kortingsacties en prijsvragen
waaraan u kunt meedoen.

Met vriendelijke groet,
Uitgeverij De Kern

Oorspronkelijke titel: *April Shadows*
Original English language edition © 2005 by The Vanda General Partnership
All rights reserved including the right of reproduction in whole or in part
in any form
This edition published by arrangement with the original publisher, Pocket Books,
a Division of Simon & Schuster, Inc., New York
V.C. ANDREWS and VIRGINIA ANDREWS are registered trademarks of
The Vanda General Partnership
Copyright © 2006 voor deze uitgave:
Uitgeverij De Kern, De Fontein bv, Postbus 1, 3740 AA Baarn
Vertaling: Parma van Loon
Omslagontwerp: Mesika Design, Hilversum
Omslagillustratie: Lisa Falkenstern
Zetwerk: Scriptura, Westbroek
ISBN-10: 90 325 1072 x
ISBN-13: 978 90 325 1072 5
NUR 335
www.virginia-andrews.nl
www.uitgeverijdefontein.nl

Proloog

Een maand of zes na mijn dertiende verjaardag veranderde mijn vader in een monster. Het was bijna of hij op een ochtend wakker werd en iemand anders zijn lichaam had overgenomen. We wisten niet precies welke dag het was, omdat we allemaal dachten dat hij gewoon een slecht humeur had, en iedereen, vooral iemand die zo hard werkte als hij, had het recht op wat mama een baaldag noemde. Als mijn zusje Brenda of mama of zelfs ik zo'n dag had, dan was het beste wat je kon doen met een boog om iemand heenlopen, knikken, weglopen of van onderwerp veranderen. Alleen konden we dat niet met papa. Hij kon zijn ogen focussen als heel smalle laserstralen, en hij eiste altijd iemands volledige aandacht. Je kon hem niet negeren, en als je probeerde van onderwerp te veranderen leek het of je probeerde uit een rijdende auto te stappen.

Maar goed, rond deze tijd stopte hij met leuke dingen met ons doen en begon hij dagelijks te mopperen op alles wat hij zag. Hij scheen nooit over een boze bui heen te kunnen komen of die mantel van ontevredenheid van zich af te kunnen schudden. In zijn ogen kon noch mijn oudste zusje Brenda, noch ik, ooit meer iets goed doen, of het nu ging over hoe we ons bed opmaakten, onze kamers opruimden of mama hielpen met de huishoudelijke karweitjes. Mama begon hem Mr. Hyde te noemen naar het verhaal van *Dr. Jekyll and Mr. Hyde*. Hoe vaak ze ook protesteerde, het scheen hem niet te deren, wat mijn zusje en mij verbaasd deed staan. Vóór die tijd, als mama klaagde over iets wat papa deed, vooral ten opzichte van ons, draaide hij onmiddellijk bij. Hij zou liever blootsvoets over hete kolen lopen dan mama ongelukkig zien. Ze was altijd onze redding geweest, maar nu leek ze een goede fee die haar vermogens en haar vleugels had verloren. Ze viel omlaag naar de aarde om rond te ploeteren in de reële wereld, samen met ons tweeën.

5

'Het glijdt van hem af als water van een eend,' mopperde ze, als hij zich abrupt afwendde of domweg de kamer uitliep als ze tegen iets protesteerde dat hij had gezegd of gedaan. 'Het is of je tegen de muur praat. Zo is hij nooit geweest, nooit,' zei ze, en schudde haar hoofd alsof ze eruit wilde gooien wat ze had gehoord en wat ze had gezien.

Maar het werd nog erger voor haar. Als ze dacht dat wij niet keken, huilde mama vaak over papa's ongewone gedrag en zijn ruwe opmerkingen. Als gevolg van dat alles veranderden we alle drie. Brenda werd Miss Zuurpruim, omdat ze haar lach buiten de deur liet als ze thuiskwam van haar naschoolse activiteiten, en ik voelde me meestal te verstard en bang, omdat ik niet wist wanneer er weer een kwade uitbarsting van papa zou komen. Dat was ook het jaar waarin papa kritiek begon uit te oefenen op mijn gewicht. Hij keek me met zoveel afkeuring in zijn ogen aan dat ik me inwendig in allerlei bochten wrong en leek te verschrompelen. Ik probeerde me om te draaien, maar dan volgden zijn woorden me als messen die in mijn hart boorden.

'Je gezicht lijkt wel een ballon die op het punt staat te ontploffen. Misschien moeten we je mond maar eens een maand laten dichtnaaien en je door een rietje voeden, zoals iemand met een gebroken kaak,' zei hij, waarop het bloed zo snel naar mijn wangen steeg dat het ongetwijfeld leek of ik hoge koorts had.

Op den duur durfde ik mijn vork niet meer te prikken in iets dat op mijn bord lag. Mijn hand trilde en mijn maag kromp ineen, tot ik nauwelijks meer kon ademhalen. Een paar keer kotste ik alles eruit wat ik had gegeten. Mama werd toen heel kwaad op hem. Ze sperde haar ogen open en rekte haar lippen uit tot ze zo smal waren dat ze bijna wit zagen, maar zelfs dat hield hem niet tegen. Brenda nam het voor me op, waarna papa zijn woede en kritiek op haar richtte: 'Wat ben jij voor grote zus? Jij hoort haar achter haar vodden te zitten, meer dan ik. Jij weet wat het betekent om lichamelijk fit te zijn en dat overgewicht een hoop problemen voor je gezondheid kan veroorzaken.'

Brenda was een uitstekende sportvrouw. Met haar 1,77 meter in haar eerste jaar was ze de ster van het meisjesbasketbalteam en het meisjesvolleybalteam. Ze had alle schoolrecords al gebroken. Haar foto stond bijna altijd op de sportpagina's van de weekendkrant. Er kwamen scouts van universiteiten om haar te zien spelen. Het gerucht ging dat ze misschien de kans zou krijgen in het Amerikaanse volleybalteam te worden gekozen voor de Olympische Spelen. Andere vaders woonden de wedstrijden bij en zaten met een trotse glimlach te kijken. Toen papa in onze eigen Mr. Hyde veranderde, ging hij er nooit meer naartoe en begon hij Brenda belachelijk te maken door dingen tegen haar te zeggen als 'Je wordt toch geen professional. Waarom zou je je tijd verspillen?' Hij vond dat haar cijfers beter konden, ook al had ze gemiddeld een acht, ondanks alle buitenschoolse activiteiten.

'Als je je tijd niet verspilde met al die sport, zou je tienen hebben,' zei hij. 'Het wordt tijd dat je je leven eens serieus gaat opvatten en ophoudt met al die kinderachtige onzin.'

Zo had hij het nooit genoemd, en hij had nooit geprobeerd haar ervan te weerhouden.

Als hij zo tegen haar sprak, werden Brenda's ogen vochtig, maar ze huilde of reageerde niet. Soms kon ze harder zijn dan hij, en dan bleef ze zo stil en koud staan als een versteende boom terwijl zijn preken en klachten op haar neer hagelden. Het leek of ze haar oren had afgesloten en haar ogen volledig weggedraaid. Ik kroop in een hoek of holde naar mijn kamer, huilend zowel voor haar als voor mijzelf en mama.

Door dit alles werden onze maaltijden een soort stomme film. Het gerinkel van glazen, borden en bestek klonk als een donderslag. Brenda praatte niet meer over haar sport, en mama durfde over geen enkel onderwerp te beginnen omdat papa sarcastisch zou worden of klagen. Hij zat met een nors gezicht aan tafel of wreef over zijn slapen. Als mama hem vroeg wat er was, bromde hij wat en zei. 'Niks, niks. Zit niet zo te zeuren.'

Ik hield mijn ogen neergeslagen. Ik was bang om te luid adem te halen.

Na het eten verdween papa zo gauw mogelijk naar zijn advocatenkantoor, beweerde dat hij werk af moest maken, en op werkdagen was hij al de deur uit voordat een van ons zelfs maar beneden was om te ontbijten. Dat deed hij vroeger nooit. Toen was de vroege ochtend een plezierig moment. We begroetten elkaar alsof we elkaar weken niet gezien hadden. Het duurde niet lang of er kwamen dagen waarop hij 's avonds helemaal niet meer thuiskwam, zei dat hij op reis moest voor cliënten of zakelijke kwesties moest afhandelen. Het leek erop dat hij elk excuus bedacht om niet bij ons te hoeven zijn, en áls hij thuis moest zijn, bleef hij zo kort mogelijk. Hoewel mama zich schaamde om het ons te vertellen, waren er nachten waarin hij niet in bed kwam. Dan beweerde hij dat hij in slaap was gevallen op de bank in zijn kantoor.

Aanvankelijk dacht mama dat hij een vriendin had en van ons af wilde, dat we in zijn ogen een last waren geworden, hem omlaag trokken en hem verouderden en verzwakten. Ze wist zeker dat hij ons de schuld gaf van elke grijze haar, elke rimpel, elk nieuw pijntje.

'Mannen hebben hun eigen soort menopauze,' redeneerde ze. 'En daar schrikken ze van. Hij komt er wel overheen.' Het klonk meer als een vrome wens, want Brenda en ik zagen geen enkel teken dat hij er overheen kwam. Integendeel, het werd steeds erger.

Mama zat urenlang in wat wij haar breistoel noemden, waar ze onze truien, wanten en mutsen altijd breide, alleen breide ze nu niet. Ze staarde slechts naar de muur of nietsziend naar het televisietoestel, naar welk programma wij ook keken. Ze lachte niet; ze huilde niet. Haar gezicht, het gezicht dat mensen het gezicht met de porseleinen huid noemden, begon minieme barstjes te vertonen rond haar ogen en haar trillende lippen. Hoe bedroefder ze werd, hoe kwader Brenda en hoe angstiger ik werd.

Ten slotte kwamen we erachter waarom papa veranderd was in Mr. Hyde. De ontdekking kwam als een felle flits, die onze hele duistere verwarring verlichtte. Het was of de bliksem door de muren heen insloeg in ons huis en de lucht deed sissen. Al onze levens leken plotseling stil te staan. Ons hart spande zich als een vuist in onze borst. Zelfs onze tranen, begraven onder lagen woede en teleurstelling, werden gevangen en snel naar de oppervlakte gebracht. Ik dacht dat de hele wereld stilstond van verbazing en geschoktheid. Alles wat ik voor reëel had aangezien bleek een illusie te zijn, en alles waarvan ik dacht dat het slechts een illusie was bleek reëel te zijn.

Het moeilijkste voor ons was te horen en te accepteren dat alles wat hij had gedaan, alle lelijke dingen die hij had gezegd, het zoveel mogelijk vermijden van ons gezelschap, alleen maar was omdat hij zoveel van ons hield. Zoveel van iemand houden dat je ze liever nu verdriet doet dan ze eeuwig ongelukkig te zien, is een liefde die zo oneindig is dat hij je verstand te boven gaat.

Mama voelde zich verraden omdat hij het haar niet had verteld, Brenda haatte zichzelf om de dingen die ze had gedaan en tegen hem gezegd, en ik vroeg me af wat nu eigenlijk het verschil was tussen liefde en haat.

Het duurde heel lang voordat ik erachter kwam, en ik ben er nog steeds niet helemaal zeker van dat ik het weet.

1. Zonnige herinneringen

Ik had vroeger altijd het gevoel dat het thuis elke dag, de hele dag Kerstmis was. Mama's stem klonk zo gelukkig als ze iets zei. Iemand die zag hoe we elkaar 's morgens begroetten, zou denken dat we cadeautjes verwachtten onder een kerstboom. Gelach en gegiechel klonken als zilveren klokjes en mama's glimlach was zo stralend dat er nooit een sombere dag bestond, zelfs niet als de lucht in Tennessee grauw en bedekt was met dreigende donkere wolken en een ijskoude regen.

Ik was niet bang om net te doen alsof, te dromen en me dingen te verbeelden. Als ik knipperde met mijn ogen, kon ik het zonlicht zien weerkaatsen op bergen sneeuw, die op kokos leken. En papa scheen te weten dat dit soort dagen, dagen die dreigden ons te deprimeren, de dagen waren waarop hij met een verrassing thuis moest komen, een bos van mama's lievelingsroosjes, een pop voor mij of een spelletje voor Brenda. In die tijd kocht hij een pingpongtafel voor haar en rackets, een nieuw tennisracket en een golfset. Ze was goed in elke sport, maar haar voorkeur ging ten slotte uit naar basketbal en volleybal, omdat ze lang en snel was. Zodra dat tot papa doordrong installeerde hij een basketbalnet met achterwand in onze oprijlaan.

Mama zei dat zijn vrienden hem toen plaagden dat hij probeerde zijn dochter op te voeden tot de zoon die hij niet had. Mama en papa waren gestopt met hun pogingen om kinderen te krijgen nadat ik was geboren. Ik heb nooit gevraagd waarom. Brenda vertelde me dat de reden was dat papa er niet tegen zou kunnen om drie dochters te hebben. Hij bevond zich nu al ver in de minderheid. Maar toch geloofden we dat het iets te maken had met mama's gezondheid, omdat ze zo'n moeilijke bevalling had gehad toen ze mij kreeg, en ik uiteindelijk met een keizersnede op de wereld was geholpen. En in mijn achterhoofd bleef de gedachte hangen dat als ik er niet geweest was, papa misschien de zoon zou hebben gehad die hij zo graag wilde.

Niemand gaf me ooit een schuldig gevoel. Niemand zinspeelde er zelfs maar op dat mijn geboorte het probleem was. Ondanks alles waren we het perfecte gezin in de ogen van al onze buren en vrienden.

Ik wenste vaak dat we bevroren waren in de tijd. Terwijl de meesten van mijn vriendinnen wensten dat de wijzers van hun klokken en horloges sneller vooruit zouden gaan, zodat ze in hun eigen auto konden rijden, steeds later thuiskomen in de weekends, heftige dramatische romances beleven, vriendjes vangen als vlinders in een net en hun foto's aan de muur prikken, probeerde ik de tijd te vertragen alsof ik tegen de stroom in zwom. Ik wilde dat mama en papa eeuwig zo jong zouden blijven als ze nu waren, nog steeds hartstochtelijk verliefd op elkaar, hand in hand zittend en knuffelend en zoenend.

Al heel jong viel het me op dat de ouders van mijn vriendinnen elkaar niet zo na stonden, elkaar niet zo vaak aanraakten of aankeken als mijn ouders. Ik bleef dicht in hun buurt, omdat ik geloofde dat alleen al door in hun schaduw te verkeren, me te koesteren in hun lach en glimlach, voldoende was om me voor eeuwig en altijd te beschermen.

Brenda was minder gevoelig voor dat alles dan ik, en ze was beslist niet geïnteresseerd in het stilzetten van de tijd. Ze streefde ernaar te worden opgenomen in het team van een universiteit en serieus mee te dingen in wedstrijden waarin ze kon uitblinken en de waardering en belangstelling wekken van mensen die haar sportcarrière konden bevorderen. De puberteit leek alleen maar hinderlijk. Ze werd onmogelijk als ze ongesteld was. Meer dan eens vroeg ze zich hardop af waarom het leven van jongens niet op dezelfde manier verstoord werd. Waarom werd hún ritme niet onderbroken, hún energie niet ondermijnd, waarom werden zíj niet depressief?

'Als ik van sekse kon veranderen,' fluisterde ze eens in mijn oor, 'zou ik het onmiddellijk doen.'

Alleen al de gedachte aan zoiets deed de rillingen over mijn rug lopen. Ik had nachtmerries waarin Brenda een snor kreeg, maar angstwekkender dan alles was het idee dat ze het seksorgaan van een jongen zou hebben. Eén keer droomde ik dat ik haar verraste in de badkamer nadat ze gedoucht had, en ze zich een paar seconden te laat bedekte. Die droom maakte me wakker en ik ging snel overeind zitten, met bonzend hart en een klamme huid. Ik was toen pas twaalf. Brenda was bijna vijftien en 1,77 meter. Ze leek op vaders kant van de familie. Hij was 1,88 en zijn vader 1,93 meter. En mama was 1,75 meter.

Ik was bang dat de mensen zouden denken dat ik, omdat ik zo klein was, niet bij de familie hoorde of dat ik mismaakt was. Mijn lichaam groeide meer in de breedte dan in de lengte. Ik had een zwaarder beendergestel dan Brenda en had nu al bredere heupen. Mijn gewicht zette zich eerst vast op mijn dijen en verspreidde zich dan naar mijn achterwerk. Het kroop omhoog langs mijn rug en deed mijn taille uitdijen. Toen ik twaalf was, woog ik achtenzestig kilo. Maar ondanks dat ik al vanaf mijn zevende te dik was, maakte noch mama noch papa zich er erg druk over. Mama zei altijd: 'Ze groeit er wel overheen als ze ouder en langer wordt.'

Ik werd ouder, maar niet veel langer. Ik was 1,58 meter, en het begon erop te lijken dat toen ik gewenst had dat de tijd stil zou staan, dat inderdaad gebeurd was, maar alleen voor mij.

Een andere reden waarom ik me een buitenstaander voelde was dat ik niet half zo atletisch was als Brenda. Ze wilde aan geen enkele sport doen samen met mij, omdat ik in elke sport even slecht was. Ik kon niet tegen haar op met pingpong, en ik was gewoon waardeloos in basketbal, haalde meestal niet eens de rand van het net met een worp, en als ik een honkbal – of wat dan ook – gooide, klaagde ze dat ik dat deed als een meisje.

Wat bedoelde ze daarmee? vroeg ik me af. Ik wás een meisje.

Bordspelen waren mijn specialiteit. Ik kon haar verslaan met schaken of backgammon, maar ze had nooit het geduld om urenlang te zitten spelen. Of het nu regende, sneeuwde of stormde, Brenda was buiten om te basketballen, haar putt te oefenen voor golf, of alleen maar te joggen om in vorm te blijven. Ze was gedreven. Papa zei altijd trots: 'Dat kind heeft doorzettingsvermogen. Ze houdt van competitie.'

Brenda hield inderdaad van competitie, en het meest van winnen. Ze speelde nooit alleen voor haar plezier. Als zij en papa basketbal speelden deed ze haar uiterste best hem te verslaan. Hij speelde ook goed, dus het was altijd een felle strijd tussen hen. Als het er zelfs maar op leek dat hij haar liet winnen, ging ze tegen hem tekeer en zei dat ze zijn liefdadigheid niet nodig had. Dat maakte hem woedend. 'Liefdadigheid, hè?' snoof hij kwaad, en ze speelden nog feller, allebei bloedserieus, uitsluitend om te winnen. En als ze hem versloeg, wat ze vaak deed, begon haar gezicht te stralen van voldoening, waarop hij zijn hoofd schudde alsof hij haar totaal niet begreep, alsof ze niet zijn dochter was maar een vreemde. Papa was een heel goede sportman geweest op high school en op de universiteit. Hij bezat diploma's en trofeeën, en vond een goede gezondheid van primair belang. Hij was altijd aan het oefenen, beweerde dat lichaamsbeweging hem hielp om helder te denken en hem meer energie gaf als anderen de moed verloren. In dat opzicht stond hij veel dichter bij Brenda dan bij mij, maar toen ik jonger was vond hij dat ik leuker en liever was. Hij noemde me zijn panda, omdat ik mama's gitzwarte haar en albasten huid had, en haar zwarte ogen, waarvan hij zei dat het de ronde ogen van een panda waren. Een van de eerste knuffeldieren die hij voor me kocht was een panda. Ik nam hem mee naar bed, legde hem tegen de kussens als het bed was opgemaakt. Ik stopte hem onder de deken als ik ging slapen. Ik noemde hem Mr. Panda, en hield vaak lange gesprekken met hem, erop los babbelend alsof ik werkelijk geloofde dat het speelgoeddier plotseling tot leven zou komen, net als in een film, en antwoord zou geven.

Brenda hield me ermee voor de gek als ze me hoorde. Mama vond het leuk, en papa vroeger ook, maar toen hij Mr. Hyde was geworden, dreef hij de spot ermee en zei dat ik mijn panda in een doos in de kast moest bergen of aan een jonger meisje geven.

'Waar zijn je echte vrienden?' vroeg hij dan. 'Je wordt nooit uitgenodigd op feestjes of bij iemand thuis, en weet je waarom, April? Ik zal je vertellen waarom. Je bent te dik. Je krijgt zo nooit een sociaal leven. Ga op dieet.'

Hij zag het niet verkeerd. Ik had geen enkel sociaal leven. Ik had nog nooit een vriendje gehad, en de enige schoolvriendinnen die ik had waren andere meisjes die nog nooit een vriendje hadden gehad en nu ook niet hadden. Niemand nodigde ons uit op feestjes of dansavonden, en wat me een beetje ongerust maakte was dat ik zelfs nog nooit echt verliefd was geweest op een jongen. Het was ook voor Brenda een gevoelig punt, en ze nam het onmiddellijk voor me op.

'Ze horen bevriend te zijn met haar om wat ze is en niet hoe ze

14

eruitziet,' zei Brenda tegen papa toen hij me bekritiseerde. 'O? En wie mag ze dan wel zijn?' vroeg hij. 'Mevrouw Panda?' Ik kon nauwelijks ademhalen. Mijn keel werd dichtgeknepen en ik had pijn in mijn borst. *Kon een meisje van mijn leeftijd een hartaanval krijgen?* vroeg ik me angstig af.

Ik trok me snel terug in mijn kamer en deed de deur dicht. Ik wilde net zo zijn als Brenda en nooit huilen waar hij bij was, maar mij viel dat moeilijker. Misschien had ik gewoon meer tranen dan zij. Goddank had ik mijn eigen kamer, mijn eigen heiligdom. Hij was gestopt met bij me binnen te vallen toen ik een jaar of tien was. Mama had hem verteld dat ik nu een jongedame was en dat hij daar rekening mee moest houden. Hij vond het niet erg.

Integendeel, zijn gezicht begon te stralen van blijdschap in die tijd, en hij knikte naar ons drieën aan de eettafel, met de opmerking dat hij drie mooie vrouwen had. Hoe kon hij zo snel van een lieve papa veranderen in een Mr. Hyde?

Ik fantaseerde de meest onwaarschijnlijke antwoorden. Een kwade geest, een poltergeist of misschien zelfs een buitenaards wezen had bezit genomen van zijn lichaam. Iemand had hem gekloond, en de kloon had een volkomen verschillende persoonlijkheid. Of misschien was het gewoon wat mama ons verteld had toen het allemaal begon. 'Hij is nu zo omdat hij bang is dat jullie te zwak zullen zijn of wij niet perfect genoeg. Het is niet zijn bedoeling zo hardvochtig te zijn. Het is gewoon een onverzettelijke liefde.'

Brenda grijnslachte.

'Ja, natuurlijk,' zei ze, wat haar manier was om te zeggen: *stom!*

Haar kamer lag vlak naast de mijne. We woonden in een onregelmatig gebouwd huis, in de stijl van een boerderij, met erkerramen in de eetkamer en grote ramen in de zitkamer. De slaapkamers van Brenda en mij lagen aan de ene kant, en de grote slaapkamer van papa en mama lag aan de andere kant. Papa had een klein, met houten panelen bekleed kantoor naast hun slaapkamer, de zitkamer was heel ruim, en de eetkamer lag naast de keuken, zodat mama een doorgeefluik had. Onze meubels waren modern. Mama hield van wat ze een lichte, strakke inrichting noemde. Niets was goedkoop, maar in die tijd klaagde papa nooit over iets wat ze aanschafte. Toen hij Mr. Hyde was geworden, vond hij niets wat ze kocht meer goed of verstandig, zelfs de melk niet die ze elke dag kocht.

15

Toen Brenda en ik opgroeiden was geld geen probleem. Maar we waren geen van beiden verkwistend of ondankbaar, tevreden met de dingen die we hadden. We beschouwden niets als vanzelfsprekend of zeurden om kostbaar speelgoed of dure kleren. Brenda vroeg papa nooit om een auto toen ze zestien was, ook al hadden de meesten van haar vriendinnen en teamgenoten hun eigen auto, zelfs als ze uit een gezin kwamen dat heel wat minder welvarend was dan wij. Ze slaagde voor haar rijexamen, kreeg haar rijbewijs, en reed in mama's auto als mama zei dat het goed was. Zelden of nooit vroeg ze papa om zijn auto. Vroeger bood hij haar die altijd aan, maar toen hij eenmaal Mr. Hyde was, deed hij dat nooit meer, zelfs niet als hij hem zelf niet nodig had en Brenda iemand moest vragen haar te komen afhalen voor een speciale training of wedstrijd. Een paar keer moest ze met de bus.

Omdat ons huis groter was dan de meeste huizen in de naaste omgeving en we een groter grondoppervlak hadden in een dure wijk van Hickory, een landelijk stadje op honderdvijfendertig kilometer afstand van het centrum van Memphis, dachten de mensen en onze klasgenoten dat we erg rijk waren. Papa was een succesvolle civiel advocaat, net als zijn vader was geweest. Ik kon me mijn grootvader van vaderszijde niet herinneren, want hij was gestorven aan een hartinfarct voordat ik twee was, en mijn grootmoeder van vaders kant was vier jaar eerder gestorven aan kanker. Papa was zijn oudste zus, Marissa, ook kwijtgeraakt aan kanker. Ik was toen te jong om me veel te kunnen herinneren, en mama beschermde me tegen alle droefheid, maar Brenda wist nog dat onze tante mager en bleek werd. Ze zei dat ze als een kamer vol licht was, die steeds donkerder werd.

'Telkens als ik haar zag, leek ze kleiner, maar haar ogen werden groter. Het was alsof haar lichaam zich steeds meer verbaasde over wat ermee gebeurde. Het was heel griezelig,' vertelde Brenda. 'Ten slotte was ik bang om met papa en mama bij haar op bezoek te gaan. Ik benijdde je omdat je je zo van niets bewust was en beschermd werd. Papa wilde jou niet meenemen als hij bij haar op bezoek ging, maar mij wel, dus heb je ook nooit meegemaakt hoe hij gebukt ging onder dat alles. Hij probeerde niet bedroefd te zijn. Droefheid, zei hij, verhardt als teer op je ziel, en je draagt het gewicht ervan je leven lang mee.'

Tante Marissa was getrouwd, maar had geen kinderen, en we hadden nu weinig contact meer met haar man, mijn oom Granger. Hij was uit onze streek vertrokken en verhuisd naar Oregon, waar hij een andere vrouw leerde kennen en hertrouwde.

Ondanks al dat verdriet behield papa zijn optimisme en zijn opgewekte persoonlijkheid. Hij had zijn eigen kantoor met twee juniorpartners, en hij had het blijkbaar altijd druk. We gingen minstens twee keer per jaar met vakantie. Vóór hij Mr. Hyde werd was papa een goede skiër en hij had het Brenda en mij geleerd. Mama kon het redelijk goed, maar in een mum van tijd was Brenda samen met papa op de pistes voor gevorderden en bleef ik achter met mama om mijn weg omlaag te vinden met de andere onzekere skiërs en kinderen. We gingen naar Aspen en Sun Valley, en één keer gingen we tijdens een kerstvakantie zelfs met z'n allen naar Oostenrijk.

Ze namen ons mee naar Disneyland en naar Universal City in Californië. We gingen naar de Caribbean, waar papa en Brenda gingen duiken, en we maakten een treinreis door het Noordwesten en Canada. Er lag een stapel vakantiefoto's in de zitkamer en tientallen familievideo's op planken en in laden.

Onze kerst- en paasvakanties waren altijd even vrolijk en indrukwekkend. De gevel van ons huis was versierd met lichtjes, evenals de bomen. Mama gaf een feest voor haar en papa's vrienden en zakenrelaties. En papa speelde zelfs een keer voor kerstman en verraste me op kerstochtend. Ik was pas vier. Bij die gelegenheid gaf hij me Mr. Panda.

Mama hield van koken en bakken. Ze had een opleiding gevolgd voor juridisch assistente, en zo hadden zij en papa elkaar leren kennen, maar na de geboorte van Brenda hield ze op met werken. Ze was er niet ongelukkig onder, en ze beschouwde zichzelf nooit als een opgesloten huisvrouw. Ze was actief in de liefdadigheidsevenementen van onze buurt en gaf geregeld theepartijtjes en diners. Er leek in ons huis nooit een saai moment of een uur van nietsdoen te zijn.

Soms had ik het gevoel dat we een sprookjesleven leidden en elke dag uit een nieuw hoofdstuk leek te bestaan vol plezier en opwinding en verrassingen. Als er één goed gezin bestond, dan waren wij dat wel. Zoveel van mijn schoolvriendinnen hadden gescheiden ouders of een alleenstaande ouder, en een paar van hen woonden bij hun grootouders. Als ze het niet hardop zeiden, kon ik het zien in hun ogen als we met elkaar in een restaurant zaten of op straat liepen. Jullie hebben geluk. Met jullie kán het niet misgaan.

Ik was niet zo'n goede leerling als Brenda, zelfs met haar buitenschoolse activiteiten, maar ik was ook geen slechte leerling. Er werd altijd van alles van me verwacht. Ik zou afvallen; ik zou betere cijfers krijgen; ik zou met een of ander talent voor de dag komen. Ik zou populair worden. Binnenkort. Het was altijd binnenkort.

Binnenkort kwam niet vroeg genoeg. Voor het zover was, daalde de duisternis neer op ons gelukkige thuis, sloop onder de kieren van de deuren naar binnen, door de ramen, omlaag langs de schoorsteen, tot hij zelfs in ons hart doordrong. Als ze me dwongen een speciaal moment te kiezen om te zeggen: 'Kijk, toen werd het allemaal te veel om te verdragen', dan zou ik de dag kiezen waarop papa Brenda's verjaardag vergat – nog wel haar zestiende! Ik wist dat mama hem er vaak genoeg aan herinnerd had. Ik had zelfs gehoord dat ze hem vertelde wat ze van plan was voor haar te kopen. Een heel dure mountainbike.

Brenda wilde geen Sweet Sixteen-party. Dat was niets voor haar. O, ze hield van mooie dingen en mooie kleren en haar favoriete muziek, maar ze scheen zich er nooit door te laten afleiden. Ik herinnerde me dat papa dat een uitstekende eigenschap vond. 'Het is goed om zo te zijn als Brenda,' zei hij vaak tegen me. 'Het is goed om je ergens op toe te leggen en een vast doel voor ogen te hebben, je prioriteiten te kennen en je leven dienovereenkomstig in te richten.'

Ik veronderstelde dat hij dat tegen me zei omdat ik geen duidelijke prioriteiten of belangstelling had, behalve dat ik graag las. Ik hield van lezen. Ik kon zo verdiept raken in een boek dat ik elk gevoel voor tijd en zelfs omgeving verloor. Papa en mama moesten altijd lachen als ze eraan dachten hoe ik buiten op een ligstoel lag te lezen en me er totaal niet van bewust was dat het regende. Niet hard, niet meer dan een paar druppels, maar genoeg om de pagina's van het boek te bespatten.

'April zit echt midden in het boek dat ze aan het lezen is,' zei mama. 'Voorbij de pagina, het papier en de inkt.'

Nu noemde papa dat belachelijk en zei dat ik verstrooid was, zelfs stom.

'Alleen honden blijven buiten als het zo regent. Zelfs katten zijn slimmer,' was zijn commentaar als mama hem ooit aan die tijd herinnerde. Het scheelde niet veel of hij had me achterlijk genoemd, en ik liep haastig weg om mijn tranen te verbergen achter de gesloten deur van mijn kamer.

Ik was zo kwaad op hem in die tijd dat ik blij was dat hij Brenda's verjaardag had vergeten. *Goed zo*, dacht ik. *Nu is hij degene die stom lijkt, niet ik.*

Hij was thuisgekomen in de verwachting dat mama het eten had klaargemaakt en dat we vrijwel onmiddellijk aan tafel zouden gaan. In plaats daarvan had ze gereserveerd in wat altijd ons lievelingsrestaurant was geweest, Dickson's Steak House. Ze zei tegen Brenda en mij dat we ons moesten verkleden, zodat we klaar waren als papa kwam. Ze voegde er wel aan toe dat ze niet zeker wist hoe laat hij precies zou komen, omdat hij niet gereageerd had op haar telefoontje naar kantoor en zijn secretaresse alleen had gezegd dat hij in bespreking was. Ze liet een boodschap achter en sprong op de telefoon af zodra die overging, maar het was nooit papa.

Gedrieën zaten we opgetut en wel in de zitkamer te wachten. Mama keek nerveus naar de klok.

'Waar blijft hij toch?' mompelde ze.

'Waarom belt hij je niet?' wilde Brenda weten. 'Dit is ronduit onbeschoft.'

Brenda's gezicht was erg veranderd sinds haar prille jeugd. Het was vroeger ronder, leek meer op dat van mij, maar sinds haar groeispurt, zoals mama het noemde, was haar gezicht smaller geworden en leek zelfs langer. Ik denk dat haar ogen het mooist waren. Ze waren minder donker dan die van mij. Ze hadden bijna de kleur van houtskool, helder en opvallend en amandelvormig. Haar haar was eerder donkerbruin dan zwart. Ze maakte zich heel weinig op, alleen een beetje lippenstift, plukte nooit haar wenkbrauwen en droeg zelden of nooit oorbellen. Maar vanavond had ze een paar ingedaan en ze had haar haar geborsteld, dat ze wat langer had laten groeien. Meer, dacht ik, om mama een plezier te doen dan haarzelf.

Ze was net zo lang en slank als papa, had kleine borsten, lange benen en lange armen. Haar vingers waren niet uitzonderlijk lang, maar ze had een heel sterke greep. Ik kon het zien aan de gezichten van de mannen die ze de hand schudde als ze aan een van hen werd voorgesteld. Ze waren altijd verbaasd dat haar handen zo sterk waren.

Een deel van haar vermogen om zich te concentreren lag in de gespannen blik in haar ogen als zij ze op iets richtte, of het nu een basketbalnet was of een horde waar ze overheen moest springen op de atletiekbaan. Ze kon diezelfde aandacht ook richten op mensen, en de meesten konden haar niet lang in de ogen kijken.

'Kom nou, Brenda,' begon mama, op het punt om met een van haar vele excuses te komen voor papa's nu zo verontrustende gedrag.

'Nee, het is gewoon grof wat hij ons aandoet, mama,' hield ze vol.

'O, ik weet zeker dat hij met een heel moeilijke zaak bezig is, Brenda. Sommige gevallen zijn zo gecompliceerd. We realiseren ons gewoon niet hoe hard hij werkt. Hij is zo goed in alles wat hij doet, en wij vinden het allemaal vanzelfsprekend,' zei mama.

'Ja, natuurlijk,' antwoordde Brenda en sloeg haar armen zo stevig over elkaar dat haar schouders zich kromden. Ze keek met een woedende blik naar de deur.

Mama keek weer op de klok.

'We zijn nooit op tijd voor die reservering,' mompelde Brenda. 'Bel zijn kantoor en vraag of hij tenminste vertrokken is,' drong ze aan.

'Ik heb al twee keer gebeld,' bekende mama en wendde snel haar blik af.

'Twee keer? Sinds wanneer?'

'Doet er niet toe'

'Hij kan het niet zo druk hebben dat hij geen twee minuten de tijd heeft om even te bellen,' ging Brenda verder.

Mama zweeg. De strijd was op haar gezicht te lezen; ze deed haar uiterste best om kalm te blijven. Ze sloot haar ogen en haalde diep adem. Ten slotte hoorden we de deur van de garage omhooggaan.

Mama glimlachte en stond op.

De deur van de garage was vlak naast de bijkeuken. We wachtten, onze ogen strak gericht op de deur van de zitkamer. Hij kwam niet tevoorschijn.

'Matt?' riep mama.

'Een ogenblik,' zei hij scherp.

We hoorden hem door de gang naar zijn kantoor lopen. Mama knipoogde en wachtte. Brenda keek op haar horloge en zuchtte diep. Ik besefte niet dat ik mijn adem inhield tot ik pijn in mijn borst kreeg en lucht naar binnen zoog.

'Wat is hier verdomme aan de hand?' hoorden we.

Zijn voetstappen klonken luider en sneller, en even later stond hij in de deuropening. Hij bleef naar ons staan kijken, in duidelijke verwarring.

Papa was een knappe man. Hij had mijn gitzwarte haar en mijn donkere ogen met zijn gebruinde gezicht dat hem het uiterlijk verleende van een man die buiten in de zon werkte en niet op kantoor. Hij had een scherpe kin, een sterke, mannelijke mond en een perfect gevormde rechte neus.

'Wat gebeurt hier? Waarom zitten jullie allemaal opgetut in de zitkamer? Waarom is het eten niet klaar, Nora?'

Mama lachte nerveus, in de hoop dat hij gekheid maakte en dat hij plotseling zou losbarsten in: 'Gefeliciteerd met je verjaardag' en een extra cadeau tevoorschijn zou toveren buiten de mountainbike die ze voor haar gekocht hadden. Zoiets deed hij altijd.

'Nou?'

Haar glimlach ebde weg.

'Het is Brenda's zestiende verjaardag, Matt. Weet je niet meer? Ik heb je vanmorgen verteld dat we gereserveerd hebben bij Dickson's Steak House.'

Hij knipperde even met zijn ogen en viel toen uit tegen mama. 'Nee, dat heb je me niet verteld.'

'Dat heb ik wél, Matt.'

'Ik zeg dat je dat niet hebt gedaan. Ik denk dat ik me zoiets toch wel zou herinneren. Je doet dit soort dingen de laatste tijd steeds vaker, plannen maken zonder het eerst met mij te bespreken. Ik heb een afspraak met Bob Peterson om acht uur op kantoor. We moeten getuigenverklaringen uitwerken in de Morgan-zaak.'

'Maar... je wist toch dat Brenda vandaag jarig is.'

Hij keek even naar Brenda.

Ze stond abrupt op. 'Dat hele stomme verjaardagsdiner kan me gestolen worden,' zei ze. Ze boog haar hoofd en holde de kamer uit.

Mijn hart bonsde.

'Maar...' Mama staarde papa aan.

'Hoor eens, ik kan er niks aan doen,' zei hij. 'Dat verjaardagsdiner komt morgen wel. Wat maakt het uit? Bak hier maar een steak voor me.'

Hij draaide zich om en liet mama en mij zwijgend achter.

Ze vermande zich snel, slikte haar tranen in en haalde zo diep adem dat ik dacht dat de lucht uit haar tenen kwam.

'April, doe een plezier en annuleer onze reservering bij Dickson's en kom me dan helpen met tafeldekken.'

'Mama, dit is absurd. Het is Brenda's Sweet Sixteen-diner.'

'Doe alsjeblieft wat ik je vraag,' zei ze.

Ze draaide me snel de rug toe, om haar tranen voor me te verbergen. Ik was blij dat ze dat deed. Ik wilde niet dat ze die van mij zou zien. Ik belde Dickson's en ging toen de tafel dekken, terwijl zij snel een maaltijd voor ons klaarmaakte. Ik hoorde haar gesnik, maar vroeg haar niet of ze huilde. Ik zei geen woord. In plaats daarvan ging ik naar Brenda's kamer en klopte op de deur.

'Wie is daar?' snauwde ze.

'Ik ben het maar.'

'Wat wil je?' vroeg ze zonder de deur open te doen.

'Mama maakt eten voor ons klaar. We hebben de reservering in het restaurant geannuleerd.'

'Kan me niet schelen.'

'Ik vind het zo erg, Brenda.'

Ik stond voor de deur te wachten, te luisteren. Brenda liet me bijna nooit iets merken als ze bedroefd was. Ik had altijd gewenst dat ik net zo sterk was als zij, maar mama had eens iets gezegd dat ik nooit ben vergeten. Ze zei: 'Brenda huilt vanbinnen en als je je tranen voortdurend in jezelf opsluit, loop je een grotere kans om in je verdriet te verdrinken.'

'Kan ik je mijn cadeautje geven?' vroeg ik door de gesloten deur.

Ze zei niets.

Toen ging de deur open en ik zag dat ze zich weer verkleed had in haar jeans en het schoolsweatshirt waarvan papa zei dat het praktisch haar tweede huid was omdat ze het zo vaak droeg. Toen hij het de eerste keer zei, leek het een grap, maar nu leek het meer op bijtende kritiek.

'Ik ben niet in een verjaardagsstemming, April. Het spijt me,' zei ze, met over elkaar geslagen armen en neergeslagen ogen, als kleine vlaggen van overgave.

'Ik wil je toch graag mijn cadeautje geven. Ik had het willen verstoppen in de auto en naar buiten gaan om het te halen als we in het restaurant zaten te eten.'

Ze sloeg haar ogen weer op en haar schouders ontspanden zich. 'Oké, geef het me dan maar als je dat zo graag wilt.'

'Ik kom zo terug,' zei ik en holde weg naar de garage, waar ik het had verborgen. Toen ging ik terug naar haar kamer en overhandigde het haar.

Ze ging op het bed zitten en maakte de doos open. Met mama's hulp had ik een mooi atletiekpak voor haar gekocht. Het was zwart met kaneelkleurig garneersel en een smal toelopende broek en een bijpassend jack.

'Geweldig, April,' zei ze, terwijl ze het jack ophield. 'Het is prachtig.'

'Ik heb het zelf uitgezocht,' zei ik trots.

'Je hebt het uitstekend gedaan, April.' Ze keek me even aan, strekte toen haar armen uit en trok me naar zich toe en omhelsde me steviger en intiemer dan ze ooit gedaan had. Ze hield me ook langer vast. Ik had het gevoel dat ze wilde beletten dat ik tranen in haar ogen zou zien.

Mama riep ons.

'Ik heb geen honger,' mompelde Brenda. Ze stond op en legde het pak op haar ladekast.

'Mama gaat vast huilen als je niet komt eten,' zei ik.

'Ik weet het.'

We liepen haar kamer uit naar de eetkamer. Ik hielp mama met het binnenbrengen van de groenten, het brood en de steak. Brenda pakte de karaf met koud water, de boter en wat saus voor de steak waar papa zo hield. Hij was nog steeds niet komen opdagen.

'Matt,' riep ze. 'Het eten is klaar.'

'Ik ben aan het telefoneren,' hoorden we.

Mama ging zitten en we staarden allemaal naar het eten dat op tafel stond. Het duurde zeker vijf minuten voordat papa verscheen en haastig naar de tafel liep. Hij prikte een steak op, legde die zonder iets te zeggen op zijn bord, sneed een stukje eraf en trok een lelijk gezicht.

'Te gaar, Nora.'

'Nee, Matt. Hij is precies zoals je hem altijd eet en zoals ik hem altijd klaarmaak.'

'Ik weet heel goed wanneer een steak te gaar is,' hield hij vol. Hij begon groenten op zijn bord te scheppen.

Ik stak mijn hand uit naar het vlees en vervolgens naar het brood, en toen hij de schaal met groenten neerzette nam ik wat van de gemengde groenten. Brenda staarde over de tafel heen naar papa, die verstrooid en diep in gedachten leek. Mama's bord was ook nog leeg. Papa keek haar aan.

23

'Wat krijgen we nu, Nora?'

Haar lippen trilden. 'We hebben zelfs geen verjaardagstaart voor haar,' zei ze.

Hij keek naar Brenda alsof hij zich plotseling weer herinnerde dat ze jarig was. 'De verjaardagstaart komt morgen wel,' zei hij. Toen keek hij naar mij. 'Niet dat iedereen die nodig heeft.'

'Ik beslist niet,' zei Brenda. 'Van jou heb ik niks nodig.'

'Brenda,' zei mama.

'Niet brutaal worden,' waarschuwde papa.

Brenda wendde haar blik af, en toen veranderde plotseling haar hele gedrag, ze pakte een steak en begon op te scheppen alsof ze uitgehongerd was. Ik wist dat ze het alleen maar deed om papa te ergeren en hem te bewijzen dat niets wat hij deed haar kon veranderen. Mama hield haar adem in.

We aten zwijgend. Papa at heel snel en vermeed het ons aan te kijken. Toen hij klaar was, sprong hij letterlijk overeind en mompelde dat hij naar zijn kantoor moest in het centrum van Hickory.

'Moet je echt terug, Matt?' vroeg mama zacht.

'Wat?' vroeg hij en deed net of hij haar niet gehoord had of de vraag alweer vergeten was.

'Ik vroeg me alleen af of je je werk niet één avond zou kunnen laten liggen. We kunnen nog steeds ergens naartoe voor een dessert en om het te vieren.'

'Natuurlijk moet ik naar kantoor. Wat dacht je dan? Dat ik zou teruggaan als ik niet hoefde?'

Mama zei niets. Ik zag dat ze moeite had met slikken. 'Wil je haar niet eerst ons cadeau geven, Matt?' bracht ze er met moeite uit.

'Ons cadeau?'

'Je weet wel,' zei ze met een knikje. 'Achter in de garage.'

'O. Nou ja, doe jij dat maar.'

Voor ze kon tegensputteren liep papa de kamer uit, en toen hoorden we de deur naar de garage open- en dichtgaan.

Ik keek naar Brenda, die naar mij keek.

Het drong op hetzelfde moment tot ons door.

Hij had haar niet eens gefeliciteerd.

Niet één keer.

2. De Mr. Hyde-periode

Ik denk dat papa's gedrag thuis en jegens ons zo beangstigend was omdat we bijna geen directe familie meer hadden. Mama en papa kwamen beiden uit gezinnen die niet meer dan twee kinderen hadden. Mama had een ongetrouwde broer, die entertainer was, een reizend goochelaar die zich de Amazing Palaver noemde. Hoewel hij ongetrouwd was, had hij een assistente die we slechts kenden als Destiny, en we namen allemaal aan dat ze zijn minnares was. Destiny was een van de meest ongewone namen die we ooit hadden gehoord, maar mama dacht dat het kwam omdat zij ook een entertainer was. We hadden haar nooit ontmoet, en oom Palaver zagen we niet vaak, maar we vonden het erg leuk als hij kwam en een paar dagen met ons doorbracht. Als hij ons kwam opzoeken, zei hij dat Destiny gebruikmaakte van de gelegenheid om bij haar eigen familie op bezoek te gaan. Tot papa Mr. Hyde werd, vond hij oom Palaver ook heel amusant. Al was hij het niet eens met oom Palavers levensstijl en loopbaan, hij vond hem toch altijd geestig en aardig. En soms had papa hem zelfs financieel uit de brand geholpen.

Mama stelde dat enorm op prijs. Oom Palaver was drie jaar jonger dan zij, maar ze waren altijd vertrouwelijk met elkaar geweest toen ze opgroeiden en hadden contact gehouden toen zij naar de universiteit ging en hij rondreisde, om te proberen acteur, komiek of wat dan ook te worden. Mama en oom Palaver hadden hun vader verloren door een auto-ongeluk toen mama tweeëntwintig en oom Palaver negentien was. Een tijdje bleef hij thuis bij hun moeder om voor haar te zorgen. Ze was de enige grootouder die Brenda en ik ooit gekend hadden. Maar vier jaar geleden kreeg ze een zware beroerte en nu verbleef ze in een verpleeginrichting voor mensen van haar leeftijd met haar soort ziektes. We bezochten haar zo vaak we konden, maar in de afgelopen zes maanden waren Brenda en ik er maar één keer geweest. Ze was op een punt beland waarop ze niet meer wist of we er nu wel of niet waren. We hoorden dat oom Palaver haar van tijd tot tijd had bezocht en voorstellingen gaf voor alle patiënten in het tehuis.

De enige andere bloedverwanten met wie we nog een beetje contact hadden, waren achterneven en -nichten, de kinderen van de broers en zussen van onze grootouders. We zagen elkaar op huwelijken en begrafenissen, en iedereen wisselde altijd telefoonnummers en adressen uit en beloofde te bellen of te schrijven. Er waren maar weinig die een poging daartoe deden.

Uiteindelijk hadden we alleen elkaar, en nu papa zich zo gedroeg, voelden wij drieën ons als arme Eskimo's op een ijsschots. De wind was koud, de dagen waren somber en grauw. Geluk en blijdschap werden als lucht die uit een band loopt, en we bleven verward en bedroefd achter.

Onder de gegeven omstandigheden waren we in de wolken toen we van oom Palaver vernamen dat hij een dag of twee langs zou komen op weg naar wat hij noemde een 'schnabbel' in Raleigh, North Carolina, waar hij Destiny zou ontmoeten als ze terugkwam van haar familiebezoek. Mama had weinig gehad om over te lachen in de afgelopen paar weken, en alleen al met haar broer praten aan de telefoon was voldoende om iets van de vertrouwde, ons zo dierbare schittering in haar ogen en de blos op haar wangen terug te brengen. Ze begon onmiddellijk een heerlijk diner te plannen voor de dag van oom Palavers aankomst.

Diep in mijn hart hoopte ik dat oom Palavers bezoek papa milder zou stemmen en hij misschien weer de man zou worden die hij geweest was voordat hij zich zo vals en wispelturig was gaan gedragen. Hij zou toch zeker niet zo onaangenaam zijn als oom Palaver hier was. Wat het ook was dat hem dwarszat, hij droeg zijn hart niet op zijn tong, zoals mama zou zeggen. Hij haatte al die televisieshows waarin mensen hun meest intieme geheimen spuien.

'Straks krijgen we een show te zien met een camera en een microfoon in een katholiek biechthokje,' zei hij. 'De priester wendt zich dan tot het publiek en krijgt de heersende mening te horen welke straf of boetedoening hij moet opleggen.'

Als papa iets dwarszat, liet hij het nooit merken als er andere mensen bij waren, en de zeldzame keren dat er problemen in het gezin waren, ging hij liever dood dan ook maar iets ervan te laten blijken tijdens een diner dat mama gaf of een ander soort sociale bijeenkomst.

'We geven zoveel van onszelf prijs als we onze privacy prijsgeven,' zei hij eens tegen ons tijdens het eten. 'De mensen weten niet eens meer wat zelfrespect is. Ze horen zich te schamen en hun problemen voor zich te houden. Zo erg is het niet om je voor iets te schamen. Het is nuttig. Het werkt als een afschrikmiddel. Tegenwoordig schamen kinderen zich niet meer voor slechte cijfers of wangedrag. De ouders schamen zich niet voor overspel, echtscheiding, faillissement. Ze melden zich doodleuk voor een van die talkshows en storten hun hart uit voor miljoenen psychologische en emotionele voyeurs. Over mijn lijk,' mompelde hij.

Mama was het met hem eens, maar moest toegeven dat zij ook wel eens naar een paar van die shows keek. Brenda leek meer op papa en vond dat hij honderd procent gelijk had.

'Op school vallen ze je voortdurend lastig met hun moeilijkheden,' zei ze. 'De kleedkamerroddels over ouders, vriendjes en broers en zussen komen me mijn strot uit.'

'Hé, een goeie nieuwe show,' zei papa lachend. *'De Kleedkamer.'* Brenda lachte ook.

Die diners en dagen begonnen aan te voelen als verre dromen.

In ieder geval waren we allemaal vol vertrouwen dat als oom Palaver op bezoek kwam, papa zich meer zou gedragen als de geliefde papa van vroeger. Brenda zei dat het zou zijn als een gevangenkamp dat werd opgedoft voor een inspectie door een of andere mensenrechtenorganisatie.

'Misschien zal hij glimlachen, maar het zal op een masker lijken, ben ik bang,' voorspelde ze.

Maar het draaide erop uit dat ik wenste dat hij een glimlach had laten zien, masker of geen masker. Toen hij hoorde dat oom Palaver zou komen, mompelde hij: 'Dat ontbrak er nog maar aan,' en stormde weg naar zijn kantoor thuis en deed de deur achter zich dicht, zoals hij de laatste tijd zoveel avonden had gedaan. Hij bleef daar tot het bedtijd was. Omdat Brenda en ik in onze kamers waren om huiswerk te maken of Brenda een wedstrijd had, zat mama urenlang in haar eentje televisie te kijken. Een paar keer deed ik net of ik klaar was met mijn huiswerk, ook al was dat niet waar, zodat ik haar gezelschap kon houden. Het brak mijn hart als ik eraan dacht hoe ze daar eenzaam zat, probeerde te breien of te borduren, terwijl het licht van de televisie over haar heen flakkerde. Ik zakte voor een wiskunde- en een geschiedenisexamen omdat ik niet gestudeerd had.

Feitelijk tuimelden mijn cijfers omlaag, ook al waren ze daarvóór ook niet om over te juichen. Ik werd afgeleid in de klas, miste aantekeningen, luisterde niet naar de docenten. Iets wat papa de avond ervoor had gezegd of gedaan achtervolgde me de hele volgende dag. Mijn beste vriendin, Jamie Stanley, dacht dat ze me begon te vervelen omdat niets wat ze zei me enthousiast maakte of zelfs maar mijn belangstelling wekte. Ten slotte, toen ze me op een dag iets vroeg en ik niet reageerde, smeet ze haar boeken op de tafel in de kantine waar we zaten en zei dat ze niet de moeite meer zou nemen tegen me te praten of me op te bellen. Ze stond op en ging bij een paar andere leerlingen zitten, en plotseling voelde ik me meer alleen dan ik ooit voor mogelijk had gehouden.

Oom Palavers komst nam een steeds grotere plaats in op mijn hoop- en wensmeter. Ik kon zijn komst bijna niet afwachten. Hij bracht van zijn reizen altijd een speciaal en uniek geschenk mee voor Brenda en mij. Ik had een olifant die zijn slurf ophief en brulde als ik op een knopje op zijn poot drukte, een kreeft die zong 'Sea of Love' en een kanarie die tjilpte zodra ik op vijftien centimeter afstand stond. Brenda had een bubbelmachine, een handmassageapparaat voor pijnlijke en stijve spieren, en het mooiste van alles, een volleybal die gesigneerd was door het volledige damesvolleybalteam van de afgelopen Olympische Spelen. Papa weifelde aan de authenticiteit ervan.

'Zoveel van wat je oom zegt en doet is gebaseerd op illusie,' merkte hij op, maar Brenda twijfelde nooit en gaf de bal een ereplaats in haar kamer.

Maar de laatste tijd waren het niet zozeer de cadeaus die welkom waren dan wel oom Palavers vrolijke, kinderlijke manieren. Hij was een heel goede goochelaar geworden, kon wonderen doen met een spel kaarten, en beschikte over een enorme vingervlugheid. Als een echte goochelaar zei hij dat hij het geheim van zijn trucs mee zou nemen in zijn graf. Het opwindendst waren zijn reisverhalen. Er leek geen staat te zijn die hij niet had bezocht. Hij was zelfs naar Alaska geweest en entertainde soldaten op een of andere legerbasis.

Oom Palaver verdiende niet zo gek veel geld, maar hij verkeerde niet langer in financiële moeilijkheden en kwam eigenlijk om papa een lening terug te betalen die hij hem twee jaar geleden had gegeven. Van tijd tot tijd stuurde hij mama krantenknipsels over zijn Amazing Palaver-show, die ze allemaal in een album had geplakt. Ten slotte kregen we ook een paar foto's van Destiny. We waren verbaasd dat ze een Afro-Amerikaanse was, want oom Palaver had daar nooit iets over gezegd. Op alle foto's leek ze even lang als oom Palaver en heel erg sexy, meestal in een strakke outfit of zelfs een badpak.

'Geen wonder dat het hem beter gaat,' merkte papa hatelijk op. 'In sommige van die achterlijke dorpen vinden ze dat pornografie. Ik denk dat je ouders verbaasd zouden opkijken.'

Mama legde hem het zwijgen op en zei dat hij nooit zoiets mocht zeggen waar oom Palaver of wie dan ook bij was. Zodra ze de kans kreeg haalde ze haar album tevoorschijn om aan een van haar vriendinnen te laten zien. Ze zei nooit dat Destiny mogelijk oom Palavers vriendin was, hoewel ze dat kennelijk dachten. Maar het maakte hem juist interessanter. Ik kon me niet voorstellen dat papa daar ook maar enigszins jaloers op zou zijn. Hij was zo deskundig en succesvol, hoe zou hij zich ooit bedreigd kunnen voelen door de geringe prestaties van oom Palaver en het beetje aandacht dat hij kreeg? Maar de laatste tijd kwam er een dissonerende klank in zijn stem als hij het over oom Palaver had.

'Je hemelt hem te veel op, Nora,' waarschuwde hij. 'De mensen zullen verwachten hem op de televisie te zien of zo.'

'Nou, dat zou best weleens kunnen gebeuren. Ja toch, Matt?' vroeg ze hoopvol.

'Ja, als hij aan de top staat, zou het mogelijk zijn,' zei papa cynisch.

Ik vond dat niet eerlijk. Ik zag oom Palaver nog wel eens op de televisie komen. Om te beginnen was hij een heel knappe, charismatische man met golvend donkerbruin haar dat mama's kleur had, en lichtbruine ogen met groene vlekjes. Hij had haar smalle neus en was slank en lang als Brenda. De kinderlijke glans in zijn ogen verleende hem een charme die een glimlach bracht op het gezicht van veel mensen zo gauw ze hem zagen, op het toneel of elders. Hij herinnerde iedereen aan het geloof en vertrouwen van hun jeugd, aan hun eigen vroegere fantasieën en verwondering. In een hemd zonder mouwen, met lege hand, reikte hij omhoog en plukte zonder enige moeite een munt uit de lucht, als iemand die een bes van een struik plukt.

'Als je daar de hele dag mee door kunt gaan, ben je in een mum van tijd rijk,' merkte papa eens vrolijk op.

'Ik ben al rijk, Matt,' had oom Palaver gezegd.

Papa had met zijn ogen gerold en sceptisch geglimlacht, maar ik wist wat oom Palaver bedoelde. Hij had zijn vrijheid, zijn liefde voor het vak dat hij uitoefende, zijn voldoening dat hij een glimlach bracht op het gezicht van de mensen die hij ontmoette. Ja, zijn leven was wel heel anders dan dat van papa nu. Hij had niet veel verantwoordelijkheden, geen enkele verantwoordelijkheid zelfs, behalve jegens zichzelf, omdat hij niet getrouwd was met Destiny. Maar hij had een andere taak op zich genomen. Hij was een vrolijke papa geworden voor duizenden kinderen, een liefhebbende broer voor duizenden mannen en vrouwen. Zijn publiek was zijn uitgebreide familie, en als hij optrad, koesterde hij zich in hun gelach en verbazing. Dat gaf hem een bijzonder rijk gevoel.

Hij had geen vast adres, alleen een postbus. Hij en Destiny woonden in een camper, met aan beide kanten 'The Amazing Palaver' in grote rode letters, de afbeelding van een hoge hoed en een konijn dat net onder de woorden vandaan piepte. De camper was zijn kostbaarste bezit. Hij was achtenhalve meter lang, gebouwd op het chassis van een bus, met een aangebouwde cabine. Boven de cabine was een slaapruimte, behalve de slaapkamer achterin. Verleden jaar mocht ik van mama en papa in het bed boven de cabine slapen. Het leek net of ik kampeerde, ook al was het maar op onze oprit.

Toen ik daar alleen was, keek ik snel even in de kast en zag Destiny's jurken, schoenen en zelfs het badpak, dat ze droeg toen de foto's werden genomen. Ik zag haar make-up en een verzameling pruiken. Ze scheen twee keer zoveel kleren en schoenen te hebben als oom Palaver. Op de ladekast in zijn slaapkamer stond een goede foto van hen beiden. Van dichterbij genomen en scherper dan de krantenknipsels. Ik vond het niet leuk om te zeggen, maar toen ik haar bekeek op de foto, vond ik dat ze er minder aantrekkelijk uitzag dan in de krant.

Het beviel me in de camper. Er was een keuken en een kleine eetruimte, maar oom Palaver kon op een knop drukken en dan gleed één kant van de camper naar buiten en kwam er nog een grote ruimte bij, van het formaat van de zit-eetkamer. Nog meer magie, dacht ik. Natuurlijk was de eigen badkamer voorzien van een kleine douche en een klein bad. Hij had een televisietoestel dat was aangesloten op een antenne op het dak.

Papa had hem geholpen met de aanbetaling voor de camper en dat geld kwam oom Palaver nu terugbrengen. Hij had het aan mama verteld, en zij had het papa verteld, in de hoop dat hij dan verheugd zou zijn over oom Palavers bezoek.

'Hij hoefde niet hiernaartoe te komen om me het geld te geven. Waarom heeft hij het niet gewoon telefonisch overgemaakt of het me gestuurd zodra hij het had?'

'Hij wil je gewoon persoonlijk bedanken, Matt.'

'Ik weet niet eens meer hoeveel ik hem heb gegeven en hoeveel rente ik daardoor heb verloren,' mopperde papa, meer tegen zichzelf, dacht ik. Hij besefte het onmiddellijk en wierp zijn hoofd met een ruk achterover. 'Ik hoop alleen dat hij het niet terugbrengt om me weer om een nieuwe lening te vragen,' zei hij kribbig.

Papa's houding maakte mama zenuwachtig. 'Ik hoop dat hij zoiets niet zegt als je oom er is,' vertelde mama me later. 'Entertainers zijn al onzeker genoeg. Ze zijn zo afhankelijk van de reactie van mensen en zo gevoelig voor negatieve blikken of woorden. Warner is altijd een heel gevoelig kind geweest,' zei ze.

Dat was oom Palavers echte naam. Warner. Warner Prescott. Ze vertelde me dat hij altijd een hekel had gehad aan zijn echte naam, omdat hij die te aanmatigend vond klinken. Toen hij goochelaar werd en een nieuwe persoonlijkheid uitvond voor zichzelf, was hij trots op zijn nieuwe naam. Hij ondertekende alles met Palaver en liet die naam zelfs door papa legaliseren.

'Hij denkt, geloof ik, dat hij een concurrent is van Kreskin,' merkte papa op, maar hij deed het met plezier. In die tijd had hij er geen enkele moeite mee om oom Palaver – of wie dan ook – een dienst te bewijzen. Nu was ik al bang om hem te vragen de lekkende kraan in mijn badkamer te repareren, laat staan me ergens heen te brengen om een vriendin te bezoeken.

Naarmate de dag ten einde liep, kreeg mama het steeds drukker met de voorbereidingen voor oom Palavers komst. Ze sloeg levensmiddelen in waarvan ze wist dat hij ervan hield en knapte de lo-geerkamer op. Hij kon natuurlijk in zijn camper slapen als hij ons kwam bezoeken, maar ze stond erop dat hij in huis sliep. 'Je bent mijn familie,' zei ze tegen hem. 'Onze familie, Warner. Je slaapt niet in die camper als je hier bent.'

Ze was zo trots op hem, dat ze erover dacht een paar vrienden uit te nodigen om hem te zien zolang hij bij ons was. Op een avond, toen we aan tafel zaten, stelde ze het voor aan papa. Hij bleef met een verward en ongerust gezicht zitten, en even kwam de mogelijk-heid bij me op dat hij vergeten was dat oom Palaver over twee da-gen zou komen.

'Wanneer zou je dat willen doen?' vroeg hij ten slotte.

'We zouden het zaterdagavond kunnen doen, Matt. We hebben al bijna een maand niets meer met wie dan ook gedaan. We hebben drie uitnodigingen afgeslagen omdat jij het te druk had met je werk. De mensen gaan denken dat we niet meer op ze gesteld zijn of dat we snobs zijn geworden.'

'Wat kan het je schelen wat ze denken? Ik leef niet om hun een plezier te doen,' snauwde hij. 'Zaterdag is onmogelijk,' ging hij ver-der. Ik ga zaterdag naar Memphis voor een bespreking met Byron Philips van Philips, Lancaster & Dunn over de Shelton Concrete-zaak. We staan op het punt een overeenkomst te sluiten die ons een hoop geld zou opleveren. Dat heb ik je verteld.'

'Nee, dat heb je niet,' zei mama.

'Dat heb ik wél, maar je luistert nooit naar iets wat ik zeg als je kleine broertje komt. Je bent over je toeren, alsof hij een of andere hoogwaardigheidsbekleder is. Hij is gewoon een zigeuner, een zwerver met een auto, nauwelijks iemand om je druk over te ma-ken, Nora, en zeker niet iemand om tijdens een party hier in het zon-netje te zetten. Wat wil je dat hij doet, de Krongers, de Metzlers, de Dismukes en de Renners te amuseren door munten uit hun oren te toveren of hun te vertellen welke kaarten ze uit zijn spel hebben ge-trokken? Die mensen vliegen naar New York en gaan naar Broad-way-shows of naar Londen. Je maakt je belachelijk, en mij nog neer, als ik zo'n stomme voorstelling zou sponsoren.'

Mama staarde hem slechts aan. Brenda en ik zaten er met neer-geslagen ogen bij, maar ik sloeg mijn ogen op en keek naar mama. Er lag geen woede in haar ogen, maar verdriet en ongeloof. Ze keek naar papa's gezicht met de onderzoekende blik van een detective, alsof ze wilde ontdekken hoe het kwam dat de man aan wie ze haar leven en ziel had toevertrouwd, wie ze haar identiteit en liefde had gegeven, zich plotseling van haar had afgekeerd.

Brenda smeet haar vork zo hard neer op haar bord, dat ik ervan overtuigd was dat ze het had gebroken. Papa hief zijn hoofd met een ruk op.

'Ik vind oom Palavers trucs helemaal niet stom,' zei ze. 'Ik vind jou stom omdat je zoiets gemeens zegt, en ik vind dat we die party moeten geven, met of zonder jou. Ik wil graag dat een paar vrienden van me hem ontmoeten. Misschien komt hij op tijd om vrijdagmiddag de volleybalwedstrijd bij te wonen,' ging ze nadrukkelijk verder. 'Hij zou op jouw plaats kunnen zitten.'

We hielden allemaal onze adem in. Zelfs papa keek of hij verstijfd was. De stilte was oorverdovend. Het deed me denken aan de film over tornado's, die we bij de natuurkundeles hadden gezien. Ik had het gevoel dat ik in het oog van de storm terecht was gekomen en een bedrieglijke kalmte ons valse hoop gaf.

'Misschien,' zei papa ten slotte. Hij zei het zacht en kalm, zonder emotie. Toen richtte hij zich tot mama. 'Je kunt doen wat je wilt op zaterdagavond,' zei hij. 'Ik zal proberen vóór elf uur terug te zijn.'

Hoewel het klonk als een concessie, had het een lege klank van 'Het kan me niet schelen', en ik wist dat mama absoluut geen party zou geven voor oom Palaver. Brenda en ik zouden er bij haar op aandringen het toch te doen, maar ik had in mijn hele jonge leven nog nooit meegemaakt dat ze zoiets deed zonder papa's volledige goedkeuring en instemming. Ze was zo afgestemd op zijn gedachten en gevoelens, dat ze de geringste aarzeling in zijn stem hoorde en een idee of voorstel onmiddellijk liet vallen, en vroeger ging het bij hem net zo ten opzichte van mama. Er was een tijd geweest waarin het verdriet van de ander, om wat voor reden ook, iets was wat geen van beiden lang kon verdragen.

Ik vroeg me af of oom Palaver een truc achter de hand kon hebben om een beetje van die liefdevolle magie te herstellen.

Voor ik ging slapen, knielde ik voor mijn bed en smeekte God om zich over ons te ontfermen. *We worden uiteengetrokken*, vertelde ik Hem. *We worden voor elkaars ogen vernietigd en we begrijpen niet wat voor verschrikkelijks we hebben gedaan om dit te verdienen.* Ik bad dat papa weer de oude papa zou worden en dat mama's hart niet zou breken. Ik bad dat Brenda niet langer zo kwaad zou zijn en dat ik zou ophouden met huilen.

Ik viel in slaap met Mr. Panda in mijn armen. De volgende ochtend was papa, zoals tegenwoordig te doen gebruikelijk, al vertrokken toen Brenda en ik gingen ontbijten. Mama zag er mager en bleek uit en erg moe. Het was duidelijk dat ze de hele nacht wakker had gelegen. Over twee dagen kwam oom Palaver. Wat zou hij van ons denken? Zou hij de beroering zien en zou hij proberen te helpen, of zou hij zich omdraaien en ons ontvluchten? Hij had papa nog nooit tegengesproken. Hij was een te zachtmoedig en gelijkmatig mens. Ik was bang dat hij zich ellendig zou voelen door papa's opmerkingen.

Ik kon me geen moment in mijn leven herinneren dat ik zenuwachtiger en meer in de war was. Ik had het gevoel dat ik in een dichte mist naar school liep, en ja hoor, ik kwam in moeilijkheden toen meneer Leshman van maatschappijleer me een vraag stelde en ik geen antwoord gaf. Mijn gedachten waren bij de onrust thuis en ik hoorde hem niet. Ik hoorde niet eens dat hij de vraag herhaalde, ook al leek het of ik met mijn aandacht bij de les was en ik mijn ogen op hem gericht hield. Het bracht hem in verwarring en irriteerde hem.

Hij verhief zijn stem en deed een stap naar me toe, en ten slotte knipperde ik met mijn ogen. Hij staarde me aan, wachtend op een antwoord. Ik keek om me heen in de klas en zag dat iedereen me aanstaarde met een half verbaasde, half geamuseerde uitdrukking. Sommige jongens zaten al te grinniken en dat wakkerde zijn woede aan.

'Nou?' vroeg hij.

'Nou wat?' antwoordde ik, en de hele klas begon hardop te lachen.

Leshmans gezicht liep paars aan. 'Ik zal je vertellen wat, jongedame. Je gaat nu meteen naar de decaan,' schreeuwde hij, en wees naar de deur. 'Vooruit!'

Ik schudde mijn hoofd. 'Waarom? Wat heb ik gedaan?' vroeg ik, waarop iedereen weer begon te lachen.

'Ga naar de kamer van de decaan.' Hij sprak elk woord nadrukkelijk uit en hield zijn arm gestrekt, zijn wijsvinger op de deur gericht.

Er viel een stilte in de klas toen ik mijn boeken bijeenraapte, mijn schrift dichtdeed en opstond. Ik trok mijn schouders op en gebruikte mijn lichaam zoals een schildpad zijn schild gebruikt, en liep haastig het lokaal uit. De achterkant van mijn hals prikte van verlegenheid en onbehagen. Ik kon nauwelijks ademhalen, omdat mijn keel dichtgeknepen zat met een verstarring die op rigor mortis leek.

De kamer van de decaan lag naast die van de directeur. Hij heette Mannville en zag eruit als een voormalige beroepsworstelaar, met een fysiek voorkomen dat intimiderend was en ogen die genadeloos waren, ogen die de indruk wekten dat ze een doodvonnis hadden zien voltrekken. Hij was kaal en had grove gelaatstrekken. Als hij ooit glimlachte, dan was dat achter gesloten deuren. De leerlingen geloofden zelfs dat hij een huurmoordenaar in ruste was. Niemand, zelfs de gemeenste, gewelddadigste leerlingen niet, kon zijn priemende blik weerstaan. Hij aarzelde nooit een seconde om iemand van school te sturen of hem aan de politie uit te leveren als hij of zij iets crimineels had gedaan. Volgens hem was er altijd een oorlog aan de gang in het gebouw. Op een bord boven zijn bureau stond: 'Dit is een school. Iedereen die de lessen hindert is een vijand en zal als zodanig worden behandeld.'

Zijn kamer was klein en had geen ramen. Als iemand naar hem toe werd gestuurd, deed Mannville de deur dicht en volgens de leerlingen die me erover hadden verteld, voelden ze zich heel bedreigd. Soms moesten ze daar uren blijven zitten, met de verwarming op volle toeren. Het verhaal ging dat de decaan een jongen, die gewelddadig was en hem blijkbaar zelfs had aangevallen, uit zelfverdediging had teruggeslagen en zo had toegetakeld dat hij in een ambulance naar het ziekenhuis moest worden vervoerd. De jongen beweerde dat hij Mannville niet had aangevallen, maar wie zou hem geloven? Sommige kinderen dachten dat het verhaal een legende was, gecreëerd om de mystiek van de vastberaden hardheid van de decaan geloofwaardig te maken. Of het waar was of niet, het werkte.

Natuurlijk dacht ik niet dat Mannville me lichamelijk zou straffen, maar het was de eerste keer dat ik om een disciplinaire reden de klas uit was gestuurd, en ik was bang, niet alleen voor wat er met mij zou gebeuren, maar ook voor de uitwerking die het zou hebben op mijn ouders. Mama kon geen greintje verdriet meer gebruiken, en ik stond op het punt haar de volle laag te geven. En papa had tegenwoordig zeker niet nóg een reden nodig om gemeen tegen me te zijn.

De secretaresse van de decaan zei dat ik moest gaan zitten en wachten toen ik haar vertelde dat ik uit de klas was gestuurd. Enkele minuten later kwam een van mijn klasgenoten, Peggy Ann Harkin, met het verwijzingsformulier dat Leshman over mij had ingevuld. Ze glimlachte opgewekt toen ze het aan de secretaresse overhandigde.

'Doneer je lichaam aan de wetenschap,' fluisterde ze, toen ze langs me heen de deur uitliep.

De deur van Mannvilles kamer was dicht. Ik probeerde me niet angstig of ongerust te gedragen. Ik begreep echt niet waarom Leshman zo kwaad op me was. Andere leerlingen in de klas hadden ergere dingen gedaan en waren niet weggestuurd. Hij had mijn antwoord gewoon verkeerd opgevat. Het was niet mijn bedoeling geweest om opstandig te zijn, iets waarvan ik natuurlijk beschuldigd werd. Ik repeteerde mijn verweer en wachtte met bonzend hart af.

Eindelijk ging Mannvilles deur open en een jongen, David Peet genaamd, kwam met gebogen hoofd naar buiten, zijn schouders naar voren en naar binnen gebogen. Hij was een roodharige jongen uit de eerste klas en was onlangs verwijderd uit het jongensbasketbalteam wegens vandalisme in de school van een tegenstander. Hij had kastjes in de kleedkamer beschadigd na een wedstrijd. Ik wist niet wat voor overtreding hij nu weer had begaan.

Mannville overhandigde zijn secretaresse een papiertje, dat eruitzag als een parkeerbon.

'Peet wacht hier tot zijn vader hem komt ophalen,' zei hij. 'Berg dit in zijn dossier, als er nog ruimte over is,' voegde hij eraan toe. Hij ging verder tegen David. 'Ga zitten en houd je mond. Ik wil je zelfs niet te luid horen ademhalen.'

David keek even naar mij en ging zitten, zijn blik strak op de grond gericht.

Mannville pakte mijn verwijzing op en gebaarde, zonder ernaar te kijken, dat ik naar zijn kamer moest gaan. Ik stond op en liep naar binnen. Hij deed de deur achter zich dicht en liep naar zijn bureau.

'Ga zitten,' beval hij. Toen las hij het formulier en meesmuilde. Ik wist niet of zijn afkeer gewekt werd door het formulier of door mijzelf. Hij keek me aan en leunde achterover.

'Oké,' zei hij, 'laat me jouw kant van het verhaal maar eens horen.'

'Het was niet mijn bedoeling om brutaal te zijn. Ik had de vraag niet gehoord, en hij dacht waarschijnlijk dat ik gebrek aan respect toonde.'

'Denk je dat meneer Leshman niet weet wanneer een leerling in zijn klas een brutale wijsneus is? Hij geeft hier al vijfentwintig jaar les. Ik zou zo zeggen dat hij alles wel heeft meegemaakt.'

'Het was niet mijn bedoeling om brutaal te zijn,' zei ik. 'Ik heb nog nooit moeilijkheden gehad in de klas.'

'Er is altijd een eerste keer. Wilde je indruk maken op iemand, op een jongen misschien?'

'Nee,' zei ik snel.

Hij boog zich naar voren en vouwde zijn grote handen. 'Ik weet hoe dat kan,' zei hij op plotseling zachtere, bijna vriendelijke toon. 'Iemand hitst je op, en jij raakt daardoor in moeilijkheden. Is dat wat er gebeurd is?'

'Nee, niemand heeft me ergens toe aangezet. Ik zat alleen…'

'Ja?'

'Ik zat aan iets anders te denken en ik hoorde hem niet.'

Hij staarde me strak aan en keek toen weer naar het formulier. 'Hij heeft je een paar keer dezelfde vraag gesteld, en je negeerde hem.'

'Niet met opzet. Ik… ik dacht aan iets anders.'

'Waaraan?'

'Iets persoonlijks,' antwoordde ik.

Hij leunde achterover en op dat moment ging de telefoon. Hij viel er bijna op aan en nam de hoorn op.

'Wat? Waarom stoor je me?' Hij luisterde even. 'Ik kom zo. Laat niemand uit de toiletten.'

Hij legde de telefoon neer en stond op. Ik dacht dat hij tot aan het plafond zou reiken.

'Je kunt vanmiddag nablijven om na te denken over wat het ook voor persoonlijks is waaraan je zat te denken. En je schrijft een excuusbrief aan meneer Leshman. Ik wil hem op mijn bureau zien voor je het gebouw verlaat. De nablijfleraar zal hem bij me brengen. Als ik je hier weer terugzie, ben je nog niet jarig,' zei hij. 'Ga nu hierbuiten zitten tot de bel gaat voor je volgende les, en zorg ervoor dat je tijdens die les niet aan persoonlijke dingen denkt.'

Hij liep naar de deur, rukte die open en stormde naar buiten.

Ik stond op en volgde langzaam. David zat nog steeds te wachten tot zijn vader hem kwam halen. Hij keek op toen ik naast hem kwam zitten.

'Wat heb jij gedaan?' vroeg hij.

'Niks. Ik had een vraag niet gehoord en de leraar dacht dat het gebrek aan respect was.'

Hij maakte een grimas. 'Is dat alles?'

'Sorry,' zei ik, toen ik zag hoe teleurgesteld hij was over mijn vergrijp. 'Dat is alles.'

'Meneer Mannville heeft gezegd dat je stil moet blijven zitten, zonder te praten,' bracht de secretaresse hem in herinnering.

Hij staarde haar even strak aan en draaide ons toen allebei de rug toe.

Nog geen tien minuten later verscheen een kleine man met een bril met dikke glazen en lichtbruin haar in de deuropening. Hij droeg een donkerbruin pak en das; door de rimpels in zijn voorhoofd en de manier waarop hij zijn ogen samenkneep, leek het of hij zware hoofdpijn had. David keek naar hem maar stond niet op.

'Ik moest mijn werk in de steek laten om hierheen te gaan.'

'Ik heb je niet geroepen,' zei David.

'O, wat ben je weer slim. Kom mee, joh, en die auto kun je voor de rest van het jaar vergeten,' zei de man die blijkbaar zijn vader was.

David stond op en glimlachte naar mij. 'Wat zal jóúw vader doen? Je scooter afnemen?'

Ik keek hem na, wierp een blik op de secretaresse en sloot toen mijn ogen. Wat zou mijn vader doen? Misschien zou hij er niet achter komen. De school stuurde niet altijd brieven naar huis, en ik zou maar een uur later zijn dan gewoonlijk. *Brenda zou er natuurlijk wel achter komen,* dacht ik.

Dat deed ze voor de dag ten einde was en ik naar het nablijflokaal liep. Ze was op weg naar de volleybaltraining en haalde me in, trok aan mijn arm om me naar haar toe te draaien.

'Ik heb gehoord dat je naar de decaan bent gestuurd. Wat heb je gedaan?' vroeg ze.

Ik vertelde haar alles. Ik dacht dat ze erg kwaad op me zou zijn, maar haar gezicht verzachtte en even leek het alsof ze zelf in tranen zou uitbarsten. Toen zuchtte ze. 'Zeg het niet tegen mama,' zei ze. 'Als ze vraagt waarom je later thuis bent dan gewoonlijk, zeg dan dat je in de bibliotheek was om research te doen voor het een of ander. Dit kan ze er niet nog bij hebben.' Ik knikte, al dacht ik bij mezelf dat ik op de vingers van één hand kon aftellen hoe vaak ik tegen mama had gelogen of iets voor haar verborgen had gehouden, en dat waren altijd onbelangrijke, domme dingen.

'Zal de school niet bellen om het haar te vertellen?' vroeg ik.

'Waarschijnlijk niet. Ze zullen hoogstens een kopie van het verwijzingsformulier en van de opgelegde straf sturen, maar dat gebeurt pas over een paar dagen, en misschien kunnen we die brief onderscheppen voor mama hem ziet.'

Brenda zag de tegenzin in mijn gezicht over al dat bedrog.

'Soms is het beter om dingen te verheimelijken en te voorkomen dat iemand van wie je houdt bepaalde dingen weet die haar nog meer verdriet zullen doen.' Ze zei het zo zelfverzekerd dat ik duidelijk het gevoel dat ze dat zelf al vaak had gedaan en misschien zelfs op dit moment nog wel deed.

Ik trok mijn wenkbrauwen op en ze zag de vraag op mijn gezicht.

'Schiet op. Zorg dat je niet te laat bent voor dat stomme nablijven,' zei ze en liep haastig naar de kleedkamer.

Ik keek haar even na en nam toen plaats in het nablijflokaal. De leraar gaf me vrijwel onmiddellijk een vel papier.

'Je hoort iets te schrijven,' bracht hij me in herinnering. De tranen brandden onder mijn oogleden toen ik begon. Ik schreef precies hetzelfde als ik de decaan had verteld en eindigde met: 'Het spijt me heel erg.'

De late bus bracht leerlingen niet rechtstreeks naar hun huis. Ik werd afgezet op een druk kruispunt in Hickory, wat anderhalve kilometer lopen betekende. Het was niet de eerste keer voor me. Ik was echt een paar keer nagebleven om research te doen of voor clubvergaderingen. Net toen ik op weg ging meende ik papa's auto over de boulevard te zien rijden. Ik deed een stap achteruit en keek toen hij voorbijreed. Het was papa's auto, en hij zat erin, maar niet achter het stuur.

Hij zat op de plaats van de passagier, en een jongeman die ik kende als Michael Kirkwood, een van zijn juniorpartners, reed. Ik kon ze beiden goed zien toen ze langskwamen. Papa lag met zijn hoofd tegen het raam aan de kant van de passagier, met gesloten ogen, en Kirkwood keek heel somber. Ik had nog nooit iemand in papa's auto zien rijden terwijl hij erin zat.

O, nee, dacht ik. *Er is vast iets ergs gebeurd in de rechtbank. Papa zal vanavond heel erg van streek zijn en in een extra slechte stemming.*

Ik liep met zware tred; ik had het gevoel dat er een steen in mijn borst zat. Eigenlijk had ik meer medelijden met mama dan met mijzelf. Thuis was ze waarschijnlijk aan het zingen terwijl ze de voorbereidingen trof voor oom Palavers komst. Nu wenste ik dat hij het uit zou stellen. Misschien zou het slecht weer worden en zouden we sneeuw en ijs of een storm krijgen of zoiets.

Het regende in ieder geval in mijn hart.

3. Op hete kolen

Natuurlijk was ik bang dat decaan Mannville zijn secretaresse opdracht had gegeven mijn ouders te bellen om hen op de hoogte te stellen van de strafmaatregel die tegen me was genomen, en had ze dat al gedaan, maar gelukkig had Brenda gelijk. Er waren wel serieuzere gedragsproblemen die de aandacht van de school opeisten.

Mama ging zo op in haar plannen voor het diner van de volgende avond, dat ze niet eens merkte dat ik later thuiskwam dan gewoonlijk.

'Je oom Warner is gek op mijn kip Kiev,' zei ze toen ik mijn hoofd om de deur van de keuken stak en haar zittend op een kruk in een paar kookboeken zag bladeren. 'Weet je, het is moeilijk om kip te laten ontbenen zoals ik het graag wil, zoals ze het doen in Kaminsky's Russian Tea Room in Memphis. Je weet wel wat ik bedoel, met het vleugelbeen en zo. Ik zal er morgenochtend op moeten toezien. Ik dacht dat ik ook wat van die couscous kan maken waar hij zo van houdt. En ik zal zijn lievelingsdessert maken, een chocoladeroomtaart. Daar is je vader ook zo dol op.'

Mama maakte het deeg van de chocoladetaart, precies zoals haar moeder het vroeger maakte. Oom Palaver beweerde dat hij bereid was het hele land te doorkruisen voor haar taart.

'Weet je heel zeker dat hij deze keer komt, mama?' vroeg ik. Ik zou het vreselijk vinden als ze teleurgesteld werd na al die verwachtingen, en het was al vaker gebeurd dat hij van plan was te komen maar op het laatste moment naar een andere plaats moest afreizen voor een optreden.

'O, ja. Hij heeft vandaag weer gebeld. Brenda zal zo blij zijn. Hij komt vroeg genoeg om naar haar wedstrijd te gaan. We gaan met z'n allen. Misschien kunnen we je vader deze keer zover krijgen dat hij meegaat. Soms kan hij vroeg genoeg weg uit zijn werk. Hopelijk hebben we daarna een overwinningsdiner. Daarom wil ik nu vast zoveel mogelijk klaar hebben.'

Haar ogen straalden hoopvol. Ze geloofde dat ze in één dag, met één diner, het geluk weer kon terugbrengen in ons huis. Het lag op het puntje van mijn tong haar te waarschuwen voor wat ik zojuist had gezien, toen papa en zijn juniorpartner langsreden op de boulevard. Ik hoorde haar te vertellen hoe ongelukkig hij keek en in wat voor slechte stemming hij zou zijn als hij thuiskwam, maar het zou zijn of je een kind van vier vertelde dat de Kerstman niet bestond. Ik knikte en liet haar alleen.

Ik liep de trap op om te gaan studeren. Mijn boetedoening zou zijn morgen een heel goed cijfer voor de repetitie maatschappijleer te halen. Het zou me helpen Leshman ervan te overtuigen dat het allemaal een groot misverstand was geweest en dat ik geen slechte bedoelingen had gehad met mijn gedrag. Misschien zou hij de school ervan weerhouden de verwijzingsbrief naar huis te sturen. Was ik ook een droomster? Was het als een ziekte in dit huis om te hopen dat bepaalde dingen nooit zouden gebeuren?

Brenda was eerder thuis dan papa. Meestal, als hij heel laat thuiskwam, belde hij mama om het haar te laten weten. Nu al haar aandacht en energie gericht waren op de komst van oom Palaver, en op wat ze hoopte dat een geweldig familieweekend zou worden, had ze besloten Chinees eten te laten komen. Brenda kwam meteen naar mijn kamer om te horen of de school had gebeld.

'Ik wist het wel,' zei ze toen ik haar vertelde dat ze het voor zover ik wist niet gedaan hadden.

Toen vertelde ik haar dat ik papa had gezien in zijn eigen auto terwijl een ander achter het stuur zat.

'Ik snap niet waarom een ander zijn auto moet besturen,' zei ik. 'Hij leek erg overstuur.'

'Vertel eens wat nieuws. Ik was van plan die foto van hem en mij toen ik vorig jaar de basketbaltrofee kreeg op onze deur te prikken, zodat hij zich weer zou herinneren hoe hij moest lachen.'

'Nee toch, hè?' zei ik, bang voor zijn reactie.

'Ik zou het hebben gedaan, maar ik kon die foto niet meer vinden. Hij stond altijd op zijn bureau in zijn kantoor hier. Heb jij hem soms ergens gezien?'

'Nee.'

'Vergeet het maar. Zeg alleen niet dat je hem vanmiddag gezien hebt.'

We gingen naar mama in de keuken, waar ze herhaalde wat ze mij al verteld had, tot ze plotseling besefte hoe laat het was en dat papa niet had gebeld of al thuis was gekomen. Ze liep naar de telefoon, maar papa's kantoor was al gesloten en ze kreeg de boodschappendienst. Ze verbonden haar door met zijn privétoestel op kantoor, maar hij nam niet op.

'Waarschijnlijk is hij onderweg naar huis,' zei ze. 'Ik zal het eten bestellen. Ik weet precies wat hij lekker vindt.'

Ze haalde het afhaalmenu tevoorschijn van het Fortune Cookie-restaurant en de volgende paar minuten bespraken we wat we zouden bestellen en hoeveel.

'Misschien is dat te veel. O, nou ja, de restjes kan ik de volgende dag wel gebruiken voor de lunch,' besloot mama.

Haar ogen dwaalden steeds weer af naar de wandklok. We moesten de deur van de garage nog horen opengaan en papa naar binnen horen rijden. Ik kon zien dat ze zich steeds zenuwachtiger begon te maken.

'Ik zal het restaurant maar bellen,' zei ze ten slotte. 'Het duurt altijd wel even, en hij zal teleurgesteld zijn als hij te lang moet wachten voor hij wat te eten krijgt.'

Brenda en ik keken elkaar aan. We dachten allebei hetzelfde. *Wat kan het ons schelen of hij zich teleurgesteld voelt? En onze teleurstelling in hem dan?* Helaas, we waren eraan gewend geraakt dat papa te laat kwam, dat papa niet belde, niet in de eerste plaats aan ons dacht, zoals hij vroeger deed. Maar dat maakte het niet gemakkelijker om je erbij neer te leggen. Om de tijd te verdrijven en er niet aan te denken, ging ik terug naar mijn kamer en mijn huiswerk. Brenda volgde mijn voorbeeld.

Iets meer dan een uur later hoorden we de deurbel. We kwamen allebei onze kamer uit en liepen naar de voordeur, waar mama de Chinese afhaalmaaltijd aannam en betaalde.

Ze bracht het eten naar de keuken, zette het op tafel, staarde er even naar en kneep toen haar lippen op elkaar en zoog de lucht door haar neus naar binnen.

'Hij is nog steeds niet thuis en hij heeft ook nog niet gebeld, mama?' vroeg Brenda.

43

'Nee. Ik zal alles nog even opwarmen,' zei ze, knikkend naar de tas met eten. 'Hij kan nu elk ogenblik komen. Dek de tafel, meiden.' Zonder een kik te geven, deden Brenda en ik wat ze vroeg. Het was nu al uren later dan de tijd waarop papa meestal thuiskwam. Hij had zelfs zijn record van te laat komen gebroken. Mama zei dat we moesten gaan zitten en zette het eten op tafel. Dat van papa werd boven een laag vuurtje warm gehouden. We aten, maar we luisterden allemaal zo gespannen of we iets hoorden, dat we bijna niet durfden te praten. Brenda probeerde ons af te leiden door de wedstrijd te beschrijven, haar training en hun kansen om de eerste plaats te bereiken. Mama luisterde beleefd, maar het was duidelijk dat ze dwars door ons heenkeek en de woorden nauwelijks tot haar doordrongen.

Eindelijk ging de telefoon. Het was of er een bom ontplofte. Mama sprong overeind en holde naar de telefoon in de keuken. Brenda en ik stonden op en liepen naar het doorgeefluik om te luisteren.

'Maar waarom heb je niet gebeld, Matt? Ik heb me verschrikkelijk ongerust gemaakt.'

Ze luisterde weer.

'Ik begrijp het niet.' Haar stem verried eindelijk enige woede. 'Je had John voor je kunnen laten bellen. Dat heb je al eerder gedaan. Ik begrijp het niet,' herhaalde ze. 'Wij drieën zitten hier als een stel idioten op hete kolen. Het kan me niet schelen. Doe wat je wilt,' eindigde ze en hing abrupt op.

Het was kennelijk niet tot haar doorgedrongen dat wij bij het doorgeefluik stonden. We zagen dat ze haar voorhoofd tegen de wandtelefoon drukte. Haar schouders begonnen te schokken.

'Mama!' riep ik en holde naar de keuken om haar te omhelzen.

Brenda volgde en bleef met over elkaar geslagen armen staan kijken terwijl mama zich omdraaide en haar armen om me heen sloeg.

'Wat zei hij, mama?' vroeg Brenda met een rood gezicht van woede.

'Hij zei…' begon ze tussen diep ademhalen en snikken in. 'Hij zei dat er een crisis was in een of andere zaak en dat hij naar Memphis ging om met een paar advocaten te praten. Hij zei dat de besprekingen doorgingen en dat hij vannacht in Memphis blijft voor een rechtszitting morgenochtend in het federale gerechtshof inzake een faillissementsaanvraag.'

'Waarom heeft hij niet gebeld om ons dat te vertellen?' vroeg Brenda weer.

'Hij zei dat hij niet wist dat hij er zo nauw bij betrokken zou worden en het zo lang zou duren.'

'Draagt hij geen horloge meer?' wilde Brenda weten.

Mama begon te huilen. 'Ga verder met eten,' zei ze, en wenkte dat we weg moesten gaan.

'Ik heb geen honger.'

'Ik ook niet,' zei ik.

'Ik zal helpen het op te bergen,' zei Brenda tegen haar en gebaarde naar mij om weg te gaan en mama met rust te laten.

'Waarom is hij zo onnadenkend?' vroeg ik aan Brenda toen we terugliepen naar de eetkamer.

'Ik weet het niet en het kan me niet schelen. Als ik hem zie, heb ik hem het een en ander te vertellen,' zei ze.

Toen we opgeruimd hadden, probeerde ik mama gezelschap te houden, maar ze stuurde me weg en zei dat ik mijn huiswerk moest maken. Ze keek geen televisie of deed een van de dingen waar ze zich gewoonlijk 's avonds mee bezighield. In plaats daarvan ging ze vroeg naar bed. Het brak mijn hart toen ik de deur van haar slaapkamer zag dichtvallen. Ik wist dat ze huilde en zich ellendig voelde. Meer dan ooit hoopte en bad ik nu dat oom Palaver iets van zijn magische regenbogen in ons leven zou brengen.

Mama was de volgende ochtend vroeger op dan Brenda en ik. Het was niet moeilijk te zien dat ze zich in slaap had gehuild, maar ze bedwong haar depressie en tranen en praatte over niets anders dan over oom Palavers komst.

'Waarschijnlijk kun je maar beter op school blijven, April,' zei ze. 'De wedstrijd begint om vier uur, hè, Brenda?'

'Ja, mama, ze kan zolang bij mij wachten,' zei Brenda.

Ik vond het een opwindend idee. Ik wilde graag rondhangen bij de andere meisjes. Alleen al het luisteren naar hun gesprekken over zichzelf en hun sociale leven was amusant. Ik had het al een paar keer gedaan en voelde me net een vlieg op de muur als ik hoorde over het begin van een romance of het einde ervan. Ze kenden geen enkele gêne als ze praatten over hun seksuele gedrag. Meisjes die iets hadden gehad met dezelfde jongen maakten schokkende vergelijkingen, gaven hem punten voor zijn potentie. Ik merkte dat Brenda het negeerde en geen commentaar gaf, zelfs niet als de meisjes haar vertelden dat een of andere jongen belangstelling voor haar had getoond.

'Ik kan iets voor je regelen wanneer je maar wilt,' zei Shelby Okun. Brenda keek haar aan en schudde haar hoofd.

Brenda stond met geen van de meisjes uit haar klas op vriendschappelijke voet. Ze kwam zelden op een van hun party's. Haar sociale leven draaide om de sport. Soms ging ze in het weekend met twee andere meisjes, teamgenoten van haar, lange voet- of fietstochten maken.

Een enkele keer maakte ze een afspraak met een jongen, maar ze had nog niemand ontmoet die ze zei aardig te vinden of met wie ze een tweede afspraak wilde maken, en voor zover ik wist had ze in dit schooljaar nog geen enkel afspraakje gehad. Ze ging weleens naar een dansavond, en mama hoopte dat ze naar de junior prom zou gaan. Ze praatte er vaak over met Brenda, haalde herinneringen op aan haar eigen high-schooltijd. Ze liet ons graag haar foto's zien, vooral die tijdens haar prom waren genomen. Brenda luisterde beleefd, maar het scheen haar volkomen koud te laten. Haar enige belangstelling voor jongens tegenwoordig was ze te verslaan in diverse sportevenementen. Meer dan eens hoorde ik jongens elkaar plagen door te zeggen: 'Brenda Taylor veegt haar gat met je af,' over welke sport ze het ook hadden.

Ik hoorde ze ook andere dingen over haar zeggen en sommigen plaagden me zelfs met opmerkingen als: 'Wat doet je zus voor seks, op brandkranen zitten?'

Met bonzend hart ontvluchtte ik hun gelach en stiekeme glimlachjes. Ik wou dat Brenda een liefdesavontuur had en die grijnslach van hun gezicht kon vegen. Ik wilde het meer voor haar dan voor mijzelf. In mijn hart dacht ik dat ik nooit een vriendje zou hebben zolang ik niet was afgevallen. Ik was zo dom dat een keer aan Jamie Stanley te vertellen. Ze dacht even na, waarop ze, alsof ze bang was dat ik eerder een vriendje zou hebben dan zij, antwoordde: 'Ik denk dat jij nooit zult afvallen. Je bent bang om een vriendje te hebben.'

Was dat waar?

Kon zoiets waar zijn? Ik wilde dat ik het aan iemand kon vragen. Ik durfde het niet aan mama te vragen, uit angst dat ze slechter over me zou gaan denken, en zulke gesprekken had ik nooit met Brenda.

Ondanks alle afleiding en de zorgen, die me de hele dag niet loslieten, wist ik dat ik de repetitie maatschappijleer goed gemaakt had. Ik was ook heel attent in Leshmans klas en probeerde berouwvol over te komen. Mijn excuusbrief lag op zijn lessenaar, maar hij zei er verder niets over. De enige belangstelling die mijn klasgenoten hadden voor die ongelukkige episode was om te horen hoe gemeen decaan Mannville tegen me was geweest. Ik kon zien dat ze teleurgesteld waren door mijn verhaal en algauw wilde niemand er meer iets van weten.

Brenda liet me tijdens de lunchpauze bij haar en twee teamgenoten van haar zitten, met wie ze meestal samen lunchte, Nicole Lawford en Natalie Brandon, die beiden bijna net zo lang waren als zij. Het belang van de komende wedstrijd was vrijwel het enige waarover ze praatten. Ze moesten winnen om in de strijd te blijven voor de titel. Het hele gesprek draaide erom wie de beste en de slechtste werper van het team was en hoe ze elkaar moesten aflossen na een overtreding. Hoewel ik het erg saai vond en lang zo interessant niet als het normale gebabbel in de kleedkamer, probeerde ik een belangstellend gezicht te zetten.

Na de lunch ging ik naar de gymzaal en volgde Brenda naar de kleedkamer. Geen van de andere meisjes lette op me. Ik ging op een bank zitten en keek naar Brenda terwijl ze zich verkleedde. Hoewel ze geen woord meer over papa gezegd had, wist ik zeker dat ze hetzelfde dacht als ik: Zou hij samen met oom Palaver en mama naar de wedstrijd komen?

Ik keek naar de warming-up van Brenda en haar teamgenoten voor de strijd op leven en dood, zoals ze het noemden, en sloeg toen samen met hen de komst van het team van de tegenstander gade. De meisjes van dat team leken groter en ouder. Uit de gesprekken van Brenda en haar teamgenoten wist ik dat ze, net als ons team, nog onverslagen waren. Ik liet me meeslepen door de opwinding en een tijdje dacht ik niet meer aan papa.

De menigte supporters van beide teams begon ongeveer halfvier binnen te komen en de gymzaal raakte snel vol. Ik maakte me zenuwachtig over het vinden van goede plaatsen voor mama, oom Palaver en misschien papa. Het was moeilijk zoveel plaatsen te reserveren op de tribune. Eindelijk kwam mama, mét oom Palaver maar zonder papa. Mijn hart sprong op toen ik oom Palaver zag, maar ik voelde me teleurgesteld dat papa er niet was.

'Kijk toch eens!' riep oom Palaver uit zodra hij me zag. 'Je bent minstens dertig centimeter gegroeid sinds ik je de laatste keer gezien heb.'

'Nietwaar,' zei ik. 'Althans niet in de lengte.'

Hij lachte en gaf me een knuffel. Ik keek behoedzaam naar mama om haar gezicht te zien. Ze glimlachte, maar er lag een leegte in haar ogen die een koude rilling over mijn rug deed gaan.

'Waar is papa?' vroeg ik.

'We zien hem later,' antwoordde ze, en keek even naar oom Palaver, die zijn handen ineensloeg toen we gingen zitten, hij tussen ons in. Hij wreef zijn handen tegen elkaar en toen hij ze vaneen haalde, lag er een meisjeshorloge in zijn linkerpalm. Het had een ronde wijzerplaat met hartjes die op en neer wipten.

Mama lachte.

'Wel heb ik van m'n leven,' zei oom Palaver. 'Wat is dat nou?'

Hij pakte het horloge uit zijn palm en hield het omhoog.

'Moet van jou zijn,' zei hij, zich naar mij omkerend. 'Doe het eens om.'

Het zat erg strak om mijn pols, maar ik deed net of dat niet belangrijk was.

'Dank je, oom Palaver,' zei ik.

Hij leunde achterover en trok zijn mondhoeken omlaag. 'Ik heb het je niet gegeven. Ik heb geen idee hoe het daar gekomen is.'

Er werd gefloten. De teams werden voorgesteld. Brenda keek in onze richting en zag dat papa er niet was. Ik zag hoe ze haar schouders optrok toen ze zich omdraaide. Verdriet en teleurstelling hadden plaatsgemaakt voor woede. Maar ze wist al haar woede bot te vieren in haar spel. Toen ze de bal over het net smashte, leek het of hij een gat in de vloer zou boren. Het publiek keek bewonderend toe, en het applaus werd steeds luider. Onze kant juichte zo hard dat we de supporters van de tegenpartij overstemden. Vol ontzag en met een geamuseerd gezicht zag oom Palaver Brenda spelen.

'Je kan die meid beter te vriend houden,' zei hij toen ze de aanvoerster van de andere partij belette een tegenpunt te maken. De bal stuiterde van het hoofd van het arme kind, en ze viel pardoes op haar achterste. Het gelach bracht haar in verlegenheid en dat beïnvloedde de rest van haar spel. Brenda was intimiderend.

48

We behaalden een zwaarbevochten maar bejubelde overwinning, en niemand twijfelde eraan dat het aan Brenda te danken was. Ik kon het verdriet zien in mama's ogen omdat papa er niet geweest was om Brenda te zien spelen. Oom Palaver deed zijn best het goed te maken en bedolf Brenda onder de loftuitingen. Hij probeerde haar op te vrolijken door ook voor haar een horloge tevoorschijn te toveren, dit keer uit haar eigen vuist.

'Hoe heb je dat gedaan?' riep ze lachend uit.

Oom Palaver haalde zijn schouders op.

'Ik heb niks gedaan,' zei hij. 'Ik zag het tussen je vingers vandaan piepen, dat is alles.'

Een tijdlang waren we allemaal afgeleid. Op weg naar huis vertelde hij over zijn laatste reis en de shows die hij en Destiny hadden opgevoerd. Ze hadden de vorige week meegewerkt aan een variétévoorstelling, en hij zei dat er jongleurs en acrobaten bij waren zoals hij nog nooit had gezien.

'En er was een hond die woorden begreep. Ik zweer het je. Hij herkende kleuren, getallen. Het was ongelooflijk. Dát is nog eens magie,' zei hij.

'Wanneer leer ik Destiny eindelijk eens kennen?' vroeg mama.

'O, een dezer dagen valt onze vrije tijd nog weleens samen,' antwoordde hij snel.

'Misschien is ze ook een van oom Palavers illusies,' zei Brenda plagend.

Oom Palaver lachte, maar hij klonk nerveuzer dan gewoonlijk.

Pas toen we thuis waren, informeerde Brenda naar papa.

'Hij zei dat hij de hele dag in de rechtbank moest zijn,' antwoordde mama. 'We beginnen vast te eten zonder hem, want het zou weleens heel laat kunnen worden,' voegde ze eraan toe.

Brenda keek naar mij en toen naar oom Palaver, wiens ogen verrieden dat hij zich bezorgd maakte over mama.

'Geen probleem,' zei Brenda. 'We hebben oom Palaver. Hij kan papa tevoorschijn laten komen wanneer hij maar wil. Ja toch, oom Palaver?'

'Ja, lieverd,' zei hij, maar ik kon zien dat hij niet op dat onderwerp wilde doorgaan. 'Wat heb jij goed gespeeld vandaag! Ik was trots op je.'

'Dank je,' zei ze. Ze lachte naar ons en verdween naar haar kamer om zich te gaan kleden voor ons heerlijke diner. Misschien zou niemand anders het merken, maar ik zag het aan de manier waarop ze liep en aan de houding van haar schouders en haar hoofd dat verdriet en teleurstelling hun plaats weer heroverd hadden en de woede hadden verdreven.

Ze huilde weer vanbinnen. Verdronk in haar eigen verdriet.

Maar mama's diner was zo voortreffelijk, dat we ons allemaal weer wat beter voelden. Toen ze op het punt stond het dessert binnen te brengen, hoorden we de deur van de garage. Papa was thuis. Ik geloof dat we allemaal onze adem inhielden. Het leek haast of de wereld van glas was gemaakt en elk moment kon verbrijzelen en de scherven op ons neer zouden regenen.

Papa stond in de deuropening van de eetkamer. Ook ik had mijn verwijten tegen hem opgekropt, maar toen ik hem zag, verloor mijn woede plotseling zijn scherpte en veranderde in angst en zelfs droefheid. Ik kon me niet herinneren dat ik hem ooit zo vermoeid en zo verslagen had gezien.

'Hallo, Matt,' zei oom Palaver snel.

Papa knikte. Hij keek lange tijd naar mama en toen naar Brenda. 'Hoe ging de wedstrijd?'

'We hebben gewonnen,' zei ze zonder zelfs maar een glimlachje.

'Mooi. Dan hebben we tenminste één overwinning,' antwoordde hij.

'Ik heb alles voor je warm gehouden, Matt,' zei mama.

'Laat maar. Ik heb onderweg iets gegeten met Jack. Ik moet nog een paar dingen doen,' en hij liep de gang door naar zijn kantoor.

Ik durfde niet naar mama te kijken. Brenda hield haar ogen neergeslagen en brandde een gat in de tafel.

'Hij is gewoon moe, denk ik,' zei oom Palaver. 'Ik weet wat het is om te werken en te reizen. Het beneemt je volkomen de eetlust. Er zijn dagen dat ik nauwelijks genoeg eet om voor één maaltijd te kunnen doorgaan.'

'Misschien moet ik dan maar rondreizen,' mompelde ik. 'Dat zou papa prachtig vinden.'

Toen ik opkeek zag ik verbaasd hoe koud en hard Brenda's ogen waren. Ze staarde me zo strak aan dat ik even ineenkromp.

'Als je jezelf haat,' zei ze, 'zul je uiteindelijk iedereen haten. Laat je dat niet door hem aandoen.'

Ik kon bijna niet slikken. Ik keek naar mama, wier ogen vochtig waren. Ze stond snel op en begon de borden naar de keuken te brengen. Brenda en ik stonden ook op en hielpen haar de tafel af te ruimen.

'Hé, wacht even, Brenda,' zei oom Palaver toen ze de schaal couscous wilde pakken. Hij boog zich voorover en tilde hem langzaam op. Er lagen twee zilveren dollars onder. 'Dat dacht ik wel,' zei hij.

Brenda schudde glimlachend haar hoofd. 'Wanneer heb je dat gedaan?'

'Ik? Ik heb niks gedaan. Die moeten voor jullie zijn,' zei hij.

We lachten en gingen verder met afruimen.

'Straks,' fluisterde Brenda, 'zal ik hem vragen een laken over papa heen te gooien, wat hocuspocus te mompelen, de man die we papa noemen te laten verdwijnen en de vader terug te brengen die we vroeger hadden. Dat zal bewijzen of hij echt een goede goochelaar is of niet.'

Ik glimlachte nerveus. Ik kon niet ontkennen dat papa voor ons allemaal een vreemde was geworden. Brenda's wens was ook mijn wens, maar het bleek dat we oom Palaver niet nodig hadden om iemand te laten verdwijnen. Papa besloot dat geheel op eigen houtje te doen.

Het gebeurde die avond. Na het eten gingen we gevieren naar de zitkamer, en oom Palaver bleef ons vermaken met een paar van zijn nieuwe goocheltrucs en onvoorstelbare kaarttrucjes, vooral toen hij me vroeg aan een kaart te denken en daarop aan Brenda vroeg die uit het spel te trekken, wat ze deed. Ik begon me af te vragen of het echt iets met magie te maken had. We waren zo afgeleid dat we een tijdlang niet merkten dat papa nog steeds in zijn kantoor was. Mama besefte het als eerste en ging kijken wat hij uitvoerde. Ik volgde haar naar de deur van de zitkamer en keek haar na toen ze door de gang liep. Ik zag dat ze verbaasd opkeek toen ze merkte dat de deur van zijn kantoor op slot was. Ze klopte en riep hem. Hij zei iets; ze bleef een tijdje staan en liep toen terug naar de zitkamer.

'Hij komt zo,' zei ze tegen ons en forceerde een glimlach op haar bezorgde gezicht.

Oom Palaver bleef ons bezighouden met verhalen over de diverse mensen die hij op de weg tegenkwam. Hij had op een aantal universitaire campussen opgetreden, en Brenda wilde graag horen wat hij daarover te zeggen had. Ze was begonnen verschillende universiteiten te overwegen, en het voornaamste voor haar was natuurlijk welke sportgelegenheden ze jonge vrouwen boden.

Ik was de eerste die begon te geeuwen, maar ik stak iedereen aan. Oom Palaver was heel vroeg opgestaan en had de hele dag gereden om op tijd te zijn voor Brenda's wedstrijd. Mama bekende dat ze ook moe was.

'Morgen is het zaterdag,' zei mama. 'Ik weet zeker dat Matt dan tijd zal hebben om ons gezelschap te houden. Misschien kunnen we gaan lunchen of dineren,' ging ze verder. Het kleine vlammetje van hoop brandde nog steeds in haar ogen.

'Natuurlijk,' zei oom Palaver. 'Hij werkt hard. We weten nu van wie Brenda haar toewijding en doorzettingsvermogen heeft, hè?' zei hij met een glimlach naar haar.

Brenda was niet in de stemming om hoe dan ook met papa te worden vergeleken. Ze trok een lelijk gezicht. 'Het lijkt me dat mama degene is met toewijding en doorzettingsvermogen,' zei ze tegen oom Palaver.

Hij bleef glimlachen, maar ik kon zien dat hij ook van streek was. 'Oké, laten we allemaal gaan slapen, dat zal ons goed doen,' zei hij. 'Nora, bedankt voor het heerlijke eten.'

Hij gaf haar een zoen en wenste haar welterusten en een ogenblik, een langer ogenblik dan gewoonlijk, dacht ik, klampte ze zich aan hem vast. Toen gaf hij ons allebei een nachtzoen en ging naar de logeerkamer.

'Ik ga ook gauw naar bed,' zei mama tegen Brenda en mij. We begrepen dat ze wilde wachten tot papa uit zijn kantoor kwam.

'Morgen zal ik het er met hem over hebben,' waarschuwde Brenda me bij de deur van mijn kamer. 'Ik zal proberen hem bij mama vandaan te krijgen. Als je me dat ziet doen, hou jij haar dan bezig.'

'Ik zou erbij moeten zijn.'

'Maak je niet ongerust. Je zult erbij zijn. Hij weet dat ik niet alleen voor mezelf praat.'

'Je was geweldig vandaag, Brenda. Ik was apetrots op je.'

Ze glimlachte en sloeg haar armen om me heen. 'Het was gemakkelijk,' zei ze. 'Elke keer dat ik de bal moest raken verbeeldde ik me dat ik papa's gezicht erop zag.'

Ik dacht dat ze zou glimlachen of lachen toen ze dat zei, maar dat deed ze niet. Dat, meer dan al het andere wat er gebeurd was in de tijd van Mr. Hyde, maakte dat ik me bedroefd voelde en toen bang. Ik voelde me zo gedeprimeerd door alle teleurstellingen en tranen, dat ik naar bed ging met de gedachte dat ik zou liggen draaien en woelen en het onmogelijk zou vinden om in slaap te vallen. In plaats daarvan zonk ik weg in de matras. Ik had me niet gerealiseerd hoe uitgeput ik was door alle emotionele spanningen. Tot mijn verbazing, en verrukking, viel ik vrijwel onmiddellijk in slaap.

Het geluid van een slaande deur, gevolgd door een gil en het afschuwelijke ritme van een constant, luid gesnik, wekte me abrupt. Even dacht ik dat ik droomde. Ik keek op de klok en zag dat het twee uur in de ochtend was. Het licht uit de gang dat onder mijn deur door scheen, zei me dat iemand klaarwakker was. Snel stond ik op, trok mijn ochtendjas en mijn slippers aan en liep naar de deur. Ik zag meteen dat Brenda niet in haar kamer was. Haar deur stond wagenwijd open.

Ik besefte dat het gesnik uit de zitkamer kwam en holde erheen. Ik schrok toen ik Brenda, mama en oom Palaver zag, ook in hun ochtendjas. Brenda en oom Palaver zaten naast mama, die naar de koffietafel keek, waarop papieren keurig in rijen waren neergelegd.

'Wat is er gebeurd?' vroeg ik. Mijn hart bonsde zo hard dat ik bang was dat mijn borst zou splijten onder mijn ontluikende borsten.

'Papa is weg,' zei Brenda, en mama viel in oom Palavers armen. Ze sloot haar ogen.

'Weg? Hoe bedoel je, weg?' vroeg ik, mijn armen om me heen slaand. Ik had het ijskoud alsof er een emmer ijswater over me heen was gegooid.

'Weg betekent niet langer hier,' zei Brenda droogjes. 'Het betekent vaarwel.'

'Ik begrijp het niet,' zei ik, en begon nu zelf ook te huilen.

Brenda sloeg haar ogen neer. Mama slikte haar tranen in en ging rechtop zitten, veegde haar wangen af.

'Je vader heeft ons verlaten, April,' zei ze, met zo'n gebrek aan emotie dat het me deed huiveren. 'Hij heeft zijn vertrek kennelijk al een tijdlang voorbereid. Hij heeft bijvoorbeeld zijn praktijk verkocht zonder dat ik er iets van wist, en al die zaken waaraan hij zogenaamd werkte bestonden niet. Hij heeft ons een aanzienlijk inkomen nagelaten. Alle papieren liggen hier,' zei ze, en raakte een van de stapeltjes aan. 'Keurig en efficiënt geordend. Ik denk dat er geen vraag onbeantwoord zal blijven.

'Feitelijk is hij vertrokken als een rat die het zinkende schip verlaat,' ging ze verbitterd verder. 'Hij heeft niet eens de moeite genomen zijn eigen kleren mee te nemen. Maar ook daarvoor heeft hij instructies achtergelaten,' ging ze verder, en pakte een dossier uit een stapel. 'Oom Palaver kan ervan nemen wat hij wil, en de rest gaat naar de Angel View Thrift Shop; de opbrengst is bestemd voor behoeftige kinderen. Hij heeft zelfs het grootste deel van zijn persoonlijke sieraden achtergelaten.'

Ik liep verder de kamer in en staarde naar de papieren. Ik keek naar Brenda, die haar hoofd omdraaide.

'Wanneer heeft hij dat allemaal gedaan?' vroeg ik met trillende lippen.

'Wanneer? Veel ervan in de afgelopen maand of weken, denk ik. Gisteravond zat ik op hem te wachten, maar hij was in zijn kantoor bezig dit allemaal te sorteren. Ten slotte klopte ik aan en zei dat ik naar bed ging en hij zei...' Ze begon weer te huilen. Oom Palaver hield haar stevig vast en streek over haar haar.

'Rustig, Nora, rustig.'

Ze vermande zich voldoende om verder te gaan. 'Hij zei: "Welterusten, Nora. Blijf niet voor me op." Niet voor hem opblijven. Niet opblijven,' herhaalde ze.

'Waarom heeft hij dat gedaan? Waar is hij naartoe?'

'Doe niet zo stom,' zei Brenda. Haar stem droop van venijn. 'Waar denk je dat hij naartoe is? Hij is er met een vrouw vandoor.'

'Maar dat kan niet!' riep ik uit. Ik keek naar oom Palaver. Op zijn gezicht viel weinig hoop te lezen dat het niet zo was. Hoe dwaas en onbeduidend papa oom Palavers leven ook had gevonden, voor mij was hij nog steeds een man van de wereld. Hij zou de realiteit kunnen en willen zien van gebeurtenissen die ik niet kon doorgronden.

Hij schudde slechts vol ongeloof zijn hoofd.

'Hoe kon papa zomaar de deur uitlopen en ons vergeten?' kermde ik.

'Dat vind ik nog het minst verbijsterende ervan,' zei Brenda.

'Wat dan wél?' vroeg ik.

Ze keek naar mama. 'Vertel het haar, mama. Vertel haar wat je hebt ontdekt nadat je dit alles gevonden had.'

Mama keek naar mij. Haar ogen zagen zo rood dat ik dacht dat ze straks bloed zou gaan huilen. 'Hij heeft alle fotoalbums in huis doorgekeken. Hij heeft alle foto's van hemzelf vernield en zijn afbeelding uit elke foto geknipt waarop hij staat met ons of met mij, zelfs onze trouwfoto!' gilde ze.

Het was of er een donderslag door mijn hoofd dreunde.

Ik draaide me om en keek naar de schoorsteenmantel. De foto van haar en papa uit hun verlovingstijd was verdwenen.

'Ook al onze vakantievideo's zijn verdwenen. Ik heb overal gezocht. De fotoalbums heb ik in zijn kantoor gevonden,' ging mama verder, diep ademhalend. 'Het was het eerste wat ik zag toen ik besefte dat hij niet in bed lag.

'De deur van zijn kantoor stond open en de albums lagen verspreid op de grond naast zijn bureau. Ik ben door het huis gelopen om hem te zoeken en zag al die papieren op tafel liggen.'

'Ik hoorde een gil,' zei oom Palaver, 'en ben zo gauw ik kon naar beneden gegaan.'

'Ik ook,' zei Brenda. 'Nu begrijp ik waarom ik die foto niet kon vinden waarover ik je vertelde, die waarop ik de trofee in ontvangst nam. Ik had zijn glimlachende gezicht op onze deur willen plakken, weet je nog?'

Het was of ze hun doen en laten opsomden nadat er een zware misdaad was gepleegd. Ik zakte langzaam door mijn knieën en ging op de grond zitten. Ik staarde naar de papieren op de tafel.

'Hij heeft een brief voor ons achtergelaten,' ging Brenda verder met omlaag getrokken mondhoeken. Ze schoof de brief naar me toe.

'Een brief?'

Mama begon weer te huilen.

Ik keek haar aan, pakte de brief op en begon te lezen.

Lieve Nora, Brenda en April,
Na lang nadenken ben ik tot de conclusie gekomen dat dit de beste manier is om de situatie op te lossen. Wat ik het liefst zou willen is dat jullie me zo snel en pijnloos mogelijk vergeten. Ik weet dat het een vreemd verzoek is, maar ik moet het doen, meer ter wille van jullie dan van mij. Zoals je zult zien, zijn jullie financieel goed verzorgd en hebben jullie op dat gebied geen zorgen. Ik realiseer me dat ik niet anders kan doen dan jullie verdriet en

ongeluk bezorgen, en dat zou niet eerlijk zijn tegenover jullie.
Het is beter dat jullie een korte periode van verdriet doormaken
dan leven zoals we nu doen.
Matt

Matt?
Hij heeft niet eens ondertekend met papa, dacht ik. De brief trilde in mijn bevende vingers. Ik legde hem zo snel neer, dat iemand
had kunnen denken dat ik me eraan brandde. Dat deed ik ook, maar
hij brandde in mijn hart. Niemand zei iets, en toen begon Brenda
plotseling te lachen. Ze lachte zo hard, dat de tranen uit haar ogen
rolden.
'Hoe kun je nu op zo'n moment lachen, Brenda?' vroeg mama
verbaasd.
Brenda bleef lachen.
'Brenda!' riep mama.
Brenda hield op met lachen en haalde diep en lang adem. 'Snap
je het dan niet, mama? Snap je het niet?'
'Wat moet ik snappen?'
'Oom Palaver heeft het gedaan. Hij heeft de vreemdeling laten
verdwijnen. Hij is inderdaad een groot goochelaar.'

4. Papa's geheim

Iedereen die bij ons binnen was gekomen of onze gezichten had gezien, had beslist gedacht dat we in de rouw waren. Zelfs oom Palaver, die zich altijd leek te bewegen in een sfeer van kinderlijke onschuld omgeven door optimisme en blijdschap, liep met gebogen hoofd en doffe, sombere ogen. Hij deed wat hij kon om mama te troosten, maar ze was ontroostbaar.

Ondanks alles wat hij had gedaan, wilde ik papa niet haten. Ik deed heel erg mijn best om die gevoelens te verdringen. Ik voelde me meer als iemand die een klap op zijn hoofd had gekregen, verbijsterd, verward, verloren. Brenda daarentegen verhardde nog meer, ze sleepte verbittering achter zich aan als een spoor door de modder, waar ze ook ging.

'Laat dit een goede levensles voor je zijn, April,' zei ze de volgende dag tegen me. Ze zat in de zitkamer en staarde naar de oprit en het basketbalnet met achterwand, waar zij en papa zo vaak hadden gespeeld. Alsof het weer wist hoe het zich aan onze stemming moest aanpassen, was de lucht bewolkt en somber. Schaduwen spatten om ons heen in een melancholieke stortregen.

Brenda keek me niet aan toen ze het zei. Ze bleef haar blik gericht houden op de herinneringen, dacht ik, omdat ik ook een ander tafereel zag daarbuiten. Ik hoorde papa's lach, zag hem verbaasd zijn hoofd schudden als Brenda hem passeerde of een bijna onmogelijk punt maakte.

'We hebben een echte ster in ons midden, April,' zei hij.

Ik was jaloers op de manier waarop ze met elkaar omgingen, al wedijverden ze fel met elkaar. In ieder geval deden ze iets samen. Het enige wat ik kon doen was de bal pakken als hij over de zijlijn stuiterde en naar hen teruggooien. Ik was net een jong hondje dat wachtte op een aai over zijn kop. Soms kreeg ik die, soms niet.

'Het ergste wat je kunt doen,' ging Brenda verder, haar ogen nog steeds gericht op het basketbalnet, 'is je volledig aan iemand geven, zoals mama heeft gedaan. Je ziet hoeveel goed haar dat heeft gedaan. Je moet de waarheid onder ogen zien: er bestaat niet zoiets als een volmaakte liefde.'

Ze draaide zich naar me om. Ik durfde niets te zeggen of me zelfs maar te verroeren. Ik had de hele dag door het huis gezworven, had minutenlang in de deuropening van papa's kantoor gestaan, starend naar zijn bureau en zijn boeken. Hij had alle foto's van hemzelf weggenomen of vernietigd, maar de kamer schreeuwde het nog steeds uit: Papa!, ook al was hij opzichtig leeg. Het leek echt of oom Palaver hem had laten verdwijnen.

Hoe kon ik hem zo intens voelen als hij niet weer zou verschijnen? dacht ik hoopvol.

'Wil je weten waarom er nooit een volmaakte liefde kan bestaan, April? Dat zal ik je vertellen,' zei ze, voordat ik een kik kon geven. 'We zijn allemaal te zelfzuchtig. Dat is de reden. Diep in ons hart zijn we allemaal egoïsten. We kunnen het niet laten onszelf een plezier te doen. Denk daaraan, April. Prent het goed in je hoofd en in je ziel.' Ze draaide zich om en keek weer uit het raam.

Mama was in haar slaapkamer; de deur was gesloten. Oom Palaver was in de logeerkamer, probeerde waarschijnlijk een plan te bedenken, een manier om de situatie te redden. Ik had gehuild tot ik geen tranen meer had. Mijn ogen waren failliet.

'Misschien kunnen we ontdekken waar hij naartoe is,' zei ik.

Brenda draaide zich weer naar me om en even dacht ik dat ik misschien een goede suggestie had gedaan. Ze keek alsof ze dacht dat het mogelijk was. Toen glimlachte ze, maar het was die ijskoude, plastic glimlach, die ze kon opplakken om aan te geven dat ze op het punt stond een bal van doornen in iemands gezicht te gooien.

'Waarom, April? Om hem te smeken thuis te komen? Wil je zelfs wel dat hij hierna nog thuiskomt? Nou? Wil je dat?'

Wat moest ik zeggen? Ja, ik wilde het. Ik wilde hem terug, zodat we hem konden veranderen, hem laten inzien hoe geweldig we waren en hoe geweldig zijn leven met ons was geweest. Ik geloofde nog steeds in ons.

'Dit is een van die levenservaringen die je moeten helpen je kindertijd te begraven, April,' zei Brenda. 'De tijd van zuurstokken, dropjes en bellenblazen is voorbij. Je zult nu heel snel volwassen worden. Als je je realiseert hoe alleen op de wereld je feitelijk bent, word je volwassen of je gaat ten gronde.

'Het lijkt veel op wat je beleeft op het basketbal- en volleybalveld. Je bent afhankelijk van je teamgenoten, maar je moet presteren, en zij moeten presteren, anders verlies je. Zo simpel is het, winnen of verliezen. Weet je wat uiteindelijk het enige belangrijke is? De score. Dat is het, April, de score. De rest... allemaal lulkoek. Vergeet die onzin van: "Het gaat er niet om of je wint of verliest, maar hoe je speelt." Dat telt uiteindelijk niet mee. De mensen hebben respect voor winnaars, niet voor goede verliezers.

'Wij zullen geen goede verliezers worden,' bezwoer ze me. 'Geloof me, wat papa heeft gedaan zal me niet tot een verliezer maken.' Ze wendde haar blik af en draaide zich toen snel weer naar me om, leek plotseling op de humeurige papa. 'En ik wil niet dat je hier treurig rondsloft en in een hoekje zit te huilen. Daar schiet mama niks mee op. Niet alleen blijven we bij elkaar, het zal beter worden dan ooit. Begrepen?' schreeuwde ze praktisch.

Ik knikte.

'Goed. Als iemand vraagt wat er gebeurd is, vertel je de waarheid en gaat verder met wat je doen moet. Je haalt geen onvoldoendes voor je repetities en je raakt niet in moeilijkheden op school, zoals iedereen van je zal verwachten, April. Jij zult beter studeren. Ik zal beter spelen. Ik zal elke trofee winnen die ik maar kan, want ten slotte zal dát papa duidelijk maken hoe we werkelijk denken over wat hij heeft gedaan en hoe we werkelijk over hém denken. Begrijp je? Begrijp je?' Haar stem klonk bijna hysterisch.

'Ja, Brenda.'

'Goed. Goed.' Ze blies lucht door haar lippen en stond op. 'Ik ga hardlopen,' zei ze. 'Voor het geval iemand mocht vragen waar ik ben.'

Ze ging haar joggingpak en gymschoenen aantrekken en ik ging naar mijn kamer om mijn huiswerk te maken. Meestal, zoals iedereen die ik kende, stelde ik het tot het laatste moment uit, maar ik wilde bezig zijn, zodat ik geen tijd had om na te denken. Een deel van me bleef geloven dat het allemaal een boze droom was of in ieder geval een misverstand. Dit kon niet het einde van alles zijn. Er moest een betere verklaring en een betere oplossing zijn.

Laat in de middag kwam mama haar kamer uit om ons eten klaar te maken. Ik ging haar helpen en oom Palaver zat aan de keukentafel toe te kijken en te praten.

'Ik heb besloten wat langer te blijven, Nora,' zei hij tegen mama.

'Als jij dat goedvindt.'

Ze stopte met haar bezigheden. Ze huilde niet meer, maar haar gezicht zag er zo bleek en vermoeid uit dat ze in een paar uur jaren ouder leek te zijn geworden.

'Nee, Warner, ik wil niet dat je je optredens afzegt om voor babysitter te spelen. Het gaat prima met me, en het zou me alleen maar nog bedroefder maken om te weten dat ik je belemmerde in je carrière.'

'Mijn carrière,' zei hij minachtend.

'Het is werk dat je graag doet, Warner. Kleineer jezelf niet omdat... omdat sommige andere mensen dat deden. Als je je brood kunt verdienen met iets wat je graag doet, heb je succes,' hield mama vol.

Oom Palaver glimlachte. 'Jij was altijd mijn beste cheerleader, Nora.'

'En dat ben ik nog steeds, dus vergeet het maar dat ik triest in huis rondloop.'

Hij knikte. 'Ik kan terugkomen tijdens mijn reis naar het westen,' zei hij.

'Doe niets wat je van je route afbrengt, Warner. Ik waarschuw je.'

'Oké, oké.'

'Wanneer ga je weg, oom Palaver?' vroeg ik.

'Ik moet morgen in Raleigh zijn.'

'En Destiny?' vroeg ik weer.

'We zien elkaar daar.'

'Dan zou ik maar vroeg vertrekken,' zei mama. 'Het weer wordt er niet beter op. Ze voorspellen storm.'

Hij knikte. 'Ik bel je zodra ik kan,' beloofde hij.

'Maak je over ons geen zorgen,' zei ze, en wijdde zich weer aan het eten.

Oom Palaver keek naar mij en glimlachte. 'Natuurlijk niet. Je hebt twee geweldige vrouwen om je te helpen.' Hij schoof de mouwen van zijn hemd op. 'Oké, April,' zei hij en boog zich naar voren. 'We hebben een peper-en-zoutvaatje.'

Hij plaatste ze naast elkaar op tafel.

'Ik wil dat je ze ergens, onverschillig waar, op tafel zet.' Hij tilde ze op en gaf ze aan mij.

Mama's glimlach maakte dat ik ze snel aanpakte.

'Toe dan, waar je maar wilt,' zei hij.

Ik zette ze neer op het andere eind van de tafel, zover mogelijk bij hem vandaan.

'Oké, ik moet me even concentreren,' zei hij en sloot zijn ogen terwijl hij met duim en wijsvinger op zijn slapen drukte. Toen knikte hij. 'Voor elkaar. Til eerst het zoutvaatje maar op.'

Ik keek naar mama. Waar was hij mee bezig? Ze haalde haar schouders op en ik tilde het zoutvaatje op. Eronder lag een glimmende nieuwe penny.

'Hoe kon...'

'Til nu de peperstrooier maar op.' Ik deed het en op de tafel lag weer een glimmende nieuwe penny. 'Dat zijn gelukspennies,' zei hij. 'Controleer het maar.'

Ik keek hem aan. Er leek niets vreemds aan het peper-en-zoutvaatje. Geen van beide leek bij de truc te horen, maar natuurlijk moest ik sceptisch blijven.

'Mama, zijn die strooiers van ons?' vroeg ik.

'Ja.'

'Hoe heb je dat gedaan, oom Palaver?'

'Een echte goochelaar verklapt nooit zijn geheimen,' zei hij. 'Maar deze keer zal ik het doen. Ik heb het met magie gedaan.'

Mama lachte.

Het was zo'n heerlijk geluid, dat de tranen in mijn ogen sprongen. Ik wilde dat oom Palaver bij ons kon blijven, alleen al om ons steeds weer aan het lachen te maken, maar Brenda had gelijk. We waren nu op onszelf aangewezen.

Zoals altijd als Brenda iets aan sport had gedaan, hardlopen bijvoorbeeld, zag ze eruit of ze weer op krachten was gekomen, niet uitgeput, maar sterker en zeker niet zwakker en vermoeid. Ze zag er energieker uit dan ooit. Het was gemakkelijk te zien dat ze zich vast had voorgenomen om niet te huilen of zelfs maar een verslagen indruk te maken. Ik had haar nog nooit zo spraakzaam meegemaakt als die avond aan tafel. Het was alsof ze erop uit was om geen lange, melancholieke stiltes in het gesprek te laten vallen. Ze praatte over de komende wedstrijd tegen de kampioen van North Carolina en onthulde toen voor het eerst een paar plannen voor haar carrière. 'Natuurlijk hoop ik op een dag voor het Olympische volleybalteam van de VS te worden gekozen. Ik wil sportlerares worden, maar dan aan een universiteit en niet aan een middelbare school. Op de universiteit vind je meer toegewijde jonge vrouwelijke atleten. Dat vind ik prettiger. Wat denk jij, mama?' Mama keek enigszins verbaasd op. We konden zien dat ze er nog niet aan toe was zich in dergelijke serieuze kwesties te verdiepen. Meestal had papa daartoe de aanzet gegeven. Hij sprak altijd erg overtuigend, maar mama deed haar best om helder te denken.

'Natuurlijk, Brenda. Dat klinkt heel goed. Je houdt van sport en zoals ik vandaag tegen je oom zei,' ging ze verder met een blik op oom Palaver, 'werk doen waar je van houdt en daarmee je brood verdienen, betekent voor mij dat je succes hebt. En nu we het toch daarover hebben,' vervolgde ze, nu Brenda haar had gedwongen aan iets anders te denken dan aan papa, 'ik denk erover zelf ook weer aan het werk te gaan.'

'Dat is een uitstekend idee,' zei Brenda, en ze keek naar mij met een blik die me aanspoorde ook mijn stem te verheffen.

'Ja, mama, dat is een goed idee.'

'Misschien ga ik zelfs wel terug naar de universiteit om mijn rechtenstudie af te maken,' voegde mama eraan toe, aangemoedigd door ons enthousiasme.

'Je zou lid kunnen worden van een studentenvereniging,' zei oom Palaver lachend.

Was het een wonder? Een tijdlang zaten we te lachen en genoten van het eten en elkaars gezelschap. Daar was ik blij om, maar het gaf me ook een beetje vreemd gevoel. Onwillekeurig luisterde ik of ik papa's auto en de garagedeur hoorde, verbeeldde me dat hij het huis binnenkwam en in de deuropening van de eetkamer verscheen. De papa van mijn verbeelding was de oude papa, die een grapje zou maken en net doen of hij het erg vond dat we zonder hem waren gaan eten.

Wat is dat nou? hoorde ik hem zeggen. *Geloofden jullie dat echt? Dachten jullie echt dat ik mijn drie vrouwen in de steek zou laten?*

Brenda zag dat ik naar de deur keek en er kwam een verwijtende blik in haar ogen.

Er viel even een korte stilte in het gesprek en gelach.

'Goed,' zei mama met een diepe zucht. 'Ik denk dat ik me maar beter kan gaan voorbereiden op de telefoontjes. Dit is een kleine gemeenschap. Je weet hoe snel praatjes de ronde doen. Natuurlijk zullen ze zich allemaal afvragen hoe het zover heeft kunnen komen zonder dat ik iets in de gaten had, hoe hij zijn praktijk in de steek heeft kunnen laten en een nieuw leven beginnen, wat het ook mag zijn dat hij heeft gedaan. Ze zullen me wel een stomme idioot vinden.'

'Nee,' zei Brenda. 'Hij is degene die een modderfiguur slaat. Waag het niet jezelf hiervan de schuld te geven, mama.'

'Nee!' riep ik uit.

Mama glimlachte. 'Mijn cheerleaders, Warner,' zei ze tegen oom Palaver.

'Ik wou dat ik ze bij me had,' antwoordde hij. Hij dacht even na. 'Die man moet volslagen gek zijn om ze in de steek te laten. Brenda heeft gelijk. Uiteindelijk zullen de mensen meer medelijden met hém hebben.'

Als een voorspelling bleven zijn woorden in de lucht hangen.

Hoewel Brenda het niet liet merken, was ze net zo bedroefd als ik, zo niet bedroefder, toen oom Palaver de volgende ochtend aanstalten maakte om te vertrekken. Hij leidde ons rond in zijn camper om te laten zien welke nieuwe snufjes hij had aangeschaft. Ik ging achter het stuur zitten en verbeeldde me dat ik rondreisde, staten en landschappen uitpakte als kerstcadeautjes terwijl ik door het land trok. Nog nooit had oom Palavers leven er zo aantrekkelijk uitgezien als op dat moment. Ja, hij had natuurlijk geen gezin dat met hem meeging en waarvoor hij verantwoordelijk was. Nog niet in ieder geval.

Misschien zou hij het met Destiny nog eens krijgen, al sprak hij nooit over haar als zijn vriendin of verloofde. Was hij bang dat ze hem op een dag zou teleurstellen, hem ontrouw zou worden? Wilde hij eeuwig ongebonden blijven? Was hij de vrije vogel die hij leek te zijn, liet hij zich meeslepen door elke gril of gedachte die bij hem opkwam, accepteerde of weigerde hij uitnodigingen naar het hem uitkwam? Elke dag bracht een of andere onverwachte verrassing. Er waren mislukkingen en onprettige ervaringen, maar hij hoefde maar achter het stuur te gaan zitten, de motor te starten en weg te rijden, om alle onaangenaamheden achter zich te laten, ze te vergeten als een boze droom.

Dat zou hij ongetwijfeld ook doen als hij bij ons vandaan was, dacht ik. O, hij zou zich zorgen maken over mama, maar hij zou het zo druk hebben met zijn werk en zijn reizen, dat hij die zorg niet zo intens zou voelen als hier bij ons. Ik nam het hem niet kwalijk, nee, ik benijdde hem.

Neem me mee. Ik droomde ervan hem dat te vragen.

'Nora,' zei hij, toen we buiten bij zijn camper stonden, 'ik had dit bij me om aan Matt te geven, maar nu geef ik het aan jou.' Hij overhandigde mama een envelop met de cheque voor de terugbetaling van de lening die papa hem een tijdje geleden had gegeven.

'Dat hoef je me nu niet te geven, Warner,' zei ze.

'Dat moet ik wél. Ik wil niemand geld schuldig zijn.' We wisten dat hij bedoelde dat hij het papa niet schuldig wilde zijn. 'Brenda, bewaar kopieën van al het nieuws op de sportpagina's. Overal waar ik kom zal ik opscheppen over mijn nichtje.'

'Dank je, oom Palaver, ik zal het doen.'

'En, April, blijf onder dingen kijken. Magie doet zich voor als je die het minst verwacht.'

Brenda en ik omhelsden en zoenden hem, en toen keek Brenda me aan om me duidelijk te maken dat we hem en mama even alleen moesten laten.

'Ik moet aan mijn huiswerk,' zei ze.

'Ik ook,' viel ik haar bij. We liepen naar binnen, maar bleven staan achter de deur en keken door het raam. Mama stond met gebogen hoofd en oom Palaver praatte tegen haar. Ten slotte stak hij zijn armen naar haar uit en drukte haar tegen zich aan. Hij gaf haar een zoen op haar voorhoofd, draaide zich om en stapte in de camper. Mama bleef met over elkaar geslagen armen staan en keek hem na toen hij wegreed. Ze zag er zo klein en eenzaam uit, dat ik me moest bedwingen om niet naar buiten te rennen en mijn armen om haar heen te slaan.

'Laat haar met rust,' zei Brenda ferm. 'Hoe meer je in haar armen uithuilt, hoe langer het duurt voor ze weer met beide benen op de grond staat. Als we een wedstrijd verliezen, voelen we ons een tijdje ongelukkig, maar we kijken vooruit naar de volgende, April. Anders kunnen we er net zo goed mee ophouden. Begrijp je?'

Ik knikte.

'Kom,' zei ze. 'Ik daag je uit voor een spelletje schaak. In de stemming waarin je nu bent, zal ik je met vlag en wimpel verslaan.'

'Vergeet het maar.'

De glimlach begon in haar ogen. Ik kon haar horen denken: *Goed zo, meid. Dát is mijn zus.*

Mama had gelijk met wat er weldra zou volgen. Het nieuws van papa's vertrek verspreidde zich snel. De telefoontjes begonnen de week erop en bleven voortduren. De meeste vrouwen die haar belden gebruikten als excuus dat ze belden om te horen hoe het met haar ging en of ze iets konden doen om te helpen. Wat ze feitelijk allemaal wilden was in de intieme kring doordringen, precies weten wat er aan de hand was, zodat zij de nieuwsbulletins konden doorgeven. Gelukkig kwamen de meeste telefoontjes als Brenda en ik op school waren. Als we thuis waren en we hoorden haar de telefoon opnemen en praten, klonk haar stem altijd zo ijl, zo zacht, zo verdrietig.

Ondanks haar dappere uitspraken en haar voornemens om zich staande te houden, was ze niet op zoek naar werk en ging er zelfs niet op in als een ander de mogelijkheid te berde bracht. Teruggaan naar de universiteit was een verre, ongrijpbare droom. Ze verliet het huis alleen om te doen wat er gedaan moest worden, en elke avond vertelde ze ons weer over iets dat papa gedaan had, iets goeds. Het was gemakkelijk te zien dat ze zich vastklemde aan de hoop.

'Je vader heeft geregeld dat al onze effecten beheerd worden door een bankier. Ik hoef me nergens om te bekommeren,' vertelde ze. 'En hij heeft ervoor gezorgd dat de man die voor zijn kantoor zorgt, dat ook doet voor ons huis en alle problemen daarmee. Ik hoef echt niets te doen, nergens te zijn. Alle rekeningen worden automatisch betaald. Ik hoef niet eens naar de bank,' zei ze, toen we haar aanspoorden om vaker naar buiten te gaan.

Brenda en ik begrepen algauw dat ze thuis wilde zijn, in de buurt van de telefoon, voor het geval papa zou bellen, zich verontschuldigen, smeken om terug te mogen komen. Dat telefoontje kwam nooit.

Op school trok Brenda zich minder dan ik aan van de andere leerlingen, vooral meisjes uit haar team die vragen of commentaar hadden over ons leven. Zelfs zonder de recente gebeurtenissen was ze minder toegankelijk en kwetsbaar. Het leek dat ze een dikkere huid had dan ik. Haar agressiviteit op het sportterrein zette zich voort in de klas en in de schoolgangen. De meeste meisjes waren lang niet zo prestatiegericht als zij en de meesten hadden er geen behoefte aan haar uit te dagen. Achter haar rug praatten ze natuurlijk over haar, maar het kon Brenda niet schelen. Ze leek erboven te staan, zich te bewegen op haar eigen niveau, haar eigen hoogte, de anderen jaren vooruit. Het was of ze lang geleden vertrokken was en haar lichaam nog steeds bezig was met inhalen.

Degenen die me altijd voor de gek hielden met mijn gewicht of wat dan ook, waren er als de kippen bij om me te plagen met papa. De jongens zeiden dingen als: 'Hij moest weg om te zorgen dat hij iets te eten kreeg. Waarschijnlijk at jij thuis alles op.' Ik zal niet zeggen dat het niet pijnlijk was, maar Brenda's vermaningen wogen zwaarder. Ik reageerde niet en vocht niet terug. Het laatste wat ik wilde was nu in moeilijkheden komen. Na een tijdje keerde de ongeïnteresseerdheid terug. Per slot was ik een te saai onderwerp, en het weinige wat ze ermee wonnen of leuk vonden was niet voldoende om het plagen in stand te houden.

Ik legde me toe op mijn studie, en tot ieders verbazing, ook die van mijzelf, begonnen mijn cijfers aanzienlijk te verbeteren. Zelfs Leshman hield me een keer staande toen hij uit de klas kwam, om me te vertellen hoe tevreden hij was over mijn cijfers.

'Ik ben erg blij voor je,' zei hij, wat me trof als een heel ironische en vreemde opmerking. Hoe kon iemand om wat voor reden ook blij voor me zijn? Natuurlijk beseften maar weinigen hoe moeilijk het thuis was, nu mama langzaam wegkwijnde. Ze viel af en zorgde lang zo goed niet voor zichzelf als vroeger, niet voor haar haar, haar make-up of haar kleren.

Ze besteedde zoveel tijd aan het schoonmaken van het huis, dat ik dacht dat ze de kleden in flarden zou stofzuigen. Er mocht nergens een stofje te zien zijn, geen vlekje op een raam of glas. Het was bijna of ze de problemen weet aan het feit dat ze geen goede huishoudster was en daar op dramatische wijze verandering in wilde brengen. Op de een of andere manier had ze papa teleurgesteld omdat ze een vlekje over het hoofd had gezien. Hoe laat Brenda of ik ook thuiskwam, ze was altijd bezig met een of ander huishoudelijk karwei. En toen het huis smetteloos was en overal glom, richtte ze haar aandacht en energie op de garage.

Ondanks papa's suggesties, raakte ze zijn kleren niet aan, en oom

Palaver had geweigerd er zelfs maar naar te kijken. Ze ging naar zijn kantoor om te boenen en te wrijven, maar ze borg niets op en nam niets mee naar buiten. Het was of ze leefde en werkte alsof ze werkelijk dacht dat hij op een dag terug zou komen. Ze gaf het praktisch toe. 'Je vader is niet iemand die zijn koffer pakt en zomaar vertrekt. Hij kan een paar dagen voor zaken wegblijven, maar dat is iets anders dan een nieuw leven beginnen. Ik heb hem verwend. Geen vrouw zal hem zo verwennen als ik, zeker niet een van die moderne vrouwen.'

'Wat is een moderne vrouw?' vroeg Brenda snel.

'Je weet wel, iemand die een kokkin wil en een hulp in de huishouding en geregeld dure cadeaus verwacht. Ze zullen zich nooit voor iemand uit de naad werken.'

'Dat is negentig procent van de moeders van de kinderen op onze school,' merkte Brenda op.

'Precies.'

'Dus wat denk je, mama?' ging Brenda verder. 'Dat hij plotseling komt opdagen en verklaart dat hij aan geheugenverlies leed of zo?'

'Ik weet het niet. Ik dacht alleen... ik weet het niet.'

Brenda stond op het punt tegen haar uit te vallen, maar ze zweeg, schudde haar hoofd en liep de kamer uit. Mama keek naar mij en zuchtte.

'Ik weet dat ze wil dat ik hem haat, April. Ik weet dat ik dat zou moeten doen, maar ik kán hem niet haten. Ik ben kwaad en gekwetst, maar ik heb het niet in me om iemand te haten.'

'Ik ook niet, mama,' bekende ik.

'Misschien moeten we meer zijn zoals Brenda. Ze is zo sterk. Zij zal nooit gekwetst worden, en als dat ooit gebeurt, zal niemand dat merken.'

'Is dat goed, mama?'

Mama schudde haar hoofd. 'Op dit moment lijkt het me geweldig. Ga maar, April. Maak je huiswerk, telefoneer met je vrienden en vriendinnen, doe wat je wilt, maar blijf niet bij mij rondhangen.'

'Ik wil bij je zijn, mama.'

'Ik weet het, lieverd. Maar ik wil niet dat je treurig bent. Alsjeblieft.'

Met tegenzin liet ik haar alleen.

Onze levens kregen weldra een vreemd etherisch karakter. Het leek of we door de dagen heen zweefden, en alles wat we deden, deden we automatisch, bijna zonder erbij na te denken. Op den duur vluchtten we naar onze afzonderlijke schuilhoeken, bang dat als we te veel tijd met elkaar doorbrachten, we zouden instorten en tot stof vergaan. Ik droomde dat het Brenda en mij overkwam en mama ons domweg opzoog voor ze de stofzuiger op zichzelf richtte. Het lege huis weergalmde van het geluid van snikkende geesten.

Mama ging nooit naar buiten om de post te halen. Meestal, omdat Brenda later uit school kwam, was ik degene die de post binnenbracht en natuurlijk trilden mijn vingers als ik het deurtje van de brievenbus openmaakte en langzaam de enveloppen oppakte. Mijn hart bonsde bij de mogelijkheid papa's handschrift te zien. Ik fantaseerde over een brief van hem, waarin hij om vergeving smeekte en vroeg of hij mocht terugkomen.

Die brief kwam nooit. Weken werden maanden, en toen, op een dag, kwam er een scheur in de muren die met een gewicht van staal rond ons waren opgericht. Mama had het bijna niet gezien. Als ik de post binnenbracht, legde ik die altijd neer op het aanrecht in de keuken. Soms stapelden de brieven zich dagenlang op, en soms pakte zij ze onmiddellijk.

De laatste tijd had ze de gewoonte aangenomen met de post naar papa's kantoor te gaan en aan zijn bureau te gaan zitten. Brenda keek naar mij, en ik keek naar haar, maar we zeiden geen van beiden iets. Was het een goed of een slecht teken? In het begin had ze alles wat van papa was geweest behandeld of het heilig was. Het mocht niet in dozen worden geborgen, niet ingepakt of weggegeven. Er mocht niets worden veranderd. Ze kwam alleen in zijn kantoor om er schoon te maken zoals ze altijd had gedaan voor hij vertrokken was.

Was ze nu daarbinnen omdat het haar hielp dicht bij hem te blijven? Of was het omdat ze eindelijk had geaccepteerd dat hij weg was, en zoals Robert Frost zei in zijn beroemde gedicht, niets van goud duurzaam was? Zag ze eindelijk de werkelijkheid onder ogen of, zoals Brenda op koude toon zei, had ze eindelijk de gang naar het kerkhof ondernomen? Deels wilde ik dat ze dat zou doen, voor haar eigen bestwil, zodat ze verder kon gaan met haar leven en er iets van maken, maar tegelijkertijd hoopte ik dat het niet waar was. Ik kon het niet helpen. Ik was Brenda niet. Ik moest me aan een beetje hoop vastklampen.

Op een avond zat mama in het kantoor, opende gedachteloos enveloppen en vulde mappen met documentatie, toen Brenda en ik haar hoorden gillen: 'O, mijn god!' We waren tegelijk onze kamer uit en keken elkaar aan. Toen holden we de gang door naar het kantoor. Mama zat achter het bureau, met haar handen voor haar ogen en haar ellebogen op het bureaublad. Ze zag eruit als iemand die bevolen was haar ogen gesloten te houden tot ze de verrassing mocht zien. Papa's computer en monitor stonden aan. Hoewel ze wist hoe ze ermee om moest gaan en vaak had geshopt op internet, had ze dat, voor zover we wisten, niet meer gedaan sinds papa was vertrokken.

'Mama?' vroeg Brenda.

Langzaam liet ze haar handen zakken en keek ons aan. Even leek ze een vreemde. Haar gezicht was vertrokken en veranderd en had een uitdrukking die ik er nooit eerder op had gezien.

Het leek op een compositie van emoties: shock, droefheid, maar ook een soort opluchting.

'Wat is er, mama?' vroeg ik, terwijl ik het kantoor inliep, gevolgd door Brenda.

Ze leunde achterover en hield een brief omhoog.

'Wat is dat?' vroeg Brenda.

Mama haalde eerst diep adem en zei toen: 'Zoals jullie weten, wordt alles, onze zakelijke correspondentie, alle belangrijke rekeningen, juridische documenten enzovoort, beheerd door de bankier die je vader had benoemd voor hij ons alleen liet. Ik krijg een maandelijks verslag, maar ik heb er niet zoveel aandacht aan besteed; de samenvatting was het enige wat me interesseerde. We hadden altijd een positief saldo, ons inkomen is altijd hoger dan onze uitgaven, en voor jullie beiden zijn er trusts.'

'Hebben we financiële problemen?' vroeg Brenda onmiddellijk. 'Is dat het? Was alles wat papa had gedaan alleen maar om ons te misleiden?'

'Nee, lieverd, verre van dat.'

'Wat is er dan?'

Mama keek naar de brief die voor haar lag en boog zich naar voren. 'Dit komt van een zorgverzekeraar. Blijkbaar heeft je vader enige tijd geleden een overeenkomst gesloten met een andere verzekeringsmaatschappij dan we hebben voor ons gezin. Deze was alleen voor hem, en daarom hebben we er nooit eerder iets van geweten.'

'Waarom zou hij dat doen?' vroeg ik.

'Hij probeerde iets voor ons te verbergen,' antwoordde mama.

'Wat probeerde hij te verbergen?' vroeg ik.

'Ik weet het niet precies, maar wat het ook is, het is heel serieus. Dit,' ze hield de brief weer omhoog, 'is een brief die de dekking garandeert van de kosten voor zijn verblijf in een hospice.'

'Wat voor hospice?' vroeg Brenda.

'Ik heb het een paar ogenblikken geleden opgezocht,' zei ze met een knikje naar de computer.

'En?' vroeg Brenda weer. 'Wat is het?'

'Een tehuis voor terminale zieken,' antwoordde mama.

Niemand zei iets. We waren met stomheid geslagen. Ten slotte liep Brenda naar het bureau, pakte de brief uit mama's hand en las hem. Ik ging naast haar staan en las mee.

'Het is even buiten Knoxville,' zei Brenda en legde de brief weer op het bureau.

'Ik begrijp het niet,' zei ik. Niemand zei iets, dus jammerde ik: 'Ik tenminste niet.'

'Dat doen we geen van allen, April,' snauwde Brenda. 'Dus hou op met dat gejammer.'

Ik begon te huilen. Ik kon er niets aan doen.

Mama begon met het hospice te bellen. 'Ik moet een paar telefoontjes plegen,' zei mama.

Brenda en ik zaten op de leren bank toe te kijken en te luisteren. Ze vroeg of een patiënt, Matthew Taylor, was opgenomen. Degene met wie ze sprak wilde niet onmiddellijk antwoord geven en gaf mama door aan iemand anders, die haar vertelde dat ze telefonisch geen inlichtingen gaven over patiënten.

'Maar ik moet weten of hij er is. Ik ben zijn vrouw,' hield mama vol.

'Het spijt me. Dat is ons beleid,' kreeg ze te horen.

Gefrustreerd hing ze op en dacht na, en zocht toen het nummer op van onze huisarts. Natuurlijk was zijn praktijk gesloten, maar hij had een boodschappendienst. Ze zei dat het een spoedgeval was en vroeg of de dokter haar wilde bellen. De dienst zei dat ze zich met onze arts, dr. Brimly, in verbinding zouden stellen.

Intussen belde ze onze bankier en vroeg hem hoe lang er betalingen waren gedaan aan die nieuwe zorgverzekeraar. Hij antwoordde dat hij het niet wist en het zou moeten nakijken als hij de volgende ochtend op kantoor was.

'Je weet ervan,' zei mama. 'Ik weet dat jij ervan op de hoogte bent, Nick.'

Toen ze ophing, knikte ze en zei dat hij het niet ontkend had.

'Waarom zou hij dat doen?' vroeg Brenda hoofdschuddend. 'Het lijkt wel een soort complot.'

'Een zwijgcomplot,' zei mama.

De telefoon ging. Het was dr. Brimly. Mama vuurde onmiddellijk haar vragen over papa op hem af. Ze huilde toen ze die vragen stelde.

'Wat bedoelt u?' riep ze uit, en bleef toen lange tijd luisteren. 'Ik begrijp het. Dank u.' Ze hing op.

Even dachten we dat ze ons niets zou vertellen.

'Mama?'

'Hij zei dat je vader eerst bij hem kwam omdat hij voortdurend hoofdpijn had. Hij begon hem te behandelen voor migraine, maar besefte algauw dat er iets ernstigers aan de hand was. Hij stuurde hem naar een specialist in Memphis, een zekere dr. William Kay, en verder wist hij weinig te vertellen over de ziekte van je vader. Hij zei dat papa dr. Kay blijkbaar opdracht had gegeven hem geen informatie te geven. Hij zei…' Mama hikte, hapte naar lucht. 'Hij zei dat het hem erg speet, maar dat het op een of andere manier in het slop was geraakt, en hij er verder nooit meer iets aan had gedaan. Hij had natuurlijk wel gehoord dat papa bij ons weg was, maar hij had die twee dingen niet met elkaar in verband gebracht.'

'Hoofdpijn?' vroeg Brenda.

Mama knikte.

'Maar wat dacht hij dat papa had? Waarom dacht hij dat het iets ernstigs was?' vroeg Brenda.

'Hij vermoedde dat hij een hersentumor had,' antwoordde mama.

Ze draaide zich om en staarde door het raam naar de duisternis. Er was geen maan, en de bewolkte lucht spreidde een deken over de sterren.

'Mama?' zei ik, terwijl ik opstond.

Ik kon de grond voelen trillen onder mijn voeten. Natuurlijk kwam dat door mijn eigen onvaste benen.

Mama draaide zich langzaam om en keek met bedroefde ogen van Brenda naar mij.

'Hij was stervende,' zei zc. 'Hij wilde het voor ons geheimhouden. Daarom heeft hij ons op die manier in de steek gelaten.'

'Waarom?' vroeg ik. Ik kon mijn tranen niet bedwingen. 'Waarom was hij zo gemeen tegen ons?'

'Zodat we hem zouden haten,' zei Brenda.

Ik keek haar aan. 'Wát zei je?'

'Zodat we hem zouden haten en geen verdriet zouden hebben over zijn vertrek. Daarom heeft hij alle foto's van zichzelf weggenomen, en konden we de vakantievideo's niet vinden. Hij probeerde dood te zijn voor ons voordat hij dat werkelijk was. Ik heb gelijk hè, mama?'

Mama knikte.

'Maar nu,' zei Brenda, 'zullen we nog veel meer verdriet hebben omdat we zo kwaad op hem waren.'

Mama boog haar hoofd. Het leek een bevestiging van Brenda's woorden. Ons echte verdriet moest nog beginnen, en wat het met ons zou doen konden we niet voorzien.

Ik drukte mijn hand op mijn wild bonzende hart om het op zijn plaats te houden in mijn borst.

En Brenda, vol van een nieuwe woede, liep stampvoetend de kamer uit om ergens te gaan huilen waar niemand haar kon zien.

5. Het zwijgcomplot

Het had me allemaal een heel angstig gevoel gegeven. Ondanks alles wat papa had gedaan, bleef de gedachte aan zijn dood me achtervolgen. Ik durfde mijn ogen niet dicht te doen en te gaan slapen uit angst voor nachtmerries. Niemand van ons kon goed slapen. Ik hoorde mama 's avonds heel laat nog rondlopen in huis. Het klonk of ze laden open- en dichtdeed in het kantoor. Brenda kwam haar kamer niet uit, en ik ging ook niet kijken wat mama deed.

Tegen de ochtend viel ik eindelijk in slaap. Toen het zonlicht de omtrek van mijn donkere raam verlichtte, werd ik wakker. Voorbijdrijvende wolken deden het lijken of God zelf foto's nam van de aarde met een flitslamp op Zijn camera. Elke klik van een kort fel licht dwong mijn ogen eindelijk open.

Langzaam kwam ik overeind en luisterde of ik iets hoorde van Brenda of mama of allebei. Ik hoorde niets, niet het geringste geluid. Het leek of het huis zelf zijn adem inhield en wachtte op het volgende schokkende nieuws. Ik wreef hard met mijn palmen over mijn wangen om mijn bloedsomloop weer op gang te brengen en goed wakker te worden. Toen stond ik op en trok mijn ochtendjas en pantoffels aan. Toen ik in de gang kwam, zag ik dat de deur van mama's kamer openstond. Ik keek naar binnen en besefte dat ze op was, en ging op weg naar de keuken. Brenda's deur ging open en ze liep, ook in ochtendjas en op pantoffels, de gang in.

'Mama al op?' vroeg ze.

'Ja,' zei ik, 'maar ik hoor haar niet. Misschien is ze ergens naartoe.'

Ongerust dat ze zonder ons was weggegaan om papa te zoeken, liepen we snel naar beneden en zagen haar nog in haar nachthemd aan de keukentafel zitten met haar handen om een kop koffie. Ze keek naar ons op met ogen zo vol vermoeidheid en droefheid dat ze eruitzagen of ze voor eeuwig en altijd dicht zouden vallen. Haar haar viel slordig om haar gezicht. Ze staarde ons met zo'n afwezige blik aan dat we allebei schrokken.

'Mama?' vroeg Brenda. 'Gaat het wel goed met je?'

'Ik ben tot de conclusie gekomen dat het geen zin heeft al die mensen te blijven achtervolgen die betrokken schijnen te zijn bij het zwijgcomplot van je vader,' begon ze. 'Ik was gaan zoeken naar meer bewijzen van wat hij had gedaan, maar toen hield ik ermee op omdat ik besefte dat het nu toch geen zin meer heeft. Ik wil rechtstreeks naar dat hospice gaan om hem te zien.'

'Wij ook,' zei Brenda snel.

'Ja, mama.'

Ze knikte. 'Ga eerst ontbijten, kleed je aan en pak dan allebei een weekendkoffertje in of zo, om op alles voorbereid te zijn. We gaan meteen op weg. Brenda, jij rijdt. Ik doe het nu liever niet,' zei ze op autoritaire toon.

'Natuurlijk, mama.'

Ze knikte.

'Terwijl jullie ontbijten, zal ik me aankleden,' zei ze en stond op.

'Ik heb geen honger,' zei Brenda.

'Maak iets klaar, al is het maar een toastje. Het is een lange rit, Brenda. We hebben al onze krachten nodig voor de reis en... voor wat daarna komt.'

Brenda knikte. We wisten allebei wat ze bedoelde. Mama liep naar ons toe, bleef voor ons staan, sloeg toen haar armen om ons heen en trok ons naar zich toe. Ze hield ons even vast.

'Goddank dat ik jullie heb,' fluisterde ze.

Toen liet ze ons los en ging naar haar kamer.

Brenda vergoot geen traan. Ze keek even naar mijn betraande gezicht en ging toen meteen aan het werk, zette sap op tafel en maakte wat toast en zachtgekookte eieren. Ik dekte de tafel in de keuken, en ze schonk wat koffie in voor zichzelf. Ik deed hetzelfde. Geen van beiden zeiden we iets. Het was goed om iets te doen te hebben, om bezig te zijn.

We aten snel in een bijna doodse stilte, vroegen alleen om zout en peper. Toen we klaar waren, vroeg ik Brenda hoe lang ze dacht dat de reis zou duren. Ze schatte het op een paar uur, zei dat ik moest gaan douchen en dat zij zou opruimen.

'Wat moet ik aantrekken?' vroeg ik haar. Even dacht ik dat ze me uit zou lachen omdat ik dat vroeg, maar toen keek ze peinzend. Per slot gingen we papa bezoeken in een hospice, misschien voor de laatste keer.

'Die mooie blauwe jurk die ze voor je verjaardag hebben gekocht,' adviseerde ze, en ik liep haastig weg om te doen wat ze zei.

Ze droeg geen jurk, maar een van haar mooiste broekpakken. Mama wachtte op ons in de keuken. Ze stond voor het raam en staarde naar buiten.

'Goed,' zei ze, toen ze ons zag. 'Laten we gaan.'

We stapten in de auto. Mama besloot achterin te gaan zitten, dus zat ik voorin met Brenda. Even later waren we onderweg.

'Ik heb niet eens gevraagd of je weet hoe je moet rijden, Brenda,' zei mama, toen we onze straat uitreden.

'Ik heb in het kantoor een routebeschrijving opgevraagd op de computer,' zei Brenda, en liet een uitdraai zien. 'April zal de weg wijzen.' Ze overhandigde me de uitgeprinte richtingaanwijzingen.

Brenda had gelijk wat de duur van de rit betrof. We besloten onderweg te stoppen om iets te eten, al was het maar om de reis even te onderbreken. Brenda wilde dat we het deden om mama wat te laten eten. We wisten dat ze niets anders had gehad dan koffie. Ze sliep tijdens het grootste deel van de rit en werd wakker toen we stopten bij een wegrestaurant. Ze at in ieder geval wat soep en een broodje met boter. Iets meer dan een uur later reden we het kleine dorp in waar het hospice gevestigd was. Ik las de beschrijving die Brenda had uitgeprint, en ongeveer tien minuten later zagen we de vergulde letters van het adres op een grote, vierkante, roestbruine pilaar naast het hek van de ingang. Het gebouw lag een eind van de straat af en een beetje terzijde, zodat we moesten stoppen om het goed te kunnen zien. Het hek stond open, dus reden we het terrein op.

De lange oprijlaan was aan beide kanten omzoomd met pijnbomen, die op geregelde afstand van elkaar stonden. De tuin was keurig onderhouden, het gras was gemaaid en de struiken waren gesnoeid. Ik zag een paar fonteinen en stenen banken, waarop ik zeker wist dat niemand ooit zat. Er was niemand te zien en er hing een vredige, rustige sfeer. Zelfs de vogels leken langzamer te vliegen, zweefden als in een droom langs voor ze neerstreken op takken of de fonteinen en banken. Ik aarzelde om te zeggen dat het mooi was. Ik aarzelde om iets vriendelijks te zeggen over de instelling waarin mijn vader lag te sterven, of al gestorven was. Het gebouw van drie verdiepingen was heel anders dan enig gebouw dat ik ooit gezien had. Het was van buiten met een lichtgrijze laag bekleed en had een puntgevel in het midden en een geaccentueerde voordeur, ondersteund door pilaren, een lichtblauw schilddak met drie dakvensters, en grote ramen met dikke gordijnen. Er waren drie schoorstenen. Wat het heel ongewoon maakte was de rechthoekig aangebouwde vleugel, die een eigen deur had en eruitzag of hij pas later aan het oorspronkelijke gebouw was toegevoegd.

Er stond geen naam op het gebouw om het te identificeren. Het leek meer op iemands oude landhuis. Een paar auto's stonden geparkeerd aan de achterkant, al was er rechts een duidelijk aangegeven parkeerterrein voor bezoekers. We parkeerden, en Brenda zette de motor af. Even bewogen we ons geen van drieën.

'Ik denk dat dit het is,' zei Brenda. 'Dit is het adres.'

Mama bette haar ogen met haar zakdoek en opende het portier. We stapten uit en liepen langzaam naar de hoofdingang. Het was vreemd voor een instelling die in feite een ziekenhuis was, want er was een deurbel. Brenda had de deurknop geprobeerd, maar de deur was gesloten. Wat was dit voor instelling? vroeg ik me af.

We wachtten. Het bleef stil. We hoorden binnen geen geluid, en buiten was geen levende ziel te bekennen, zelfs geen tuinman. Ook de straat waar we vandaan kwamen, was uitgestorven. Er was geen auto voorbijgekomen sinds we hier waren aangekomen. Het was echt of we op een tussenstation waren beland tussen deze wereld en de volgende. Het gaf me de kriebels.

Brenda drukte weer op de bel. We hoorden hem binnen overgaan. We keken naar mama, die het kennelijk erg te kwaad had en stond te rillen in haar kleren. Eindelijk ging de deur open en een lange vrouw met heel kort donkerbruin, met grijs doorspekt haar stond voor ons. Ze droeg een verpleegstersuniform, maar het was meer grijs dan wit, en haar naam was in het zwart op de linkerborstzak genaaid. 'Mevr. Luther.' Ze droeg geen make-up, zelfs geen lippenstift. Een dun streepje haar van een lichtere bruine kleur liep van haar slapen naar de bovenkant van haar kaakbeen. Ze perste haar dunne lippen op elkaar voor ze iets zei, en haar nogal benige neus wipte op en neer toen ze eindelijk haar mond opendeed.

'Ja? Kan ik u ergens mee van dienst zijn?'

'We komen Matthew Taylor bezoeken,' zei Brenda. 'We zijn zijn naaste familie.'

Mevrouw Luther nam ons van top tot teen op, alsof ze alleen door naar ons te kijken kon zien of we al dan niet de waarheid spraken.

'Deze patiënt heeft uitdrukkelijk vermeld op zijn toelatingsformulier dat er geen bezoekers zouden komen en dat geen bezoekers waren toegestaan,' antwoordde ze. Ze keek alsof ze de deur voor onze neus zou dichtgooien. Haar hand klemde zich eraan vast.

Brenda, als altijd de snelle atlete, zette onmiddellijk haar voet ertussen om dat te beletten en deed een stap naar voren. Mama kwam rechts van haar staan.

'Matthew Taylor is mijn man,' zei ze vastberaden. 'Dit zijn zijn dochters. We hebben past kortgeleden gehoord dat hij zich in dit... in dit oord heeft laten opnemen, en we staan erop hem te zien.'

'Dit oord, zoals u het noemt, is uniek, omdat we garanderen dat we de wensen van onze patiënten respecteren. Dat is heel belangrijk voor hen en hun familie. U zult zich in verbinding moeten stellen met meneer Taylors gevolmachtigde om te bespreken of er een verandering mogelijk is, en dan...'

'We gaan hier niet weg voordat we hem hebben gezien,' verzekerde Brenda haar. 'Als u een scène wilt, krijgt u een scène. Als mensen ziek zijn nemen ze vaak besluiten die ze niet zouden nemen als ze gezond waren. Het kan ons niet schelen wie zijn gevolmachtigde is of wat hij zegt. Het gaat om mijn vader en om de man van mijn moeder. Ik weet zeker dat deze kwestie de kranten en televisie zal interesseren, en daar gaan we naartoe, niet naar een of andere gevolmachtigde.'

Zelfs mama was verbaasd over Brenda's doortastendheid. Ik zag hoe ze haar wenkbrauwen optrok toen Brenda was uitgesproken. Mijn eigen hart bonsde als het hart van een lafaard. Ik wilde me het liefst omdraaien en naar de auto hollen. Brenda keek of ze bereid was een vuistgevecht met die vrouw aan te gaan.

Ook mevrouw Luther zag dat aan Brenda's gezicht. Ze hief haar hoofd op, verstrakte de huid van haar hals en trok haar schouders recht onder haar uniform.

'Ik waarschuw u,' zei ze. 'Ik ben niet van plan...'

'Goed, waarschuw de beveiliging maar en laat het feest beginnen,' daagde Brenda haar uit.

'Dit is schandalig,' zei mevrouw Luther, maar ik kon zien dat ze begon te weifelen. Haar schouders zakten omlaag en haar greep op de deur verslapte. 'Meneer Taylor ligt in coma, al een paar dagen. Hij is ook van het beademingsapparaat gehaald, zoals hij heeft aangegeven in zijn opnameformulier, en vóór u dreigt met een proces, moet ik u vertellen dat alles gebeurd is via een door hemzelf gekozen advocaat, en een gedegen onderzoek naar zijn achtergrond. Dat is de enige voorwaarde waarop we onze patiënten accepteren.'

'Waarom noemt u ze patiënten?' vroeg Brenda. 'Ze zijn hier om te sterven en niet om behandeld te worden en te genezen.'

'Alstublieft,' smeekte mama. 'Laat ons bij hem. Als hij in de toestand verkeert die u beschrijft, kan het immers geen kwaad?'

Mevrouw Luther richtte haar aandacht op mama, omdat zij de meest redelijke en minst dreigende stem had.

'Goed dan, ik zal een uitzondering maken, maar alleen voor deze keer. Als u terugkomt, zult u zich tot de gevolmachtigde moeten wenden voor een behoorlijke juridische procedure.'

Ze deed een stap achteruit en we liepen naar binnen. De hal was leeg. De stoelen en banken leken duur, maar zelden gebruikt. Op de tafel ertussenin lag een of andere brochure. Naast een van de stoelen bevond zich een niet-brandende staande lamp. Tegen de verste wand stond een bureau met niets erop; tegen de muur rechts daarvan stond een staande klok van donker kersenhout. Verder waren de muren kaal, op een bord na met 'Verboden te Roken'.

Mevrouw Luther draaide zich om en ging ons voor naar een deur. De vloer was van zwart marmer met dunne witte strepen, die me deed denken aan een Milky Way. Onze voetstappen weergalmden door de gang omdat het doodstil was in het gebouw. Het leek of je in een reusachtig grafgewelf liep.

'Wees alstublieft zo stil mogelijk,' zei ze.

Mama reikte naar achteren om haar arm om mijn schouders te leggen en me naar voren te trekken. Brenda volgde mevrouw Luther op de hielen, haar handen ineengeklemd, haar lichaam in balans en iets voorovergebogen, als een boog die op het punt staat een pijl af te schieten.

Mevrouw Luther deed de deur open naar een kleine gang, aan het eind waarvan zich een typische verpleegstersbalie bevond, zoals je in elk ziekenhuis vindt. De twee verpleegsters achter de balie keken nieuwsgierig naar ons. Er hing een geur van ontsmettingsmiddelen in de lucht, die gebruikt worden om vloeren en muren te boenen. Alles zag er zo steriel uit als een operatiekamer.

Mevrouw Luther bleef staan bij de derde deur aan de linkerkant, legde haar hand op de deurknop en draaide zich naar ons om.

'Ik vraag u alleen om rekening te houden met mijn situatie en niet langer dan een halfuur te blijven,' zei ze, en wachtte op een reactie van onze kant voor ze de knop omdraaide.

Brenda keek of ze haar wilde aanvliegen.

'Oké,' zei mama snel.

Mevrouw Luther opende de deur en deed een stap opzij. Ook de kamer leek op een typische ziekenhuiskamer; de muren waren lichtblauw, rechts en links van het bed waren een paar ramen. Een infuus op een standaard, met nog vocht erin, was losgekoppeld van het bed maar stond er nog naast. Een hartmonitor liet regelmatige pieptonen horen. Op de vloer lagen dezelfde tegels als in de hal. Het was allemaal heel spartaans, zonder een schilderij, een vaas met bloemen of iets om een beetje kleur en gezelligheid aan te brengen.

Ze hadden een kussen onder papa's rug geschoven, zijn hoofd lag een beetje opzij en zijn ogen waren gesloten. Ondanks zijn toestand zag zijn huid er verrassend gezond uit, vond ik. Ik voelde een plotselinge opwelling van optimisme. Misschien was hij aan een wonderbaarlijk herstel begonnen.

'Wat doet u voor hem?' vroeg Brenda, alsof zij hetzelfde dacht als ik.

Mevrouw Luther, die in de deuropening bleef staan, meesmuilde. 'We kunnen onder de omstandigheden niets meer doen,' antwoordde ze. 'Ik zal u het telefoonnummer geven van zijn gevolmachtigde, dan kunt u hem vragen u in contact te brengen met dr. Blocker, die voor onze patiënten zorgt.'

'Hóé voor ze zorgt?' wilde Brenda weten.

'Vrede en rust in een bijzonder moeilijke tijd,' antwoordde ze zonder aarzelen. 'Een halfuur,' ging ze verder en liep naar buiten, de deur achter zich sluitend.

'Die vrouw moet een rechtstreekse afstammelinge zijn van een nazicommandant van een concentratiekamp,' mompelde Brenda tegen haar rug.

Mama liep langzaam naar papa's bed. Brenda bracht haar de enige stoel in de kamer, en mama ging zitten, pakte papa's hand in de hare. Ik bleef naar hem staan kijken. Brenda liep naar het raam en staarde naar buiten. Haar hele lichaam was nog gespannen. Ik zag dat haar handen, die ze langs haar zij hield, tot vuisten gebald waren.

'O, Matt,' begon mama, zachtjes over zijn hand wrijvend. 'Dit was zo verkeerd, zo verkeerd. Ik weet wat je hoopte te bereiken, maar daarmee heb je ons niet beschermd. Ik geloofde in de belofte die ik heb afgelegd, in goede en in slechte tijden, in ziekte en gezondheid. We houden van je, Matt. Het is geen eenrichtingverkeer en is dat ook nooit geweest. We hadden al die tijd bij je moeten zijn, tijdens die hele beproeving.'

Ik keek naar mama. Ze staarde naar papa en praatte tegen hem alsof ze geloofde dat hij elk woord kon verstaan, alsof ze een van hun normale conversaties aan tafel hadden. Brenda luisterde, maar draaide zich niet om. Ze hield haar schouders opgetrokken, haar hoofd iets achterover, alsof ze een pak slaag kreeg.

'Nu lig je in dit afgrijselijke oord met mensen die je nooit hebben gezien zoals wij je hebben gezien. Waarom?' vroeg mama met overslaande stem. 'O, waarom, m'n liefste?'

Ze boog haar hoofd tot haar voorhoofd op zijn hand rustte. Ik probeerde adem te halen, maar mijn borst was verhard tot beton. Toen ik naar papa keek, dacht ik dat hij eruitzag of hij in een diepe slaap lag zonder dat de Dood naast hem ging liggen en in zijn lichaam drong om het op te eisen.

Waarom wilde de dood het opeisen? Waarom kon hij ons niet met rust laten tot mama en papa oud en grijs waren en moe van de strijd tegen ouderdomskwalen, zoals zoveel oude mensen? Waarom kon hij papa niet laten leven tot Brenda en ik getrouwd waren en zelf kinderen hadden? Wat had hij gedaan om dit te verdienen? Ik voelde de behoefte om te schreeuwen, maar ik slikte alles in.

De hartmonitor bleef zijn trage maar regelmatige pieptonen voortbrengen.

Brenda draaide zich eindelijk om en keek naar mama. 'Kijk eens naar haar. We hadden hier toch niet langer dan een halfuur moeten blijven,' fluisterde ze tegen me. 'Het is te veel voor haar.'

Waar haalde ze de kracht vandaan? vroeg ik me af. Omdat ze nooit ophield met te strijden tegen opponenten? Zelfs wilde strijden tegen

de dood? Of bedoelde ze eigenlijk: *Het is te veel voor mij, voor ons?*
Ze ging naast mama staan en legde haar hand op haar schouder.
Langzaam hief mama haar hoofd op en keek van haar naar papa.
'Hij ligt zo vredig,' zei ze. 'Misschien was dit de beste manier.'
'Niet voor ons,' hield Brenda vol.

Ik wist wat ze bedoelde. We wisten nu wat voor doel papa voor ogen had gehad met zijn gedrag, maar wat hij niet had voorzien was hoe wij onszelf zouden haten om onze reactie daarop. We wisten nu dat de ziekte hem in dat monster had veranderd. We wisten nu dat de man die Brenda en ik papa hadden genoemd en mama haar man, al gestorven was lang voordat hij begon met zijn pogingen om te voorkomen dat we zo diepbedroefd zouden zijn over zijn heengaan.

Mama haalde diep adem en knikte. Ze stond op, boog zich voorover om papa een zoen op zijn wang te geven, en draaide zich toen verslagen om. Ik was de volgende. Zijn wang voelde nog zacht en warm aan. Ik wilde iets fluisteren. Wat? Wat kon ik nu nog tegen hem zeggen? Het kwam in een flits bij me op, vond zijn oorsprong diep in mijn hart en mijn geheugen.

'Dag, Mr. Panda,' fluisterde ik.

Brenda hoorde het. Ik zag de uitdrukking in haar ogen en zag de manier waarop ze snel omhoogkeek naar het plafond.

'Laten we gaan,' dwong ze zich te zeggen.

Wilde ze hem geen zoen geven? Kon ze het niet over haar hart verkrijgen hem te vergeven?

Ik wachtte. Mama liep in de richting van de deur. Brenda bleef staan en liep toen naar zijn bed, nam zijn hand in de hare en bukte zich om zelf ook iets te fluisteren. Ik hoorde niet wat ze zei, maar toen we de kamer verlieten, vroeg ik haar wat ze had gezegd.

'Ik vertelde hem dat hij dit alleen deed om te voorkomen dat hij een trap tegen zijn achterste zou krijgen bij het basketbalnet op de oprit,' zei ze.

Ik keek verbaasd op. Was dat alles? Waren dat al haar mogelijk laatste woorden tegen hem?

'En toen vertelde ik hem dat ik van hem hield,' voegde ze eraan toe.

Mevrouw Luther stond in de gang op ons te wachten en haastte zich om ons naar de uitgang te brengen.

'Waar overnacht u?' vroeg ze, met een zweem van spijt en begrip.

Mama keek verbluft en schudde haar hoofd. 'Ik weet het nog niet. Ik...'

'We stoppen bij het motel dat we onderweg hebben gezien,' viel Brenda haar snel in de rede.

'O, ja.'

'Dit is het nummer van de advocaat van uw man, en dit is ons nummer.' Ze gaf mama een kaartje waarop de nummers stonden geschreven.

'Hebt u niet tenminste instructie gekregen om ons te bellen ingeval van zijn overlijden?' vroeg mama.

'Daarom geef ik u deze nummers,' antwoordde ze.

'Geweldig, wat een service,' mompelde Breda luid genoeg dat ze het kon horen.

'We doen alleen maar wat ons wordt opgedragen,' snauwde mevrouw Luther.

'U volgt alleen maar de bevelen op? Waar heb ik dat eerder gehoord?' peinsde Brenda hardop.

Mama draaide haar om naar de uitgang.

'We gaan,' zei ze, en we liepen terug door de gang en de deur uit.

We reden rechtstreeks naar het motel waar we langs waren gekomen en boekten twee kamers, omdat ze geen driepersoonskamer hadden. Brenda en ik deelden een kamer en mama nam de kamer naast ons. Zodra ze binnen was, belde mama de advocaat en sprak met hem. We zaten op haar bed en luisterden naar het gesprek.

'Goed,' zei ze, en draaide zich naar ons om toen ze uitgesproken was, 'jullie hebben een en ander gehoord. Het plan van jullie vader was ons verre te houden van de verschrikkingen en narigheid die hij doormaakte. Hij hoorde de diagnose enige tijd geleden, en er werd hem niet veel hoop gegeven. Toen zijn symptomen verergerden, nam hij het besluit bij ons weg te gaan voordat het al te erg zou worden. Zijn toestand tastte zijn persoonlijkheid aan, zijn tolerantie en zijn vermogen dingen zelfstandig te doen. Ik denk dat zijn theorie was dat we alle droefheid in één klap te verwerken zouden krijgen in plaats van over een lange periode verspreid.

'Ik zou hem daarvoor nooit kunnen haten,' ging ze verder, en keek meer naar Brenda dan naar mij.

'Ik haat hem niet, mama. Ik haat wat er met hem gebeurd is,' zei Brenda.

82

Mama haalde diep adem. 'Ik ga even rusten en dan zoeken we ergens een leuk restaurant. We moeten goed eten.'

Goed eten bood altijd enige troost, hielp je om je wat beter te voelen, dacht ik.

Brenda en ik gingen naar onze kamer om ook wat te rusten.

'Moest hij nou echt al die video's en foto's van ons afnemen?' vroeg ik haar, nog steeds verbijsterd door de elkaar opvolgende gebeurtenissen.

'Ik weet zeker dat hij toen niet meer wist wat hij deed,' zei Brenda. 'De ziekte maakte hem gek. Vergeet het allemaal. Het is niet gebeurd.'

Niet gebeurd? Hoe kon ik mezelf dat ooit wijsmaken? Hoe kon zij dat?

Ik dacht niet dat ik in slaap zou kunnen vallen toen we gingen liggen om even te rusten, maar emotionele uitputting bleek ingrijpender dan een fysieke. Brenda moest me zelfs wakker maken om te gaan eten. Mama was wakker geworden en had onze kamer gebeld, maar ik had de telefoon niet gehoord. De motelmanager had haar al de naam gegeven van een goed Italiaans restaurant in de buurt.

'Je vader houdt van Italiaans eten,' zei ze toen we op weg erheen waren.

Het was vreemd haar over hem te horen praten alsof wij hem niet echt kenden. Natuurlijk wisten we dat hij ervan hield. Ook leek het wel of ze verwachtte dat hij ons in het restaurant zou ontmoeten. Hij zou uit zijn coma zijn ontwaakt, om zich heen gekeken hebben en gedacht: *Wat doe ik hier?* Hij zou zich hebben aangekleed, erachter zijn gekomen waar we naartoe gingen en gezorgd hebben dat hij er eerder was dan wij. Ik droomde dat hij glimlachend aan een tafel zat.

'Het spijt me, mensen,' zou hij beginnen. 'Ik heb jullie dit onnodig laten doormaken. Laten we nu lekker gaan eten en dan naar huis gaan, oké?'

O, wat een dag zou dat zijn.

Misschien droomde mama ook wel van zoiets. In haar gedachten zou hij uit bed zijn opgestaan en zich aangekleed hebben als we hem weer bezochten. Ze was in wat ik een schijnvrolijke stemming zou noemen. Ze dronk een cocktail voor het eten en praatte aan één stuk door, herinnerde zich gelukkige tijden met papa. Ze praatte over de tijd waarin hij haar het hof maakte, hun afspraakjes, hun vakanties voordat wij waren geboren. De herinnering aan die blijde momenten stimuleerde haar. Elke herinnering metselde weer een steen in de muur die de tragedie en de komende verschrikkingen nog even buiten moest houden.

Helaas duurde dat 'even' niet lang. Mama had het hospice gebeld en met mevrouw Luther gesproken. Ze gaf haar het telefoonnummer in het motel en een uur of twee nadat we waren gaan slapen, ging de telefoon in mama's kamer. Brenda vertelde me dat ze hem door de muur heen kon horen overgaan, waarop ze wakker werd en mama's jammerkreet hoorde.

Ik sliep heel diep, kroop weg in de slaap zoals iemand weg zou kruipen in een paar warme dekens. Ik werd pas wakker toen ik hoorde huilen. Ik draaide me om en zag mama en Brenda met de armen om elkaar heen geslagen. Ik verborg mijn hoofd in het kussen en huilde zelf ook.

'In ieder geval hebben we hem nog gezien,' zei mama door haar tranen heen. 'Hij heeft op ons gewacht. Dat weet ik zeker.'

Zelfs Brenda keek alsof ze dat geloofde.

De volgende ochtend gingen we naar huis. Papa had in zijn zorgvuldige voorbereidingen om de klap voor ons te verzachten, alles voor zijn begrafenis geregeld. We hadden letterlijk niets te doen behalve ons aan te kleden en de kerkdienst en de teraardebestelling bij te wonen.

Oom Palaver had gebeld en ons de dag na onze terugkeer bereikt. Mama zei dat hij niet zo erg verbaasd leek over wat papa had gedaan. Hij zei dat hij het ook wat onwezenlijk had gevonden dat papa ons in de steek had gelaten, maar algauw besefte dat het helaas allemaal waar was. Nu hij het hele verhaal kende, zag hij het als een soort behendigheidstruc. Het zou te lang duren als hij terug moest rijden, dus vloog hij met een klein pendelvliegtuig en was tijdens de hele begrafenis bij ons. Het verbaasde me dat hij Destiny niet had meegebracht, maar Brenda dacht dat hij het niet het juiste moment zou vinden om ons aan nieuwe mensen voor te stellen.

'Ze zou zich slecht op haar gemak voelen. Dat zou ik in haar plaats tenminste zijn,' zei Brenda. Ik was het met haar eens.

Ik dacht dat de mensen, vrienden en de paar verre familieleden die kwamen, het wel vreemd zouden vinden dat we zo weinig huilden tijdens de plechtigheden. Maar we hadden al onze tranen al vergoten. Daarom waren we zo stil en bleven onze ogen droog op de begrafenis. Ik wist dat de mensen het niet zouden begrijpen. Misschien dachten ze dat we nog steeds kwaad waren omdat hij was weggelopen. Ik kon het in hun gezicht zien als ze ons condoleerden. Ze keurden het af en dat deed afbreuk aan hun medeleven. Daar had papa ook nooit aan gedacht, besefte ik.

In zeker opzicht maakte hij het ons inderdaad gemakkelijker. De overgang naar een leven zonder hem had al plaatsgevonden. Toen oom Palaver was vertrokken om zijn tournee met Destiny voort te zetten, gingen Brenda en ik zo snel mogelijk terug naar school. Docenten en vrienden betuigden hun medeleven, maar Brenda reageerde nauwelijks. Als ze hiervóór al hadden gevonden dat ze een moeilijk karakter had, dan was dat nu alleen nog maar erger geworden. De woede die nog steeds in haar knaagde kwam naar buiten in de sport. Ze was veel agressiever op het sportveld en leek een bom die op het punt stond te ontploffen.

Mama had het er weer over dat ze wilde gaan werken, maar ze deed nooit een echte poging ertoe. Ze verschrompelde vanbinnen en viel steeds meer af. Toen ik uiting gaf aan mijn ongerustheid, zei ze dat zoiets te verwachten was na het verlies van iemand van wie je hield en dat ik me geen zorgen moest maken. Ze zou binnenkort weer op de been zijn. Waarom had ik niet dezelfde reactie? Waarom viel ik niet af? Ik geloof dat ik juist meer ging eten omdat ik gedeprimeerd en bedroefd was en daarom aankwam.

'Je verandert wel,' verzekerde mama me. 'Binnenkort.'

Daar had je dat woord weer, dat woord dat rustte op een fundering van beloftes: *binnenkort*. Het had me mijn leven lang achtervolgd. Maar in de komende weken en maanden veranderde er weinig of niets. Ik ging naar een party, maar had het gevoel dat ik meer uit medeleven werd uitgenodigd, en niet omdat ze het zo graag wilden. Zelfs de meisjes die niet zo populair waren vermeden me. Ik veronderstelde dat ik in de voedselketen op de laagste sport van de ladder stond en hun minachting voor mij hielp ze waarschijnlijk wat meer zelfachting te krijgen. Als een jongen naar me keek, wendde ik snel mijn blik af, bang dat ik in hun ogen alleen maar afkeer of medelijden zou lezen. Ik was al bijna zestien, en ik had zelfs nog nooit hand in hand gelopen met een jongen, laat staan gezoend.

Die zomer besloot Brenda in het laatste schooljaar twee van de verplichte cursussen te volgen van een gevorderd studieprogramma dat de school had samengesteld. Haar cijfers waren net hoog genoeg om ervoor in aanmerking te komen. Ze zou dan in aanmerking komen om haar diploma eerder te halen. Scouts en vertegenwoordigers van universiteiten waren nu druk bezig informatie over haar in te winnen en nog vóór het schooljaar ten einde was, had ze twee aanbiedingen voor een volledige beurs. Als ze slaagde voor haar zomercursussen, zou ze haar diploma half augustus krijgen en kon ze tijdig genoeg naar een universiteit om in het meisjesbasketbalteam te spelen. Ze hoefde alleen nog maar te besluiten naar welke universiteit ze wilde.

De gedachte dat Brenda zo snel uit huis zou gaan deprimeerde me. Wat zou het huis hol en leeg worden zonder haar, zelfs al bracht ze zoveel tijd buiten door. En in de zomer besteedde ze ook meer aandacht aan me.

'Je moet jezelf in de hand zien te krijgen, April,' zei ze, de waarschuwingen herhalend, die papa had gegeven in zijn Mr. Hyde-periode. 'Papa had niet helemaal ongelijk. Het is niet gezond om overgewicht te hebben. Je gaat met mij joggen en gymnastieken,' commandeerde ze.

Ik was bang dat ik een stomme indruk zou maken, maar ze was heel tolerant en geduldig. Ik had zo'n idee dat ze vond dat ze het papa verschuldigd was, meer nog dan mij. Op een dag plunderde ze zelfs de provisiekast in de keuken, en haalde alles weg wat ze calorierijk voedsel zonder voedingswaarde noemde. Ze kreeg mama zo ver dat ze stopte met het maken van machtige desserts, en ze vroeg voortdurend wat ik die dag had gegeten terwijl zij op school zat.

Nog voor het einde van de zomer was ik tien pond afgevallen sinds papa's overlijden. Brenda liet me tennisles nemen, haar golfclubs dragen als ze golfde met twee van haar teamgenoten op een countryclub waarvan een van hen lid was, en dwong me ten slotte een serie stretchoefeningen te doen. We deden ook wat yoga samen.

Voor het eerst voelde ik me meer haar zus. Ik denk dat dat me meer motiveerde dan mijn eigen verlangen om er beter uit te zien en me beter te voelen. Het was belangrijk om Brenda tevreden te stellen, haar in mij geïnteresseerd te houden, te doen geloven dat haar pogingen de moeite waard waren. Ik vroeg me af of ik, als zij naar de universiteit ging, weer terug zou vallen in mijn oude luie gedrag en alles wat ik kwijt was geraakt er weer aan zou komen.

'Dat laat je maar uit je hoofd,' waarschuwde ze me voordat ze wegging en ik het me hardop afvroeg. 'Je moet beter voor jezelf zorgen, zodat je ook beter voor mama kunt zorgen.'

En er moest voor mama gezorgd worden. Ze had zich zo ver in zichzelf teruggetrokken dat we allebei dachten dat het moeilijk, zo niet onmogelijk zou zijn, haar de werkelijkheid weer onder ogen te laten zien.

'Zij is nu alles wat nog hebben,' zei Brenda. 'Je moet haar dwingen weer aan zichzelf te denken. Wees vrolijk, optimistisch. Word lid van een toneelclub of van een sportclub. Lok haar naar buiten om haar te laten zien wat je doet. Je begrijpt het wel, April. Het ligt nu aan jou.'

Ik knikte, doodsbang voor de verantwoordelijkheid.

'Misschien komt oom Palaver gauw terug,' zei ik.

'Dat doet hij niet, en zelfs al zou hij komen, dan is het niet voor lang. Dat is de oplossing niet, April. Mama is ons probleem.'

Ze glimlachte.

'Het gaat heus goed. Je zult het zien. Ik zal je vaak bellen, en je komt me opzoeken wanneer je maar kunt.'

'Heus?'

'Natuurlijk. En ik wil dat je mama meeneemt maar de belangrijke wedstrijden.'

Ik dacht niet dat ik zou huilen toen ze wegging. Ik was nu ouder, niet alleen in jaren, maar door alles wat we hadden meegemaakt. Ik wilde meer op Brenda lijken. Ik wilde haar kracht hebben en haar staalharde ogen en stoïcijnse gezicht wanneer ik die het hardst nodig zou hebben.

Mama had Brenda haar auto gegeven, omdat wij nu ook papa's auto hadden. Ik keek toe terwijl ze haar koffers pakte en hielp haar de auto inladen. Toen het tijd voor haar was om te vertrekken, liepen mama en ik naar buiten naar de oprit om haar te omhelzen en te zoenen.

Ze keek even naar het basketbalnet en de achterwand. Ze kneep haar ogen samen, en, net als zij, kon ik papa's lach horen.

'Ik zal jullie een geheim vertellen,' zei ze, nog steeds naar het net kijkend. 'Het deed er niet toe dat hij er aan het eind niet was, dat hij niet met jullie naar de wedstrijden kwam en samen met jullie juichte.'

Ze keek naar mij. Haar blik was krachtig, haar ogen stonden helder en geconcentreerd, zoals ze altijd stonden wanneer ze haar hele hart legde in wat ze zou zeggen of doen.

'Hij was er altijd. Ik heb hem gezien.'

'Ja,' zei mama, knikkend en glimlachend.

'En je komt geen grammetje meer aan, April. Ik waarschuw je,' zei Brenda.

'Ik beloof het.'

Ze stapte in de auto en startte de motor.

'Rij voorzichtig, lieverd,' zei mama.

Brenda knipoogde en knikte naar mij. Mijn grote zus knipoogde naar me en reed toen langzaam de oprit af en de weg op, tot ze uit het gezicht verdwenen was.

Mama slikte even en sloeg haar arm om me heen.

We stonden Brenda na te kijken, allebei bang om te bekennen hoe bang we waren voor de stilte die achterbleef.

Allebei bang voor morgen.

6. Celia's bezoek

De zomer leek eindeloos lang na Brenda's vertrek. Ik zat vaak op het gras en ging op mijn rug liggen en keek omhoog naar de lucht, naar de wolken die zich loom voortbewogen. Soms deed ik het meteen na het joggen. Ik probeerde hetzelfde enthousiasme te voelen dat ik had toen Brenda naast me of vlak vóór me liep. Het was moeilijker vol te houden maar ik wilde het doorzetten, voor haar, maar ook voor mijzelf. Ik kon haar niet teleurstellen. Ik wilde niet dat ze het vertrouwen in me zou verliezen.

Maar het was een eenzame tijd. De paar vriendinnen die ik had waren in een zomerkamp of op reis met hun ouders. Op den duur wilde ik langer slapen, zodat ik minder tijd had om wakker te zijn en de dag sneller voorbij zou gaan. Ik was zelfs blij toen ik eindelijk weer naar school kon, ook al had ik er moeite mee om me weer aan te passen aan een vaste indeling van mijn activiteiten. Ik wilde me alleen maar laten drijven zoals die wolken dreven waarnaar ik keek.

Mijn Engelse leraar citeerde op een dag Henri David Thoreau en zei: 'Tijd is de beek waarin ik ga vissen.' We leerden hoe verschillend auteurs omgingen met het begrip tijd. Thoreau, zei hij, leefde zijn leven niet volgens een bepaald schema of volgens de klok. Er hingen geen afspraken boven zijn hoofd. Hij negeerde het allemaal en genoot van het leven. Ik begon me afgunstig te voelen toen ik dat hoorde en iets erover las. Heerlijk, om je om niets anders te bekommeren dan het heden, het moment, in staat te zijn je te ontspannen en te dagdromen zonder dat er iemand over je heen gebogen stond om je te herinneren aan je verantwoordelijkheden.

Ik vroeg me ook af waarom hij ons onderwees over Thoreau. Waarom moest hij ons kwellen? Hoe konden we eraan ontkomen te reageren op het luiden van de bel, het te laat komen, de zorgen over morgen en de dagen die nog restten voordat een taak moest worden ingeleverd? Hoe konden we eraan ontkomen onze hersens te pijnigen met gedachten over de toekomst, over de dag van de diploma-uitreiking? Voor ons tikte de klok als een tijdbom. De tijd was geen beek. Minuten waren geen druppels water. Ze waren kleine bijtjes die ons staken zodra ons tempo vertraagde.

En toen dacht ik aan oom Palaver ergens op de snelwegen van Amerika, rijdend in zijn eigen tempo, die een optreden accepteerde als hij dat wilde, of alles afwees en rustig voortreed of parkeerde in een prachtig natuurgebied en genoot van de omgeving. Plotseling, ondanks alles wat papa over hem gezegd had, benijdde ik hem. De tijd was werkelijk een beek voor oom Palaver, en toch was hij een volwassene in een volwassen wereld. Hij moest belasting en rekeningen betalen en zijn zorgverzekering en zo, maar misschien was het vermogen om vast te houden aan een deel van Thoreaus droom wel de grootste magische prestatie van oom Palaver.

Voor mama leek de tijd tot staan te zijn gekomen. Ook zij verloor haar belangstelling voor afspraken, programma's, verplichtingen en agenda's. Ze was stuurloos op een andere manier. De dagen kwamen en gingen. Het interesseerde haar niet. Ze vergat haar eigen verjaardag en was oprecht verbaasd toen ze cadeaus kreeg van Brenda en mij.

Meelevende vrienden en kennissen vertelden me dat de tijd alles heelde. Elke tik van de klok werd verondersteld ons verder weg te voeren van het verdriet, en volgens hen zouden we binnen afzienbare tijd niet langer huilen of ontroostbaar zijn. Maar zo werkte het niet voor mama. Ze weigerde de komende dag te accepteren. Ze weigerde te vergeten. Voor haar was de klok stil blijven staan.

Ik schreef vaak aan Brenda en praatte met haar aan de telefoon wanneer ik maar kon over mijn bezorgdheid voor mama. Brenda had gekozen voor de Thompson University in Memphis omdat ze zo'n goed georganiseerde en indrukwekkende sportafdeling voor vrouwen hadden. Het was een kleine universiteit met niet meer dan duizend studenten, maar de prestaties op het basketbal- en volleybalveld en van het vrouwelijke hockeyteam waren indrukwekkend dankzij hun recrutering. Een van de afgestudeerden, Mona LePage, werd zelfs gekozen voor het Olympische volleybalteam, en de school was heel trots op haar.

Omdat de universiteit in Memphis was, forensten de meeste studenten, maar er was een klein studentenhuis voor tweehonderd vrouwen op de campus, en Brenda deelde een kamer met een meisje dat derdejaars was, Celia Harding. Ze hadden elkaar blijkbaar ontmoet toen Brenda zich inschreef, en het klikte zo snel en goed tussen hen dat ze besloten kamergenoten te worden. In al haar brieven en telefoontjes zong ze haar lof en dweepte ze met haar. Ze praatte zelfs zo vaak over haar, dat ik onwillekeurig jaloers werd. Ik keek ook verbaasd op toen ze me vertelde dat ze Celia mee zou nemen om Thanksgiving bij ons door te brengen.

Ten eerste vond ik het te snel om al een logé te hebben, en ten tweede was ik bang dat mama er niet tegen opgewassen zou zijn een vreemde aan tafel te hebben, maar Brenda had het al besproken met mama, en mama had toegestemd en had zelfs een beetje enthousiast geleken. Ik legde me erbij neer en dacht dat het misschien wel goed zou zijn. Het zou mama afleiden van haar verdriet en haar reden geven een uitgebreid Thanksgiving-diner te bereiden. Diep in mijn hart hoopte ik vurig dat ook oom Palaver zou komen. Hij was maar één keer bij ons thuis geweest voor Thanksgiving, en toen was ik pas vijf en herinnerde het me nauwelijks meer.

Hij belde nu vaker. Mama kreeg het dan vaak te kwaad aan de telefoon en dan nam ik het over en praatte met hem en luisterde naar zijn verhalen over zijn avontuurlijke leven op de weg. Ik bleef bij hem aandringen om met Thanksgiving te komen. Ik wilde niet ronduit zeggen dat mama hem nodig had of dat ik hem nodig had, maar ik kwam er dicht in de buurt. Een tijdje dacht ik dat hij echt zou komen, maar twee weken voor Thanksgiving belde hij om te zeggen dat hij een geweldige kans had om in Californië op te treden. Hij zou optreden in meer dan een tiental regionale televisieshows, en zijn manager dacht dat het precies de doorbraak kon zijn om op een nationale televisiezender te komen.

Er waren zoveel getalenteerde entertainers die hun best deden om door te breken, en zoveel verdienden het. De concurrentie was fel en een kans zoals oom Palaver kreeg was zeldzaam.

'Het zou cru en oneerlijk zijn om druk uit te oefenen op Warner om hier te komen met Thanksgiving en die kans mis te lopen, April,' zei mama toen ik er een beetje te veel over klaagde. 'Hij heeft er te lang en te hard voor gewerkt.'

Natuurlijk had ze gelijk, dus praatte ik niet langer over hem, en toen hij weer belde, wenste ik hem veel succes. Hij beloofde dat hij een video van een van de televisieshows naar ons zou laten opsturen.

'Misschien kom ik met Kerstmis,' bood hij aan, maar ik herinnerde me dat hij iets had gezegd over een tiendaagse cruise van Los Angeles naar de zogeheten Mexicaanse Rivièra met Kerstmis en oudjaar. Ik vroeg het hem niet, maar ik was nieuwsgierig of al die boekingen ook voor Destiny golden. Ik veronderstelde dat als ze deel uitmaakte van zijn show, ze met hem mee zou gaan. Bovendien wist ik zeker dat hij op oudejaarsavond bij haar zou willen zijn.

Alleen al de gedachte aan oudejaarsavond na papa's dood vond ik schrikwekkend. Mama zou zich zo verloren voelen, dacht ik. Misschien kon ik haar overhalen om weg te gaan. Ik probeerde het en ze zei dat ze erover na zou denken, maar ik wist dat het voorstel niet langer dan een paar seconden in haar hoofd zou blijven hangen voor het als rook zou vervliegen.

De dag voordat Brenda zou komen met Celia, toonde mama iets van haar oude energie. Ze hing andere gordijnen in de logeerkamer en kocht een nieuw kleed om naast het bed te leggen. Die middag besloot ze dat het beddengoed niet paste in het geheel, en ze liet me bijna in paniek meegaan om nieuw beddengoed te kopen. Elk plekje in de logeerkamer werd opgepoetst. Ze boende de badkamer alsof ze een of andere besmettelijke ziekte wilde voorkomen. Ik bleef haar vragen het kalmer aan te doen, te rusten, maar ze zei dat ze zich goed voelde.

Ze was 's avonds nog steeds aan het rommelen met dit of met dat, tot ze het plotseling goed genoeg vond en naar bed ging. De volgende ochtend was ze eerder op dan ik, bezig met het Thanksgivingdiner. Ze liet me van alles schoonmaken in huis. Ik zei dat ik al gestofzuigd had in de zitkamer, maar ze herinnerde het zich niet, en geloofde niet dat het goed genoeg was, zelfs al had ik het gedaan.

'We zijn bekaf als Brenda en haar kamergenote komen, mama,' protesteerde ik. 'Daar heeft toch niemand iets aan?'

'Overdrijf niet zo,' zei ze, en liet me de ramen bij de voordeur lappen.

'Wie komt er eigenlijk, de koningin van Engeland?' mompelde ik. Ze hoorde me.

'Je vader en ik behandelen onze gasten altijd als vorsten,' zei ze. 'We zijn ouderwets in dat opzicht.'

Ik draaide me om en keek haar aan. Ze glimlachte, maar anders dan gewoonlijk. Dat, en het gebruik van de tegenwoordige tijd met betrekking tot papa, deed een klein alarm afgaan in mijn hart. Later voelde ik dat weer toen ik naar de tafel keek in de eetkamer en zag dat er een couvert meer was dan we nodig hadden,

'Mama,' zei ik zachtjes. Ik liep de keuken in en ging achter haar staan terwijl ze de zoete-aardappeltaart maakte, 'je hebt te veel borden neergezet.'

'Wat?' zei ze, zich met een verward gezicht omdraaiend. 'Wat zeg je?'

'We zijn maar met vier personen, geen vijf, tenzij je nog iemand hebt uitgenodigd zonder het me te vertellen.'

'O,' zei ze. 'Heb ik er vijf neergezet?'

'Ja, mama.'

Ze schudde haar hoofd. 'Oude gewoontes zijn moeilijk af te leren,' zei ze, en wijdde zich weer aan haar aardappeltaart.

'Ik verander het wel,' zei ik.

Ze gaf geen antwoord, maar ik liep naar de eetkamer en wijzigde de tafelschikking. Ik liet de plaats aan het hoofd van de tafel waar papa altijd zat, leeg, net zoals we hadden gedaan sinds de dag dat hij vertrokken was. Ik had mama te vaak zien kijken naar die lege plaats. Soms leek het of ze hem daar zag zitten. Ik zei nooit iets, deed net of ik het niet merkte.

Om mijn gedachten af te leiden op de dag dat Brenda en Celia zouden komen, ging ik naar de zitkamer met het boek dat ik moest lezen voor mijn literatuurles Engels. Van tijd tot tijd keek ik op de klok. Brenda had ons verteld dat zij en Celia eerst een paar van hun vrienden zouden ontmoeten om het vast een beetje te vieren en dan naar ons huis zouden gaan. Ze zouden om één uur komen.

Mama bakte twee taarten, een appel- en een pompoenentaart, papa's lievelingstaarten, vooral op Thanksgiving. Dat had ze me vanmorgen al twee keer verteld.

'We hebben altijd een heerlijke Thanksgiving gehad,' eindigde ze. 'Je vader heeft eens gezegd: "Ik denk dat ik met je getrouwd ben om je Thanksgiving-diners."'

Ze lachte. Ik was blij dat te zien, maar de manier waarop ze keek toen ze die dingen zei zat me dwars. Ik kon niet verklaren waarom, maar het was zo. Om die reden alleen al kon ik niet wachten tot Brenda kwam. Ze was al meer dan een halfuur te laat. Ik was ongeduldig en kon mijn gedachten niet bij mijn boek houden. Ik stond op en slenterde door het huis, liep om de vijf minuten naar de voordeur om naar buiten te kijken. Eindelijk zag ik haar auto aankomen en er ging een golf van opwinding en blijdschap door me heen.

Wacht maar tot ze me ziet, dacht ik. Ik was weer tien pond afgevallen. *Ze zal zo trots op me zijn.* Dagen voor Thanksgiving jogde en gymde ik vaker en overwoog zelfs om lid te worden van het meisjesvolleybalteam.

Ik wilde er niet op betrapt worden dat ik uit het raam stond te kijken, maar na al Brenda's brieven en onze gesprekken waarin ze Celia de hemel in prees kon ik mijn nieuwsgierigheid naar Celia niet bedwingen. Ik had Brenda nog nooit zo enthousiast over iemand gehoord. Wie was dat wonderbaarlijke wezen?

Toen ze uit de auto stapten, kon ik mijn ogen niet van Celia Harding afhouden. Ze was langer dan Brenda en had een mooier figuur en lang glanzend roodblond haar. Ze had het bijeengebonden in een paardenstaart. Ik had gehoopt dat ze klein en bijna lelijk zou zijn, misschien zelfs zo dik als ik was. Toen ze dichterbij kwamen, zag ik dat ze fraai gevormde olijfgroene ogen had en een zachte, engelachtige glimlach, met kleine sproetjes op haar jukbeenderen. Ze giechelden en liepen schouder aan schouder. Ik deed de deur open voor ze er waren en stond naar ze te kijken. Ik overviel ze met mijn aanwezigheid.

'April!' zei Brenda, alsof ze niet verwacht had mij te zien. 'Waarom stond je bij de deur te wachten?'

Ze draaide zich om naar Celia en lachte.

'Dit is mijn kleine zusje April. April, dit is Celia Harding.'

'Hoi,' zei ze. 'Ik heb veel over je gehoord, April.'

'Hoi,' zei ik. Ik wilde niet zeggen dat ik veel over háár gehoord had, en ik vond het niet prettig dat ik het kleine zusje werd genoemd.

'Laat je ons nog binnen?' vroeg Brenda.

'Wat? O.' Ik deed een stap achteruit, en ze liepen het huis in.

'Wat ziet dit huis er leuk uit,' zei Celia.

Ziet er leuk uit? Wat was dat voor idiote opmerking over ons huis?

'Waar is mama?' vroeg Brenda.

'In de keuken. Daar is ze het grootste deel van de dag geweest,' zei ik. 'Ze heeft harder gewerkt dan ooit omdat we een gast hebben.'

'Mama!' riep Brenda en liep langs me heen. Celia glimlachte naar me en volgde haar.

Ik bleef in de gang staan en hoorde Brenda Celia voorstellen, en de opgewekte stem van mama. Na een paar ogenblikken praatten ze allemaal tegelijk over het eten, hun reis, de universiteit. Het leek of ze me totaal vergeten waren. Brenda vroeg helemaal niets over mijn activiteiten of wat ik gedaan had op school. Mama was gefascineerd door alles wat Celia zei. Ze zat er glimlachend bij, een glimlach die ik in tijden niet zo stralend had gezien. Ik ging terug naar de zitkamer, pakte mijn boek en plofte neer in de stoel die vroeger papa's stoel was geweest. Hij had brede armleuningen, en je kon achteroverleunen en een voetenbankje omhoogklappen. Het gaf me het gevoel dat ik weer in papa's armen lag.

Mijn ogen dwaalden af van de tekst, die niet tot me doordrong. In plaats daarvan bleef ik luisteren naar het gebabbel van mama, Brenda en Celia. Het leek wel of Celia een oude vriendin was of zelfs een zus die ze lange tijd niet had gezien. Hun gelach ergerde me. Eindelijk hoorde ik dat ze opstonden en door de gang liepen om Celia de rest van het huis en haar kamer te laten zien. Bij de open deur van de zitkamer bleven ze staan en keken naar mij.

'April,' zei mama verbaasd. 'Heb je Brenda's kamergenote al ontmoet?'

'Ja,' zei ik. 'Ik heb ze begroet bij de voordeur en ik was ook in de keuken, mama!' Ik schreeuwde het bijna.

'Is het heus? En wat doe je nu dan?'

'Ik lees een boek voor mijn Engelse les,' zei ik pissig. Ik wachtte nog steeds op een opmerking van Brenda over het feit dat ik zo was afgevallen.

'O,' zei Brenda in plaats daarvan tegen Celia, 'ik moet je mijn plakboek laten zien. Het ligt in mijn kamer. Maar we zullen jou eerst naar je kamer brengen om uit te pakken.' Ze liep met Celia verder de gang door.

'Ik hoop dat alles in orde is,' riep mama hen achterna. 'Ik had zo weinig tijd om iets voor te bereiden.' Ze keek weer even naar mij en ging toen terug naar de keuken.

Ik bleef zitten mokken tot ik me begon te vervelen en stond toen op om te zien wat iedereen deed. Mama had de radio aangezet in de keuken en luisterde naar muziek, iets wat ze in tijden niet gedaan had. Ik keek even naar binnen en zag dat ze alles in en rond de oven controleerde.

Zo achteloos en schijnbaar ongeïnteresseerd mogelijk slenterde ik de gang door naar Brenda's kamer en de logeerkamer. De deur naar de logeerkamer stond open en Celia's weekendkoffertje lag nog ongeopend op het bed. De deur van Brenda's kamer was gesloten. Ik bleef ingespannen staan luisteren. Ze praatten, maar niet erg luid, en nu en dan hoorde ik ze lachen.

Brenda had nooit een intieme vriendin gehad zoals de meeste meisjes die ik kende. Ik kon me niet herinneren wanneer ze ooit iemand gevraagd had om een nacht te blijven slapen of te komen eten, en zij was nooit bij een ander uitgenodigd. Ze ging kameraadschappelijk om met haar teamgenoten op school, maar verder deden ze nooit iets samen. *Misschien was mama daarom zo opgetogen over Celia,* dacht ik. Toch was het vreemd dat het nu pas goed tot me doordrong. Zelfs ik, die genomineerd zou kunnen worden voor het meest impopulaire meisje in de geschiedenis, had nu en dan een vriendin. Geen hechte, beste-vriendinrelatie, maar het was toch íéts.

Ik dacht erover op Brenda's deur te kloppen. Het was maanden geleden dat ze was vertrokken, en ook al schreven en belden we elkaar, toch hadden we nog veel bij te praten. Waarom was dat voor haar minder belangrijk dan voor mij? Waarschijnlijk vroeg Celia gewoon veel aandacht. Ze zag eruit als een verwende vrouw, dacht ik, al kon ik dat niet verklaren of verdedigen. Ik klopte aan.

'Ja?'

Ik opende de deur en keek naar binnen. Ze lagen allebei op Brenda's bed, naast elkaar, met het gezicht naar elkaar toe. Ik bleef stokstijf staan bij het zien van iemand anders in Brenda's bed. Ik had nooit samen met haar geslapen of was bij haar in bed gekropen, zelfs niet tijdens onze rouwperiode. Brenda leunde op haar linkerelleboog en keek naar mij.

'Heeft mama ons nodig?' vroeg ze.

'Nee, nog niet.'

'Wat is er dan?'

'Eh, ik sprak oom Palaver gisteren,' zei ik, snel naar een antwoord zoekend.

96

'Ja, dat vertelde mama toen ik haar belde. Oom Palaver,' legde ze Celia uit, 'is de jongste broer van mijn moeder.'

'O, ja, de goochelaar. Ik had gehoopt hem te zien,' antwoordde Celia, die rechtop ging zitten.

Ze had haar haar losgemaakt en schudde haar hoofd, zodat het losjes om haar schouders viel. Het zag er zo zacht en glanzend uit, dat ik dacht dat het weg zou kunnen zweven. Mijn eigen haar voelde altijd ruw en grof aan, wat voor wondershampoo of welke behandeling ik ook gebruikte.

'Ik had gehoopt dat hij ons zou vertellen hoe we mevrouw Gitalong konden laten verdwijnen,' ging Celia verder, waarop ze allebei begonnen te lachen.

'Wie is mevrouw Gitalong?' vroeg ik.

'Het hoofd van het studentenhuis. Haar echte naam is Gitman, maar iedereen noemt haar Gitalong, omdat ze haar graag zien "git along", haar zien oprotten,' legde Brenda uit. 'Celia heeft die naam verzonnen en nu noemt iedereen haar zo.'

'Het klinkt niet of jullie het daar erg leuk vinden,' zei ik, zonder mijn hoopvolle wens te verheimelijken dat ik gelijk zou hebben.

'O, we vinden wel een manier om ons te vermaken,' zei Brenda, waarop ze allebei begonnen te giechelen.

Ik had Brenda nog nooit zo vaak horen lachen of giechelen. Het begon steeds irritanter te worden.

'Ik denk erover dit jaar lid te worden van het meisjesvolleybalteam,' zei ik. 'Ik heb het je niet aan de telefoon verteld, omdat ik nog wat twijfelde, maar nu weet ik het zeker.'

'Goed zo,' zei Brenda. Ze keek naar Celia. 'Ik denk dat we ons moeten gaan kleden voor het diner. Vraag eens aan mama hoe laat we gaan eten, April. En of we iets voor haar kunnen doen.'

'Dat wil ze niet,' zei ik. 'Je weet dat ze dat niet wil. Maar ik zal het haar vragen,' gaf ik snel toe, en keek naar Celia, die haar glimlach als een flitslamp op me gericht hield.

Ik draaide me om en liep naar de keuken.

'Brenda en haar vriendin willen weten hoe lang het duurt voor we gaan eten, mama,' zei ik, en liet het klinken alsof het van Celia uit ging.

'O, zeg maar dat ze zich niet hoeven te haasten. Over een uur is alles klaar,' zei mama. 'Vind je Brenda's vriendin niet mooi en aardig?'

'Ze is heel mooi,' gaf ik toe. 'Ik weet nog niet hoe aardig ze is.'
Ik ging terug naar Brenda's kamer. Ze had haar badjas aan en de
deur naar haar badkamer was dicht, maar ik kon de douche horen.
'Mama zegt over ongeveer een uur,' zei ik. Ik keek naar de deur
van de badkamer. 'Waarom doucht ze niet in haar eigen kamer?'
'Dat is maar een douche boven het bad. Mijn douchecabine is
veel beter,' zei Brenda. 'Maak je geen zorgen. We zijn eraan gewend
alles met elkaar te delen.'
Ze stond bij haar open kast en overwoog wat ze zou aantrekken.
Eindelijk moest het me toch van het hart.
'Ik ben weer tien pond afgevallen, Brenda.'
Ze draaide zich om en keek me aan. 'Hé, ja, dat is zo. Geweldig.
Zorg nu dat het er niet meer aankomt, zoals de laatste keer toen je
was afgevallen,' waarschuwde ze.
En toen draaide ze zich weer om naar de kast. De douche werd
dichtgedraaid en een ogenblik later deed Celia de deur open. Ze was
volkomen naakt, gebruikte zelfs de handdoek niet om zich te be-
dekken. Ze had het figuur van een beroepsmodel, haar borsten waren rond en stevig en haar taille smal, met een buik die zo plat was
als een stuk papier. Ze leek zich er absoluut niet voor te generen dat
ze naakt tegenover me stond. Ze keurde me nauwelijks een blik
waardig.
Zo'n figuur zal ik nooit hebben, dacht ik somber.
'Brenda, wat stom van me. Ik heb mijn elektrische tandenborstel
vergeten.'
'Geen probleem,' zei Brenda. 'Je kunt die van mij gebruiken.'
Bah, dacht ik. *Ze gebruiken zelfs elkaars tandenborstel. Als ik op
die manier een kamer moet delen met een ander meisje, ga ik niet
naar de universiteit.*
Celia glimlachte en haalde haar schouders op. 'Bedankt,' zei ze.
'Goeie douche. Hoi, April,' voegde ze er lachend aan toe en deed de
deur dicht.
'Moet je je niet gaan kleden voor het eten?' vroeg Brenda aan mij.
'Vooral voor mama.'
'Hè? O, ja, natuurlijk. Ik heb iets nieuws om aan te trekken nu ik
ben afgevallen,' zei ik, vissend naar een compliment.
Brenda knikte. 'Mooi,' zei ze en verdiepte zich weer in haar kle-
renkast.

Ik had ook iemand moeten uitnodigen voor het diner, dacht ik kwaad, al was het maar een dakloze, een vreemde, alles, om me maar niet zo alleen te hoeven voelen.

Toen we aan tafel gingen nam Celia een paar van mijn taken over, zonder het aan mama te vragen. Ze hielp met opdienen, en toen Brenda wilde opstaan om iets te doen, drong Celia erop aan dat ze bleef zitten.

'Ik moet mijn brood verdienen,' zei ze en Brenda lachte weer.

Giechelden of lachten ze altijd als de ander iets zei? Ik had Brenda zich nog nooit zo onvolwassen zien gedragen.

'In het studentenhuis verdien je je brood niet,' zei Brenda.

'O, en jij zeker wel,' antwoordde Celia, terwijl ze met haar heup tegen Brenda's schouder stootte.

Dat bracht mama op het onderwerp van het studentenhuis. Ze begon te vertellen over haar eigen ervaringen op de universiteit, verhalen die ik nooit eerder had gehoord. Omdat ik nog niet aan de universiteit studeerde, kon ik geen bijdrage leveren aan het gesprek.

'Ik wil naar een universiteit die zo ver mogelijk weg is,' flapte ik er ten slotte uit. Iedereen keek me aan. 'Ik zou eerlijk gezegd het liefst in Europa willen studeren, waar ik interessante, andere mensen kan ontmoeten.'

'Jij?' zei Brenda. 'Je hebt nooit ergens anders geslapen dan hier, je bent nooit weg geweest behalve op familiereisjes toen je veel jonger was. We zijn trouwens al twee jaar niet meer weg geweest.'

'O, jawel,' zei ik met brandende ogen. 'Toen we papa gingen opzoeken.'

Het stak me dat ze dat kon vergeten. Ik zag haar ineenkrimpen en met haar ogen knipperen alsof ik een kop heet water in haar gezicht had gegooid. Ze keek even naar Celia, wier glimlach snel verdween. Mama rimpelde haar voorhoofd en kneep haar ogen samen.

'Dat bedoelde ik niet, April. Ik bedoelde weggaan voor je plezier, bij een vriendin blijven slapen of zoiets.'

'Dat heb jij ook nooit gedaan, Brenda.'

'Maar ik vertel niet aan iedereen dat ik in Europa wil studeren. Jij wel,' zei ze zo scherp, dat de tranen in mijn ogen sprongen.

'Nou, ik wil het,' hield ik vol. 'En,' ging ik verder, snel iets verzinnend, 'oom Palaver heeft me gevraagd om met hem en Destiny mee te gaan op tournee, en misschien doe ik dat deze zomer wel.'

Brenda begon te lachen.

'Misschien doe ik het echt!' zei ik.

'Oké, wat je maar wilt,'zei Brenda. 'Doe niet zo emotioneel.'

'Laat maar,' zei Celia zacht tegen mij. 'Ik kon ook zo overgevoelig zijn als kind.'

'Ik ben geen kind. Ik ben vijftien, bijna zestien, en in sommige landen zijn vrouwen op mijn leeftijd al getrouwd en hebben ze zelf al kinderen.'

Ze staarden me allemaal aan en begonnen toen plotseling te lachen. Zelfs mama.

'Echt waar!' riep ik uit. 'Hou op met me uit te lachen.'

'We lachen je niet uit,' zei mama. 'Het is alleen zo grappig om dat te horen.'

'Of je voor te stellen dat jij voor kinderen zorgt,' zei Brenda.

Ik keek kwaad naar Celia en toen naar mijn bord en at verder.

'Het is allemaal verrukkelijk, mevrouw Taylor,' zei Celia.

'Waren je ouders niet teleurgesteld dat je niet thuiskwam met Thanksgiving?' vroeg mama haar.

Ik keek snel op. Dat was een goede vraag. Hoe kon ze dat bij ons vieren? Waarom was het belangrijker om bij Brenda te zijn, die ze trouwens toch al altijd zag, dan bij haar eigen familie? Mama zou dat nooit goedvinden. Mama vond familie altijd erg belangrijk. *Ze heeft het zich eindelijk gerealiseerd,* dacht ik, en keek met een zelfingenomen glimlachje naar Celia, die eerst even een sluikse blik op Brenda wierp.

'Mijn ouders zijn gescheiden, mevrouw Taylor,' begon Celia. 'Ze gingen uit elkaar toen ik acht was. Mijn vader had een vriendin, en mijn moeder kwam erachter.'

'O, wat erg,' zei mama en bracht haar handen naar haar hals. Ze betastte de robijnen ketting die papa haar twee jaar geleden op haar verjaardag had gegeven.

'Mijn moeder trok het zich heel erg aan. Ze dacht dat het op de een of andere manier haar schuld was, en niemand, geen therapeut, kon haar van het tegendeel overtuigen.'

Mama schudde vol medeleven haar hoofd. 'Hoe gaat het nu met haar?' vroeg ze.

'Ze is gestorven,' antwoordde Celia. 'Op een avond slikte ze te veel slaappillen, en toen ze haar vonden was het te laat om nog iets voor haar te doen. Ik ging bij de moeder van mijn vader wonen. Mijn vader hertrouwde en zijn tweede vrouw was erop tegen dat ik bij hen introk.'

'Wat afschuwelijk voor je,' zei mama, bijna in tranen.

'Mijn grootmoeder is verleden jaar gestorven,' ging Celia verder, 'en ik heb praktisch geen contact meer met mijn vader. Ik stel hem verantwoordelijk voor alle vreselijke dingen die er gebeurd zijn, en hij weet dat ik er zo over denk, dus zou het niet erg aangenaam zijn om met Thanksgiving naar huis te gaan. Ik was erg dankbaar voor uw uitnodiging.'

'O, dat spreekt toch vanzelf. We zijn erg blij dat je er bent,' zei mama met een knikje naar mij.

Ik zweeg. Wat moest ik zeggen? Ondanks alle droevige en afschuwelijke gebeurtenissen in haar leven, was Celia Harding een levendige, opgewekte en mooie jonge vrouw. Misschien was Brenda daarom zo dol op haar. Ze gaf haar hoop voor haarzelf, al dacht ik geen moment dat Brenda te zwak zou zijn om de verschrikkelijke gebeurtenissen in ons leven te overwinnen. Ik veronderstelde dat ze goed waren voor elkaar, en ook al was ik jaloers, toch moest ik het met tegenzin accepteren en blij zijn voor hen beiden.

Het gesprek aan tafel ging over op vrolijkere onderwerpen. Celia vertelde mama over haar plannen om iets in de reclame te gaan doen. Ze volgde een aantal cursussen in psychologie, en ze hield van marketing en van de wijze waarop beelden en woorden de gedachten en levenswijze van de mensen konden manipuleren en beheersen. Het klonk heel interessant zoals ze het vertelde. Ze zei dat ze wilde beginnen met werken voor een paar tijdschriften en langzamerhand het punt bereiken waarop ze haar eigen reclamebureau zou hebben. Mama zat te knikken alsof ze niet minder verwachtte. Elk doel was bereikbaar voor zo'n intelligente en aantrekkelijke vrouw.

'Ik denk erover om zelf ook weer terug te keren in de werkende wereld,' zei ze. Het klonk me in de oren als een echo. Hoe vaak hadden Brenda en ik haar dat niet horen zeggen.

'Dat is heel goed, mevrouw Taylor. Dat moet u beslist doen. Het zou uw leven verrijken.'

'O, noem me alsjeblieft niet mevrouw Taylor. Ik heet Nora,' zei mama. 'Je maakt dat ik me zo oud voel.'

Ze lachten alle drie.

Ik stond op en begon de tafel af te ruimen.

'April heeft me zo goed geholpen,' zei mama en legde haar hand op mijn arm. 'Ik weet niet wat ik zonder haar had moeten beginnen. De helft van de tijd is zij degene die kookt, en ze kan het straks beter dan ik.'

'Mama!' zei ik. Om de een of andere reden voelde ik me gegeneerd dat mama opschepte over mijn goede eigenschappen waar Brenda's vriendin bij was. Ik keek even naar Celia en zag dat ze naar me glimlachte.

'Zolang ze er maar niet uit gaat zien als een dikke kokkin,' merkte Brenda op.

Ik voelde dat ik een kleur kreeg en liep haastig naar de keuken om borden en glazen in de afwasmachine te zetten. Celia bood aan om te helpen, maar mama stond erop dat ze naar de zitkamer zouden gaan. Toen ik daar eindelijk kwam, waren ze bezig plannen te maken voor de volgende dag. Brenda zou Celia Hickory laten zien.

'Wat valt daar te zien?' viel ik hen in de rede.

'Ik wil graag zien waar Brenda is opgegroeid,' zei Celia tegen mij en keek toen glimlachend naar Brenda. 'Waar iemand woont, vertelt je veel over haar, al weet ik al heel veel,' ging ze verder, en weer giechelden ze als tieners.

'Ga mee, als je wilt,' zei Brenda tegen mij.

Ik haalde mijn schouders op en plofte neer in papa's stoel en luisterde naar hun gebabbel over andere meisjes in het studentenhuis, een paar aanstaande evenementen op de universiteit en Brenda's prestaties in het basketbalteam. Ook al trof Celia me niet als zo'n sportief type, toch leek ze goed op de hoogte van de competitie en de komende wedstrijden om het kampioenschap. Ze maakten een goede kans, en te oordelen naar Celia's verhalen, kwam dat voor een groot deel door Brenda.

'Ik ging nooit naar een wedstrijd, totdat Brenda voor onze school kwam spelen,' bekende Celia.

Mama kwam binnen en luisterde ook. Lange tijd zei ze praktisch niets, maar bleef zitten met die verstarde glimlach op haar gezicht. Als ze lachten verbreedde haar glimlach of ze giechelde als zij dat deden. Weer begon ze een paar van haar eigen studieverhalen te vertellen, zelfs over een vriendje dat ze had gehad.

'Je hebt nooit iets over hem verteld, mama,' viel ik haar in de rede.

Ze lachte kort, als iemand die betrapt wordt op een verzinsel. 'Je vader hoort me niet graag praten over mijn vroegere liefdesavonturen, als je ze zo zou kunnen noemen. Het was niet meer dan een verliefdheid.'

Ik keek naar Brenda om te zien of ze zich even ongerust maakte als ik omdat mama de tegenwoordige tijd gebruikte ten aanzien van papa, alsof hij nog leefde en zich in de andere kamer bevond. Ze scheen het niet te horen. Ze staarde slechts naar Celia met een glimlach die net zo verstard was als die van mama.

We keken samen een tijdje naar de televisie, maar Celia en Brenda onderbraken alles met hun idiote commentaren. Ik was blij toen ze verkondigden dat ze moe waren. Mama bekende dat ze zelf ook moe was, en iedereen ging naar bed en liet mij achter, starend naar het flikkerende scherm, zonder dat ik iets zag of hoorde. Ik wilde alleen maar rebels zijn en langer opblijven dan zij. Ik was niet van plan om te gaan slapen alleen omdat Celia zat te geeuwen. Dat stond vast.

Eindelijk gaf ik het op. Ik besefte niet hoe uitgeput ik was tot ik onder de dekens kroop. Ik geloof dat ik nog geen minuut nadat mijn hoofd het kussen raakte, in slaap viel, maar om de een of andere reden gingen mijn ogen weer open om ongeveer halfdrie in de ochtend. Het leek haast of iemand me een por had gegeven.

Het was niet erg donker in mijn kamer omdat het volle maan was en hij recht in mijn kamer scheen. Het rolgordijn werd verlicht en de schaduwen van de treurwilg buiten dansten eroverheen, namen vreemde vormen aan en wekten mijn belangstelling.

Toen hoorde ik duidelijk een deur opengaan. Ik luisterde ingespannen en wist zeker dat ik stemmen hoorde. Nieuwsgierig stond ik op en liep naar mijn deur, deed die langzaam open en tuurde de gang in.

Celia stond in Brenda's deuropening. Ze droeg een nachthemd en haar haar viel los over haar schouders en rug. Ze was op blote voeten. Ik kon Brenda net binnen in de kamer zien. Ze was naakt. Het verbaasde me omdat ik Brenda nooit naakt had zien slapen. Het liefst droeg ze papa's pyjama's en voor zover ik wist deed ze dat nog steeds.

Ik hield me muisstil. Ik kon niet horen wat ze zeiden. Ze fluisterden nu. Celia lachte en sloeg toen snel haar hand voor haar mond.

Ze stonden allebei te giechelen. *Wanneer zou, ik ooit zo'n vriendin krijgen?* vroeg ik me triest af. Ik stond op het punt mijn deur dicht te doen en weer naar bed te gaan, toen Celia zich vooroverboog naar Brenda en ze elkaar zoenden.

Alleen was het geen nachtzoen op de wang van een beste vriendin. O, nee.

Het was een kus op de mond, een kus als tussen man en vrouw, romantisch, en hij duurde langer dan een nachtzoen hoorde te duren.

Mijn adem stokte in mijn keel.

Celia draaide zich om en zag me staan. Ik voelde het bloed naar mijn hals en wangen stijgen. Ik verstijfde. Ik kon de deur niet dichtdoen. Haar blik hield de mijne een ogenblik vast, toen glimlachte ze die engelachtige glimlach en ging terug naar haar kamer.

Brenda had me niet gezien.

Zachtjes sloot ze haar deur.

Celia sloot die van haar.

En het enige geluid dat ik hoorde waren de trommelslagen van mijn eigen hart, dat het bloed door mijn bevende lichaam stuwde.

7. De party

Misschien door wat ik had gezien en de uitwerking die het op me had, viel ik meer in een coma dan in slaap en werd ik de volgende dag veel later wakker dan gewoonlijk. Ik had geen echte reden om me zo druk te maken over wat ik Celia en Brenda had zien doen. Het was gewoon een zoen. Misschien was de manier waarop ze elkaar zoenden een privégrapje van ze. Ik had gehoord dat de universiteit je veranderde, en dit ongewone gedrag was misschien iets van maffe studentes. Maar ik kon niet ophouden eraan te denken, door alle smerige grappen en lelijke dingen over Brenda die jongens op school tegen me zeiden.

Toen ik had gedoucht en me aangekleed en ging ontbijten, vertelde mama me dat Brenda en Celia al weg waren.

'Zijn ze ze al weg? Waarom heeft niemand me wakker gemaakt? Ik zou met ze meegaan,' jammerde ik.

'Heus? Ik zou je wel wakker hebben gemaakt, maar niemand heeft me iets verteld.'

'Dat verbaast me niks,' mompelde ik. Hoewel, als iemand het zou navragen, zou het duidelijk zijn dat ik Brenda nooit had bevestigd dat ik mee zou gaan. Ik had me geërgerd dat ze er zelfs maar aan dacht iets te doen zonder mij, dus had ik niet al te enthousiast gedaan over het idee. Ik had gewoon aangenomen dat ze niet zonder mij zou vertrekken. Het was toch ondenkbaar dat ze niet zoveel mogelijk tijd met me zou willen doorbrengen? Per slot was het al maanden geleden dat we elkaar hadden gezien.

'Wat bedoel je, April?'

'Niks,' zei ik snel. Ik wist niet wat ik moest zeggen, omdat ik eigenlijk niet wist wat ik moest denken.

'Nou, we gaan vanavond met z'n allen uit eten. We vonden allemaal dat we liever toch geen restjes wilden eten,' zei mama.

'Vonden we dat allemaal? Niemand heeft mij wat gevraagd.'

'Wil je niet uit eten? Je vader vindt het vreselijk om restjes te eten,' zei ze, en verbeterde zich toen bijtijds en voegde eraan toe: 'vond'.

'Ja, ik wil wel uit eten,' zei ik.

Ik maakte wat koude ontbijtgranen en aardbeien klaar met half-volle melk, maar at het niet helemaal op. Mijn maag was nog steeds van streek. Ik trok een jack aan en ging wandelen met mijn handen in mijn zakken en gebogen hoofd. Ik merkte zelfs niet waar ik liep. De richting deed er niet toe.

Toen Brenda naar de universiteit ging, had ik gedacht aan de dag dat ik ook zou gaan studeren. Ondanks wat ik had gezegd aan tafel, dat ik zo ver mogelijk weg wilde, had ik vaak gefantaseerd dat ik Brenda zou volgen en naar dezelfde universiteit zou gaan. Ik zou er komen als zij er nog was, en mijn grote zus zou me rondleiden. Ik zou trots op haar zijn, omdat ze dan beslist een grote ster zou zijn op de campus, en het feit dat ik haar zusje was, zou mij ook een beetje in de schijnwerpers plaatsen, net zoals toen ze naar high school ging. Ik zou slanker zijn en misschien een vriendje hebben. Misschien zouden Brenda en ik zelfs gevieren met onze vriendjes uitgaan. We zouden eindelijk in elk opzicht echte zussen worden, elkaar geheimen toevertrouwen over ons liefdesleven, op elkaar passen, van elkaar houden zoals zussen dat hoorden te doen.

Hoe kinderlijk leken al die fantasieën nu. Naarmate we ouder werden, zou de afstand tussen ons groter worden, dacht ik. Ik zou haar nooit kunnen inhalen. Brenda zou een heel andere weg inslaan, waar ik niets te zoeken had. Ik zou net zo zijn als elke andere fan op de tribune die haar zag spelen. Misschien. Misschien zou ik er langzamerhand helemaal niet meer naar toegaan.

Nu papa weg was, Brenda zich voortbewoog als een planeet die uit zijn baan was geraakt, en mama doelloos ronddoolde, voelde ik me verloren en heel onzeker. Ik wou dat oom Palaver met zijn hand over mijn hoofd kon strijken en me kon doen verdwijnen. Ik liep door, vol zelfmedelijden. Ik merkte niet eens dat de lucht zwaarbewolkt werd en dat er een koude regen dreigde. De wind werd krachtiger, sneed door mijn jack heen, maar ik trok me niets aan van de kou. Ik wilde lijden.

Het blèrende geluid van een autoclaxon wekte me plotseling uit mijn overpeinzingen, en toen ik opkeek zag ik David Peet, Luke Isaac en Jenna Hunter luid lachend in Davids auto. Ze zaten allemaal voorin, Jenna op Lukes schoot. Ze waren bij het trottoir gestopt en hadden me blijkbaar een tijdje gevolgd, grinnikend over mijn langzame, bedachtzame tred. Ze zaten alle drie in de hoogste klas, maar het leek me de vraag of een van hen dit jaar werkelijk zijn diploma zou halen.

Ik had David nauwelijks meer gesproken sinds ik hem verleden jaar in het kantoor van de decaan had ontmoet. Hij knipoogde soms naar me en plaagde me, vroeg of mijn vader mijn scooter had afgenomen, en zijn vrienden lachten dan met hem mee. Ik negeerde hem en bleef doorlopen. Jenna en Luke hadden zich bijna net zo vaak in de nesten gewerkt als David. Als ik naar hen en hun vrienden op school keek, bedacht ik hoeveel waarheid er school in dat oude gezegde: 'Soort zoekt soort.'

'Waar is je scooter, Scooter?' vroeg David, die zijn raam omlaag had gedraaid.

'Ik heb geen scooter,' zei ik. 'Dat begint een oud grapje te worden. Ik zal hem naar een bejaardentehuis sturen,' zei ik spottend, en Jenna riep: 'Wauw. Die zit, David.'

David bleef lachen, maar ik kon zien dat het hem verbaasde dat ik ad rem was.

'Waar ga je naartoe, Scooter? Er is geen Big Mac in deze straat.' Jenna giechelde.

'Laat me met rust,' zei ik en liep door, maar hij bleef langzaam naast het trottoir rijden, ook al reed hij aan de verkeerde kant van de weg.

'Je moet je eens wat ontspannen, Scooter. Ga eens met wat echte mensen uit voor de verandering, en maak eens een beetje plezier,' zei David. Ik bleef doorlopen. 'Ik heb je in de gaten gehouden, en Luke ook. Ja toch, Luke?'

'Ja,' gilde Luke.

'We hebben gezien dat je bent afgevallen. Misschien word je zelfs een knappe meid, hè, Luke?'

'Ja.'

Ik hield mijn adem in en draaide me om. 'Wat willen jullie van me?'

'We willen alleen maar vrienden zijn, hè, jongens?'

'David heeft gelijk, April. Ontspan je een beetje,' zei Jenna. 'Luke vindt je aardig, dus toen we je zagen lopen, wilden we je vragen of je meegaat naar het winkelcentrum.'

Ik meesmuilde. *Ja hoor,* dacht ik, of zoals Brenda zou zeggen: *Je méént het...!*

'Het is zo,' hield Jenna vol. Ze hing over David heen en keek naar me door het raam. Luke zat rechtop, zodat hij over haar heen kon kijken.

Luke Isaac was best een knappe jongen. Hij had dik zwart haar, lang aan de achterkant en aan de zijkanten naar achteren gekamd, een donkere teint en lichtblauwe, sexy, slaperige ogen. Ik veronderstel dat hij aantrekkelijk was voor mij en de meeste andere meisjes omdat hij er gevaarlijk uitzag, alsof hij je kon verkrachten met zijn ogen. Hij was geen jongen die je lang in de ogen moest kijken. Als je hem het gevoel gaf dat je enige belangstelling voor hem had, glimlachte hij en grijnsde wellustig en keek naar je met een suggestieve blik voor hij je richting uit kwam. Het was voldoende voor jonge, onschuldige meisjes als ikzelf om zich om te draaien en zo snel mogelijk weg te lopen zonder te veel aandacht te trekken.

'Waarom willen jullie me zo graag plagen?' vroeg ik aan het drietal.

David schudde zijn hoofd. 'Ik heb je gezegd dat ze te jong is, man. Ik heb je gezegd dat het zonde is van onze tijd om met haar aan te rommelen.'

'We plagen je niet, April. Waar ga je trouwens naartoe?' vroeg Jenna. Ze verraste me door uit de auto te stappen en naar me toe te komen om met me te praten.

Jenna was lang, net zo lang als Luke en David. Ze had lichtbruin haar, dat modieus geknipt was. Haar moeder was kapster en had een eigen zaak. Jenna droeg meestal een strakke broek en een tankshirt met een leren jack. Soms droeg ze een ringetje in haar neus en soms in haar navel, vooral als ze een lage heupbroek droeg. Ze was dit jaar al een keer geschorst omdat ze had gerookt in het meisjestoilet.

Het enige waar ik op dat moment aan kon denken was dat Brenda erg kwaad zou zijn als ze me met deze drie zag praten. Toen ze nog samen met mij op school zat, waarschuwde ze me altijd bij deze of gene uit de buurt te blijven. Ze had een uitdrukking opgepakt van papa die ze graag herhaalde: 'Eén rotte appel bederft de hele mand.'

'Blijf uit de buurt van de rotte appels,' waarschuwde ze geregeld.

'Nergens,' zei ik tegen Jenna. 'Ik loop gewoon maar wat.'

Ze kwam dichterbij en trok zachtjes aan mijn haar.

'Weet je, je moet het laten groeien. Je lijkt op mij. Je moet wat haar rond je gezicht hebben, maar die pony deugt niet. Wat voor shampoo gebruik je?'

Ik keek haar aan om te zien of ze het eerlijk meende. Ze keek en klonk alsof het zo was.

'Ik wil schoonheidsspecialiste worden, dus ik heb verstand van die dingen,' zei ze. 'Ik werk nu al in de zaak. Wassen en zo.'

Ik vertelde haar welke shampoo ik gebruikte en ze zei dat die niet zo goed was als die van haar. 'Ik zal wat voor je meenemen naar school, zodat je hem kunt proberen,' bood ze aan.

'Zeg, kunnen we nog eens verder?' riep David.

'Hou je kalm,' snauwde ze terug. Luke lachte.

Jenna legde haar arm om mijn schouders en draaide me af van de twee jongens, die rokend en lachend naar ons zaten te kijken.

'Weet je,' ging Jenna verder. 'Luke heeft iets met meisjes die jong en onervaren zijn. Hij vindt dat ze frisser, sappiger, zijn of zoiets, als een rijpe vrucht. Dat zegt hij tenminste. Heb je gemerkt dat hij je heeft geobserveerd op school?'

'Nee.'

'Je kunt een hoop lol met hem hebben. Ik ben met David. Je weet waarschijnlijk wel dat het al een hele tijd voortdurend aan en uit is tussen ons. We hebben een van die haat-liefdedingen. We hebben ruzie en dan een geweldige verzoening,' ging ze met een geile glimlach verder. 'Je moet met ons meegaan. Heb je ook eens een beetje pret in je leven. Maak het eens mee. Hoe zeggen ze dat ook weer? Wie niet waagt, die niet verliest?'

'Nee, die niet wint,' verbeterde ik haar.

'Hoe dan ook. Je snapt wel wat ik bedoel. Nou, wat vind je ervan?'

'Ik weet het niet,' zei ik. Zoals altijd, voelde ik me tegelijk aangetrokken en afgestoten door hen.

'Je kent de geruchten die de ronde doen over je zus,' zei ze.

'Wat voor geruchten?' snauwde ik.

'Je weet wel,' herhaalde ze. 'Sommige mensen denken dat het erfelijk is of zo. Jij bent toch niet zo? Ik bedoel, je houdt toch niet meer van meisjes dan van jongens?'

'Nee,' zei ik, 'en mijn zus ook niet. Het zijn gewoon stomme, valse verhalen.'

'Best. Ga dan mee en bewijs het. We maken gewoon plezier.'

Ik keek achterom naar de auto en dacht dat die me zowel naar het vagevuur als naar het pretpark kon brengen. Zouden de andere meisjes op school niet verbaasd opkijken als ze me rond zagen rijden met Luke, Jenna en David?

'Jullie gaan alleen naar het winkelcentrum om daar wat rond te hangen?'

'Precies. We gaan naar de Music Hall om naar muziek te luisteren en te winkelen of,' zei ze, zich naar me vooroverbuigend, 'voor winkeldiefstal.' Ze lachte.

'Schiet eens op,' riep David. 'Ik heb een afspraak met mijn tandarts.'

'Zijn tandarts?'

'Hij maakt maar gekheid. Kom je?' Ze deed een stap achteruit en stak haar hand uit.

Ik keek naar de auto en naar haar en toen pakte ik haar hand vast. Het was of ik over een afgrond heen reikte, op de bodem waarvan een poel van verveling lag.

'Goed zo,' riep ze uit en trok me mee.

Luke kroop over de stoel heen naar de achterbank en opende het portier. Hij viel achterover, met gespreide benen.

'Stap in. Het is lekker warm hier,' zei hij.

Ik aarzelde.

'Stap in, Scooter,' drong David aan.

Jenna stapte in en deed haar portier dicht. Ik deed hetzelfde, maar voor ik het portier kon sluiten, trapte David op het gaspedaal, en het portier viel met een klap achter me dicht. Ik viel voorover boven op Luke, die lachte. Jenna gilde toen we hard door de straat reden en zo'n scherpe bocht namen, dat de banden piepten.

Luke ging rechtop zitten, sloeg zijn arm om me heen en trok me dichter naar hem toe.

'Zoals David rijdt, kan ik je maar beter vasthouden,' zei hij.

Jenna keek achterom en lachte naar me. Er lag een glans van opwinding in haar ogen. David hield het gaspedaal ingedrukt toen we een snelweg opreden.

Ik kon zien dat we bijna honderdvijfenveertig kilometer per uur reden. Ik had nog nooit in een auto gezeten die zo hard ging. Mijn hart bonsde.

'Rij een beetje rustiger,' zei Jenna tegen David nadat ze weer achterom had gekeken. 'Je maakt dat arme kind doodsbang. Maak je niet ongerust,' ging ze verder tegen mij. 'David is gewend om snel te rijden.'

'Het probleem is dat hij alles te snel doet,' zei Luke spottend, en iedereen lachte.

'Hoe weet jij dat?' vroeg Jenna onmiddellijk.

Nu was het Davids beurt om te lachen.

'Weet je dat niet meer, Jenna? Dat heb je me zelf verteld,' antwoordde Luke, en ze lachten weer.

Elkaar plagen en beledigen was blijkbaar hun idee van pret.

'Kijk toch niet zo bezorgd, April,' zei Jenna.

'Geef haar wat om te kalmeren,' zei David met een knikje naar mij.

'O, natuurlijk,' zei ze. Ze gaf me een papieren zak met een open fles erin. 'Drink hier wat van.'

'Wat is het?' vroeg ik, zonder de zak aan te pakken.

'Alleen maar wat goede wodka. Dat verwarmt je en maakt dat je je goed voelt.'

'Ik drink niet.'

'Niemand drinkt,' zei Luke, 'maar soms helpt het. Toe dan, neem een slok.'

'Je bent toch niet bang voor een beetje wodka, Scooter?' vroeg David plagend.

'Nee,' zei ik. 'Ik ben er alleen niet aan gewend om te drinken.'

Jenna gaf me de papieren zak aan en lachte. 'Raak er maar aan gewend.'

Ze keken allemaal naar me om te zien wat ik zou doen, en ik begreep dat het een soort test was. Eén slokje kan geen kwaad, dacht ik. Ik vouwde mijn handen om de fles en bracht de hals aan mijn mond om snel een slokje te nemen. Het was niet afschuwelijk, maar lekker vond ik het ook niet.

'Dat is geen slok. Neem een echte slok,' zei Luke. Hij hield zijn hand onder de bodem van de fles, zodat ik hem weer naar mijn mond kon brengen.

Ik deed het, en hij hield de fles vast terwijl ik bleef slikken tot ik begon te kokhalzen.

'Goed zo!' riep Jenna.

'Goed gedaan, Scooter,' viel David haar bij.

Luke lachte en nam zelf een flinke teug uit de fles. 'Goed spul. Waar heb je die wodka vandaan, David, de privévoorraad van je vader?'

'Eerlijk gezegd, ja,' zei hij. 'Ik heb hem in die fles geschonken en wat water in die van hem. Hij mixt het toch, dus hij zal er niet veel van merken.'

We reden verder over de snelweg, voorbij de afslag naar het winkelcentrum. Ik gaf Jenna een por.

'Ik dacht dat we naar het winkelcentrum gingen?'

'Ja, David,' zei Jenna. 'Ik dacht dat we naar het winkelcentrum gingen.'

'Later,' zei hij. 'Ik heb een leuke verrassing voor ons.'

'O, fijn,' gilde ze, en draaide zich naar mij om. 'Ik hou van verrassingen, jij niet, April?'

Ik haalde mijn schouders op. Luke overhandigde me de fles.

'Jouw beurt weer,' zei hij.

'Ik geloof niet dat ik nog meer wil.'

'O, natuurlijk wil je dat wel. Het helpt je om je te ontspannen.' Hij kneep in mijn schouders, trok me tegen zich aan. 'Ik kan voelen hoe gespannen je bent. Je moet relaxen om mee te kunnen doen. Welkom op de party.'

'Dat is de verrassing,' riep David uit. 'We houden een party.'

Luke bracht de fles naar mijn mond. 'Hé, hoor je dat? Geweldig. Doe open,' commandeerde hij lachend.

'Toe dan, drink nog wat,' zei Jenna. 'Het geeft je een heerlijk gevoel.'

Luke bracht de hals van de fles opnieuw naar mijn mond en ik slikte terwijl hij hem vasthield. Het leek wel een vader die zijn baby de fles gaf. Het maakte dat ik me erg stom voelde, dus pakte ik de fles uit zijn handen.

'Dat kan ik zelf wel,' snauwde ik tegen hem.

'Zo mag ik het horen, Scooter,' zei David. 'Laat je niet door hem ringeloren.'

'Moet je horen wie hier de grote baas uithangt, meneer de pantoffelheld.'

Ik nam nog een flinke slok en gaf toen de fles aan Jenna, die er onmiddellijk uit dronk. Als ze het allemaal deden, dacht ik bij mezelf, kon het niet zo erg zijn. Ik voelde de alcohol snel naar mijn hoofd stijgen, en óf omdat ze me hadden gezegd dat het zou gebeuren, óf omdat ik het wilde, ik voelde me ontspannen.

David nam de volgende afslag en reed snel de bocht om. Ik wist niet waar we waren. Hij nam nog een bocht en toen nog een, elke keer heel snel en scherp, zodat we allemaal begonnen te gillen. Al klinkt het idioot, ik begon te genieten van het woeste rijden.

'Waar heb jij in godsnaam je rijbewijs gehaald?' riep Luke uit.

'Rijbewijs? Wat is een rijbewijs?' antwoordde David, en toen de anderen lachten, lachte ik mee.

Hij ging langzamer rijden en reed de oprit op van een enigszins vervallen Queen Anne-huis van twee verdiepingen. Aan beide kanten van de oprit was een klein verwaarloosd gazon. David stopte voor de vrijstaande garage. Het huis was donker, de ramen waren vuil.

'Waar zijn we?' vroeg ik.

'Dit is het huis van mijn grootvader,' zei David. 'Hij ligt in het ziekenhuis. Hij had nierstenen of zoiets. Ik word geacht voor het huis te zorgen. Geeft me een goed excuus om de auto van mijn vader te lenen. Nu ken je het hele verhaal, Scooter. Kom.' Hij maakte het portier open.

'Ik hoop dat er iets te eten is,' zei Jenna. 'Ik rammel.'

'Ik heb iets dat je kunt eten,' zei Luke, terwijl hij zijn portier opende.

'Nee, dank je wel,' zei Jenna. 'Kom, April. De meiden moeten bij elkaar blijven.' Ik stapte uit.

Ik voelde me warmer en zelfs een beetje verdoofd. Even wiebelde de aarde onder mijn voeten en kwam toen weer tot stilstand. Ik moest erom lachen. De lach kwam onverwacht, even onverwacht als een oprisping. Jenna lachte ook. David liep naar de voordeur, keek onder een mat en haalde een sleutel tevoorschijn. Hij hield hem omhoog voor Luke en maakte toen de deur open. We volgden hem naar binnen.

Er hing een muffe stank in huis, en mijn maag draaide bijna om. Hij rommelde toch al van alle wodka die ik had gedronken. David deed een lamp aan in de gang en toen nog een in de kleine zitkamer aan de rechterkant. Alle meubels zagen er oud en versleten uit, het kleed op de grond was kaal.

'Hoe lang ligt je grootvader al in het ziekenhuis?' vroeg ik.

'Dat weet ik niet. Een paar weken. Hij had verschillende problemen. Hij is ongeveer tachtig.'

David plofte neer op de sofa, en het leek me of er een kleine stofwolk uit opsteeg.

'Maak het je gemakkelijk,' zei hij.

'Kom,' zei Jenna, en trok aan mijn arm. 'Laten we in de keuken gaan kijken of er iets te eten is.'

Ik volgde haar naar de kleine keuken. Er stond een lichtgele formicatafel met vier stoelen. Ik zag dat iemand suiker op het tafelblad gemorst had, waar een legertje mieren van genoot. Wat David ook geacht werd aan het huis te doen, hij had het volkomen af laten weten, dacht ik. De vuilnisbak was vol, de gootsteen stond nog vol vuile borden, sommige aangekoekt met voedselresten, en er stonden vuile glazen op het aanrecht. Ik zag een open pizzadoos met nog stukken van de korst erin. Ook hier hielden de mieren een feestmaal. Op de grond onder het aanrecht stond een vuilniszak vol lege bierflesjes.

Jenna maakte de ijskast open en hield een pakje omhoog met iets wat eruitzag als broodbeleg. Ze hield het met twee vingers vast alsof het besmet was.

'Jakkes!' zei ze. 'Het is beschimmeld.' Ze liet het in de gootsteen vallen.

Toen keek ze wat er nog meer in de ijskast lag en kwam tot de conclusie dat er niets interessants of eetbaars was.

'David!' schreeuwde ze. 'Er is hier niets behoorlijks te eten, en geen geintjes alsjeblieft.'

'We halen later een pizza,' zei Luke, die in de deuropening stond. We hoorden muziek in de zitkamer. David had een popzender gevonden op de radio.

'Dat is je geraden,' zei Jenna vastberaden en liep terug naar de zitkamer.

Luke en ik volgden. David lag languit op de bank een sigaret te roken. Hij lachte naar Jenna.

'Kom bij papa, snoet,' zei hij en stak zijn armen naar haar uit.

Ze lachte en liet zich boven op hem vallen. Toen zoenden ze elkaar, en David legde zijn hand op haar achterste, en keek naar Luke en mij.

'Kom,' zei Luke. 'We zullen ze wat privacy gunnen.' Hij pakte mijn hand en hield de fles wodka in zijn andere hand.

Ik liet me meetrekken.

'Waar gaan we naartoe?' vroeg ik toen hij de trap opliep.

'Naar boven, waar we kunnen praten en zo.'

Ik aarzelde, maar hij hield mijn hand stevig vast. We liepen de korte trap op en toen ging hij een kamer binnen. Blijkbaar wist hij precies waar hij moest zijn. Waarschijnlijk was het de kamer van Davids grootvader, dacht ik. Ik zag een broek en een overhemd over een stoel, een haarborstel en een kam op de ladekast en een paar schoenen en oude pantoffels naast het bed. Op de kast stond een foto van een koppel dat elkaar omhelsde onder een boom; de vrouw leek klein en angstig, alsof ze erop betrapt was dat ze iets deed wat verboden was. De foto was jaren en jaren geleden genomen, want Davids grootvader zag er niet veel ouder uit dan David. Er hingen een paar ingelijste goedkope prenten van landschappen en bergen aan de muren.

De deken op het bed was opengeslagen, de kussens waren gekreukt door de indruk van een hoofd of hoofden. Luke ging op het bed zitten, staarde even naar de grond en keek toen naar mij. Hij glimlachte en gaf me de fles wodka. Ik schudde mijn hoofd.

'Ik denk dat ik wel genoeg heb gehad.'

'O, nee. Je hebt maar een paar slokjes gehad. Geloof me,' en hij bewoog de fles voor mijn ogen heen en weer.

Ik nam de fles aan en nam weer een slok.

'Zie je? Geen probleem.'

Hij keek me strak aan en dronk toen weer uit de fles. Hij veegde zijn lippen af met de rug van zijn hand.

'Dit is de eerste keer dat je met iemand bent, hè?' vroeg hij lachend.

'Hoe bedoel je, "met iemand bent"?'

Hij knikte. 'Het is de eerste keer. Maar je bent toch graag met jongens samen, ja?'

'Ja,' zei ik. Ik begon me kwaad te maken. 'Dat hoef je me niet te vragen.'

'Hoe weet je dat als je nog nooit op deze manier met iemand bent geweest?' vroeg hij en lachte toen. 'Je moet experimenteren om te weten waar je van houdt. Als je nog nooit chocola hebt gegeten, weet je niet of je het lekker vindt of niet. Nee toch?'

'Ik denk het niet,' zei ik.

'Natuurlijk niet, het is niet meer dan logisch. Niet belangrijk. Ik ben een expert als het op experimenteren aankomt.'

Hij stak zijn hand in zijn achterzak en haalde zijn bruinleren portefeuille voor de dag. 'Zie je dat?' zei hij en hield hem omhoog.

'Wat moet ik zien?'

'Wát? Kijk eens goed,' zei hij en hield de portefeuille dicht voor mijn gezicht. 'Tel de merktekens. Vijftien. Jij wordt de zestiende.' Hij wees naar me met de fles en nam toen weer een slok. Het is een service die ik de vrouwelijke bevolking aanbied.'

Ik schudde mijn hoofd. De kamer draaide om me heen en ik voelde me een beetje misselijk.

'Ik ben duizelig,' zei ik.

Hij pakte mijn hand. 'Hier, ga liggen, dan voel je je straks weer beter,' zei hij, en trok me naar het bed. Hij legde zijn handen op mijn heupen en trok me naar zich toe. Ik ging zitten en hij tilde me op onder mijn armen zodat ik verder op het bed terechtkwam.

'Ga liggen en ontspan je. Doe je ogen even dicht. Ja, goed zo,' zei hij toen ik het deed.

Ik voelde zijn hand op mijn wang. Zijn vingers gingen omlaag naar mijn hals terwijl zijn andere hand de ritssluiting van mijn jack opentrok. Toen sloeg hij het jack open.

'Zo is het goed. Relax. Je bent met dr. Seks in eigen persoon,' schepte hij op. 'Niks om je ongerust te maken.'

Ik deed mijn ogen open, maar de kamer bleef draaien. Het hele bed leek mee te draaien. Snel deed ik ze weer dicht. Ik voelde dat Luke de knoopjes van mijn blouse openmaakte, maar het leek allemaal zo ver weg, alsof het eigenlijk iemand anders gebeurde. Hij maakte mijn blouse open, legde zijn handen achter mijn rug, maakte mijn beha los en trok hem omhoog tot vlak onder mijn hals.

'Hm,' zei hij, 'precies wat ik dacht. Een goed begin.'

De lucht op mijn naakte borsten verraste me. Ik wilde overeind komen, maar hij drukte op mijn schouders en belette het me. Toen gingen zijn handen omlaag en hij maakte snel mijn jeans los.

'Nee, stop,' zei ik toen hij mijn billen omhoogtilde om mijn jeans uit te trekken.

'Dit doet... niet veel pijn,' zei hij. 'Er is nog nooit een patiënt van me doodgegaan,' grapte hij.

'Alsjeblieft,' riep ik uit, toen ik mijn slipje omlaag voelde gaan. Hij had mijn broek al tot over mijn knieën uitgetrokken.

Ik drukte me omlaag op het bed om me te kunnen afzetten en overeind te komen, en toen overrompelde hij me omdat hij zijn mond zo hard op de mijne perste, dat hij me terugdwong op het bed. Het verraste me en maakte me bang, maar wat me nog meer schokte was zijn naakte benen tegen de mijne te voelen en toen zijn harde lid tussen mijn benen. Ik schreeuwde en probeerde onder hem vandaan te komen.

'Zuster,' hoorde ik hem zeggen, 'ik geloof dat ik wat assistentie nodig heb.'

Ik hoorde gelach in de deuropening en zag Jenna en David staan. David had zijn arm om haar middel geslagen, en zij staarde me aan met een wezenloze glimlach op haar gezicht.

Plotseling hief David zijn rechterarm op, en ik zag dat hij een camera in zijn hand hield.

'Lachen,' riep hij. De camera flitste en ik gilde. 'Hé, dat is alleen maar voor Lukes plakboek. Niet belangrijk.'

Ik gilde weer toen Luke mijn benen omhoogtilde, en ik begon hem zo hard en snel als ik kon te slaan en te stompen.

'Zuster!' schreeuwde hij.

Even later hield Jenna mijn polsen vast en belette me hem te slaan.

'Ontspan je,' zei ze. 'Het doet maar heel even pijn.'

Hoe het me lukte, weet ik niet, maar ik wist mijn linkerknie met een harde ruk omhoog te krijgen en hem te raken waar het een jongen de meeste pijn doet. Nu was het zijn beurt om te gillen. Hij viel achterover, verloor zijn evenwicht en tuimelde van het bed.

David kreeg een hysterische lachbui. Jenna liet mijn polsen los. Ik bukte me, pakte mijn broek en trok hem zo snel ik kon omhoog, zonder me erom te bekommeren of mijn slipje ook omhoogging. Toen draaide ik me om en kroop aan de andere kant over de rand van het bed. David had zich over de kronkelende Luke gebogen, dus ik sprong naar voren en holde de deur uit.

'Hé, waar ga jij naartoe?' hoorde ik David roepen. 'De party begint pas.'

Ik verloor bijna mijn evenwicht op de korte trap en greep me vast aan de leuning om te voorkomen dat ik zou vallen. Ik voelde een steek in mijn zij, maar ik bleef niet staan en holde verder de trap af en de voordeur uit. Even bleef ik staan, onzeker welke kant ik op moest. Hun stemmen en voetstappen achter me deden me naar links gaan, en ik holde zo hard ik kon over de oprit, langs de kant van de weg. Mijn jack en blouse hingen nog open, mijn beha was los, maar ik bleef niet staan om me aan te kleden. Ik rende verder tot de pijn in mijn zij zo hevig werd dat ik geen adem meer kreeg. Ik bleef staan en ging naar links, een klein bos in van bomen en struiken. Toen ik een auto hoorde, hurkte ik op de grond en maakte me zo klein mogelijk.

David, Luke en Jenna reden voorbij. Jenna keek links naar me uit, Luke rechts. Zijn gezicht werd omlijst door het open raam, een gezicht vol woede. Ze reden voorbij en verdwenen na een bocht in de weg. Ik viel op de grond en begon onmiddellijk over te geven. Daarna kon ik niet ophouden met huilen. Ik had vreselijke pijn in mijn zij. Het voelde of ik een rib had gebroken. Ik weet niet hoe lang ik daar zat, maar elke keer dat ik het geluid van een auto hoorde, begon mijn hart te bonzen. Ik zag ze niet meer voorbijkomen. Ik hoopte dat ze het zoeken hadden opgegeven.

Het was inmiddels gaan schemeren. De avond viel snel, en de temperatuur daalde. Ik stond op, kalmeerde, maakte mijn kleding in orde en liep de weg op. Ik bleef zo dicht mogelijk aan de kant, zodat ik opzij kon glippen zodra ik een auto hoorde of zag naderen. Na een tijdje wist ik zeker dat ze het hadden opgegeven en weg waren.

Natuurlijk had ik geen idee waar ik naartoe ging. Ik moest even stickem lachen toen ik me herinnerde hoe ik me gevoeld had toen dit alles was begonnen. Toen liep ik omdat ik wilde verdwijnen. Nu leek het dat ik mijn zin had gekregen. Er stonden maar een paar huizen langs de weg, ver van elkaar. Toen ik op mijn horloge keek, besefte ik dat Brenda en mama zich nu natuurlijk zouden afvragen waar ik bleef.

Wat moest ik tegen ze zeggen?

Ik voelde me zowel beschaamd als bang door wat ik had gedaan. Toen ik sterren aan de lucht zag verschijnen, begon ik in paniek te raken. De dreiging van regen was tenminste voorbij, maar ik moest een telefoon zien te vinden, en gauw ook. Ik zette een sukkeldrafje in. Toen de koplampen van een naderend voertuig me beschenen, ging ik naar de kant van de weg, gereed om het beboste terrein in te vluchten, al kon ik niet zien waar ik uit zou komen.

Ik hoorde het geluid van piepende remmen en toen ik achteromkeek, zag ik een donkerrode pick-up. Een oudere man leunde uit het raam aan de kant van de passagier.

'Hé, alles in orde?' vroeg hij.

'Nee,' antwoordde ik, diep ademhalend. 'Ik ben verdwaald.'

'O, waar moet je naartoe?'

'Ik moet terug naar Hickory,' zei ik en deed een paar passen in de richting van de truck. 'Naar North Castle Drive 777.'

'Hickory? Wat doe je dan op deze weg?'

Ik dacht snel na. 'Een paar vrienden van me hadden het leuke idee om me hier op de weg achter te laten.'

'Die verdomde kinderen tegenwoordig,' zei hij. Hij opende het portier van de truck. 'Vooruit, stap in.'

Mijn leven lang was me geleerd dat ik nooit met vreemden mocht praten, en beslist nooit ergens naartoe mocht gaan met iemand die ik niet kende. Het was bijna een mantra toen ik opgroeide. Altijd als we een gruwelijk verhaal zagen op de televisie, draaide mama zich naar me om en prentte het me in. Papa deed dat ook vaak. Maar dit waren bijzondere omstandigheden, dacht ik. Ik was echt verdwaald, en de man die me een lift aanbood zag eruit als iemands grootvader.

Ik stapte in.

'Hoe oud ben je?' vroeg hij onmiddellijk.

'Vijftien, bijna zestien.'

'Weten je ouders dat je hier rondloopt?'

'Nee. Daarom moet ik zo gauw mogelijk naar huis.'

'Dat geloof ik graag.' Hij schakelde en reed weer weg. 'Hoe heet je?'

'April. April Taylor.'

'Wat voor vrienden doen zoiets?'

'Geen erg goede vrienden,' antwoordde ik.

'Nee, daarin heb je gelijk. Het is niet mijn gewoonte om loslopende tienermeisjes op te pikken, maar als ik niet was gestopt, zou mevrouw Petersen woedend zijn.'

'Wie is mevrouw Petersen?'

'Mijn vrouw. We hebben een kleindochter die ongeveer net zo oud is als jij.'

'Ik ben u erg dankbaar dat u bent gestopt,' zei ik. Ik had moeite om niet in huilen uit te barsten, maar ik beheerste me.

'Ja, dat geloof ik graag. Kun je iemand bellen om je te komen halen?'

'Ja.'

'Oké. Ik zal je naar het Four Corners-winkelcentrum brengen, aan deze kant van de snelweg. Daar kun je bellen. Heb je geld?'

Dat had ik. Ik had altijd een biljet van tien dollar in mijn zak. Het was iets dat papa me had geleerd.

'Ja, meneer,' zei ik.

'Meneer?' Hij lachte en keek naar me. 'Je ziet eruit of je heel wat hebt meegemaakt. Ik zou me maar wat opknappen voor je ouders je op komen halen,' raadde hij me aan. 'Wat mankeert de jongelui van tegenwoordig toch?' vroeg hij, en gaf me zelf de antwoorden: gebrek aan discipline, door en door verwende kinderen, ouders die te egocentrisch waren en een verminderd kerkbezoek. Hij somde alles met monotone stem op, wat vreemd genoeg een kalmerende uitwerking op me had.

Ik bedankte hem toen hij stopte op de parkeerplaats.

'Kijk uit met wie je omgaat, jongedame,' waarschuwde hij. En toen voegde hij er iets aan toe dat me aan het lachen bracht. 'Eén rotte appel bederft de mand.'

Ik zwaaide en holde de winkel in naar de telefoonautomaat. De caissière wisselde mijn tien dollar, en ik belde naar huis.

Brenda nam op en aan haar stem kon ik horen dat ze ongerust was geweest. 'Waar ben je verdomme, April?'

Ik vertelde het haar.

'Wat doe je daar? Weet je wel hoe laat het is? Mama is over haar toeren. Hoe kon je haar dit aandoen?'

Ik begon te huilen.

'Nou, kom je thuis of hoe zit het?'

'Ik heb geen vervoer,' zei ik tussen mijn snikken door.

'Niet te geloven. Blijf daar. Celia en ik komen eraan.'

Ik dacht erover haar te vragen of ik mama kon spreken, zodat ik haar mijn excuses kon aanbieden, maar Brenda had al opgehangen. Toen herinnerde ik me wat Petersen had gezegd in de truck en ik ging naar het toilet om mijn gezicht te wassen en mijn kleren in orde te brengen. Er zat een lelijke modderplek op mijn mouw en mijn pogingen hem eruit te wassen, maakten het alleen maar erger.

Wat moest ik zeggen? Als ze hoorden dat ik wodka had gedronken en als Brenda hoorde dat ik in David Peets auto was gestapt, zou ik van alles de schuld krijgen. Ik schaamde me trouwens toch te veel om de waarheid te vertellen. Luke had me bijna naakt uitgekleed en ze hadden me allemaal aangestaard. De tranen sprongen weer in mijn ogen. Ik moest diep ademhalen om te voorkomen dat ik hardop ging staan janken in het toilet.

Ik ging naar buiten en kocht iets voor mezelf dat ik in maanden niet had gegeten, een pak crackers met chocola en een flesje cola. Toen ging ik op de bank voor de winkel zitten wachten. Ik was moe en mijn hele lichaam deed pijn, vooral mijn benen. Mijn misselijkheid was over en mijn maag protesteerde omdat hij leeg was. Ik had een tijdje geleden praktisch alles eruitgegooid. Het duurde niet lang of ik had het hele pak crackers naar binnen gewerkt. Ik had enorme dorst en ging naar binnen om nog een cola te kopen. Omdat ik nog steeds honger had, kocht ik nog een pak crackers en had het pak net aangebroken toen Brenda en Celia kwamen aanrijden.

'Wat doe je hier in godsnaam?' vroeg Brenda zo gauw ze was uitgestapt.

Celia stapte ook uit en ze kwamen allebei naar me toe.

'Nou?' vroeg Brenda, met haar handen op haar heupen. 'En waarom eet je die rommel?'

Ik keek naar haar, en toen naar Celia, die me met een enigszins geamuseerde blik aanstaarde. Brenda was woedend. Ik gooide de rest van de crackers gauw weg.

Ik had geen idee hoe ik moest uitleggen wat er met me gebeurd was.

Er bleef niets anders over dan de waarheid te vertellen.

8. Onzichtbare tranen

Ik vertelde niet de hele waarheid. Ik kon niet vertellen wat Luke bijna met me had gedaan, vooral niet waar Celia bij was, en om alles wat ze hadden gezegd over Brenda. Op weg naar huis beperkte ik me ertoe te vertellen dat ik in Davids auto was gestapt, wat wodka had gedronken en dat ze toen een gemene streek met me hadden uitgehaald door me achter te laten op een of andere afgelegen weg. Natuurlijk had ik geen idee wat ik moest doen als David de foto zou ontwikkelen die hij had gemaakt en die aan mensen zou laten zien. Ik praatte hoofdzakelijk over meneer Petersen, in de hoop dat Brenda noch Julia te veel zou vragen over David, Luke en Jenna.

Brenda en Celia zaten voorin te luisteren. Beiden bleven voor zich uit kijken, gaven geen commentaar en stelden geen vragen. Ik had het idee dat ik tegen een paar etalagepoppen sprak. Het is veel moeilijker om halve waarheden te vertellen en onaangename informatie weg te laten, als je zelf voortdurend aan het woord moet zijn, dacht ik. Het is of je midden in de zee zwemt zonder dat iemand een reddende hand biedt. Je spartelt maar wat rond en hoopt er het beste van. Toen ik eindigde met wat gesnuf, in de hoop dat het me enige sympathie zou opleveren, keek Brenda naar Celia en toen in de achteruitkijkspiegel naar mij.

'Ik had echt gedacht dat je een stuk slimmer was, April. Ik heb je genoeg gewaarschuwd voor die kinderen, en waarom drink je iets dat ze je aanbieden in een papieren zak? Hoe weet je wat er werkelijk in zat? Je hebt nog nooit wodka gedronken, hè?'

'Nee, maar zij dronken het ook,' jammerde ik.

Celia lachte.

'Je meent het!'

'De fles zat in een papieren zak?' vroeg Brenda.

'Ja.'

'Dus konden ze de fles naar hun mond brengen maar niets of bijna niets ervan doorslikken, en jij zou het niet merken. Het is een truc die studenten voortdurend uithalen met meisjes. De meisjes worden dronken of erger, en dan misbruiken de jongens ze.'

Celia draaide zich langzaam om en keek me aan.

'Hebben ze dat gedaan?' vroeg Brenda.

'Wat?'

'Je misbruikt?'

Ik kon Brenda's ogen zien in de achteruitkijkspiegel. Ze wachtte op mijn antwoord en bestudeerde mijn gezicht.

'Nee,' zei ik, en draaide me snel om. Ik kon het haar niet vertellen, ik kon het gewoon niet, zeker niet waar Celia bij was.

Een tijdlang zeiden ze geen van beiden iets. 'We zullen een beter verhaal moeten bedenken voor mama,' zei Brenda voordat we thuis waren. 'Oké. Je zegt het volgende. Je vertelt haar dat je een eindje ging rijden met een paar vrienden en dat jullie autopech kregen. Vertel niets over het drinken. Ze weet niet veel over de kinderen op school, dus ze weet ook niet hoe slecht die kinderen zijn met wie je uit was. Het is niet moeilijk te zien dat ze nog zo kwetsbaar is als porselein. Nog meer slecht nieuws zou haar kapot kunnen maken.'

'Ik weet heel goed hoe het met mama is,' snauwde ik. 'Ik ben degene die nu bij haar woont.'

'Dan hoor je genoeg te weten om je niet dit soort problemen op je hals te halen,' antwoordde Brenda.

'Rustig maar,' zei Celia zachtjes tegen haar. 'Jij en ik zijn ook niet bepaald engelen.'

Brenda bromde wat en liet haar schouders zakken.

'Gaan we toch nog uit eten?' vroeg ik.

'Nee, het is al te laat. Ze is bezig met de restanten van gisteren. Mijn vader had een hekel aan restjes,' zei ze tegen Celia. 'Hij wilde alleen maar vers voedsel. Hij zei altijd dat het enige wat hij opgewarmd wilde hebben zijn voeten waren in de winter.'

Celia lachte. Toen betrok haar gezicht en ze zei: 'Jullie hebben geboft dat je hem als vader had. Het enige woord dat ik me herinner van mijn vader is Vaarwel.'

Brenda keek haar even aan en greep toen met haar rechterhand die van Celia. Ze hielden elkaars hand vast tot Brenda de bocht nam naar onze oprit.

Waarom heeft ze zo'n medelijden met haar en helemaal niet met mij? vroeg ik me triest af.

'April,' zei mama zodra we binnen waren, 'wat is er gebeurd?'

Ik keek even naar Brenda en vertelde toen zo snel mogelijk het verzonnen verhaal. Ik kon niet erg goed liegen. Papa zei altijd dat mijn gezicht in glas veranderde als ik het probeerde, en hij al mijn draaierijen en leugentjes kon zien. Mama was minder alert, vooral tegenwoordig. Ze luisterde, en had toen medelijden met me, waardoor ik me nog ellendiger voelde. Maar Brenda was tevreden over me. Ik werd naar boven gestuurd om te douchen en me te verkleden en dan te komen eten.

Ik at goed, te goed naar Brenda's zin, die me als een havik in de gaten hield zodra ik mijn hand naar iets uitstak, maar ik kon er niets aan doen dat ik zoveel at. Ik had niet geluncht.

'Weet je wat me vandaag nog het meest heeft teleurgesteld?' vroeg ze me in de keuken toen ik een paar vuile borden en bestek binnenbracht. 'Dat ik je dat dikmakende snoepgoed zag eten toen ik je kwam halen.'

'Het was geen snoep, het waren koeken,' zei ik.

'Ja, mooi hoor. Alsof dat enig verschil maakt. Als je weer in je oude gewoontes vervalt, zal ik niet de moeite nemen je te helpen,' dreigde ze, maar glimlachte onmiddellijk daarop toen Celia ons volgde met nog meer borden en schalen. Maar ze had Brenda's waarschuwing en dreigement gehoord.

'O, ga toch niet zo tegen haar tekeer over die koeken, Brenda. Waarschijnlijk at ze die alleen maar omdat ze zenuwachtig was.'

'Ik was niet zenuwachtig,' kaatste ik terug. Ik wilde niet dat ze me verdedigde.

'Geloof me, lieverd, je wás zenuwachtig,' zei ze. 'We hebben het allemaal meegemaakt.'

Brenda en zij knikten. Ze keken zo zelfingenomen, zo zelfverzekerd. Zij wisten alles. Ik wist niets. Ik legde het bestek neer en liep de keuken uit.

'Ik ben moe, mama,' zei ik toen ik terugkwam in de eetkamer. 'Vind je het erg als ik nu naar bed ga?'

'Natuurlijk niet, April. Ik weet dat je een afschuwelijke ervaring achter de rug hebt. Maak je geen zorgen. Celia en Brenda kunnen me helpen.'

Ja, Celia en Brenda kunnen me gemakkelijk vervangen, dacht ik, en ging naar mijn kamer. Ik deed niets. Ik ging op mijn buik liggen en drukte mijn gezicht zo hard in het kussen dat ik bijna stikte. Ik dacht aan papa en hoe hij was voor hij veranderd was in Mr. Hyde. Hij zou me onmiddellijk te hulp zijn geschoten in deze situatie. Iedereen had iemand nodig die je verdedigde. Zelfs seriemoordenaars hadden tegenwoordig goede advocaten, of ze hadden moeders die zich niet konden voorstellen dat ze zo gruwelijk waren.

Ik dacht aan David, Luke en Jenna, die me nu waarschijnlijk ergens vrolijk zaten uit te lachen. Misschien hadden ze een paar van hun andere vrienden ontmoet en vertelden ze hun het hele verhaal. En dan zouden ze de foto ontwikkelen en aan iedereen laten zien. Misschien zouden ze dat niet doen, dacht ik hoopvol. Misschien zouden ze beseffen dat ik naar de politie kon gaan als ze dat deden. Het zou het bewijs zijn van wat ze hadden gedaan. Zo stom konden ze niet zijn, concludeerde ik, maar toen vroeg ik me af of ik niet een enorme tactische fout had begaan door Brenda niet de hele waarheid te vertellen, vooral als het later allemaal uitkwam. Wat moest ik zeggen? Dat ik het was vergeten? Ze zou nog kwader op me zijn.

Ik was zo overstuur dat mijn hoofd voelde of het als een pingpongbal was gebruikt, en mijn maag begon weer te draaien en te kolken. Ik probeerde me in slaap te praten, en na een tijdje zakte ik inderdaad weg, maar toen hoorde ik de deur van mijn slaapkamer opengaan. Ik opende mijn ogen en zag Brenda's silhouet in de deuropening, afgetekend tegen het licht in de gang. Ze bleef daar even naar me staan kijken.

'Slaap je?' vroeg ze. Haar stem klonk zachter.

'Ik ben wakker,' zei ik en ging rechtop zitten. 'Wat is er?'

Zachtjes sloot ze de deur en liep naar het bed. Ze had haar armen stevig over elkaar geslagen. Ik kon horen dat de regen die eerder gedreigd had en was overgewaaid, in volle kracht teruggekeerd was en zijn belofte nakwam. Regendruppels die meer op hagel leken kletterden als kiezelstenen tegen de ramen. Nu de deur dicht was, kon ik Brenda's gezicht niet zien, maar haar houding verried dat ze nog steeds kwaad, nog steeds overstuur was.

'Waarom ging je met die kinderen mee, April?'

'Ik weet het niet. Ik ben gewoon meegegaan.'

'Je wist hoe ze zijn. Hoe hebben ze je in die auto gekregen? Wat zeiden ze?' Haar stem was vol achterdocht. Ik durfde haar niets te zeggen over de beschuldigingen.

'Ik weet het niet. Ze zeiden dat we plezier zouden hebben. Jenna zei...'

'Wat zei ze?' snauwde Brenda.

'Dat Luke me aardig vond.'

'Luke? Luke Isaac? Ben je meegegaan omdat ze dat zei?'

Ik haalde mijn schouders op en wendde mijn hoofd af. Ik hoorde haar diep zuchten.

'Wat is er nog meer gebeurd, April?'

'Hoe bedoel je?'

'Ik weet dat je niet alles vertelt. Ik zag het aan je gezicht toen we je kwamen ophalen. Zoals papa altijd zei: je gezicht wordt van glas als je liegt, en het is of je door een raam kijkt.'

Ik zei niets.

'Oké, April, als je me dwingt de dingen bij de naam te noemen, zal ik dat doen. Wat hebben ze nog meer met je gedaan nadat je die wodka had gedronken? Heeft een van de jongens iets seksueels gedaan?'

Ik begon te huilen. Brenda bleef als een versteende boom onbeweeglijk staan wachten.

'Hij probeerde het,' zei ik.

'Wie probeerde het?'

'Luke.'

'Hoe bedoel je?'

'Hij zei dat hij me een dienst wilde bewijzen en... het met me doen. Hij zei dat hij een expert was op het gebied van maagden. Hij had zijn portefeuille gemerkt met zijn aantal veroveringen. Ik was zo misselijk dat het niet tot me doordrong wat er gebeurde tot het bijna te laat was.'

'Wat bedoel je met "bijna"?'

'De andere twee kwamen de kamer binnen en...'

'Wat voor kamer? Ik dacht dat je zei dat jullie in een auto zaten, April,' ging ze verder toen ik bleef zwijgen. 'Welke kamer?'

'David nam ons mee naar het huis van zijn grootvader omdat zijn grootvader in het ziekenhuis ligt. Luke bracht me naar de slaapkamer. Hij was bezig mijn kleren uit te trekken toen Jenna en David in de deuropening verschenen. David nam een foto!'

126

'De schoft,' zei Brenda.

'Ik kreeg een kans om te ontsnappen, en ik holde het huis uit. Ze kwamen me achterna, maar ik verstopte me in de struiken, en alles daarna is precies zo gebeurd als ik het je verteld heb.'

'Je had me alles moeten vertellen, April. Dan hadden Celia en ik al eerder iets kunnen doen.'

'Wat kan Celia doen?'

'De schoften,' zei ze in plaats van te antwoorden, en na een ogenblik draaide ze zich om en liep naar de deur. Daar bleef ze even staan. 'Vertel het nooit aan mama,' en met die woorden deed ze de deur achter zich dicht.

Ik staarde haar na in het donker, ging toen weer liggen en begroef mijn gezicht in het kussen. Een paar minuten later hoorde ik Brenda en Celia in de gang. Ik stond snel op en liep naar de deur. Ze hadden hun jacks aan en waren op weg naar de voordeur. Ik liep naar buiten. De deur van mama's kamer was dicht. Waarschijnlijk sliep ze.

'Brenda!' riep ik luid fluisterend toen ze de voordeur openden. 'Waar gaan jullie naartoe? Wat gaan jullie doen?'

'Ga jij weer naar bed, April. Ga naar bed,' zei ze, en zij en Celia gingen weg.

Ik holde naar de deur en keek door het zijraam. Ze stapten in Celia's auto, reden achteruit over de oprit en toen de weg op. Het was bijna middernacht, en het regende nog steeds. Waar gingen ze naartoe? Ik keerde terug naar mijn slaapkamer, maar ik was te zenuwachtig om te kunnen slapen en ik bleef in het donker liggen staren. Bij elk geluid dat ik hoorde begon mijn hart luid te bonzen. Eindelijk vielen mijn ogen door pure uitputting dicht en een diepe slaap overmande me.

Ik was zo diep in slaap dat ik Brenda, veel later, niet mijn kamer hoorde binnenkomen. Ik zou zelfs niet geweten hebben dat ze in mijn kamer geweest was als ik mijn ogen niet had geopend en David Peets camera naast mijn kussen zag liggen. Het was vroeg in de ochtend, nauwelijks zeven uur, maar het was licht genoeg in de kamer om hem te kunnen zien. Het was een van die wegwerpcamera's. Een ogenblik lang dacht ik dat ik nog sliep, droomde. Toen drong het tot me door dat die camera daar echt lag, en ik sprong bijna overeind, ging rechtop zitten en staarde ernaar alsof het een reusachtige spin was.

Ik pakte hem langzaam op en draaide hem rond in mijn handen. Hoe kon hij hier terecht zijn gekomen? Met de camera in de hand liep ik naar de deur van mijn kamer en keek naar buiten, luisterde. Het was doodstil in huis. Mama was niet opgestaan. Ze sliep tegenwoordig steeds langer, en soms had ik 's morgens het ontbijt al klaargemaakt en stond ik op het punt om naar school te gaan als ze uit haar kamer kwam, suf en verward, zonder enig begrip van de tijd.

Het vinden van die camera was zo schokkend dat ik niet kon wachten tot Brenda wakker zou worden. Snel liep ik naar haar kamer, klopte zachtjes op haar deur, maakte hem toen open en keek naar binnen. Mijn lippen vormden al een excuus omdat ik haar wakker maakte, maar op hetzelfde moment verstarde ik.

Ze was er niet. Het bed was leeg. Het zag er zelfs uit of het niet beslapen was.

'Wat doe je hier, April?' hoorde ik haar vragen, en ik maakte bijna een luchtsprong.

Ze stond achter me in haar nachthemd. Ik staarde haar even aan. Ze zag eruit of haar wangen beschilderd waren met vochtige rode rozen.

'April, wat doe je?'

'Ik... ik kwam je vragen hoe...' Ik hield de camera omhoog. 'Hoe is die op mijn bed gekomen?'

Ze grijnsde en liep langs me heen haar slaapkamer in. Ik keek toe terwijl ze in bed stapte. Ze klopte op het kussen en keek toen naar mij.

'Dat heb je aan Celia te danken.'

'Celia? Ik begrijp het niet.'

'Voordat ze besloot in de reclame te gaan, wilde Celia advocaat worden. Ik ben de dochter van een advocaat, maar zij kan veel beter overkomen en handelen als een jurist dan ik. Ze heeft een paar juridische cursussen gevolgd.'

Ik schudde verward mijn hoofd. 'Ik begrijp het nog steeds niet, Brenda. Dit lijkt me de camera die David had. Dat klopt toch?'

'Ja. Het is geen hersenchirurgie, April. We hebben David Peet opgespoord. Ik ken de lanterfanters hier in de buurt, en ik twijfelde er niet aan of hij en zijn clubje griezels waren nog wel ergens te vinden. We zijn de confrontatie met hem aangegaan, en Celia heeft hem zorgvuldig uitgelegd dat we rechtstreeks naar de politie konden gaan en hem laten arresteren wegens poging tot verkrachting. Alleen al het feit dat hij die camera in zijn bezit had, was het bewijs.'

Brenda glimlachte.

'Ze wist David heel goed te intimideren. Ik was zelfs bang,' voegde ze eraan toe. 'Maar mensen als David Peet hebben geen ruggengraat. Ze kunnen profiteren van zwakkere, kwetsbaardere mensen, maar als ze tegenover een sterke persoonlijkheid komen te staan, verschrompelen ze. Hij wist die camera zo snel uit de lucht te toveren, dat ik dacht dat hij oom Palaver concurrentie wilde aandoen.' Ze boog even haar hoofd. Toen ze het weer ophief, zei ze: 'Sla hem kapot, dan is de film vernietigd. Je kunt Celia over een paar uur bedanken.

'Trouwens,' ging ze verder, terwijl ze weer rechtop ging zitten, 'je kunt een ontbijt voor ons klaarmaken. Celia houdt van zachtgekookte eieren, sinaasappelsap, koffie en wat volkorentoast met jam. En nu wil ik even slapen. We staan om een uur of halfnegen op. We gaan vandaag lunchen met een paar vroegere teamgenoten van me, die verleden jaar samen met mij eindexamen hebben gedaan.'

Ze liet haar hoofd weer op het kussen vallen, ging op haar zij liggen en deed haar ogen dicht. Ik staarde haar aan. Waarom ging ze eerst slapen?

'Ben je net thuis?' vroeg ik. 'Ben je de hele nacht weggeweest?'

Ze gaf geen antwoord. Ik wachtte even en liep toen haar kamer uit, terug naar mijn eigen kamer. De deur van de logeerkamer stond op een kier. Ik tuurde naar binnen en zag Celia op haar buik liggen. De deken was omlaaggeschoven tot haar middel en haar blote rug glansde in het ochtendlicht. Ik wilde iets tegen haar zeggen, maar bedacht me, ging naar mijn kamer, brak de camera open en stelde de film bloot aan het daglicht. De camera zelf gooide ik in de prullenmand en bedekte hem met papier, zodat mama hem niet zou zien. Later zou ik hem in de vuilnisbak gooien.

Ik was te wakker om weer naar bed te gaan, dus douchte ik en kleedde me aan en deed wat Brenda had gevraagd. Ik ging naar de keuken en begon het ontbijt klaar te maken. Mama was eerder op dan Brenda en Celia, en was verbaasd dat ik de tafel had gedekt, koffie had gezet, sinaasappels en grapefruits had geperst en de eieren had klaargelegd.

'O, wat aardig,' zei ze. 'Dank je, lieverd.'

Ik zei dat ze rustig in de eetkamer moest gaan zitten en mij mijn gang moest laten gaan. Ze protesteerde even, tot Celia en Brenda verschenen, en toen gaf ze toe. Gedrieën zaten ze te babbelen en te lachen terwijl ik de eieren kookte, de toast maakte en sap en koffie binnenbracht.

Ik probeerde niet naar Celia te kijken, want elke keer dat ik dat deed, zag ik haar zelfingenomen, alwetende glimlachje. Alles wat ze over mij had voorspeld werd in haar ogen bewaarheid. Brenda observeerde kennelijk elke beweging van me, om zeker te weten dat ik Celia uit dankbaarheid behandelde als een soort vorst. Iedereen gaf me een complimentje voor de eieren, en ten slotte ging ik zitten en at één ei met een glas sap en een kop zwarte koffie. Ik at zo weinig om Brenda een plezier te doen. Mama bleef aandringen dat ik meer moest eten. Ten slotte zei ik dat ik al een bagel had gegeten in de keuken. Dat was niet waar, maar ik kon zien dat Brenda het geloofde.

Later deed mama me verbaasd staan door toe te stemmen in een wandeling met Brenda en Celia. Het was opgehouden met regenen, en het was nu een frisse, zonnige dag laat in de herfst, het soort dag dat Brenda graag begroette met acht kilometer hardlopen. Ik bleef thuis om op te ruimen. Ik werd verondersteld me bij hen te voegen, maar toen ik met alles klaar was, hoorde ik ze alweer terugkomen. Blijkbaar had mama geweigerd om te ver te gaan, en was ze teruggekeerd om thuis schoon te maken en haar bed op te maken. Ze beweerde dat het de dag was om te stofzuigen, maar de laatste tijd was het altijd de dag van het stofzuigen.

'Ze raakte in paniek zodra we vijfhonderd meter van ons terrein af waren. Gaat ze helemaal nooit meer wandelen?' vroeg Brenda.

'Niet dat ik weet. Het grootste deel van de dag ben ik op school.'

'Ze wordt agorafobisch,' zei Celia.

'Wat is dat?' vroeg ik snel.

'Ze krijgt paniekaanvallen, waarschijnlijk veroorzaakt door een diepe depressie. Ik heb erover geleerd in mijn inleiding tot de cursus psychologie in mijn laatste semester,' ging ze verder. 'Daarom vond ze het niet erg dat we gisteravond toch thuisbleven.'

Brenda knikte.

'Wat moeten we doen?' vroeg ik. Ik begon zelf een beetje in paniek te raken.

'Misschien heeft ze professionele hulp nodig, Brenda,' zei Celia.

'Ja. Voordat we teruggaan naar de universiteit, zal ik met haar praten en proberen haar over te halen iemand te raadplegen,' zei Brenda.

Ze gingen naar haar kamer om te overleggen en lieten mij erbuiten, alsof ik te jong was om het te begrijpen. Ik ging mijn eigen bed opmaken en mijn kamer opruimen. Kort daarna nam Brenda me terzijde en zei dat ik Celia persoonlijk moest bedanken voor haar hulp de vorige avond. Ze duwde me praktisch haar richting uit. Ze zat in de zitkamer in een tijdschrift te bladeren en keek op toen ik binnenkwam.

'Ik wil je bedanken dat je me gisteravond geholpen hebt en die camera en film te pakken hebt gekregen,' zei ik. Ik vond het nog steeds pijnlijk er met haar over te praten.

'O, dat was niks. Ik was blij dat ik iets heb kunnen doen,' zei ze. 'Bovendien is Brenda de flinkste van ons beiden.'

Ik keek naar mijn zus. Zij had Celia alle eer gegeven.

'We zijn min of meer gewend om het op te nemen tegen mannen, hè, Brenda?'

'Ja,' zei ze. 'Maar kijk nu goed uit, April,' waarschuwde ze. 'Ze zullen het je heel moeilijk maken. Negeer ze, en na een tijdje gaat het ze wel vervelen en gaan ze weer honden en katten verzuipen of wat dat soort mensen doet.'

Celia lachte.

'Kom, Celia,' drong Brenda aan. 'Voor we mijn vroegere teamgenoten ontmoeten, wil ik eerst langs de universiteit. Er is vandaag een speciale basketbaltraining, en ik wil dat je coach McDermott leert kennen. Hij is de reden dat ik in het team zit,' voegde ze eraan toe.

Even later waren ze weer verdwenen. Deze keer stelde Brenda zelfs niet voor dat ik mee zou gaan. Ik liep de hele dag te mokken. Toen mama in huis had gestofzuigd, ging ze in papa's oude stoel zitten en keek televisie, met slechts een vage belangstelling voor hetgeen er vertoond werd. Toen ze me zag, had ze het erover dat ze een lunch wilde klaarmaken, maar ik zei dat ik wel een appel nam, wat inderdaad alles was wat ik at.

Om ongeveer twee uur ging mijn telefoon. Ik hoopte dat het Brenda was, om me te vertellen dat ze me kwam afhalen om iets samen met hen te doen, maar het was Brenda niet. Het was Jenna Hunter. Zodra ik hallo had gezegd, viel ze tegen me uit.

'Hoor eens, secreet,' zei ze. 'Als jij of je lesbische zus of haar vriendin met Davids camera naar de politie gaat, zul je het eeuwig berouwen. Ik zal getuigen dat je Luke praktisch smeekte om seks met je te hebben.'

'Ik ga niet naar de politie,' zei ik, 'maar het was een rotstreek wat jullie me hebben aangedaan, en als ik jou was, zou ik maar ophouden met die dingen te zeggen over mijn zus. Dat ze een groot atlete is, wil nog niet zeggen...'

'Je was gewoon bang, omdat je net zo bent als zij. Zo verschrikkelijk zou het niet zijn geweest voor je, en misschien zou je hebben geleerd jongens te waarderen,' zei ze lachend. 'Denk aan mijn waarschuwing.' Ze hing op.

Mijn hand trilde terwijl ik de telefoon nog vasthield. Er was één ding waarop ik me beslist niet verheugde, en dat was teruggaan naar school na het lange Thanksgiving-weekend. Alleen de gedachte al deed mijn maag ineenkrimpen van spanning.

Ten slotte belde Brenda, maar niet om elkaar te ontmoeten. Ze wilde van hun laatste avond iets bijzonders maken, net zo bijzonder als de avond daarvoor had moeten zijn als ik die niet bedorven had. Ze zei het niet met zoveel woorden, maar ik las tussen de regels door. Celia en Brenda hadden besloten ons allemaal mee te nemen naar wat vroeger ons lievelingsrestaurant was, Dickson's Steak House. Mama stemde toe, maar ik kon de droefheid in haar ogen zien toen herinneringen aan de tijd dat papa ons daarmee naartoe nam terugkwamen. Ze beefde zelfs.

Hij had zo vaak gebeld om te vragen hem daar te ontmoeten na een dag op de rechtbank. Meestal was hij opgewekt, als het goed was gegaan, en het was altijd een feest. Toen ik naar mama keek, die terugkeerde naar papa's stoel, dacht ik hoe vreselijk het voor haar moest zijn om nu nooit meer die blijdschap en opwinding mee te maken. Tenzij ze iemand leerde kennen die even geweldig voor haar was, en met hem trouwde, zou ze eeuwig blijven staren naar haar herinneringen. Haar geest zat vol met herhalingen. Er doemde niets nieuws op aan haar horizon behalve wat wij mee naar huis namen, en daar won ik bepaald geen medailles of prijzen mee.

Ik voelde me volstrekt hulpeloos omdat ik niet in haar bijzijn wilde huilen of het nog erger voor haar maken dan het nu al was, door medeleven te tonen en de nadruk te leggen op haar verdriet. Het was alsof ik iemand langzaam zag wegzinken in drijfzand terwijl ik zelfs geen helpende hand kon uitsteken. Het enige wat ik kon doen was toekijken hoe ze verdween.

Brenda en Celia deden later alles wat ze konden om haar op te vrolijken. Ze hadden blijkbaar een soort strategie ontworpen om mama over haar agorafobie heen te helpen. Lachend en vol energie kwamen ze het huis binnenstormen. Brenda was spraakzamer dan ooit en beschreef het weerzien met haar vroegere coach.

'Ik heb zelfs een tijdje het team voor hem gecoacht.'

'Ze was geweldig,' bevestigde Celia. 'Ze liet een van de twee partijen spelen volgens een tactiek die ze toepassen op de universiteit, en ze waren niet te stoppen. McDermott was onder de indruk. Ik hoop dat jij en April naar een van de wedstrijden in Memphis kunnen komen, Nora,' zei Celia.

'O, dat doen we, dat doen we,' beloofde mama, maar het kwam er zo zwakjes en weinig overtuigend uit, dat niemand haar geloofde.

Later probeerde mama elk excuus aan te grijpen om niet met ons mee te gaan naar het restaurant. Ze had niets fatsoenlijks om aan te trekken. Ze was moe. Ze zou een blok aan het been zijn en onze gezellige avond bederven. Celia en Brenda liepen haar kamer in en zochten haar kleren voor haar uit, babbelend en elk protest van mama smorend. Ze moesten haar bijna naar de auto dragen, lachend om mama's tegenzin.

Tijdens het diner wisten ze hun vrolijke stemming op te houden. Telkens als er een stilte dreigde te vallen, kwam een van beiden met een verhaal, een grap, een opmerking, en ze dwongen mama om mee te doen, vrolijk te zijn en wijn te drinken. Papa's naam werd bijna niet genoemd, maar dat belette mama niet om voortdurend om zich heen te kijken, alsof ze verwachtte dat hij elk moment binnen kon komen, net zoals vroeger, als hij ons ontmoette na een zitting op de rechtbank. Twee keer ving Brenda mijn blik op, en we wisten allebei wat ze deed en voelde.

We gingen betrekkelijk vroeg naar huis, maar mama zag er vermoeid uit en ging naar bed toen we de deur nauwelijks achter ons hadden dichtgetrokken. Brenda en Celia bleven op om in de zitkamer met me te praten over mama's toestand en drukten me op het hart al het mogelijke te doen om te voorkomen dat ze volledig instortte.

'Na een tijdje zal ze zelfs de ruimte in huis beperken waarin ze wil rondlopen,' voorspelde Celia. Brenda luisterde aandachtig naar elk woord, alsof Celia een gediplomeerd psychiater was. 'Ze zal op den duur zelfs niet uit haar kamer willen komen. Ze zal vragen je daar haar maaltijden te brengen.'

'Nee, dat zal ze niet. Geen sprake van,' riep ik uit. Het lag op het puntje van mijn tong om eraan toe te voegen: *Je bent geen psychiater. Hou op met net te doen alsof je er een bent, en dat tegen mijn moeder!* Maar ik zei het niet.

'Bel ons als er iets dergelijks gaat gebeuren,' zei Brenda. 'Ze heeft me beloofd dat ze iemand zou raadplegen, en ik zal daar achterheen zitten. Ik zou graag willen dat je zoveel mogelijk bij haar in de buurt blijft, en zorg dat je je niet nog meer moeilijkheden op de hals haalt, April.'

Ik vertelde hun dat Jenna Hunter me had gebeld en bedreigd. Ik liet de opmerkingen achterwege die ze had gemaakt over haar en Celia.

'Let maar niet op haar dreigementen. Zij is degene die bang is en alleen maar probeert zich stoer voor te doen. Het is voorbij, April,' zei Brenda. 'Je hebt deze keer geluk gehad. Als je weer zoiets stoms doet, kom je er misschien minder goed af.'

'Als ze je het leven zo zuur maken dat je er niet meer tegen kunt, ga dan naar de decaan,' opperde Celia.

'Ze zullen nog gemener worden als ik dat doe,' kermde ik.

'Doe het dus niet voor het absoluut noodzakelijk is,' zei Brenda. 'Doe gewoon wat ik zeg en negeer ze. Je zult het zien. Het zal ze gaan vervelen en dan laten ze je met rust.'

'We zullen je elke week bellen om te horen hoe alles gaat,' beloofde Celia.

Ik wilde niet dankbaar lijken, maar ik was het wel. Ik wilde alleen dat Brenda dat gezegd had en niet Celia.

Ten slotte gingen we allemaal naar bed. Ze stonden vroeg op om te ontbijten en terug te gaan naar de universiteit. Ze moesten nog van alles doen, zeiden ze. Ik kon het ze niet kwalijk nemen dat ze zo snel mogelijk weg wilden. Het was te veel gevraagd om in een

134

huis te leven waar zoveel depressivitcit heerste. Hoe vaak kon je jezelf dwingen om te lachen en te glimlachen voordat je uitgeput raakte door de inspanning?

Ik stond naast mama toen ze hen beiden bij de deur omhelsde. Celia beloofde terug te komen, maar probeerde opnieuw mama te laten beloven dat ze naar Memphis zou komen. Ik stond te wachten, in de hoop dat ze mij zouden uitnodigen. Eindelijk, bijna als een gedachte achteraf, stelde Brenda het kalm voor, buiten mama's gehoorafstand.

'Als de omstandigheden toelaten dat je een weekend weg kunt, April, kom ons dan opzoeken. Maar je moet er eerst voor zorgen dat met mama alles in orde is,' zei ze. 'Ze heeft je nodig. Je moet op haar passen. Ik reken op je, en daarom wil ik niet dat je in nieuwe moeilijkheden komt, begrepen?'

Ik knikte.

'Alles komt in orde met haar,' zei Celia. 'We bellen,' verzekerde ze me opnieuw.

Ten slotte moest ik even lachen en haar een zoen geven ten afscheid. Ze verbaasde me door me vast te houden en te fluisteren: 'Het gaat goed met je, lieverd. Het gaat goed met je.'

Ik zag ze in de auto stappen, zwaaien en over de oprit rijden. Even later waren ze verdwenen, en plotseling had ik het koud en drong het tot me door hoe duister en bewolkt het was geworden. Mama was al naar binnen. Ik wilde ze achternalopen. Ik wilde weglopen.

De dagen dat ik wenste dat de tijd stil zou staan waren voorgoed voorbij. Nu deden de minuten er te lang over om een uur te worden, en uren duurden te lang om dagen te worden. Ik wenste nu dat ik mijn ogen kon sluiten en ik, als ik ze weer opendeed, net zo oud zou zijn als Brenda, in mijn auto zou stappen en naar de universiteit rijden of waar dan ook naartoe.

Toen ik weer binnenkwam, zat mama in papa's oude stoel. Ze huilde niet, maar het scheelde niet veel, dacht ik. Misschien bestaat er zoiets als droge tranen, die over je wangen rollen en zich vasthechten rond je hart, onzichtbare tranen, maar net zo heet.

Ik ging terug naar mijn kamer om mijn huiswerk voor de volgende dag te maken. 's Avonds aten we een lichte maaltijd. Mama at minder dan ik. Brenda en Celia waren pas een paar uur geleden vertrokken, maar ze was nu alweer vervallen in haar gebrek aan eetlust. Misschien omdat ik zenuwachtig was, misschien om haar te laten zien dat ze meer moest eten, at ik alles wat op tafel stond, zelfs een deel van haar portie. Ik bood aan om af te wassen, maar zij wilde het doen. Ze zei dat ze zich bezig moest houden.

Later kwam ze bij me zitten om televisie te kijken, maar ze toonde weinig belangstelling voor het gebodene. Ten slotte stond ze op en liep de kamer uit. Maar ze ging niet naar haar eigen kamer. Ik vond haar in papa's kantoor, met haar rug naar de deur, starend uit het raam. Ze hield een foto in de hand van hem en haarzelf tijdens hun huwelijksreis, die ze onder in een doos met oude papieren had gevonden.

'Gaat het goed, mama?' vroeg ik. Ze gaf geen antwoord, dus vroeg ik het nog eens en toen draaide ze haar stoel naar me om.

'Hè? O, ja, het gaat prima, April,' zei ze. Ze forceerde een glimlach. 'Ik zit gewoon even over alles na te denken. Het is niets. Ga maar naar bed. Maak je over mij niet ongerust. Jullie moeten je over mij geen zorgen maken.'

Ik wilde zeggen: *Maar ik máák me zorgen over je, mama, en des te meer nu Brenda weg is en het druk heeft met haar eigen leven, haar sport en haar nieuwe vriendin,* maar ik zei niets. Ik knikte slechts en liet haar alleen met haar melancholie. Ik voelde dat ik haar niet uit die depressie zou kunnen halen, en hoopte dat ze op een of andere manier de kracht zou vinden die zelf van zich af te zetten en door te gaan met haar leven. Misschien was het goed om er bij haar op aan te dringen om naar een therapeut te gaan, en zo gauw mogelijk, want misschien zou hij haar kunnen genezen. Ik besefte dat mijn hoop egoïstisch was. Ik wilde dat ze verder zou gaan met haar leven ter wille van mijzelf.

Die nacht lag ik te draaien en te woelen en viel onrustig van de ene nachtmerrie in de andere, piekerde over mijn terugkeer naar school en de confrontatie met David, Luke en Jenna. Het bleek dat Brenda het bij het rechte eind had. Ze keken naar me, maar afgezien van hun heimelijke gegrinnik en gefluister, maakten ze het me niet lastig. Misschien dachten ze dat Brenda en Celia meteen weer terug zouden komen of, misschien, zoals Brenda zei, was ik al oud nieuws. Ze hadden anderen op het oog als prooi.

Ik vertelde niemand over mijn angstaanjagende ervaring, en misschien omdat Luke er niet in geslaagd was me te verleiden, schepten ze er ook niet over op. Soms keek Jenna hoofdschuddend naar me alsof ik degene was met wie je medelijden moest hebben. Een week later werd ze betrapt op het roken van marihuana in het souterrain van de school, en niet geschorst maar definitief van school gestuurd. Ze was al te vaak geschorst geweest en de school kende geen tolerantie voor drugs. Haar ouders protesteerden niet, en ze was verdwenen.

De maand daarop kreeg David een ernstig ongeluk met de auto van zijn vader. Hij overleefde het, maar was zwaargewond en bracht de rest van het schooljaar door in ziekenhuizen en met therapie.

Luke ging vóór Kerstmis van school en ik hoorde dat hij dienst had genomen in het leger.

Niets van dat alles gebeurde snel genoeg wat mij betrof. De tijd was geen vriend van me, en evenmin van mama. Ik wilde niet meer naar een klok kijken. Klokken leken altijd stil te staan of de wijzers leken met lijm vastgeplakt. Mama verzette zich tegen een therapie. Ze beloofde Brenda van alles aan de telefoon, maar kwam haar beloftes nooit na, zelfs niet toen Brenda artsen selecteerde en praktisch zelf de afspraken maakte. Mama had altijd een excuus om niet te gaan. Ik dacht dat het zou veranderen als Brenda en Celia in de kerstvakantie thuiskwamen, maar ze konden maar een paar dagen blijven, en elke dokter die we konden vinden was al met vakantie. Brenda's team bleef op de campus om te trainen omdat ze in een nek-aan-nekrace lagen voor het kampioenschap.

Mama was nog meer afgevallen toen ze terugkwamen, terwijl bij mij alles er weer aan zat wat ik was kwijtgeraakt. Ik was alleen maar meer gaan eten uit frustratie en depressie, maar Brenda dacht dat ik zwak was en geen zelfdiscipline had. Ze stak haar afkeer niet onder stoelen of banken, en als Celia er niet geweest was, zou ze het hele weekend geen vriendelijk woord tegen me hebben gezegd.

Het enige hoogtepunt in mijn leven was dat ik mijn rijbewijs haalde. Ik had rijlessen gevolgd op school, en dat had goed geholpen. Andere echte ervaring had ik niet. Andere leerlingen gingen in het weekend in de auto mee met hun vader of moeder, maar mama was daarvoor te nerveus. Toch was ik vastbesloten íéts goed te doen. De examinator gaf me een complimentje. Hij zei dat ik heel voorzichtig en volwassen was.

Tweede helft februari vond de grote wedstrijd plaats om te bepalen wie kampioen zou worden. Celia en Brenda hadden mama bewerkt om haar zover te krijgen dat ze zou komen. Tot op het laatste moment had mama beloofd dat ze het zou doen. We kregen allemaal weer nieuwe hoop. Misschien zou mama toch zelf over haar depressie heen kunnen komen. Zij en ik zouden samen naar Memphis rijden, en ik mocht het grootste deel van de rit achter het stuur zitten. Voor het eerst in lange tijd was ik echt enthousiast over iets.

Maar het grootste deel van de kleren die ik had gekocht toen ik was afgevallen, paste me niet meer. Ik kon zelfs mijn spijkerbroek niet dicht krijgen. Ik moest terug naar mijn klerenkast en tussen mijn oudere spullen zoeken tot ik iets vond dat leuk genoeg was te dragen naar de party na de wedstrijd, die beslist een overwinningsfeest zou worden. Ik had er spijt van dat ik me niet aan mijn dieet en lichaamsbeweging had gehouden. Ik wist zeker dat Brenda me ervoor op mijn kop zou geven. Ondanks mijn beloftes, had ik me ook nooit aangesloten bij het volleybalteam.

Op de ochtend van de dag van Brenda's grote wedstrijd werd ik al vroeg wakker. Ik had de vorige avond getankt en alles was gereed. Ik had mijn weekendtas gepakt. Tijdens het eten was ik bijna voortdurend aan het woord. Mama zat te luisteren. Toen Brenda belde, vrolijkte ze wat op en weer verzekerde ze haar dat we zouden komen. Ze was nog meer afgevallen en was al zo lang niet meer naar de kapper geweest, dat ze niet langer belden om te vragen of ze een afspraak wilde maken. Ze sloeg ook de vaste controle bij haar huisarts over, en de assistente van de tandarts belde om te vragen waarom ze zich niet aan de afspraak had gehouden. Tegen mij zei ze dat ze het vergeten had, en ik maakte een nieuwe afspraak voor haar.

Het bezoek aan Memphis zou mama's eerste echte uitstapje zijn na papa's overlijden. Een paar goede vrienden van haar hadden een aantal keren geprobeerd haar over te halen met hen naar een toneelstuk te gaan of mee te gaan winkelen. Ze vond altijd een excuus om niet te gaan en ten slotte belden ze niet meer. Feitelijk kwam het tegenwoordig zelden voor dat de telefoon ging. En dan was het meestal oom Palaver. Als hij belde als ik niet thuis was, wist mama haar depressie en ongeïnteresseerdheid goed te verbergen. Maar als ik de telefoon opnam, vertelde ik hem de waarheid, in de eerste plaats omdat ik hoopte dat hij op bezoek zou komen en verder omdat ik me werkelijk ongerust begon te maken over haar.

Hij plande inderdaad een bezoek aan ons, maar een andere cruise bood hem en Destiny een bijzonder lucratief contract. Hij beloofde zijn uiterste best te doen naar ons toe te komen zodra hij weer aan wal was. Hij wist dat we naar Brenda's wedstrijd zouden gaan. Mama had heel enthousiast gedaan, dus was hij optimistisch gestemd en dacht hij dat de dingen zouden veranderen en alles ten goede zou keren.

Dacht hij dat werkelijk of zei hij het alleen maar om zichzelf gerust te stellen? Als mensen zeggen: 'Het komt allemaal in orde', zeggen ze dan niet eigenlijk: 'Val me niet langer lastig'? Misschien had papa toch gelijk wat oom Palaver betrof, dacht ik. Misschien leeft hij in zijn eigen wereld van illusies, zag hij alles door een roze bril en werd hij nooit echt volwassen.

'Dat is het niet,' had mama altijd volgehouden als papa zoiets zei over oom Palaver. 'Dit is gewoon het leven dat hij voor zichzelf heeft gekozen. Het is niet dat hij te onvolwassen is om een zogenaamd stabiel leven te leiden. Het is moeilijk, zo niet totaal onmogelijk, om een gezin te stichten en rond te reizen zoals hij doet,' beweerde ze.

Dan schudde papa zijn hoofd. 'Jij bent net zo erg als hij. De achternaam van je familie had Rationalisatie moeten zijn,' voegde hij eraan toe, maar hij glimlachte en haalde zijn schouders op en maakte er geen punt van in die tijd.

Had hij gelijk?

Was mama ten slotte tot dezelfde conclusie gekomen?

'Het is goed,' zei ze tegen me. 'Alles komt goed,' ging ze op zangerige toon verder, maar haar blik gleed weg in de leegte die haar eigen ogen zagen.

Ik realiseerde me toen nauwelijks hoever ze al in dat diepe zwarte gat was gevallen.

9. Snel volwassen

Ik was verbaasd en teleurgesteld toen ik ontdekte dat mama na het ontbijt niet naar haar kamer was gegaan om zich te kleden en haar spullen te pakken voor de reis. In plaats daarvan was ze weer naar bed gegaan.

'Mama! Wat doe je? Waarom kleed je je niet aan?' vroeg ik bij de deur van haar kamer. 'We moeten weg. We moeten er op tijd zijn om met Brenda en Celia te lunchen vóór we naar de wedstrijd gaan. Alles is al geregeld.'

Ze kreunde.

'Wat is er? Wat is er aan de hand?'

'Mijn rug,' zei ze. 'Ik heb artritis onder in mijn rug, en die speelt van tijd tot tijd op. Ik zou er verschrikkelijk veel last van hebben in een auto en later op een tribune, April. Het spijt me.'

'Je hebt me nooit verteld dat je last hebt van artritis.'

'Ik heb het niemand willen vertellen. Ik wilde niet dat jij en Brenda zich er zorgen over zouden maken. Er is niet veel aan te doen behalve wat pijnstillers en rust.'

'Hoe weet je dat? Ben je bij de dokter geweest?'

'Ja.'

Ik staarde haar met een ongelovig gezicht aan.

'Echt waar,' hield ze vol. 'Ik was bij hem in de tijd dat jij op school zat. Daar staan mijn pillen,' voegde ze eraan toe, wijzend op een flesje met pillen dat op haar nachtkastje stond.

Ik liet mijn schouders hangen. Ik had me zo op het uitstapje verheugd. Ik had het bijna net zo hard nodig als mama, dacht ik.

'Maar ik wil dat jij toch gaat, April,' zei ze tot mijn verbazing.

'Wát?

'Ga nou maar. In plaats van in een hotel, kun je bij Brenda en Celia slapen. Ik heb Celia al gebeld en er met haar over gesproken, en ze zei dat ze onze hotelreservering zou annuleren. Naast hun kamer is een kamer die ze kunnen gebruiken voor hun gasten. Ze heeft ernaar geïnformeerd, en niemand anders op hun etage heeft die kamer gevraagd. Het komt allemaal goed uit.'

'Je wilt dat ik in mijn eentje naar Memphis rijd en bij hen in het studentenhuis slaap?'

'Ja, natuurlijk. Je bent oud en verantwoordelijk genoeg. Je hebt een goed stel hersens. Ik vertrouw je. Je lijkt helemaal niet op zoveel jonge meisjes van jouw leeftijd die zich door anderen laten misleiden. Ik ben erg trots op je.'

Wat moest ik zeggen? Als ze wist van de problemen die ik had gehad met David, Luke en Jenna, zou ze niet zoveel vertrouwen in me hebben. Ik voelde me een enorme huichelaarster, maar het was een feit dat ik door dat alles veel voorzichtiger en minder naïef was geworden als het op het nemen van beslissingen aankwam.

Ik dacht na over wat ze nu zei dat ik moest doen. In mijn eentje naar Memphis gaan? Het was een opwindend idee. Ik had natuurlijk wel rondgereden in Hickory, maar ik had nog nooit een lange reis gemaakt, en eindelijk zou ik in het studentenhuis kunnen slapen! Maar ik kon mama onmogelijk twee dagen alleen laten. Hoe kon ik daar zelfs maar aan denken?

'Ik laat je niet alleen, mama, vooral niet nu je je niet goed voelt.'

'Het is maar artritis. Ik zal me uitstekend kunnen redden in huis. Ik heb jou niet nodig om te babysitten. Ik zal me alleen maar beroerder voelen als jij mokkend in huis rondloopt, en ik zou het vreselijk vinden als ik je ervan zou weerhouden het succes van je zus mee te beleven.'

'Weet Brenda hiervan?'

'Ik weet zeker dat Celia het haar al wel verteld zal hebben of het anders heel gauw zal doen.'

'Ik weet het niet.' Mijn tegenzin begon af te nemen.

'Een van ons moet er in ieder geval voor Brenda zijn,' zei mama. 'Als je vader nog leefde, zou hij met je meegaan, maar als hij om de een of andere reden niet zou kunnen, zou hij jou er zeker naartoe sturen.'

'Maar dan ben jij hier helemaal alleen en...'

'Ik ben hier meestal alleen, April. Zo ongewoon zal dat niet zijn. Bovendien wil ik dat je me belt zodra je op de campus bent, om me te laten weten dat je veilig bent aangekomen. Toe dan,' zei ze, toen ik bleef zwijgen. 'Je bent nu een grote meid, lieverd. Je moet onafhankelijker worden. Daar moet je niet bang voor zijn.'

'Ik ben niet bang om onafhankelijk te zijn, mama. Dat is het niet. Ik maak me bezorgd over jou.'

'Dat weet ik, maar dat hoeft niet. Het is feitelijk maar anderhalve dag.'

'Weet je zeker dat je niet mee kunt, mama? We kunnen langzaam rijden, stoppen wanneer we maar willen en wat rondlopen of een kop koffie drinken in een wegrestaurant.'

'Nee, dat zou niet helpen. Bovendien zou ik het iedereen maar moeilijk maken, en ik wil niet verantwoordelijk zijn voor nog meer narigheid in onze familie.' Ze wendde haar hoofd af. 'Ik weet dat ik voor jullie allebei een blok aan het been ben.'

'Dat is niet waar, mama. Dat ben je nooit geweest!'

'Oké.' Ze draaide me de rug toe. 'Ga nu maar, April. Alsjeblieft. Als we geen van beiden komen, zal Brenda zich vreselijk van streek maken.'

'Maar...'

'Ik weet zeker dat de familie van alle andere meisjes van het team erbij zal zijn. Brenda doet wel net of ze zo onafhankelijk is, maar ze heeft je nodig.'

'Brenda heeft mij nodig?'

'Zusters hebben elkaar nodig, April, vooral als ze zoveel hebben meegemaakt als jullie.'

Was het maar waar wat ze zei, dacht ik.

Ik knikte. Misschien was ik bezig het voor mezelf te verdedigen. Misschien was ik egoïstisch, maar het vooruitzicht alles in mijn eentje te kunnen doen was te opwindend, en als ik niet ging, zou mama nog depressiever worden. Ik hoorde te gaan.

'Oké, mama. Ik zal het doen.'

'Goed, April. Maar wees voorzichtig. Neem geen lifters mee. Ga rechtstreeks naar het studentenhuis. Heb je de route die Brenda ons gestuurd heeft?'

'Ja.'

'Geef me een zoen.'

Ze stak haar armen uit en ik liep naar haar toe om haar te omhelzen en een zoen te geven. Ze hield me lange tijd vast en glimlachte toen naar me.

'Mijn portemonnee ligt op de toilettafel,' zei ze. 'Er zit een paar honderd dollar in. Neem die. Je moet niet zonder geld op reis gaan.'

Ik deed wat ze zei.

'Ik bel je zodra ik er ben,' beloofde ik.

'Mooi. Vergeet het niet. Ik weet dat het heel spannend voor je zal zijn om je eerste lange rit te maken en naar de campus te gaan, maar ik wacht tot ik wat van je gehoord heb.'

'Ik zal het niet vergeten.'

'Ik heb je al vaak gezegd dat je gauw een grote meid zou zijn. Nou, dat gauw is nu aangebroken.'

'Ja, dat is nu aangebroken.'

Ik ging naar mijn kamer, pakte mijn weekendtas en bleef toen weer in de deuropening van haar kamer staan om nog een keer gedag te zeggen. Ze had haar ogen gesloten, maar deed ze open en glimlachte naar me. Toen liep ik haastig naar de auto en bleef even zitten, me nog steeds afvragend of ik wel moest gaan. Zo ver was het niet, dacht ik. Als ik terug moest, ging ik terug. Ik draaide het sleuteltje om, startte de motor, opende de deur van de garage en reed naar buiten. Ik deed de deur van de garage weer dicht en reed weg. Ik voelde me net een leerling-piloot die zijn of haar eerste solovlucht maakt.

Een paar minuten later had ik de radio aangezet en reed ik op de snelweg. Het leek echt of ik een grens was overgestoken en van de ene dag op de andere volwassen was geworden. Hoewel ik zeker wist dat het niet waar was, meende ik dat elke automobilist die langsreed met verbazing en ontzag naar me keek, geïmponeerd dat ik, April Taylor, die net zestien was geworden, in mijn eentje op weg was naar Memphis. Eén man die me passeerde glimlachte op een manier die me aan papa deed denken. Hij leek zelfs op hem, en heel even dacht ik dat de doden misschien in het lichaam glipten van een onbekende, zodat ze een moment lang iets belangrijks konden ervaren van de mensen die hen lief waren. Misschien wás het papa wel.

Of misschien was de wens de vader van de gedachte. Het was zo lang geleden sinds ik zoiets had gedaan. Het leven was te somber en moeilijk geworden om fantasierijke dromen toe te laten. Bovendien had mama gelijk. Het gauw was aangebroken. Ik was nu ouder en moest ophouden met fantaseren als een klein kind. Volwassenen hebben geen tijd voor dagdromen. Ik moest de kille werkelijkheid onder ogen zien, zoals elke volwassene dat deed. Ik moest de verantwoordelijkheid nemen voor mijn daden.

Ik was zo zenuwachtig toen ik bij de grens van de stad was, dat ik ondanks de nauwkeurige aanwijzingen van Celia en Brenda een verkeerde afslag nam. Maar ik kon het snel corrigeren en stopte even voor elf uur bij de ingang van het studentenhuis. Ik reed het parkeerterrein op en stopte op een lege plaats. Toen ik de motor afzette liet ik mijn adem ontsnappen alsof ik die tijdens de hele rit had ingehouden. Ik was er. Het was gemakkelijk. Trots op mezelf, pakte ik mijn weekendtas en stapte uit.

Het studentenhuis was een bakstenen gebouw van drie verdiepingen met een witte portiek en vier pilaren. Ik liep een hal in, waar groepjes banken en stoelen, tafels en podia stonden. Er lagen donkerbruine tegels op de vloer en er hingen drie grote kroonluchters. De muren waren lichtroze, met grote ramen aan de voorkant, waar witte tulen gordijnen voor hingen. Vier meisjes zaten rechts van me te praten en te lachen toen ik binnenkwam. Een van hen had een badjas aan en de anderen waren in spijkerbroek en een lang hemd. Het meisje in de badjas had een honkbalpet op. Ze keken even in mijn richting, maar gingen toen weer door met hun discussie.

Links stond een bureau waar niemand achter zat, en vlak voor me was een dubbele deur die toegang gaf tot de woonruimte. Ik bleef daar even staan, niet goed wetend waar ik heen moest of wat ik moest doen. Ik had Brenda's kamernummer, 207. Ik had gehoopt dat zij en Celia op me zouden wachten in de hal. Ik dacht dat het niet al te moeilijk zou zijn om hun kamer te vinden en liep naar de lift en drukte op de knop.

Ik hoorde iemand gillen van het lachen en zag een lang meisje met rood haar naar me toekomen, vergezeld van een ander meisje in een wijde spijkerbroek en hemd. Ze was klein en mollig. Ze keken me aan toen ze dichterbij kwamen.

'Die liften zijn zo langzaam, je kunt beter de trap nemen, tenzij je er pas morgen hoeft te zijn,' zei het meisje met het rode haar en maakte een gebaar naar de deur waarop 'Trap' stond. Het andere meisje lachte weer.

Op dat moment ging de deur van de lift open. Ik haalde mijn schouders op en stapte erin, drukte op de knop voor de tweede verdieping. Het leek inderdaad ongewoon lang te duren voor ze weer dichtgingen, en toen ging de lift schokkend, met naar ik dacht enkele centimeters tegelijk omhoog. Hij stopte, en ik was bang dat de deur niet meer open zou gaan. Ten slotte lukte het, en ik liep de gang op van de tweede verdieping. Verbaasd zag ik een jongen in een deuropening staan, die zich over een meisje in een doorzichtig nachthemd boog. Zij keek naar mij, maar hij draaide zich niet om. Hij bracht zijn mond nog dichter bij de hare. Toen ze elkaar zoenden, wendde ik snel mijn blik af en volgde de kamernummers naar 207, bijna aan het eind van de gang.

Ik klopte op de deur en wachtte.

Er kwam niemand, dus klopte ik nog eens.

'Brenda?' riep ik. Nog steeds kwam er niemand naar de deur.

Waar was ze? Ik draaide aan de knop, maar de deur was op slot.

'Brenda, ben je daar?'

Het meisje en haar vriend keken naar me. Ik voelde me nogal dwaas zoals ik daar stond en liep terug naar de lift. De jongen volgde het meisje naar binnen en deed de deur dicht. Deze keer nam ik de trap, en toen ik beneden kwam, liep ik haastig weer naar de hal, in de hoop dat Brenda en Celia inmiddels terug waren en op me zaten te wachten.

Twee andere meisjes waren bij de vier gaan zitten die ik eerst had gezien, maar Brenda en Celia waren nergens te bekennen.

'Kan ik je helpen?' hoorde ik. Ik draaide me om en zag een slanke vrouw met dof donkerbruin, met grijs doorschoten haar achter het bureau staan. Ze droeg een donkerblauw uniform, bestaande uit een jasje en rok en een lichtblauwe blouse. Het jasje had schoudervullingen. Ze had pokdalige wangen en haar kin week zo scherp van haar onderlip naar haar hals, dat het leek of ze geen kin had. Twee ongeplukte wenkbrauwen hingen boven een paar kleine, donkergrijze ogen.

'Ik zoek mijn zus.'

'En heeft die zus een naam?' vroeg ze, haar mondhoeken intrekkend.

Ik keek achterom naar de meisjes, die waren opgehouden met praten en naar mij luisterden.

'Brenda Taylor.'

'Hm,' zei ze. Er verscheen een afkeurende uitdrukking op haar gezicht. Toen richtte ze haar blik op mijn weekendtas. 'Ik wil je er van meet af aan op attent maken dat ik gebruik van alcohol en drugs, roken of buitensporig lawaai in de kamers niet tolereer.'

'Ik ook niet, mevrouw,' zei ik, en een meisje achter me slaakte een zachte kreet.

Ik draaide me weer naar hen om. Ze lachten.

'Alle bezoekers moeten zich inschrijven,' zei ze, en schoof een klembord naar me toe. Ik zette mijn tas neer en schreef mijn naam op. Ik scheen het eerste bezoek te zijn die dag, en toch was die jongen boven in een van de meisjeskamers.

Ze draaide het klembord naar zich toe om te controleren of ik mijn juiste naam had vermeld, denk ik, en draaide het toen weer terug. Op dat moment ging de voordeur open en Brenda en Celia kwamen binnen.

'Wanneer ben jij aangekomen?' vroeg Brenda zonder zelfs hallo te zeggen. Ze keek ook niet naar de vrouw achter het bureau.

'Een paar minuten geleden.'

'Kom, lieverd,' zei Celia. Ze sloeg haar arm om mijn schouders en drukte me tegen zich aan. Toen gaf ze me een zoen op mijn wang. Brenda bleef slechts toekijken.

'Dit is onze gast, mevrouw Gitman,' zei Brenda tegen de vrouw die me had ondervraagd. 'Mijn zusje, April.'

'Dat weet ik al. Ze heeft zich ingeschreven. Ik heb haar op de hoogte gebracht van onze regels,' antwoordde ze.

'Dank u,' zei Brenda. 'Dan hoef ik dat niet meer te doen.'

Celia giechelde, en ze liepen met me door de dubbele deur naar de trap.

'Dat is Gitalong,' zei Celia. 'Nu weet je waarom we willen dat je oom haar laat verdwijnen. We kunnen beter de trap nemen. De lift…'

'Doet er eeuwen over. Ik weet het. Ik ben al boven geweest.'

'O, ben je naar onze kamer gegaan?'

'Ja, maar voordat ik me had ingeschreven. Ze was er niet toen ik kwam.'

'Waarschijnlijk was ze in haar kamer en rukte ze sprinkhanen de poten uit of zo. We hadden je niet zo gauw verwacht, hè, Brenda?'

Ik keek naar Brenda. Ze hield haar ogen afgewend en liep snel door. Ze maakte me zenuwachtig.

'Brenda is een beetje overstuur,' fluisterde Celia. 'Maak je niet ongerust.'

Brenda zei geen woord voor we in hun kamer waren en ik mijn weekendtas had neergezet. Toen draaide ze zich om, sloeg haar armen over elkaar en keek me aan.

'Wat is er met mama gebeurd?' vroeg ze alsof wát er ook gebeurd was, dat mijn schuld was. 'Waarom is ze niet meegekomen?'

'Ik dacht tot op het laatste moment dat ze mee zou gaan, Brenda. Ze zei er niets over aan het ontbijt, en toen ging ze naar haar kamer, en ik ging naar mijn eigen kamer, omdat ik dacht dat ze zich ging aankleden, maar toen ik naar haar toeging, lag ze in bed en klaagde over artritis. Ze zei dat ze jullie al had gebeld. Ze zei dat ze met Celia had gesproken,' ging ik verder, met een blik op Celia.

'Hoe heb je haar alleen kunnen laten?' snauwde Brenda.

Voor ik antwoord kon geven, begon ik te huilen.

'Hou op!' zei Brenda fel.

'Ze heeft erop aangedrongen dat ik wegging,' zei ik tussen mijn snikken door. 'Ze zei dat je zou willen dat ik hier was.'

'Natuurlijk wil ik dat je hier bent. Ik maak me alleen ongerust, dat is alles,' voegde ze er wat milder aan toe.

'Het komt allemaal in orde, Brenda,' zei Celia. 'April blijft bij mij.'

'Ik maak me niet ongerust over haar. Ik maak me ongerust over mijn moeder.'

'Ik ook,' zei ik, 'maar ze zei dat ze zich heel ongelukkig zou voelen als ik niet ging. Ze zei dat het alleen haar artritis was, en dat ze bij de dokter was geweest, en die zei dat ze moest rusten en wat pijnstillers nemen.'

'Dat heeft ze me nooit verteld.'

'Mij ook niet,' antwoordde ik.

'Dat regelen we later allemaal wel, Brenda,' zei Celia. 'Van de week zullen we bij je moeder langsgaan.'

Brenda ontspande zich nog iets meer en ging op een van de twee bedden zitten. Ze waren gescheiden door een klein nachtkastje waarop een klok en een telefoon stonden. Op een prent van een landschap na aan de muur achter de bedden, was de kamer kaal. Geen posters, geen foto's, zelfs niet op de ladekast of het bureau. De badkamer was nog niet half zo groot als een van onze badkamers thuis. Ik kon zien dat het een oud gebouw was. Ik vermoedde dat de aantrekkingkracht domweg de opwinding was van het op eigen benen staan. Ik vond het een beetje teleurstellend. Ik dacht dat mama ook niet erg onder de indruk zou zijn geweest.

'Ik heb beloofd dat ik mama zou bellen zodra ik hier was,' bedacht ik.

'Waar wacht je dan op? Bel haar,' zei Brenda en overhandigde me de telefoon.

Snel toetste ik het nummer in en wachtte. De telefoon bleef maar overgaan. Brenda trok haar wenkbrauwen op en kwam dichterbij. Eindelijk nam mama op.

'Met mij, mama. Ik ben in het studentenhuis.'

'O, fijn. Heb je een goede reis gehad?'

'Ja, het was gemakkelijk. Hoe gaat het met jou?'

'Prima,' zei ze. 'De pijn is minder erg.'

'Geef me haar even,' zei Brenda, en ik gaf de telefoon aan haar. 'Mama, wat is er? Waarom ben je niet gekomen?' Ze luisterde. 'Daar heb je me nooit iets van verteld. Nee, nee, ik ben niet kwaad,' zei ze. 'Ik zal het doen. Ze maakt het uitstekend. We zullen goed voor haar zorgen.' Ze keek even naar mij. 'Oké, mama. We zullen je meteen na de wedstrijd bellen en je alles erover vertellen. Ik hoop het. Celia en ik komen je opzoeken zo gauw we kunnen. Ik weet het, maar we willen het graag. Oké. We bellen,' eindigde ze en hing op.

'Ik weet zeker dat het allemaal psychosomatisch is,' zei Celia.

Brenda knikte. Toen keek ze naar me alsof het nu pas tot haar doordrong dat ik er was. 'Moet je dat zien. Je bent nu een echte tiener,' zei ze en gaf me een por tegen mijn schouder. Celia lachte.

'We zullen je naar de logeerkamer brengen en dan zullen we je rondleiden,' zei Celia.

'Dank je.' Ik keek naar Brenda. Er lag een strak glimlachje om haar mond.

'Ik ben blij dat je er bent,' bekende ze eindelijk. 'Dan kun je zien hoe we ze op hun donder geven.'

Eindelijk kon ik ook weer lachen.

In de logeerkamer stonden een eenpersoonsbed, een ladekast, een bureau en een stoel. Er was één raam met een gordijn. Ik zette mijn tas in de kast, en we gingen lunchen in een van hun favoriete restaurants. Brenda at weinig en licht. Ik wilde het liefst een van de grote burgers, maar bestelde ook een salade. Brenda begon onmiddellijk over mijn toegenomen gewicht.

Voor ik een excuus kon verzinnen, stak Celia van wal met een lange tirade waarom sommige mensen hun eigen ondergang bewerkstelligden. Ze eindigde met te zeggen: 'Het is niet moeilijk om Aprils probleem te zien, Brenda. Ze heeft op het ogenblik een lage zelfachting en ze moet meer zelfvertrouwen krijgen. Het is een vreemde cyclus, April,' ging ze verder tegen mij. 'Je krijgt geen complimentjes, dus verwaarloos je jezelf, en daarom krijg je geen complimentjes. Je versterkt je gebrek aan zelfachting zonder te beseffen dat je dat doet.'

'Weet je zeker dat je geen psychologie wilt studeren?' vroeg Brenda. 'Je hebt nog niemand ontmoet die je niet wilt analyseren.'

'Misschien doe ik dat wel. Hoor eens, dit is een klassieke situatie. Je zus is opgegroeid in een huis waar jij de ster was. Jij kreeg alle lof toegezwaaid, Brenda.'

'Ze had beter haar best kunnen doen. Ze was lui. Ze is nog steeds lui,' zei Brenda. Ze keek me niet aan. Ze zaten over me te praten alsof ik er niet bij was.

'Het is geen echte luiheid,' zei Celia.

'O, wat is het dan, dokter?'

'Hm, je hebt me zelf verteld dat je teamgenoten niet erg hun best deden als ze te ver achteropraakten. Je zei dat je je dan vaak volkomen alleen voelde op het veld. Nou, zij is te ver achteropgeraakt.'

Brenda dacht even na, schudde toen haar hoofd en keek glimlachend naar Celia. 'Je bent te slim voor je eigen bestwil, dame. Weet je dat?'

'Natuurlijk weet ik dat. Je hebt het me net verteld.'

Ze lachten. Celia boog zich voorover en veegde een beetje salade van Brenda's wang. Ze staarden elkaar een ogenblik aan en toen keek Brenda eindelijk naar mij.

'Ik moet even rusten en dan mijn spieren losmaken in de fitnessruimte. Celia zal je rondleiden.'

'Ik hoef niks te zien,' zei ik.

'Ik ga gewoon een wandelingetje met je maken in en rond de universiteit,' zei Celia. 'Brenda zegt dat je graag de bibliotheek wilt zien.'

Ik haalde mijn schouders op en Brenda grijnsde spottend. 'Weet je waarom je geen energie hebt en geen belangstelling voor iets, April? Je probeert het niet. Je gebruikt mama als excuus om nergens aan mee te doen.'

'Dat doe ik niet.' De tranen sprongen in mijn ogen.

'Moet dat nu?' vroeg Celia. 'Je hebt op het ogenblik veel aan je hoofd.'

'Je hebt gelijk. Oké, doe wat je wilt. Laten we gaan,' zei Brenda en wenkte om de rekening.

Haar stemmingswisselingen maakten me dol. Ik kon er niet achter komen of ze het vreselijk vond dat ik er was of dat ze ondanks alles blij was met mijn komst.

'Ze doet net of ze zo cool is, maar ze maakt zich zenuwachtig over de wedstrijd,' fluisterde Celia.

Toen we terugkwamen in het studentenhuis, ging Brenda regelrecht naar hun kamer. Ze had op de terugweg geen woord gezegd. Celia stond naast me op het parkeerterrein en keek haar na toen ze naar binnen ging.

'Ik maak me een beetje bezorgd over haar nu ze zoveel zorgen heeft. Ik bedoel, je moeder en zo. Ik denk dat ik maar beter een tijdje bij haar kan blijven. Ik merk het als ze erg gespannen is. Er is een recreatiezaal op de benedenverdieping, tweede deur rechts. Misschien kun je even televisiekijken of wat lezen. Ik kom zo gauw mogelijk beneden,' zei ze. 'Vind je dat goed?'

'Ja,' zei ik verbaasd. Brenda was nog nooit zenuwachtig geweest voor een van de toernooien of belangrijke wedstrijden die ze had gespeeld toen ze nog thuis woonde. Hoe kon Celia weten wat zich in haar hoofd afspeelde als ik of mama dat niet kon? En waarom wilde ze niet dat ik erbij was om haar op te vrolijken en te troosten? Ik voelde me echt een buitenstaander.

De recreatiezaal was groter dan ik verwacht had, maar er was maar één meisje dat televisie zat te kijken. Ze zat op de bank met haar voeten omhoog, haar schoenen uit. Ze leek niet veel ouder dan ik, en ik vroeg me af of ze een studente was of ook een gast, net als ik. Had ze misschien een zus hier die ook in het basketbalteam speelde? Ik zag dat ze naar een soap keek, en ze ging er zo in op, dat ze me nauwelijks een blik waardig keurde.

Ik plofte neer op de stoel naast de bank.

'Hij liegt, weet je,' zei ze zonder haar ogen van het tv-scherm af te wenden.

'Pardon?'

'Dirk,' zei ze, terwijl ze me even aankeek. 'Amanda is zwanger van zijn kind.'

Ik keek naar het scherm en besefte dat ze het had over de figuren van een soap.

'O.'

'Kijk je niet naar *Rainbow of Dreams*?'

De reclame begon.

'Nee. Ik kijk 's middags niet vaak naar de tv. Mijn moeder keek vroeger naar soaps, maar tegenwoordig niet meer.'

'Ik snap niet dat ze daarmee kon ophouden. Het is een verslaving. Ik heb mijn colleges zelfs ingedeeld rond *Rainbow of Dreams*.'

'O, ben je studente?'

'Natuurlijk. Wat dacht je dan, dat ik hier alleen kom om televisie te kijken?' Ze lachte, hield haar hoofd schuin en keek me aan. 'Nu we het er toch over hebben, wie ben jij?'

'Ik ben de zus van Brenda Taylor. Ik ben naar Memphis gereden om haar te zien spelen in de basketbalfinale.'

'O, Brenda,' zei ze. 'Ik wist niet dat ze een zus had.' Ze keek even naar het scherm. 'Niemand weet veel over BC.'

'BC? Waarom noem je haar BC? Ze heet Brenda Taylor.'

'Brenda en Celia. BC. Iedereen hier noemt ze BC. Ze vormen één geheel. Letterlijk,' voegde ze eraan toe.

Ik voelde het bloed naar mijn wangen stijgen. 'Wat bedoel je daarmee?'

'Niks,' zei ze. Ze stak haar hand op. 'Ik heb geen woord gezegd.'

'Misschien zien ze niks in de keus van potentiële vriendjes,' snauwde ik en stond op.

Ze keek me aan of ik van een andere planeet kwam, maar de reclame was afgelopen, en al stond het gebouw in brand, ze zou het negeren en zich niet afdraaien van de tv. Ik ergerde me aan haar en aan het feit dat ik verbannen was naar de recreatiezaal, terwijl Celia probeerde mijn zus op te vrolijken. Ik liep het vertrek uit naar de trap. Mama had gezegd dat twee zusters die zoveel hadden meegemaakt als wij, elkaar nodig hadden. Ik moest degene zijn die boven was bij Brenda, niet Celia.

Haastig liep ik de trap op en de gang door naar hun kamer. Misschien had ik eerst moeten kloppen. Ik dacht niet na. Mama's plotselinge ziekte en weigering om mee te gaan, de rit, de spanning tussen Brenda en mij, het feit dat ik me volkomen verloren voelde, het bracht me zo in verwarring dat ik niet wist hoe of wat, en zeker niet of ik niet een grote fout had begaan door hier alleen naartoe te gaan.

Natuurlijk vroeg ik me af waarom ze hun deur niet op slot deden. Toen ik de knop omdraaide en de deur openging, was het laatste waaraan ik dacht dat dit een probleem zou kunnen zijn. Maar ik ging niet naar binnen. Ik bleef met open mond op de drempel staan.

Brenda lag naakt op haar rug op bed. Celia zat schrijlings op haar en wreef een soort crème op haar schouders en armen en vervolgens op haar borsten. Nog vreemder was, dat Celia alleen haar slipje aanhad en haar bovenlijf bloot was. Brenda keek naar links en zag me.

'April!' riep ze. 'Doe de deur dicht!'

Celia draaide zich naar me om. Ze keek naar Brenda en toen weer naar mij.

'Waarom heb je niet beneden in de recreatiezaal gewacht?' vroeg ze.

'Er zit beneden maar één meisje naar een stomme soap te kijken.' Ik slikte moeilijk en vroeg toen: 'Wat doen jullie?'

'Ze geeft me een massage,' zei Brenda. 'Ga een eindje wandelen of zo.'

Ze bleven me allebei aanstaren. Ik had willen vragen waarom degene die de massage gaf ook bijna naakt moest zijn. Ik had willen vragen of vrouwen meestal ook hun borsten lieten masseren. Ik had willen vragen of alle kamergenoten in het studentenhuis even intiem met elkaar waren als zij leken te zijn. Ik had zoveel dingen willen vragen, maar in plaats daarvan draaide ik me om en liep snel weg.

Pas toen ik in de gang stond, besefte ik dat mijn gezicht gloeide en mijn hart bonkte als een lekke band van een auto.

Lelijke opmerkingen die op school tegen me waren gemaakt rezen omhoog uit de duistere poel van onaangename herinneringen. Jenna's dreigement kwam bij me terug. De opmerking van het meisje beneden in de recreatiezaal over BC galmde door mijn hoofd. Ik legde mijn handen op mijn oren, alsof de woorden van buitenaf naar binnen drongen in plaats van tot leven gewekt werden uit het kerkhof van afschuwelijke gedachten.

Ik schudde mijn hoofd en holde de gang door naar de trap, vloog de treden bijna af. Toen liep ik haastig het gebouw uit en zonder te weten waar ik naartoe ging of zelfs maar aan een bepaalde richting te denken, liep ik over de oprijlaan en de straat.

Waar vluchtte ik voor? Herinneringen en gedachten, beelden en

152

tantaliserende emoties tolden door mijn hoofd. Was ik geschokt? Ja. Was ik geschrokken en bang? Een beetje. Wond het me op? Ik wilde geen antwoord geven, zelfs al was het alleen maar aan mijzelf.

Toen Luke me aanraakte op plaatsen die niemand anders dan mijn moeder ooit had gezien, was ik geschokt en bang, maar niet in verleiding gebracht of hoe dan ook seksueel opgewonden. Het enige waar ik aan kon denken was hoe ik kon ontsnappen.

Boven in Brenda en Celia's kamer was ik een ogenblik lang gefascineerd geweest. Ik was vol van de erotische opwinding van een voyeur, vooral in die paar momenten toen Brenda noch Celia zich ervan bewust was dat ik naar hen stond te kijken. Had ik niet vol afschuw moeten zijn? Waarom gloeide ik zo? Waarom kon ik de aanblik van die twee niet uit mijn gedachten bannen?

Zou ik net zo worden als Brenda? Waarom was ik niet verliefd op een jongen op school? Waarom bekommerde ik me niet wat meer om mijn uiterlijk, mijn figuur? De vragen zwermden als wilde bijen om me heen.

Niemand van ons weet wie we werkelijk zijn, dacht ik. Mijn vader werd een ander mens. Mama was zo veranderd, dat ik haar nauwelijks herkende. Brenda was een bepaald soort zus en persoonlijkheid voor me geweest, en nu was ze een ander. Wie was ik? Op wie zou ik het meest lijken?

Ik hoorde achter me lachen en zag een meisje en een jongen naast elkaar lopen, hand in hand, al lopend zwaaiend met hun armen. Plotseling bleven ze staan en op het trottoir in het heldere daglicht zoenden ze elkaar alsof ze anders geen stap meer zouden kunnen doen. Hoe voelde zo'n hartstocht? Zou ik die ooit leren kennen?

Ik liep maar door, tot ik besefte dat ik begon te verdwalen. Ik raakte bijna in paniek. Als er iets was dat ik niet wilde, dan was het dat wel. Ik keerde om en liep haastig terug. Deze keer klopte ik aan en Celia deed open. Ze droeg een peignoir.

'O, we vroegen ons al af waar je was. Je bleef zo lang weg.'

'Waar is Brenda?' vroeg ik, toen ik zag dat ze niet in de kamer was en de deur van de badkamer openstond.

'Naar de fitnessruimte. Ze eet nooit iets voor een wedstrijd. Ga je verkleden in wat je hebt meegebracht, dan lopen we erheen. Onderweg is een sandwichshop, dus we kunnen eerst een hapje eten als je wilt.'

'Ik hoef ook niet te eten voor de wedstrijd,' zei ik.

'Zoals je wilt. Prima.'

Ze stak haar hand uit om wat haar van mijn voorhoofd te vegen en instinctief trok ik me terug. Ze bleef glimlachen en haar hand bleef onbeweeglijk tussen ons in hangen.

'Je zou een paar leuke dingen kunnen doen met je haar, April.'

'Ik ga me verkleden,' zei ik.

'Als je eerst wilt douchen…'

'Nee, het is oké.'

Ze bleef glimlachen. 'Gaat het goed met je?'

Nee, wilde ik zeggen. *Het gaat niet goed met me. Wat is er gaande tussen jou en mijn zus?*

'Het is oké,' antwoordde ik, en ging naar mijn kamer om me te verkleden.

Ik deed er zo lang over, dat ze op mijn deur klopte.

'Hé, schiet op, April. Ik wil je de campus laten zien.'

Ze droeg een spijkerbroek, met een in parels uitgevoerd design op de kuiten en een strak zwart topje met een zwartleren jack. Ik kon niet ontkennen dat ze opvallend mooi was. In een menigte zou ze alle ogen naar zich toe trekken. Waarom stond er geen rij vriendjes voor haar deur?

Ik besloot me nukkig te gedragen.

'Waarom heb je geen afspraakje voor de wedstrijd?' vroeg ik. Ik voelde me zelfingenomen en zelfverzekerd. Het was of ik water spetterde in haar mooie gezicht.

Ze glimlachte slechts.

En zei: 'Dat heb ik. Jij bent mijn afspraakje, April.'

10. Aprils afspraakje

Misschien was het mijn oververhitte verbeelding, maar ik dacht dat iedereen naar ons keek. De jongemannen op en rond de campus voelden zich duidelijk aangetrokken tot Celia. En waarom ook niet? Ze was mooi, en ze keken beslist niet naar mij. Celia reageerde niet op hun blikken of hun gefluit. Ze scheen door alles heen te wandelen als iemand die in een mist loopt. Maar dat strakke vage glimlachje speelde constant om haar lippen. Ik dacht dat ze genoot van de uitwerking die ze op ze had, maar dat was dan ook alles. Hoe kon iemand die zo mooi was zo onverschillig zijn? Was er niet één bij die haar aantrok? Waarom was die schoonheid zo aan haar verspild? Waarom was ik niet zo mooi?

Uit mijn ooghoek zag ik jongemannen vol afkeer naar ons gebaren, alsof ze duidelijk wilden aantonen dat het tijdverspilling was om te kijken, te roepen, te proberen Celia's aandacht te trekken. Ze wisten het. Zij wisten wat ik geweigerd had te zien. Nu versterkte alles wat ik zag, elk woord dat ik hoorde, de waarheid, die zich steeds duidelijker in me ging aftekenen. Dit is niet de kamergenote van mijn zus; dit is de geliefde van mijn zus. De vraag die voortdurend door mijn hoofd ging, was: wat was mijn plaats hierin?

Ik voelde me als verdoofd terwijl Celia me dingen liet zien, dingen beschreef, praatte over de universiteit, haar colleges, de stad zelf. Ik luisterde met een half oor, als iemand die werkt met muziek op de achtergrond. Ik wist dat die er was, wist dat haar woorden er waren, maar op de een of andere manier bleef ik volledig afstandelijk.

Het was anders in de sportzaal. Daar kon ik niets negeren. Het deed me te veel denken aan de high-schoolwedstrijden die ik had bijgewoond, alleen of vroeger met papa en mama. Het wekte herinneringen in me op, de toenemende opwinding, het lawaai, de cheerleaders. Het voelde altijd aan als een evenement, en met de waarde die deze universiteit hechtte aan vrouwensport, ging het hier net zo.

Er zat een groep jongens op de tribune, die uitsluitend gekomen waren om de spot te drijven met de meisjes. Op high school was er altijd wel zo'n stel, maar deze jongens leken dronken of high, zo luidruchtig en opvallend gedroegen ze zich. Ik zag dat de scheidsrechter ze waarschuwde, en toen gaf een vrouw, waarschijnlijk een docente van de universiteit, hun ook een berisping. Ze kalmeerden, maar zodra de wedstrijd aan de gang was, vervielen ze weer in hun geschreeuw en gejoel.

Ik had Brenda natuurlijk vaak in een wedstrijd zien spelen, en altijd gemerkt hoe respectvol ze door de andere leden van haar team werd behandeld. Vanaf het allereerste begin was het duidelijk dat ze van haar de leiding en de inspiratie verwachtten. Haar energie motiveerde haar teamgenoten. Ze speelde en intimideerde de tegenstanders zo agressief en vastberaden, dat zelfs de jongens die gekomen waren om de spot te drijven met de wedstrijd, een kalme bewondering begonnen te tonen. Ze konden hun ogen niet van haar afhouden. Ik merkte dat ze in de korte tijd die ze op de universiteit was, zoveel beter was geworden dan vroeger. De felle competitie had haar talent bijgeslepen. Nu en dan kreeg ze een strafworp toegewezen en telkens als ze naar de vrije-worplijn liep, keek ze onze richting uit. Celia zwaaide niet of zo, maar ik kon zien dat ze meer uitwisselden dan alleen een enkele blik.

Ondanks Brenda's superieure spel, bleef de wedstrijd heel spannend, omdat ook het andere team voortreffelijke speelsters had. Ik vergat alles, ging op in de strijd en werd hees van het gillen. In de laatste twee minuten viel de beslissing. Bijna alsof Brenda de heldin van een film was, kreeg zij de eer om de laatste worp te doen. De bal stuiterde een secondelang op de rand en viel er toen door terwijl de bel ging. Haar teamgenoten omringden haar. Het was werkelijk de opwindendste wedstrijd die ik ooit had gezien.

'Is ze niet geweldig?' riep Celia uit.

De fans holden langs ons heen de tribune af, maar Celia bleef kalm zitten, met een stralend gezicht toekijkend hoe Brenda mensen begroette, teamgenoten omhelsde.

'Ze is daar net een sierlijk nieuw dier. Ze glijdt en zweeft en doet wonderbaarlijke dingen met haar lichaam, vind je niet?'

'Ja,' zei ik, verbaasd over Celia's bewondering voor mijn zus. Ik wist Brenda's talenten echt wel te waarderen, maar Celia's reactie was meer dan bewondering. Ze leek een en al ontzag. Ze draaide zich naar me om.

'Ik vind het zo jammer dat je moeder er niet bij kon zijn om dit te zien. Brenda zou heel erg blij zijn geweest.'

'Ik heb mijn best gedaan haar over te halen om mee te gaan, Echt waar!'

'O, dat weet ik, April. Ik zou de laatste zijn om het je kwalijk te nemen.'

'Brenda doet dat wél, geloof ik,' mompelde ik. 'Ze keek zo kwaad toen ze me zag.'

'Nee, ze neemt het je niet kwalijk. Zo doet ze als ze teleurgesteld is, maar ze houdt van je. Ze houdt echt van je.'

Ja, wat je zegt, mimede ik.

'Kom mee, dan wachten we op haar in de hal. Het is nu te moeilijk om bij haar te komen.'

We liepen de sportzaal uit en gingen op een bank zitten bij de kleedkamer van de meisjes, waar we de andere studentes voorbij zagen komen; de leden van het andere team liepen teleurgesteld weg.

'Ik heb medelijden met ze,' zei Celia, 'maar Brenda nooit. Ze zegt dat als ze medelijden zou hebben met iemand die ze verslagen had, ze nooit meer diezelfde competitiegeest zou hebben. Wat een kracht heeft ze.'

'Ik weet het,' zei ik, maar ik zei het bedroefd, alsof het een ziekte was die ze had en geen goede eigenschap.

Celia keek me even van terzijde aan en sloeg toen haar arm om me heen en drukte me tegen zich aan.

'Maak je geen zorgen,' zei ze. 'Jij zult ook ontdekken waar je goed in bent.'

Ze hield me iets te lang vast naar mijn zin. Ik keek nerveus naar de studentes, die ons gadesloegen. Eindelijk kwam Brenda uit de kleedkamer, en Celia sprong overeind.

'Hé, hé, hé!' riep ze. Ze gaven elkaar de high five en een knuffel.

Ik ging naast hen staan. Ik voelde me overbodig en onzeker terwijl Celia opgetogen over de wedstrijd praatte. Andere studentes die langskwamen, feliciteerden Brenda ook. Als ik niet al eerder het gevoel had gehad dat ik er voor spek en bonen bij liep, dan was dat nu zeker het geval.

'Wat vond jij ervan, zusje?' vroeg Brenda ten slotte.

'Je was fantastisch, Brenda. Ik heb je nog nooit zo goed zien spelen.'

Ze lachte en omhelsde me snel. Toen sloegen zij en Celia hun armen om me heen en gedrieën liepen we naar buiten.

'Ik rammel van de honger,' verklaarde Brenda.

'Wij ook,' zei Celia. 'Doheny's?'

'Denk je dat je-weet-wel-wie daar al klaar voor is?'

'Natuurlijk, waarom niet?' antwoordde Celia. 'Het is een soort ontmoetingsplaats,' legde ze uit.

Ontmoetingsplaats voor wie? had ik willen vragen, maar we waren er gauw genoeg om het te ontdekken.

Er was geen man te bekennen.

En iedereen hier wist wie Celia en Brenda waren. Wat me opviel aan de bar en het restaurant behalve de afwezigheid van mannen, was dat de vrouwen hier niet op studentes leken. De meesten zagen er ouder uit, sommigen veel ouder.

'Wilde je niet ergens naartoe om het met je team te vieren?' vroeg ik aan Brenda.

'Nee, ik voel er niets voor elk ogenblik weer opnieuw te beleven. Het is over en uit. Op naar het volgende.'

We hadden een tafeltje achteraan in de rechterhoek gekozen, waar we uitzicht hadden op de drukke bar. Brenda en Celia bestudeerden het menu.

'Waar heb je trek in?' vroeg Celia haar.

'Ik zou me ongans kunnen eten. Ik neem de Philadelphia steak-sandwich. Ik weet dat jij de oosterse kipsalade gaat bestellen.'

Celia lachte en boog zich naar haar voorover. 'Je kent me te goed.'

Brenda glimlachte naar haar zoals ze nog nooit naar mij had gedaan of zelfs naar papa in zijn goede tijd. Ze legde haar menu neer, en ze raakten elkaars hand aan.

'Je was verbluffend,' vervolgde Celia. 'Soms dacht ik echt dat je geleerd had om te vliegen.'

'Heb je gezien hoe die grote, lelijke blonde me met haar ellebogen bewerkte?'

'Ja.'

'Helaas zag de scheidsrechter het niet,' mompelde Brenda.

'Heb je pijn? Ik zal er later wat van die zalf op smeren, als je wilt.'

'Het gaat best. Voor het eind van het derde kwartier gooide ik de bal erin, en dat hield haar een tijdje van mijn lijf.'

'Ik had op willen springen om zelf tegen de scheidsrechter te schreeuwen,' zei Celia.

Brenda lachte. 'Ja, jij komt het veld op om tegen iemand te gaan schreeuwen...'

Ik had het gevoel dat ik buiten stond en naar binnen keek of misschien zelfs onzichtbaar was. Misschien was ik verdwenen.

'Ik dacht dat we meteen na de wedstrijd mama zouden bellen,' kwam ik tussenbeide toen het een moment stil was.

Ze keken me allebei aan alsof ze zich nu pas realiseerden dat ik er ook nog was.

'Ze heeft gelijk. Bestel jij maar voor me. En tapbier. Ik ga naar de telefoonautomaat,' zei Brenda en stond op. Ze keek me aan. 'Wil jij haar ook spreken?'

'Ja, natuurlijk.'

'Wat wil jij eten?' vroeg Celia.

'Dezelfde salade als jij,' antwoordde ik en volgde Brenda naar de achterkant van het restaurant, waar zich de toiletten en de telefoon bevonden. Brenda zocht in haar zak naar een muntje en begon ons nummer in te toetsen. Ik stond naast haar te wachten.

Een vrouw met ultrakort geknipt zwart haar, een oorbel bungelend in haar rechteroor, en een tatoeage van een ketting die gemaakt was van iets dat op slangenleer leek om haar hals, kwam uit het toilet. Ze moest langs ons heen en duwde me letterlijk achteruit. Brenda keek haar woedend aan en richtte haar aandacht toen weer op de telefoon.

'Mama. We hebben gewonnen!' zei ze. 'Met twee punten. Ik heb het laatste punt gemaakt.' Ze luisterde. 'Gaat het goed met je? Je klinkt zo slaperig. O. Nou ja, ik had je niet veel eerder kunnen bellen. Ze staat naast me. Het gaat haar prima.' Ze keek naar mij. 'Ze komt eraan. Ik bel je morgenochtend. Ja. Oké, mama.'

Ze overhandigde me de telefoon en liep weg.

'Hoe gaat het, mama?' vroeg ik haastig.

'Goed, April. Dus het was spannend?'

'Ja, en Brenda was de ster.' Ik zag haar teruglopen naar de tafel, waar de serveerster de glazen bier bracht.

'Ik ben zo blij dat je erbij was, lieverd, zo blij.'

'Ik wou dat jij erbij geweest was, mama.'

'Ik ook. Maar het was belangrijk dat jij er was. Rij voorzichtig,' voegde ze eraan toe.

'Ik spreek je morgenochtend als we zijn opgestaan. Ik vertrek meteen na het ontbijt.'

'Je hoeft je voor mij niet te haasten, April.'

'Ik wil het, mama.'

'Oké, lieverd. Veel plezier. Welterusten, mevrouw Panda,' zei ze en hing op.

Ik bleef met de telefoon in mijn hand staan. Mevrouw Panda? Waarom noemde ze me zo?

Brenda en Celia zaten te lachen toen ik terugkwam. Ze klonken met hun glazen, en ik ging zitten.

'Wil je een cola of een frisdrank of iets anders?' vroeg Brenda.

'Alleen een glas koud water,' antwoordde ik. Ze trok haar wenkbrauwen op en keek naar Celia. 'Ik denk dat jij een betere invloed op haar hebt dan ik heb gehad. Ze bestelt een salade en een glas water?'

'Niemand heeft enige invloed op me,' zei ik bits. 'Het is wat ik zelf wil.'

Ze keken naar mij, naar elkaar en begonnen toen te lachen.

Ik wou dat ik thuis was.

'Mama zei iets heel vreemds tegen me,' flapte ik eruit om ze het zwijgen op te leggen.

'Hoe bedoel je?' vroeg Brenda, die ophield met lachen. 'Wat zei ze?'

'Ze zei: "Welterusten, mevrouw Panda."'

'Mevrouw Panda? Wat is dat?'

Brenda zette haar glas neer. 'Zo noemde mijn vader haar toen ze klein was, zijn kleine panda. Hij kocht een knuffelpanda voor haar, en die beschouwde ze daarna altijd als haar vriendje,' legde Brenda uit.

'O, wat lief.'

'Maar waarom noemde ze me zo?'

'Ze was vast alleen maar sentimenteel en wilde aardig zijn,' opperde Celia.

Hoe kwam het dat ze zoveel over ons wist, hoe we ons voelden?

160

Het ging haar niets aan. Ze wilde mijn hand pakken en ik begon die al terug te trekken, maar ze greep hem stevig beet en hield hem vast.

'Je moeder ziet je opgroeien, April. Jij was de benjamin van de familie, en je groeit op, wordt een jonge vrouw, wilskrachtig en zelfstandig. Het maakt haar gelukkig, maar ook triest. Het maakt gewoon deel uit van wat het betekent om een moeder, een ouder te zijn,' legde ze uit.

'Hoe weet je dat? Jij bent geen ouder.' Ik wilde er bijna aan toevoegen: *en dat zul je waarschijnlijk ook nooit worden,* maar ik deed het niet.

'Basispsychologie, lieverd. Je zult het zien.' Ze liet mijn hand los en gaf er een klopje op.

Ik keek even naar Brenda. Ze leek gefascineerd door Celia. Ze staarden elkaar lange tijd aan, en toen werd het eten geserveerd. Een paar andere vrouwen kwamen naar ons tafeltje toe en feliciteerden Brenda met de wedstrijd. Ze hadden erover gehoord en ook over haar prestaties. Ik merkte hoe ze naar Celia keken, die kwaad terugkeek en als een waakhond elke aanraking, elke omhelzing en kus observeerde.

'Wie zijn die mensen?' vroeg ik fronsend toen we weer alleen waren.

Ze lachten allebei.

'Wat is er zo grappig?'

'De manier waarop je dat vroeg,' antwoordde Celia. 'Sommigen werken op de universiteit op kantoor. Die vrouw aan het eind van de bar is een toneel- en spraakinstructrice, mevrouw Formier. De anderen werken hier in de omgeving.'

'Waarom gaan jullie niet naar een restaurant waar andere studenten komen?'

'We voelen ons hier op ons gemak,' zei Brenda. Ze keek even naar Celia, en ik ving een kort knikje op. 'Hoor eens, April, ik denk dat je nu oud genoeg bent om het te begrijpen. Celia en ik…'

'Ik wil het niet horen!' Ik schreeuwde het bijna.

'Wát?'

'Ik ben moe. Ik ga naar mijn kamer.'

Ik sprong op en liep de bar uit.

'April!' riep Brenda me na, maar ik bleef doorlopen. Het was of ik geen adem meer kreeg. De koude avondlucht trof me als een klap in het gezicht, en ik liep op een drafje verder. Ik voelde de tranen over mijn wangen stromen en langs mijn kin druipen voor ze wegwaaiden in de wind. Ik wist niet zeker of ik in de juiste richting liep, maar ik liep toch door. Toen ik een bocht om was, bleef ik staan om op adem te komen. Ik hoorde Brenda snel achter me aan komen. Ze riep me, en ik draaide me om.

'Wat haal jij je verdomme in je hoofd?' wilde ze weten terwijl ze, langzaam nu, naar me toekwam.

'Het beviel me daar niet,' zei ik. 'En ik mag Celia niet. Ze denkt dat ze alles weet. Vooral over onze familie!' gilde ik.

'Kalm een beetje, April,' beval Brenda.

Ik sloeg mijn armen over elkaar en draaide haar de rug toe.

'Je gedraagt je als een verwend, humeurig kind.'

'Dat ben ik niet, en noem me geen kind. Dat zou zíj zeggen. Ik ben zestien! Een jonge volwassene!'

Ik kon het niet helpen dat ik schreeuwde. Als een opgerolde lont die aan een tijdbom is bevestigd, had ik geweten dat ik vroeg of laat zou ontploffen tijdens mijn bezoek, en nu was het zover.

'Gedraag je dan als een volwassene,' zei ze. Toen verzachtte haar gezicht. 'Oké. Ik begrijp het. Dit gebeurt allemaal te snel; er komt te veel op je af.'

Ik zei niets.

'Kom, dan lopen we terug naar de kamer.' Ze sloeg linksaf. 'Deze kant op. Je liep in de verkeerde richting.'

'Dat kon me niet schelen. Ik wilde daar gewoon weg.'

Een tijdlang liepen we zwijgend naast elkaar. Eén keer keek ik achterom, of Celia ons volgde, maar ik zag haar niet. Ik was eindelijk alleen met mijn zus.

'De meeste mensen kunnen er niets aan doen dat ze zijn wie en wat ze zijn,' begon ze. 'Ik weet ook dat de meeste mensen weigeren dat te geloven. Ze willen anderen de schuld geven van de dingen die ze doen of wie ze zijn geworden. Om te beginnen is het niet juist om voor rechter te willen spelen, en verder komt hun woede of intolerantie meestal voort uit pure onwetendheid.

'Ik wist dat je een hoop geplaag en pesterijen moest verdragen vanwege mij. Je hebt je er bij mama of papa of zelfs bij mij nooit over beklaagd, en daarom was ik erg trots op je.'

Mijn hart bonsde. Zo had Brenda nog nooit tegen me gesproken.

162

Alles bleef altijd onverwoord, opgeborgen in een kast of een koffer, woorden die zelfs niet gefluisterd mochten worden, gedachten die verjaagd moesten worden als lastige insecten. En nu was Brenda bezig de kasten, de koffers, te openen. Maar ik wilde mijn handen voor mijn oren slaan en gillen: *Hou op! Hou op! Hou op! Ik wil het niet horen!*

'Vóór Celia ben ik nooit met een meisje geweest,' ging ze verder. 'Ik wist dat ik gevoelens had die me verschillend maakten van de andere meisjes, maar ik zocht mijn heil in mijn sport en negeerde ze zoveel mogelijk. Toen ik jonger was, probeerde ik ze te ontkennen. Ik maakte afspraakjes met jongens, zoals je weet, en ik kan niet beweren dat het allemaal missers waren. Sommige jongens – de meesten eigenlijk – waren heel aardig. Denk niet dat ik niet overhooplag met mezelf als ik een relatie niet wilde voortzetten, maar voor mij was het altijd een wandeling door een doodlopende straat.

'Toen ik naar de universiteit ging, verwachtte ik niet dat het anders zou zijn. Celia gelooft dat het zo moest zijn dat we elkaar ontmoetten, vooral op dit speciale tijdstip in ons leven.

'Zij had twijfels over zichzelf, en haar puberteit verliep ongeveer net als de mijne. Zij had dezelfde vragen als ik over zichzelf. We verwachtten beslist niet dat dit zou gebeuren.

'De waarheid, April, is dat ik een kamer met haar wilde delen zodra ik haar zag, en niet omdat ik verliefd op haar werd. O, nee. Door alleen maar naar haar te kijken dacht ik dat ze precies het tegenovergestelde was van mij en dat een samenzijn met haar me op de een of andere manier zou veranderen. Stel je mijn verbazing voor toen ik ontdekte wie ze werkelijk was en wat ze werkelijk voelde.

'Ik weet wat je denkt,' zei ze, terwijl ze zich naar me omdraaide. 'Je denkt: *Ik wou dat wat mijn zus tegen me zegt, ze tegen me zou zeggen over een knappe student.*'

Ik zei niet ja en ik zei niet nee. Ik voelde me te veel in de war om iets te zeggen en ook bang dat ik de verkeerde woorden zou kiezen, dat ik dit zeldzame, mooie moment tussen ons zou bederven, een moment waarin ik voelde dat we echt zusters waren.

Ze bleef doorlopen.

'Misschien wenst een deel van me hetzelfde. Ik weet het niet. Maar ik weet wel dat ik met Celia niets van dat oude schuldbesef voel. Ik vermijd het niet om naar mezelf te kijken. Ik schaam me niet omdat ik me goed voel.'

'Weet je,' ging ze verder, terwijl ze weer bleef staan, 'toen papa zo streng tegen ons was, dacht ik dat hij extra streng was voor mij omdat hij wist wie ik was voordat ik het wist en dat hij het ook op jou en mama afreageerde. Of het misschien op zichzelf afreageerde, het zichzelf kwalijk nam dat hij me toestond te doen wat sommige ouderwetse mensen de bezigheden zouden noemen van een jongensachtig meisje, me zelfs daarin aanmoedigde.

'En toen hij wegliep, was ik ervan overtuigd dat ik de enige oorzaak daarvan was. Weet je hoeveel slapeloze nachten ik heb doorgebracht met daarover te piekeren? Ik zou het niemand durven bekennen, maar ik voelde me eigenlijk opgelucht toen we de ware reden ontdekten waarom hij ons in de steek had gelaten, hoe verschrikkelijk die reden ook was. In ieder geval was het niet mijn schuld. Begrijp je?'

Ik knikte.

'In ieder geval,' ging ze verder, terwijl ze weer begon te lopen, 'had ik na zijn dood het gevoel dat ik verlost was van mijn ketenen. Ik was niet van plan een wild leven te gaan leiden of zo. Ik was domweg gestopt met alle ontkenning. Een dag daarna bekeek ik me in de spiegel en zei: *Brenda, dit is wie je bent. Doe ermee wat je wilt, maar ga door met je leven.*'

'Wat weet mama?' vroeg ik.

Lange tijd gaf ze geen antwoord, en toen bleef ze staan.

'Ik weet het niet zeker, April. Soms betrapte ik haar erop dat ze met zoveel medelijden naar me keek, dat ik bijna moest huilen, en soms zag ik dat ze me vol bewondering aankeek. Maar hoe dan ook, ik vind dat het tijd wordt om net zo eerlijk te zijn tegen haar als ik tegen jou ben. Het is iets dat ik moet doen, iets waarvoor ik de kracht moet vinden.'

'Mama vindt je erg sterk. Celia ook, en ik ook.'

'Ik kan goed de schijn ophouden. Iemand heeft eens geschreven dat je voorzichtig moet zijn met wie je pretendeert te zijn, want dat is degene die je zult worden. Misschien gaat dat inderdaad op voor mij. Ik weet het niet. Toen ik pas hoorde dat jij alleen hierheen zou komen, was ik tegelijk kwaad en blij,' bekende ze.

'Hoe kan dat allebei?'

'Ik dacht dat als je met mama kwam, jullie tweeën vaak genoeg bij ons vandaan zouden zijn om in het duister te blijven tasten wat

164

betreft mij en mijn identiteit, en de façade, de ontkenning, kon blijven bestaan. Het was gemakkelijker om niets te hoeven toegeven. Maar er was en is een deel van me, April, dat eerlijk wil zijn, en ik dacht bij mezelf: misschien, heel misschien, was dit het moment dat ik me aan jou zou kunnen blootgeven. Ik was bang. Daarom was ik een tijdje zo kwaad. Celia bleef erop aandringen dat ik je alles moest vertellen. Natuurlijk had ze, heeft ze, gelijk. Ik heb het niet goed aangepakt. Wíj niet. Ik kan begrijpen waarom je daar zo overstuur raakte. Het spijt me.'

Ze stak haar hand uit en streek mijn haar naar achteren, zoals mama altijd deed.

'Denk je dat ik op jou ga lijken, Brenda?'

Ze onderdrukte een glimlach. 'Is dat wat je het meest dwarszit?'

'In zekere zin wel, ja.'

'Ik weet het niet, April. Het zou heel gemakkelijk of eenvoudig zijn om nee te zeggen, maar ik wist het niet van mezelf, dus hoe zou ik kunnen voorspellen wat er met jou gaat gebeuren? Je zult je eigen gevoelens moeten onderzoeken en die leren begrijpen. Ik geloof niet dat je net zo hoeft te worden als ik omdat ik niet geloof dat het iets met erfelijkheid te maken heeft, maar ik weet het niet.'

Ik knikte. 'Ik geloof dat ik me daar echt als een kind heb gedragen. Het spijt me.'

'Niet nodig,' zei ze.

Ze sloeg haar arm om me heen en lange tijd liepen we zonder een woord te zeggen verder. Ik voelde dat ze me niet alleen omhelsde met haar arm, maar ook met haar hart. Ze had me haar innerlijke gevoelens en ontdekkingen toevertrouwd. Ze had zich blootgegeven op een manier zoals ze nog nooit had gedaan in ons hele leven samen. We waren als zusters nog nooit zo intiem geweest als op dit moment, en toch had ik ook het gevoel dat we in een ander opzicht verder van elkaar verwijderd waren. Ik moest een kloof overbruggen van misverstanden over mezelf en over haar voor we in alle oprechtheid konden zeggen dat we elkaar accepteerden. Daar was tijd voor nodig, en misschien, heel misschien zou het nooit gebeuren.

Celia stond voor het studentenhuis op ons te wachten. 'Hé,' riep ze. 'Wat is er met jullie gebeurd? Ik begon me al ongerust te maken.'

'We hebben een kleine omweg gemaakt,' legde Brenda uit. Celia knikte en draaide zich naar me om.

'Het spijt me als ik je daar een ongemakkelijk gevoel heb gegeven,' zei ze.

'Nee, het is in orde.'

'O?' Ze keek naar Brenda en wist ogenblikkelijk wat er zich tussen ons had afgespeeld. 'Mooi. Ik ben moe, en ik heb geen seconde gespeeld in die afmattende wedstrijd, dus kan ik me nauwelijks voorstellen hoe jij je moet voelen.'

'Moe. Laten we allemaal gaan slapen,' zei Brenda. 'We kunnen morgenochtend samen ontbijten en April dan misschien een paar van onze gezelligere gelegenheden laten zien.'

'Ik denk dat ik liever meteen na het ontbijt naar huis ga. Ik maak me ongerust over mama,' zei ik.

Brenda knikte. 'Goed. Volgend weekend komen wij ook en dan zullen we haar zover zien te krijgen dat ze weer met ons uit eten gaat.'

Een paar meisjes en hun vriendjes zaten in een groepje op een bank en een paar stoelen in de hal. Toen we binnenkwamen, riep een van de jongens. 'Prachtige wedstrijd.'

'Dank je,' riep Brenda terug, en we liepen de trap op naar de kamers. 'Alles in orde?' vroeg ze me bij de deur van mijn kamer. 'Comfortabel genoeg?'

'O, ja. Ik ben echt blij dat ik gekomen ben, Brenda.'

'Ik ook,' zei ze, en we omhelsden elkaar. Celia keek toe in de deuropening. Ze glimlachte naar mij, en ik wenste haar goedenacht en ging mijn kamer binnen.

Had ik ooit een langere, meer gecompliceerde dag gehad? Zelfs dit heel simpele bed in dit spartaanse hok van een kamer zag er uitnodigend uit. Ik was blij dat ik erin kon gaan liggen en mijn ogen sluiten. Ik kon Celia en Brenda horen praten, maar hun stemmen waren zo gedempt en zacht, dat ik er geen touw aan vast kon knopen. Ik hoorde lachen en toen werden ze heel stil.

Even voelde ik me verstrikt in een tegenstrijdigheid. Ik was blij voor Brenda. Ze had kennelijk een innerlijke rust en tevredenheid gevonden. Maar ik was ook jaloers op haar. Ze leek nu alles te hebben: haar grote sportieve talent en iemand met wie ze dat kon delen, met wie ze misschien de rest van haar leven kon delen. Ze had zichzelf gevonden, en voelde zich volkomen op haar gemak met zichzelf.

Zou ik dat ooit kunnen? Wat wachtte me werkelijk in de toekomst? Met welke onthullingen, ontdekkingen, bewustwordingen zou ik geconfronteerd worden? En zou ik me ooit zo op mijn gemak en zo tevreden voelen met wie ik was als Brenda nu?

Ik vroeg me af hoe het met mama zou gaan. Wat wist ze echt? Hoe zou ze dit onder ogen kunnen zien met al die andere dingen die haar belastten? Ik maakte me ongerust over haar. Misschien zou dit gewoon te veel zijn. Misschien moest Brenda niet zo openhartig zijn tegen haar. Was het niet beter dit alles geheim te houden tot mama sterker was? Ik besloot het de volgende ochtend met Brenda te bespreken.

Ik dacht dat ik heel lang wakker zou liggen, maar ik viel in slaap, en Brenda moest me wakker maken. Ze was al aangekleed en stond naast mijn bed, schudde me zachtjes heen en weer.

'Hé, slaapkop. Sta op en ga je aankleden. We hebben honger.'

Ik wreef de slaap uit mijn ogen en keek om me heen. Ze moest lachen om de verwarring op mijn gezicht.

'Was je vergeten waar je bent?'

'Ja, heel even. Hoe laat is het?'

'Het is al negen uur geweest. Wij hebben ons ook verslapen. Meestal zijn we om acht uur op. We wachten beneden op je,' zei ze en ging weg.

Ik waste me en kleedde me zo snel mogelijk aan. Brenda en Celia zaten op een bank met een ander meisje te praten toen ik beneden kwam. Het meisje had kort lichtbruin haar en haar bril stond op het puntje van haar neus. Ze keek erover heen terwijl ze met Brenda en Celia praatte. Ze had een aantekenboekje in de hand, waarin ze had zitten schrijven.

'Dit is Marsha Graystone,' zei Brenda, en stelde ons aan elkaar voor. 'Ze is redactrice van de universiteitskrant.'

'Hallo,' zei ik.

'Wat vind je van je zus?' vroeg ze op strenge toon. Ze hield haar hand met de pen in de aanslag, alsof ze alles wat ik zei woordelijk wilde opschrijven. Ik keek even naar Brenda en Celia, die allebei lachten.

'Ik vind haar geweldig,' zei ik.

'Waarom?' vervolgde ze als een aanklager in een rechtszaal.

'Waarom?' Ik keek weer naar Brenda. 'Omdat ze, wat je ook van haar denkt of verwacht, je altijd zal verrassen,' antwoordde ik.

'Prachtig!' riep Marsha uit en schreef ijverig in haar boekje.

'Ik ben uitgehongerd,' verklaarde Celia, en stond op. Ze gaf me een arm. 'Kom, we trakteren je op een Mom's Kitchen Breakfast met alles erop en eraan. Eieren en spek en beschuitbollen en ham.'

'Wil je dat allemaal opeten?' vroeg Brenda sceptisch.

'Vandaag wel,' zei Celia. 'Tot ziens, Marsha,' riep ze achterom, terwijl ze met mij naar de deur liep. Brenda volgde lachend.

Mom's Kitchen was een klein restaurant dat was ingericht als een wegrestaurant. Er was ook een echte Mom, die toezicht hield op de kok, die alles ter plekke bereidde. Alles rook zo heerlijk, dat ik onwillekeurig honger kreeg. Deze keer keek Brenda me niet afkeurend aan toen ik een greep deed naar de beschuitbollen en de jam. Er heerste een plezierige luchthartige sfeer tussen ons drieën. Ik barstte in een hysterische lachbui uit toen ze Marsha Graystone imiteerden. Vooral Celia deed het voortreffelijk.

'Wat vind je van je zus?'

We moesten erom lachen en om nog veel meer. Voor het eerst sinds mijn komst hier voelde ik me meer dan welkom. Ik wilde echt graag langer blijven, maar ik maakte me ook zorgen over mama. Toen we hadden ontbeten, ging ik naar de telefoon en belde haar. De telefoon bleef overgaan, maar ze nam niet op.

'Wat is er?' riep Brenda vanaf de tafel.

Ik schudde mijn hoofd. 'Ze neemt niet op.'

'Heb je wel het goede nummer? Probeer het nog eens,' zei ze.

Ik deed het, maar weer bleef de telefoon overgaan zonder dat mama opnam. Brenda, die nu zelf bezorgd was, belde zelf en luisterde met de telefoon in haar hand naar het constante gerinkel.

'Misschien is ze naar de dokter of zo,' opperde Celia.

'Ik heb de auto,' merkte ik op.

'Misschien heeft ze een taxi genomen.'

'Mama? Dat betwijfel ik.'

'Laten we teruggaan naar de kamer en daar nog eens bellen. Het zal echt wel niets zijn. Ze kan onder de douche staan,' zei Celia.

Brenda en ik wisselden een bezorgde blik, maar deden wat ze zei.

'Weet je,' zei Celia toen we terugliepen, 'nu jij de wedstrijd hebt bijgewoond en er geen druk meer op haar wordt uitgeoefend om hiernaartoe te komen, voelt ze zich waarschijnlijk beter en is ze uitgegaan. Misschien heeft ze een vriendin gebeld.'

'Hoe kun je dat nou zeggen? Omdat ze zoveel problemen had om het huis te verlaten en ergens heen te gaan, zei je dat ze agorafobie kreeg, toch?' vroeg ik.

'Ja, maar dat was maar een vermoeden. Ik ben niet zo deskundig…'

'Ik heb het opgezocht,' bekende ik. 'Ze wordt zo. Precies zo.'

Brenda werd nog bezorgder. We belden weer zodra we in het studentenhuis waren, en weer ging de telefoon over en over, maar mama nam niet op.

'Ik ga meteen naar huis,' zei ik.

Brenda en Celia keken elkaar aan.

'Ik weet zeker dat ze gewoon is uitgegaan, Brenda,' zei Celia. 'Oké,' ging ze verder, voordat Brenda kon reageren. 'We rijden achter April aan in mijn auto als je moeder nog steeds niet opneemt als April klaarstaat om te vertrekken.'

'Goed,' zei Brenda.

Ik ging naar boven en pakte mijn spullen. Ik deed het zo gauw mogelijk, maar dat deed er niet toe. Ongeruster dan ze had willen toegeven, stond Brenda in de gang op me te wachten, en ik zag onmiddellijk aan haar gezicht dat er iets heel erg mis was.

'Wat is er?'

'Ik heb Dora Maxwell gebeld en haar gevraagd bij mama te gaan kijken.'

Mevrouw Maxwell was onze buurvrouw. Zij en haar man woonden daar al net zo lang als wij.

'En?'

'Ze is meteen naar ons huis gegaan en heeft me daar gebeld.'

'Wat zei ze?' vroeg ik. Ik had het gevoel dat ik elk woord uit haar mond moest trekken.

'Ze zei: "Brenda, kom zo gauw mogelijk thuis."'

'Waarom?'

'Dat weet ik niet precies.'

'Waarom niet?'

'Ze kon niet praten.'

'Waarom niet?'

'Ze kon niet ophouden met huilen.'

11. Rust in vrede

Brenda reed in mijn auto, en Celia volgde ons tijdens onze rit naar huis. Net als mevrouw Maxwell kon ik geen woord uitbrengen, alleen huilde ik niet. Mijn keel zat dichtgeknepen en ik voelde een zware druk op mijn borst. Ik zat stil uit het zijraam te staren naar het voorbijglijdende landschap. Telkens als ik naar Brenda keek, zat ze over het stuur gebogen alsof ze de auto wilde dwingen nog harder te rijden. Ik geloof niet dat ze besefte hoe gespannen haar hals en schouders waren. Nu en dan keek ik achterom naar Celia, die probeerde ons bij te houden.

'Ga jezelf alsjeblieft geen verwijten maken,' zei Brenda op een toon die me deed afvragen of ze hardop praatte tegen zichzelf of dat ze het tegen mij had. 'Doe dat niet.'

'Me verwijten maken waarover, Brenda?' vroeg ik met trillende lippen.

'Wat er ook gebeurt. Wat we ook ontdekken als we thuiskomen, April.'

'Wat zullen we vinden, denk je?' vroeg ik, nu openlijk huilend.

Ze gaf geen antwoord. Ze schudde haar hoofd en bleef gespannen over het stuur gebogen zitten. Ze wist meer, ze zei niet zomaar iets. Ik haalde diep adem, sloot mijn ogen en leunde achterover. *Het doet er niet toe wat ze zegt. Wat er ook gebeurd is, het is mijn schuld,* dacht ik. Ik wist dat ik mama niet alleen had moeten laten. Ik wist het zodra ik wegreed. Maar ik was veel te opgewonden dat ik in mijn eentje naar de campus van een universiteit zou rijden.

Ik beefde inwendig terwijl ik probeerde me voor te stellen wat ons te wachten zou staan. De donkere wolken in de verte waren een slecht voorteken, dacht ik. Het begon te motregenen toen we bij Hickory waren, en toen we bij het huis arriveerden, regende het hard. Mevrouw Maxwell had kennelijk bij het raam aan de voorkant op ons staan wachten en deed de deur open zodra we over de oprit reden. Ze had haar jas aan en een plastic regenhoedje op.

Brenda aarzelde even voor ze het portier opendeed, en ze stapte niet uit.

'Ze is met de ambulance naar het ziekenhuis gebracht,' zei mevrouw Maxwell, die haastig naar ons toeliep. Ze maakte het achterportier open en stapte vlug in.

Celia stapte uit haar auto en kwam naar ons toe. 'Wat is er gebeurd?'

'We gaan naar het ziekenhuis,' zei Brenda. 'Ze is er met de ambulance naartoe gebracht. Stap in.'

Celia ging achterin naast mevrouw Maxwell zitten en we reden de oprit af en draaiden de snelweg op.

'Toen je me gebeld had, ben ik naar jullie huis gegaan en heb aangebeld,' begon mevrouw Maxwell. 'Ik heb een hele tijd staan wachten en kloppen. Ik keek door de ramen en zag geen licht branden en ik zag ook je moeder niet. Ik was bijna weer teruggegaan, omdat ik dacht dat ze misschien niet thuis was, maar ik herinnerde me dat je me verteld had dat April de auto had. Natuurlijk had iemand haar kunnen afhalen.' Ze ratelde maar door, bang voor de stilte. 'Ik bedacht dat de achterdeur misschien open zou zijn, en dat was ook zo. Ik liep naar binnen en riep en riep, en toen ben ik verder het huis ingegaan en ten slotte heb ik in de kamer van je moeder gekeken.

'Eerst dacht ik dat ze sliep. Ik was bijna weer omgedraaid en naar huis gegaan, maar ik merkte dat haar rechterarm buiten het bed bungelde en dat vond ik vreemd, dus riep ik haar. Ik riep heel hard, maar ze gaf geen antwoord. Ik ging naar haar toe en schudde haar door elkaar. Haar ogen gingen niet open, maar ik dacht niet dat ze... dat ze... was overleden. Ik had nog nooit iemand gezien die zo bleef liggen zonder wakker te worden. Ik dacht dat ze in een coma was of zo. Toen belde jij. Het gerinkel van de telefoon bezorgde me bijna een hartverlamming. Het spijt me dat ik zo onsamenhangend was.

'Zodra we hadden opgehangen zag ik het flesje met slaappillen en besefte dat het leeg was en dat ze er misschien te veel had ingenomen. Ik belde het alarmnummer, en de ambulance was hier al heel snel. De ziekenbroeders konden haar ook niet wakker krijgen, dus namen ze haar mee naar het ziekenhuis. Ik vertelde dat jullie kwamen en dat ik op jullie zou wachten.

'Ik weet niet wat ik ervan moet denken. Ik weet niet wat ik er nog meer over kan zeggen,' eindigde ze.

Brenda zei niets.

'Ze is op het idee gekomen door wat ik haar vertelde over mijn moeder,' zei Celia plotseling.

Brenda maakte een grimas en keek naar haar in de achteruitkijkspiegel. 'Doe niet zo belachelijk, Celia. Je moeder was niet de eerste die daaraan dacht.'

'Dat weet ik, maar…'

'Hoor eens, iedereen moet ophouden met een manier te zoeken om zichzelf de schuld te geven!' schreeuwde Brenda.

Het leek een explosie. Niemand haalde hoorbaar adem.

'Jij zou toch zeker moeten weten hoe gecompliceerd deze situatie is,' ging ze op kalmere toon verder.

'Ik weet het,' zei Celia. 'Het spijt me.'

Ik voelde dat ik dichtklapte. Ik wou dat ik een schildpad was en mijn kop kon intrekken en verbergen onder mijn schild. Ik wou dat ik wie dan ook was, behalve wie ik was. Het was bergafwaarts gegaan met ons gezin sinds papa veranderd was in Mr. Hyde. Hoe we ook ons best deden, we konden er niet aan ontkomen. Geen van ons had een keus gemaakt, een beslissing genomen, om dit alles te laten gebeuren. Pech was op een dag onze straat in geslenterd, had ons huis en ons bekeken, en gedacht: *Dat ziet er goed uit. Deze mensen zullen weten hoe machtig ik kan zijn,* en toen, als een schaduw die valt als een wolk voor de zon drijft, omcirkelde Pech ons huis, liet zich erin zinken en verdronk ons in duisternis, teleurstelling en verslagenheid. Pech was er nog steeds. Ik voelde alle kracht uit me verdwijnen toen we het parkeerterrein van het ziekenhuis opreden, zo dicht mogelijk bij de Spoedeisende Hulp. Ik wist niet of ik me voldoende zou kunnen vermannen om uit de auto te stappen.

Brenda zette de motor af, haalde diep adem en knikte. We stapten allemaal uit en volgden haar naar de ingang van de Spoedeisende Hulp.

'Vreselijk, vreselijk,' mompelde mevrouw Maxwell naast me. Ze hield mijn elleboog zo stevig vast dat het pijn deed, maar ik zei niets.

De enorme hoeveelheid mensen in de wachtkamer deprimeerde ons. Er stond een rij voor de balie zoals je zou kunnen vinden in een postkantoor of een bank. Er waren mensen die keken of ze pijn hadden en mensen die er gewoon zielig uitzagen. Als je om wat voor reden ook medelijden gaat krijgen met jezelf, zou je naar de Spoedeisende Hulp van een ziekenhuis moeten en kijken naar de mensen die daar wachten.

Brenda kreeg een ziekenbroeder in het oog die naar de deur liep. Snel liep ze naar links en hield hem tegen.

'Hebt u toevallig mijn moeder vandaag opgehaald?' vroeg ze. 'Mevrouw Nora Taylor, North Castle Drive 777?'

Hij keek naar mij en Celia en mevrouw Maxwell en knikte.

'Ja,' zei hij. 'Ze werd onmiddellijk naar de onderzoekkamer gebracht.'

'Met wie kunnen we even praten?' vroeg Brenda weer.

Hij keek naar de balie en de rij en knikte toen en zei: 'Volgt u mij maar.'

We volgden hem door de deur, de gang op. Een patiënt lag op een stretcher in de gang; de rechterkant van zijn gezicht was verbonden, en het oog was bedekt. Hij lag met zijn gezicht van ons afgewend. Een verpleegster kwam uit een van de onderzoekkamers, en toen verscheen een arts links van ons, en de ziekenbroeder liep naar hem toe.

'Dokter Mallen, deze mensen zijn familie van de vrouw die we een uur geleden hebben binnengebracht, mevrouw Taylor.'

De dokter keek naar ons en knikte naar de ziekenbroeder. 'Komt u mee, alstublieft,' zei hij, met een knikje naar de lege onderzoekkamer.

Hoe ik nog kon lopen of zelfs maar overeind blijven staan, weet ik niet meer. Mijn lichaam voelde vreemd afstandelijk, zwevend. Brenda liep op haar gebruikelijke vastberaden manier snel naar binnen, met Celia naast zich.

'U bent?'

'Ik ben Brenda Taylor, en dit is mijn zus, April,' zei ze, met een knikje naar mij. 'Mevrouw Maxwell heeft mijn moeder gevonden, en dit is mijn beste vriendin,' voegde ze eraan toe, wijzend naar Celia.

'Uw moeder heeft een grote dosis slaappillen genomen,' begon hij. 'Zodra ze binnen werd gebracht, hebben we een endotracheale buis aangebracht en zijn we begonnen haar maag leeg te pompen, maar er was al te veel tijd verstreken, vrees ik,' zei hij met de emo-

173

tie van iemand die vertelt dat de lamp in de gang het niet doet. Daarom reageerden we eigenlijk geen van allen. We staarden hem aan in de verwachting van een volgende zin. Hij nam ons aandachtig op en vroeg toen: 'Heeft ze weleens geprobeerd zelfmoord te plegen?'

'Nee,' antwoordde Brenda.

'Het spijt me. We hebben alles gedaan wat we konden. Ongeveer twintig minuten geleden is ze overleden,' zei hij, eindelijk enige emotie tonend, zij het werktuiglijk.

Celia ging dichter bij Brenda staan en pakte haar arm.

'Ik vind het heel erg voor u,' vervolgde de dokter. Hij keek zelfs een beetje bang en wipte van de ene voet op de andere. 'Ik kan een van de counselors van het ziekenhuis laten komen, als u dat wilt, om enige steun te geven,' voegde hij eraan toe, met een blik op de deur.

'Waar is ze?' vroeg Brenda. 'Waar is mijn moeder?'

'Ze ligt nog in kamer drie,' antwoordde hij. 'Er gebeurt zoveel tegelijk op het ogenblik, we lopen erg achter, en…'

Brenda draaide zich met een ruk om en liep, met Celia achter haar aan, de kamer uit. Ik keek naar de dokter en toen naar mevrouw Maxwell, die nu openlijk stond te huilen. Toen volgde ik Brenda en Celia de gang door naar kamer drie, waar mama met gesloten ogen op een stretcher lag. Er was nog voldoende kleur in haar gezicht om de indruk te wekken dat ze slechts sliep.

Hij heeft zich vergist, dacht ik. *Ze hebben allemaal een vreselijke fout gemaakt. Mama slaapt alleen maar. Straks wordt ze wakker en vraagt ze zich af waar ze is en hoe ze daar gekomen is. We zullen er allemaal om lachen.*

Brenda stond naar haar te kijken en legde toen zacht haar hand op mama's voorhoofd, alsof ze wilde voelen of ze koorts had. Celia stond met gebogen hoofd naast haar.

'Mama?' zei ik. Het kwam eruit als een oprisping. Ik wist niet eens dat ik het zei.

Celia legde haar arm om mijn schouders en we bleven alledrie zwijgend naar mijn moeder staren, die uit dit leven was weggegleden, weg van de droefheid en de teleurstelling, voorgoed buiten het bereik van Pech, misschien in de hoop papa ergens te ontmoeten waar hij niet langer Mr. Hyde was, waar hij jong en knap en gelukkig was. Beiden zouden ze weer zijn als vroeger, en de dood zou

174

verslagen zijn. Op dat moment kon ik er alleen maar aan denken dat ik haar achterna wilde. Ze deed het allemaal zo gemakkelijk lijken. Brenda boog zich voorover en gaf mama een kus op haar wang. Ze zei: 'Dag, mama. Rust in vrede.'

En toen veranderde dat lichaam van me, dat van een zachte brij tot een geharde gevoelloze spiermassa was verworden, weer in een kleffe brij, en mijn benen weigerden de dienst. Ik had het gevoel of mijn romp erin wegzakte. Ik viel op de grond voordat alles donker werd.

Ik ontwaakte in een andere onderzoekkamer. Een verpleegster stond over me heengebogen, controleerde mijn bloeddruk en mijn hartslag. Ze glimlachte naar me toen mijn ogen opengingen, draaide zich toen om en knikte naar Brenda.

'Het gaat goed met haar,' zei ze.

Het gaat goed met me? Je bedoelt omdat mijn bloeddruk en mijn hartslag normaal zijn, gaat het goed met me? Mijn hele leven gaat weer goed? Mijn moeder is gestorven. Ik ben flauwgevallen en wakker geworden, en dat is alles? Dus maak ik het goed?

Brenda kon mijn gedachten lezen en glimlachte niet en bedankte de verpleegster zelfs niet.

'We moeten naar huis, April,' zei ze. 'Er is van alles te doen. En ik wil proberen om Palaver te bereiken. Kom,' drong ze aan en hielp me overeind.

De kamer draaide om me heen en kwam toen tot stilstand. Ik stapte van de stretcher af, en Celia kwam snel naar me toe om mijn andere arm te nemen.

'Laten we hier zo gauw mogelijk vandaan gaan,' zei Brenda tegen haar.

Het leek haast of we ontsnapten, ontsnapten aan de realiteit van mama's heengaan, ontsnapten aan de ogen en blikken van de medische staf die wist wat voor afgrijselijks er was gebeurd. De mensen in de wachtkamer keken op, denkend dat ik degene was die naar de Spoedeisende Hulp was gebracht.

'Waar is mevrouw Maxwell?' vroeg ik.

'Ze heeft zich door haar man laten halen,' zei Brenda. 'Ze zei dat ze later naar ons huis komt.'

'Hoe lang ben ik bewusteloos geweest?' vroeg ik.

'Niet lang,' zei Celia.

'Is mama dood?' vroeg ik. Ik moest het weer horen, het van hen horen, weten dat het niet maar een nachtmerrie was en er absoluut geen vergissing mogelijk was.

'Ja, April,' zei Brenda. 'Mama is dood.'

Ze hielpen me achter in de auto en ik ging op de bank liggen. Celia reed en Brenda zat voorin, starend naar het dashboard.

'Gaat het een beetje?' vroeg Celia.

Brenda knikte. 'Laten we naar huis gaan,' zei ze.

We reden weg, en ik dacht: *O nee, o nee, we gaan naar huis en mama is er niet. We kunnen haar niet achterlaten.* Ik raakte in paniek.

'We kunnen mama daar niet achterlaten!' riep ik uit.

'Ze zal daar niet lang blijven,' zei Brenda. 'We zullen de aanwijzingen opvolgen die papa ons lang geleden heeft gegeven. Wat we moesten doen in het geval van hun overlijden. Mijn vader was Mr. Efficiëntie,' zei ze tegen Celia.

'Soms, vooral in een tijd als deze, kun je daar dankbaar voor zijn.'

'Nee,' zei Brenda. 'Dat ben ik niet met je eens. Ik modder liever maar wat aan, al lijd ik bij elke stap die ik doe.'

'Zoals spijkers slaan in je eigen lichaam? Wie geeft zichzelf nu de schuld, Brenda?'

Brenda zweeg. Toen draaide ze zich om en keek uit het raam. 'Ik wist het gisteravond,' zei ze.

'Hoe?'

'Toen April vertelde dat ze haar mevrouw Panda had genoemd. Ik wist dat het er aan zat te komen, maar ik heb niks gedaan. Ik had in de auto moeten stappen en naar huis rijden, maar ik kon alleen maar aan die verdomde wedstrijd denken en onze overwinning.'

'Brenda, je praat onzin.'

'O nee.' Ze draaide zich om en keek naar mij. 'Dat weet je.'

Ik sloeg mijn ogen neer.

'Toe dan, zeg het, April. Zeg het!' gilde ze.

Ik begon te huilen.

'Brenda, alsjeblieft, doe dit niet,' zei Celia.

Ze keek naar Celia en draaide zich toen om. 'Je hebt gelijk. Het is zo stom om achteraf spijt te hebben. Je doet je best, en daarmee is alles gezegd. Thuisteam verliest, punt, uit, eind van het oordeel.'

De rest van de rit legden we zwijgend af.

Ik ging meteen naar mijn kamer om te gaan liggen. Brenda begon te telefoneren in papa's kantoor, en Celia maakte iets te eten klaar voor ons. Nu en dan, ook al lag ik heel stil, voelde ik dat mijn hart begon te bonzen, alsof de werkelijkheid met schokken tot me doordrong en met een supersonische snelheid door mijn botten en aderen stroomde tot aan mijn hart.

Ik hoorde de telefoon gaan, en een paar minuten later weer.

Celia verscheen in de deuropening. 'Kom wat thee of koffie drinken en eet een sandwich of zoiets, April.'

'Ik heb geen honger.'

'Dat weet ik, maar je moet toch wat eten. Je moet zorgen dat je op krachten blijft, anders val je weer flauw, en er is een hoop te doen.'

Ik dacht erover na. Het begon net door te dringen in mijn hersens, die nu waarschijnlijk meer op drijfzand leken. Wat erin doordrong was niet alleen de realiteit dat mama weg was, maar ook de vragen die het opwierp.

Wat zou er met me gebeuren? Waar moest ik naartoe? Wat zou er gebeuren met Brenda's studie en sportcarrière? Wie zou financieel voor ons zorgen? Was dat allemaal geregeld?

Was het egoïstisch om over die dingen te piekeren? Een deel van me dacht van wel en belette me om erover te beginnen toen ik bij hen kwam in de eetkamer. Brenda dronk koffie en nam kleine hapjes van een tonijnsalade en een paar crackers. Ik keek naar mijn bord en zakte onderuit op mijn stoel. Celia bracht wat ijswater in een karaf, samen met haar eigen bord.

'Heb je je oom nog kunnen bereiken?' vroeg ze aan Brenda.

Ik keek vol verwachting op. Ja, oom Palaver. Wat hadden we hem nu hard nodig.

'Mama had zijn reisroute op het bureau gelegd. Hij is in Beaumont, Texas. Iemand van het theater is naar zijn camper gegaan om te zeggen dat hij me moest bellen.' Ze keek naar mij. 'Weet je wat hij zei toen ik hem vertelde wat er gebeurd is?'

Ik schudde mijn hoofd.

'Hij zei dat Destiny het had voorspeld. Hij zei dat ze paranormale gaven heeft. Begrijp je zoiets?' vroeg ze aan Celia. 'Over zulke dingen praten op een moment als dit?'

'Hij verkeerde in een shock. In zo'n toestand zeggen mensen vreemde dingen,' zei Celia.

'Zal wel.'

'Komt hij hiernaartoe?'

'Hij is onderweg. Hij moet via Dallas. Hij belde terug om te zeggen dat hij vroeg in de ochtend in Memphis is en daar een auto zal huren. Hij kan hier vóór acht uur zijn.'

Ze prikte wat rond in haar salade en stond toen op.

'Ik moet de begrafenisonderneming en de dominee bellen,' zei ze, maar de telefoon ging voordat ze terug kon naar het kantoor. Het was dominee Hastings, die het al gehoord had. Blijkbaar had de geestelijkheid een rechtstreekse lijn met de Spoedeisende Hulp van het ziekenhuis en het mortuarium. Ik luisterde met een half oor, nog steeds versuft, terwijl Brenda alles regelde.

Celia luisterde ook, met dat zachte, vage glimlachje om haar mond. 'Ze is zo sterk,' zei ze hoofdschuddend en keek naar de keuken. 'Als een dikke boomstronk in de wind, onbeweeglijk. Maar later,' ging ze verder, weer naar mij kijkend, 'later...'

Later wat? vroeg ik me af, maar ik vroeg het niet. Ik kon alleen maar raden wat het betekende. Zou Brenda instorten en uithuilen op haar schouder? Of razen en tieren en moest ze gekalmeerd worden? Zou ze meer op mij lijken en misschien flauwvallen?

Ik stond op en liep de gang door naar mama's kamer. Het bed was natuurlijk nog niet opgemaakt, en het kussen toonde nog de afdruk van haar hoofd. Ik liep naar het bed en staarde naar het kussen. Ik zag een haar en plukte die zorgvuldig van het kussen, hield hem in mijn hand. Het was een deel van mama. Hij bevatte haar DNA, haar fysieke identiteit. Ik wikkelde hem rond mijn vinger en drukte er een zoen op.

Brenda verscheen in de deuropening. Ze vroeg niet wat ik deed of waarom ik daar was.

'Celia en ik gaan naar de begrafenisonderneming, April. We moeten een kist uitzoeken.'

'Ik hoor ook mee te gaan,' zei ik en stond op.

'Dat hoeft niet. Het lijkt me beter voor je als je hier blijft om wat uit te rusten.'

Celia gaat mee, dacht ik. *Waarom is dat wél nodig, en is het niet nodig dat ik meega?* Brenda had me zelfs nog niet omhelsd. Ze had niet met me gehuild en mijn hand vastgehouden. Ze deed me nu bijna denken aan papa toen hij Mr. Hyde was geworden.

178

'Ik kan best mee,' zei ik met trillende lippen.

'Het is heel pijnlijk en moeilijk, April. Ik kan dit niet doen als ik tegelijk voor jou moet zorgen.' Ze snauwde het bijna. 'Blijf jij liever thuis en als je wilt, neem dan de telefoon aan. De mensen zullen bellen als ze het horen. De rouwdienst is dinsdag, tien uur in de kerk. We geven geen ontvangst na de begrafenis. Ik zal een of andere liefdadigheidsvereniging opgeven waar mensen geld aan kunnen overmaken ter nagedachtenis van mama. Waarschijnlijk het kankeronderzoek, zoals bij papa's overlijden. We komen thuis zodra we klaar zijn,' besloot ze, en ging weg.

Ik hoorde ze naar buiten gaan. Ze deden de deur zachtjes dicht, maar het klonk mij in de oren als een pistoolschot dat door het huis weergalmde. Ik was nooit bang om alleen te zijn, maar nu voelde ik een paniek in me opkomen. Dood, Pech, alles was in dit huis geweest en was er waarschijnlijk nog steeds. De rillingen liepen me over de rug als ik eraan dacht. Mijn tanden klapperden. Haastig liep ik mama's kamer uit en ging naar mijn eigen kamer, waar ik onder de dekens kroop. Ik wilde ze over mijn hoofd trekken. Slaap vormde tenminste een ontsnapping. De telefoon ging vaak, maar ik nam niet op. Ik had totaal geen energie, en al hoorde ik de telefoon, het klonk zo ver weg dat ik het geluid makkelijk kon negeren.

Ik hoorde Brenda en Celia terugkomen. Brenda bleef niet staan om met me te praten. Ze ging regelrecht naar haar kamer en sloot de deur. Een paar ogenblikken later kwam Celia, die wél bij me kwam kijken. Ik deed mijn ogen open.

'Gaat het goed?' vroeg ze.

'Nee,' zei ik bijna onhoorbaar, en deed mijn ogen weer dicht.

Ik hoorde Brenda's deur weer open- en dichtgaan, en toen was het stil. De telefoon bleef daarna nog een aantal keren overgaan. Het werd heel donker, en eindelijk kwamen Brenda en Celia tevoorschijn, deden het licht aan en begonnen het eten klaar te maken. De dominee zou over ongeveer een uur komen, en Brenda dacht dat hij wel met ons mee zou eten. Kort daarna kwam mevrouw Maxwell met een eigengemaakte stoofpot en een appeltaart. Ze had in de keuken gestaan sinds ze terug was uit het ziekenhuis. Ze kwam een tijdje bij ons zitten en was er nog toen de dominee kwam.

Brenda luisterde naar hem, terwijl hij praatte over Gods wil, het einde van mama's moeizame reis, al haar goede zorgen voor ons, de

sterk te zijn. Ze staarde hem met zo'n onverschillig ge-
et me zenuwachtig maakte. Uiteindelijk was het Celia
ns een gesprek gaande hield. Hij at niet veel met ons;
er de details van de kerkdienst en de teraardebestelling, en vertrok. Brenda was ongewoon stil, dacht ik. Het beangstigde me, het leek of ze met geweld een explosie onderdrukte.

'Ik ga naar bed,' kondigde ze aan en liet ons alleen.

'Het dringt nu pas goed tot haar door,' legde Celia uit. 'Morgenochtend gaat het beter.'

Ik hielp haar met opruimen. Van tijd tot tijd betrapte ik me erop
dat ik opkeek in de verwachting mama te zien binnenkomen of haar
stem te horen. Celia praatte over de dood van haar eigen moeder en
hoe ze die verwerkt had.

'Mijn situatie was niet veel anders dan die van jullie,' vertelde ze.
'Het is onmogelijk om het op dat moment te bevatten. Zelfs nu nog,
als ik eraan terugdenk, vind ik het moeilijk te geloven. Wees maar
niet bang,' ging ze verder, en sloeg haar arm om me heen. 'We zijn
er voor je. We zullen er altijd voor je zijn.'

Hoe kon dat? vroeg ik me af. Zij studeerden aan de universiteit.
Waar zou Brenda naartoe gaan? Waar zou ik naartoe gaan? Ik kon hier
niet in mijn eentje in dit huis blijven wonen. Weer voelde ik me vreselijk egoïstisch omdat ik daar op dit moment zelfs maar aan kon denken. Ik hoorde uitsluitend aan die arme mama te denken en niet aan
mijzelf. Ik voelde me weer uitgeput, excuseerde me en ging naar bed.

Ik dacht niet dat het mogelijk was, maar mijn lichaam nam een
loopje met me en ik viel in een heel diepe, lange slaap en werd pas
wakker toen ik de deurbel hoorde en Brenda's voetstappen in de
gang. Ik ging rechtop zitten, zag dat het iets na acht uur in de ochtend was, trok mijn slippers en ochtendjas aan en liep naar de deur.
Zodra ik de stem van oom Palaver hoorde, holde ik naar hem toe.
Hij stond bij de open voordeur en omhelsde Brenda. Celia stond een
eindje terzijde. Ze waren allebei in ochtendjas.

Hij zag me aankomen en strekte zijn linkerarm uit zodat hij ons
allebei tegelijkertijd kon vasthouden. Ik sloeg mijn armen om hem
heen, en gedrieën bleven we zo staan.

'Arme kinderen,' zei hij. 'Wat een tijd, wat een tijd. Ik vind het
zo erg dat ik niet hier was voor haar.'

'Ze zou je hebben weggejaagd, oom Palaver,' zei Brenda. Ze

maakte zich van hem los en veegde haar ogen af. 'Dat weet je.'

Hij knikte en keek naar mij. Brenda ging zijn koffer halen, maar hij stond erop die zelf naar de logeerkamer te dragen. Toen pas realiseerde Brenda zich dat ze Celia niet had voorgesteld.

'Ik heb zoveel over u gehoord,' zei ze tegen hem. 'Ik vind het zo jammer dat we elkaar onder deze omstandigheden moeten leren kennen.'

'Ja,' zei hij, en ging naar de slaapkamer.

Celia liep haastig weg om het ontbijt klaar te maken, en Brenda en ik gingen ons aankleden.

Tijdens het ontbijt vertelde Celia alle gebeurtenissen in de volgorde waarin ze waren gebeurd. Voor ze was uitgesproken, ging de telefoon. Mevrouw Maxwell kwam nog meer eten brengen. Onze advocaat belde voor Brenda. En de vrouwen die mama's vriendinnen waren voordat ze zich uit de gemeenschap had teruggetrokken, begonnen ook te bellen, boden hun condoleanties aan. Het nieuws verspreidde zich snel.

Er kwamen nu ook mensen op bezoek. Oom Palaver was een geweldige hulp. Bijna iedereen bracht iets te eten mee, en bloemen en gebak. Het duurde niet lang of het huis was overgenomen door mevrouw Maxwell en een paar andere buren. Ik slenterde rond, accepteerde betuigingen van medeleven, luisterde naar advies en hoopvolle uitspraken, zamelde kussen in als iemand die in een kerk rondgaat met een collecteschaal.

Er leek geen eind te komen aan die dag. Zodra er even een stilte, een kortstondig zwijgen viel, voelde ik hoe moe ik was. Ik dommelde een paar keer in, één keer in papa's kantoor op zijn leren bank. Zonder dat ik het wist, hadden Celia en Brenda een serieus gesprek gehad over mij en hoe het verder zou gaan met ons. Ze hadden niet zoals ik last van schuldgevoelens dat ze zich daarmee bezighielden. Toen iedereen weg was, gingen we met ons vieren naar de zitkamer en Brenda begon.

'Ik heb met onze advocaat, mr. Weiss, gesproken, die onze financiën heeft beheerd na papa's overlijden. Hij is het met me eens dat we het huis onmiddellijk te koop moeten aanbieden. We verkopen ook alle meubels. We hoeven alleen maar onze persoonlijke spullen in te pakken. Ik heb het Leger des Heils al gebeld en zij komen de kleren halen van mama en van papa.'

Ik keek naar oom Palaver, die naar de grond staarde. Hij leek zoveel jonger en naïever. Het leek of de dood van zijn zuster weer een kleine jongen van hem had gemaakt. Brenda was degene die de touwtjes in handen had, de oudere en wijzere op het ogenblik, en dat stelde me teleur. Ik had gehoopt en gedroomd dat hij ons huis en ons leven zou komen binnenstormen met allerlei magische ideeën die de druk, het verdriet, de zorg zouden verminderen.

'Mama's kleren?'

'Celia en ik hebben alles besproken, April, en oom Palaver is het met ons eens.'

'Waarom heeft niemand het met mij besproken?'

'Dat doen we nu toch?'

'Ik bedoelde hiervóór.'

'Je was niet in een conditie om over die dingen te praten, April. Overdrijf niet zo.'

Ik perste mijn lippen op elkaar en leunde achterover.

'Goed, Celia heeft een neef van haar gebeld die een huis heeft in Memphis dat hij verhuurt. Het is gemeubileerd. Het ligt in een mooie buurt dicht bij de Memphis Country Club. De wijk staat bekend als het Historische District, en het huis is niet ver van een goede high school. Je hebt de auto, dus je kunt elke dag naar school rijden.'

'Ik moet naar school in Memphis?'

'Natuurlijk in Memphis,' antwoordde ze snel. 'Waar anders?'

'Bedoel je dat ik bij jou en Celia ga wonen in Memphis?'

Ze schudde haar hoofd en keek naar Celia, die met een flauw glimlachje haar ogen open- en dichtdeed. Brenda's stem verzachtte.

'Hoor eens, April, ik ben oud genoeg om je voogd te zijn, je wettelijke voogd. Goddank, anders zou een of andere regeringsinstantie zich ermee bemoeien en ons leven in de war sturen. Ik verwacht niet dat een van onze weinig geïnteresseerde familieleden zal aanbieden je bij hen in huis te nemen, en ik kan er niet één bedenken bij wie je zou willen wonen. De helft heeft een spijtbetuiging gestuurd en slechts twee nichten hebben laten weten dat ze morgen op de begrafenis komen. Dit is de beste oplossing, vind je ook niet, oom Palaver?'

Hij keek snel op, alsof haar woorden nauwelijks tot hem waren doorgedrongen. 'O. Ja, natuurlijk,' zei hij. 'En ik blijf hier om zoveel mogelijk te helpen bij de verhuizing en zo.'

'Zwaai met je hand over het huis en laat het verdwijnen, oom Palaver,' zei ik met tranen in de ogen.

'Hou op, April. Je bent van de ene dag op de andere volwassen geworden, dat is alles,' zei Brenda.

Ik beet op mijn lip en knikte.

'We schrijven je in op de school daar in de buurt. Het lukt ons wel. Als iedereen meewerkt zal alles goed en snel geregeld zijn.'

'Alsof er niks gebeurd is,' mompelde ik.

'Je bent nooit zo dol geweest op je schoolvriendinnen hier. Zoveel hoef je niet op te geven,' zei Brenda.

Nee, niet veel, dacht ik. *Niet nu papa en mama allebei weg zijn.*

'Het komt heus allemaal goed,' zei Celia. 'We hebben elkaar; we zullen voor elkaar zorgen. Je zult het zien.'

Ik keek naar oom Palaver. Hij keek opgelucht.

'Ik zal ervoor zorgen dat ik jullie vaker zie,' beloofde hij. 'Daar kun je van op aan.'

'De dag na de begrafenis zullen we alles regelen met de advocaat. We pakken onze spullen, geven weg wat we kwijt willen. We zullen veel van ons keukengerei, borden, bestek en zo nodig hebben.'

'Ik help wel. Ik zal zelfs meteen beginnen,' mengde Celia zich in het gesprek. Ze deed of het een spannend nieuw evenement was. 'Ik ga vast vooruit en breng het huis zo goed mogelijk op orde. Ik denk dat we niet eens zoveel hoeven te doen. Niet meer dan een paar dagen, en het is voor elkaar.'

'Dagen?' vroeg ik.

'Het is beter als we dit zo snel mogelijk achter de rug hebben,' zei Brenda en voegde eraan toe: 'Op die manier is het minder pijnlijk voor ons.'

Ik staarde haar slechts aan, al kon ik zien dat het haar ergerde.

'Oké, April. Dit is voor niemand gemakkelijk. Begrijp je?' vroeg ze.

'Ja,' zei ik.

'Goed.' Ze keek naar Celia. 'Ik neem een douche en ga naar bed. Heb jij nog iets nodig, oom Palaver?'

'Nee, lieverd, niets. Dank je.'

Brenda stond op. Oom Palaver stond ook op en omhelsde haar. Hij omhelsde Celia ook. Toen keek hij naar mij.

◆

'Ga jij ook naar bed, April?' vroeg hij.

'Ik denk het,' antwoordde ik. Ik stond op en hij omarmde me. 'Probeer wat te slapen. Het is een zware dag morgen,' raadde hij me aan.

Ik knikte. Ik kon niets zeggen. Mijn keel was dichtgeknepen. Hij gaf me een zoen op mijn voorhoofd en liep naar buiten. Lange tijd bleef ik staan, luisterde naar hun voetstappen. Toen ging ik naar mijn eigen kamer. Zodra ik binnen was, deed ik de deur dicht en bleef naar alles staan staren. Ik had mijn leven hier doorgebracht, en over een paar dagen, uren, zou ik hier voorgoed weggaan. In zeker opzicht zou ik deze kamer meer missen dan wat ook.

Mijn blik viel op het bed, en ik liep erheen en pakte mijn knuffelpanda op.

'We gaan weg, Mr. Panda,' zei ik. 'We komen nooit meer terug, en waarschijnlijk weet jij evenmin als ik wat dat allemaal te betekenen heeft.'

12. Kijk niet achterom

Het ging allemaal heel vlot en snel. Een deel van me vond dat verschrikkelijk. Een deel van me wilde dat het moeilijk en pijnlijk zou zijn. Dat deel bleef doorzeuren dat het niet zo gemakkelijk hoorde te zijn om van het ene leven over te stappen in het andere. Ik voelde me als de slang die ik in een film tijdens de natuurkundeles uit zijn huid had zien kronkelen. Hij keek zelfs niet achterom naar wat hij had afgeworpen, ook al was wat hij achterliet eens een essentieel deel geweest van wie en wat hij was. Dat alles paste op reële wijze bij Brenda's filosofie over haar sportactiviteiten: nooit treuren over een verlies, en niet te veel tijd verspillen aan het vieren van een overwinning. In plaats daarvan moest je naar de toekomst kijken. Wat voorbij was, was voorbij zodra er gefloten werd.

Nou, er wás gefloten, luid en duidelijk. Deze wedstrijd was voorbij. Blijven hangen en rondwentelen in herinneringen, treuren en huilen en tieren vond Brenda zinloos. *Begraaf de doden en ga door met je leven* waren woorden die duidelijk op haar gezicht geschreven stonden. Het andere deel van me benijdde haar. Ik kon mijn ogen niet van haar afhouden. Ik wilde zo graag net zo zijn als zij, wilde met mensen kunnen praten zonder om de dertig seconden te snikken of te verstommen, wilde in staat zijn alles zelf te regelen, elke nieuwe vraag te beantwoorden. Anderen merkten het ook, en veel mensen zeiden tegen me dat ik bofte dat ik een oudere zus had die competent, volwassen en verantwoordelijk was.

'Je ouders zouden trots zijn als ze hier waren,' beweerden ze. Ze deden net of ze zomaar even weg waren en hun eigen begrafenis niet mochten mislopen.

Waarschijnlijk was het waar dat Brenda's beheersing belette dat ik instortte. Toen ze tegen me zei dat ik van de ene dag op de andere volwassen moest worden, had ze gelijk. Geen kleinemeisjesfratsen waren toegestaan, geen geraas en getier en gesnik en gepruil. Ik dacht natuurlijk aan papa, die er zo'n hekel aan had zijn emoties of zijn problemen in het openbaar te tonen.

'Daarom hebben we huizen,' had hij eens gezegd. 'Daarom hebben we onze eigen huizen, zodat we de deuren kunnen dichtdoen en huilen en lachen, schreeuwen of tekeergaan zonder dat iemand het ziet. De muren storten in om ons heen, maar niet die van mij, niet die van ons.'

Mama's begrafenis werd ironisch genoeg drukker bezocht dan die van papa. Ik besefte dat er mensen waren die het hem gewoon niet konden vergeven dat hij ons in de steek had gelaten, onder wat voor omstandigheden ook. Het was gemakkelijker voor ze om de begrafenis bij te wonen van een vrouw die ze allemaal als slachtoffer beschouwden. De kerk was bijna vol en een verrassend aantal woonde ook de teraardebestelling bij. Ik kon zien dat Brenda er spijt van had dat ze de mensen daarna thuis niets kon aanbieden. Het zou mama meer respect hebben betoond, maar Brenda was te geobsedeerd door haar wens om door te gaan met ons aller leven.

Ik denk dat ze in gedachten het fluitje hoorde van de scheidsrechter.

Ze ging zelfs meteen inpakken toen we terugkwamen van het kerkhof. Oom Palaver en ik maakten iets te eten klaar. Celia had het keukengerei, de borden en het bestek ingepakt, en we moesten in verschillende dozen zoeken om te vinden wat we nodig hadden.

'Had dit tenminste niet nog één dag kunnen wachten?' vroeg ik me hardop af.

Oom Palaver gaf geen antwoord. Ik had de meeste aandacht besteed aan Brenda, me vastgeklampt aan Brenda, en niet echt gezien hoe slecht oom Palaver eraan toe was. Hij zag er zo eenzaam en verloren uit, bij tijden versuft en verward.

'Ik wou dat Destiny met je mee had gekund,' zei ik, en hij keek op van de sandwich die hij automatisch zat te eten.

'Ja,' zei hij, 'ik ook.'

'Waarom kon ze niet?' hield ik vol.

'Ik wilde niets zeggen. Er is hier al genoeg aan de hand, maar ze is ziek.'

'Ziek? Hoe ziek?'

'Ze heeft lupus.'

'Wat is dat precies?'

'Het is een auto-immuunziekte waarbij iemands eigen immuun-systeem organen en cellen aanvalt en disfunctie veroorzaakt. Van tijd tot tijd steekt het de kop op, en het overkwam haar de dag voordat... voordat Nora overleed.'

'Wordt ze weer beter?'

'Ik weet het niet.' Hij keek de andere kant op en drukte zijn vingers tegen zijn slapen.

'Het spijt me, oom Palaver. Het was niet mijn bedoeling dat op te rakelen.'

Hij gaf geen antwoord. Na een ogenblik liet ik hem daar zitten en ging naar mijn kamer om mijn kleren en andere spullen in te pakken. Celia kwam langs om afscheid te nemen.

'Ik ben de wegbereider,' verklaarde ze. 'Je weet wel, degene die vooruitgaat en zorgt dat alles in orde is voor degenen die volgen.'

Ik zat op de grond naast een doos die ik vulde met oude brieven, foto's, souvenirs van reizen en uitstapjes. Aan alles was een herinnering verbonden die zich voor mijn ogen afspeelde. Ik besefte het niet, maar de tranen stroomden over mijn wangen en zigzagden over mijn kaak.

'O, April,' zei Celia. Ze knielde naast me neer en omhelsde me. 'Arme lieverd. Het is allemaal zoveel moeilijker voor het jongste kind. Ik weet het. Psychologen spreken over het tijdsverloop tussen het doorsnijden van de navelstreng en het heden. Brenda heeft al iets van een scheiding doorgemaakt toen ze het huis verliet om te gaan studeren, al is ook zij kapot van de dood van je moeder. Ik wil alleen niet dat je het gevoel hebt dat je alleen op de wereld bent. Ik weet hoe vreselijk dat kan zijn.'

Ik veegde mijn tranen weg.

'We zullen er van nu af aan voor elkaar zijn,' ging ze verder en gaf me een zoen op mijn wang. 'We zullen zijn als de Drie Musketiers, oké?'

Ik knikte. Was ze werkelijk zo enthousiast of zei ze het om mij te troosten?

'Verwacht niet van me dat ik goed kan koken. Dat heb ik nooit gekund. Kan ik iets voor je doen?'

Ik schudde mijn hoofd. 'Nee, dank je.'

'Goed dan. Tot gauw. Je zult die nieuwe buurt heel plezierig vinden, en ik weet zeker dat het een goede school is. Tot ziens dus maar,' voegde ze eraan toe en ging weg.

Ik keek haar na en toen weer naar de doos. Het leek of ik de werkelijkheid voortdurend moest versterken, me voortdurend ervan overtuigen dat dit echt allemaal gebeurde. Ik ging verder met inpakken, en even later kwam Brenda naar me toe.

'Hoe gaat het?' vroeg ze.

Ik haalde mijn schouders op. 'Goed, geloof ik. Ik heb niet zo gek veel dat ik mee wil nemen.'

'Nee, ik ook niet. We laten veel hier. Alles in de garage, alle dingen voor de tuin... Ik denk dat iemand er een goeie koop aan zal hebben. Oom Palaver wil vanavond vertrekken,' ging ze verder. Ik keek verrast op.

'Zo gauw al?'

'Het heeft weinig zin dat hij hier nog langer blijft rondhangen, April. Ik heb hem een paar dingen van mama gegeven, haar camee en ivoren sieradenkistje. Hij is nu aan de telefoon om alles te regelen.'

'Ik dacht dat hij zou blijven tot we weggingen,' zei ik. Zijn vertrek was zoiets definitiefs. Misschien zou ik hem nooit meer zien.

'Dat heeft geen enkele zin, en iedereen kan zien hoe pijnlijk het voor hem is om hier te zitten toekijken terwijl wij ons boeltje pakken. We bellen hem als we eenmaal in het huis in Memphis zijn en dan geven we hem ons telefoonnummer en adres.'

Ik legde een oud dagboek in de doos en stond op. 'Misschien moet ik hem nog wat gezelschap houden.'

'Het zou beter zijn als je doorgaat met wat je doen moet,' antwoordde Brenda. 'Hij holt niet meteen de deur uit.'

'Ik vind het afschuwelijk om dit te doen.'

'Ik weet het, maar het zal niet de laatste keer zijn dat jij en ik dingen moeten doen die we afschuwelijk vinden. Het is een deel van het leven waaraan we niet kunnen ontkomen, April.'

'Wat me niet kapotmaakt, maakt me sterker,' mompelde ik, en ze glimlachte.

'Dat herinner je je nog.'

'Dat kan moeilijk anders. Ik heb het jou wel duizend keer horen zeggen als je bijna uitgeput was of pijn had na je oefeningen en het hardlopen.'

'Het is de moeite waard om je dat te herinneren,' zei ze, en ging toen weg om zelf weer verder in te pakken.

Het bleek dat oom Palaver al vóór het eten naar de luchthaven moest, wat een nieuwe teleurstelling was. Ik had gedacht dat we tenminste nog een beetje tijd voor onszelf zouden hebben. Hij was bezig zijn koffer te pakken toen ik hem in de logeerkamer opzocht.

'Het spijt me dat ik al zo gauw wegga,' zei hij, 'maar ik vind dat ik terug moet.'

Ik begreep wat hij bedoelde, en knikte, denkend dat hij zich bezorgd maakte over Destiny.

'Met jullie komt alles in orde,' ging hij verder. 'Ik zou niet weggaan als ik niet het volste vertrouwen daarin had.'

'Ik weet het. Maak je over ons geen zorgen,' zei ik. 'Ik wou alleen dat we wat meer tijd voor elkaar hadden.'

'Die tijd krijgen we nog wel,' beloofde hij. Hij sloeg zijn arm om mijn schouders en hield me even stevig vast. Maar hij keek me niet aan. Hij staarde glimlachend naar de muur. 'Ik herinner me nog dat ik, toen ik als kleine jongen, niet ouder dan zeven, geloof ik, een truc demonstreerde aan Nora. Onze moeder had een goocheldoos voor me gekocht, en ik kon een munt laten verdwijnen in een magische doos. Ze was zo'n goede actrice, je moeder, zelfs toen ze nog zo jong was. Ze deed of ze enorm verbaasd was en gaf me het gevoel dat ik een soort Houdini was of zo. Wat ik daarna ook probeerde te doen, ik oefende altijd mijn magische trucs. Iets in me zei dat daar mijn toekomst lag. Natuurlijk overdreef iedereen mijn prestaties, jubelde over mijn acteer- en zangtalent, tot ik mezelf voor gek zette op het toneel. Soms moet je in een kring lopen voor je uitkomt op het punt waar je hoort. Wees daar niet bang voor.'

Hij gaf me een zoen op mijn voorhoofd en pakte de laatste spullen in. Samen liepen we de kamer uit. Ik riep Brenda.

'Oom Palaver staat klaar om te vertrekken!' riep ik, en ze kwam tevoorschijn.

Bij de deur bleef hij staan en draaide zich naar ons om. 'Ik vind het vreselijk om jullie alleen te laten,' zei hij.

'Met ons gaat het goed, oom Palaver. Ik zal je alle informatie doorbellen, zoals ik beloofd heb,' zei Brenda.

Hij knikte, en ze liep naar voren om hem te omhelzen. Mijn lippen trilden zo erg dat ik mijn gezicht even verborg tegen zijn borst.

'Soms,' zei hij, toen ik hem losliet, 'denk ik weleens dat de dood een magische truc is van God. Gewoon een illusie.' Hij haalde zijn schouders op. 'Wie weet? Vergeet niet, een goochelaar, een goede goochelaar, verraadt nooit zijn trucs.'

Hij deed de deur open, liep naar buiten, glimlachte naar ons en sloot de deur achter zich.

Brenda en ik bleven even zwijgend naar de deur staren.

'Ik geloof dat ik honger heb,' zei ze. 'Mevrouw Maxwell heeft een gebraden kalkoen en een salade in de ijskast gezet. Ik ga de kalkoen opwarmen. En jij?'

'Een klein hapje, denk ik,' zei ik.

Ik volgde haar naar de keuken, vond een paar borden en wat bestek voor ons en zette het klaar in de eetkamer. Ik haalde ook een karaf water. Brenda bracht het eten binnen, en we gingen tegenover elkaar zitten; de stoelen van mama en papa waren nu allebei leeg.

'Mijn coach belde gisteren,' zei ze toen we zaten te eten. 'Hij vertelde me dat ik ben gekozen voor de regionale all-star basketbalwedstrijd. Ik moet overmorgen beginnen met de training. Mama zou gewild hebben dat ik het deed,' ging ze verder, voordat ik zelfs maar kon opperen dat het te snel kwam, dat het nog te vroeg daarvoor was.

Ik knikte.

Ik kon het haar niet kwalijk nemen; ik wílde het haar niet kwalijk nemen. Ze had iets om zich bezig te houden, iets om haar dagen te vullen en haar een reden te geven om door te gaan.

Wat had ik?

'Ik ben van jou afhankelijk om ons te helpen dit te verwerken, April. Celia is heel intelligent, maar een huishouding op touw zetten is niet bepaald haar sterkste punt. Ondanks haar droeve verhalen werd ze altijd door iemand verwend. Ik heb je nodig,' zei ze nadrukkelijk.

'Oké,' zei ik. Ik hoorde dat graag: *ik heb je nodig*. 'Oké,' herhaalde ik, en at als iemand die uitgehongerd is.

Ze moest erom lachen, en toen lachte ik ook.

Oom Palaver heeft gelijk, dacht ik. *Zoveel van dit alles is slechts een illusie.*

Het was een van de moeilijkste nachten om in slaap te komen. Niet alleen begon het besef dat mama voorgoed weg was nu pas goed tot me door te dringen, maar daarbij kwam dat vreselijke gevoel dat ik op drift was. De toekomst was nu zo onzeker, al was die nooit helemaal duidelijk afgebakend geweest. Maar toen wist ik in ieder geval dat mama er was, aanwezig was bij mijn diploma-uitreiking, me hielp mijn universitaire en professionele leven te plannen, me leiding gaf, mijn beste vriendin was. Ik haatte dat gevoel van eenzaamheid. Wat Brenda of Celia ook zei, in mijn hart wist ik dat ze hun eigen drukke leven zouden hebben. Het zou niet lang duren of ik was een last, die ze anders niet gehad zouden hebben.

Aan de andere kant, dacht ik, was ik eigenlijk mijn leven lang al een eenling geweest. Dit alles betekende alleen maar dat ik dat nu ergens anders zou zijn. Het was nooit zo gemakkelijk voor me geweest om vrienden te maken of de paar die ik had vast te houden. Geen van mijn klasgenoten was in de kerk aanwezig op mama's begrafenis, zelfs al waren sommige ouders er wél. Wat had ik eigenlijk te verliezen door weg te gaan? Behalve mama natuurlijk, was deze kamer het enige wat belangrijk voor me was geweest, en per slot was het niet meer dan een kamer, vier muren, waarop ik iets van mijn identiteit had aangebracht. Dat kon ik overal doen.

Ik knuffelde Mr. Panda, sloot mijn ogen en probeerde te slapen.

De volgende ochtend was Brenda eerder op dan ik. Ze ging een bagagekar huren voor achter de auto, omdat we te veel dozen gepakt hadden om in de kofferbak te passen. Later die dag kwam de makelaar, Camellia Dawson Davis, om samen met Brenda het huis te bekijken. Ze zag eruit of ze uit plastic was gegoten. Geen haartje zat verkeerd. Ze was zwaar en perfect opgemaakt, en ze droeg een felblauw pakje en hoge hakken en genoeg sieraden om de *Titanic* opnieuw te doen zinken.

'Schat, ik zweer je,' jubelde ze terwijl ze door het huis marcheerde, 'dit wordt een van mijn tralala-verkopen. Vandaag te koop, morgen weg. Je hoeft je geen ogenblik bezorgd te maken. Ik zorg voor een topprijs. Weet je zeker dat je alle kunstwerken, vazen, lampen, alles achterlaat?'

'Ja,' zei Brenda zo vastberaden dat alleen een marinier het nog eens zou durven vragen.

Camellia Dawson Davids knikte slechts en liep door. Bij elke volgende kamer sperde ze haar ogen verder open.

'Tja,' zei ze ten slotte, 'we zullen tenminste tienduizend extra rekenen voor het meubilair en zo. Ik zal morgen beginnen met de rond-leidingen in het huis, als dat goed is.'

'We zijn hier aan het eind van de middag weg,' zei Brenda. 'Prima dus.'

'Goed, maak je maar geen zorgen,' zei Camellia nadrukkelijk. Ze keek even naar mij, glimlachte, maar wendde snel haar hoofd af toen ik haar grimmig aankeek. 'Ik zal contact opnemen met je advocaat. Hij heeft je adres en telefoonnummer?'

'Morgen, ja,' zei Brenda, Camellia's toontje imiterend.

Ik onderdrukte een glimlach. Toen Camellia weg was, gingen Brenda en ik verder met pakken. Tegen lunchtijd waren we bezig met het laden van de bagagekar. Celia belde om te zeggen dat ze de elektriciteit en het gas al had laten aansluiten, evenals de telefoon, dus kon Brenda het nummer doorgeven aan de advocaat.

'Moeten we de school niet bellen om te zeggen dat ik ga verhui-zen?' vroeg ik.

'We zullen de nieuwe school vragen zich met hen in verbinding te stellen. Ik weet trouwens zeker dat het roddelcircuit in volle gang is, en bijna iedereen het langzamerhand weet.'

Na de lunch liepen we langzaam door het huis en controleerden of we werkelijk alles hadden ingepakt wat belangrijk voor ons was. Ik ging naar buiten en maakte zonder enige reden een wandeling rond het huis. Ik denk dat ik probeerde het voorgoed in mijn ge-heugen te prenten. Brenda checkte de planken en dozen in de gara-ge. Ik vond haar terug in het huis, waar ze met haar handen op haar heupen stond en om zich heen keek.

'Wat vind je ervan als we weggaan nadat ik gedoucht heb?'

Ik haalde mijn schouders op. 'Best.'

'Dan kunnen we met Celia eten in Memphis,' zei ze. 'Het is zin-loos om hier nog langer rond te hangen.'

Terwijl zij douchte, ging ik terug naar mijn kamer om te halen wat er nog in de auto moest. Mr. Panda zat me op het bed aan te sta-ren. Toen ik nog klein was, sprak ik met het knuffeldier alsof hij al-les kon horen en begrijpen wat ik zei. Nu had ik het gevoel of ik te-rug was in de tijd en weer als vijfjarig kind voor hem stond.

'We moeten weg, Mr. Panda,' zei ik. 'Je gaat in een nieuw huis wonen en in een nieuw bed slapen. Kijk niet zo triest. Je maakt dat ik me nog ellendiger voel. Dit is toch niet de mooiste plek om te wonen? Dit is geen paradijs. Waarom zou ik het me aantrekken? Mensen verhuizen voortdurend. Ik zou op een goede dag toch zijn weggegaan. Deze kamer kan me niet schelen. Het is gewoon een kamer. Kijk toch niet of dit het eind van de wereld is!' Ik schreeuwde zonder het te beseffen.

Ik hoorde Brenda achter me. Ze was in haar badjas en keek me ongelovig aan.

'Ik dacht dat er iemand het huis was binnengekomen,' zei ze. 'Wat doe je?'

'Niks.'

Ze staarde me nog even aan en ging toen naar haar kamer om zich aan te kleden.

Ik tilde Mr. Panda op, trok mijn jas aan, pakte mijn reistas met mijn persoonlijke spulletjes en liep het huis uit. Ik gooide Mr. Panda in een doos in de kofferbak en perste mijn tas tussen twee dozen. Toen stapte ik in en ging met over elkaar geslagen armen zitten wachten.

Het begon te motregenen. De druppels waren zo klein als zandkorrels en maakten nauwelijks enig geluid tegen de voorruit. De lucht was ook niet opvallend donker. Misschien waren dit de tranen van de doden.

Ik draaide me om toen ik Brenda naar buiten hoorde komen. Ze zette haar laatste tas op de grond, deed de deur op slot, pakte de tas weer op en liep haastig naar de auto. Ze mikte de tas op de achterbank en stapte snel in. Het begon wat harder te regenen. Ze keek zelfs niet naar me. Ze startte de auto en reed de oprit af. Toen schakelde ze en reed weg.

'Kijk niet achterom,' waarschuwde ze. 'Kijk vooruit.'

Ik deed wat ze zei.

En we waren op weg.

Celia had de route goed aangegeven, zodat we nog geen twee uur later over de de oprit reden van ons nieuwe huis.

Het was veel kleiner dan ik gedacht had toen ik Celia erover hoorde praten. Het leek niet veel groter dan een bungalow en had geen garage. Er was een carport die net groot genoeg was voor één auto. Er was een overdekte veranda met een grasveld ervoor dat ongeveer een tiende zo groot was als ons gazon. Voor de veranda en rond het grasveld stonden een stuk of zes altijdgroene heesters. Voor de voordeur lag een houten bordes, dat eruitzag of het pas op het laatste moment was aangebracht.

Zodra we stopten, ging de hordeur open en Celia kwam naar buiten. Ze droeg een spijkerbroek en een blauw werkhemd waarvan de mouwen tot haar elleboog waren opgerold, terwijl het hemd in de taille was vastgeknoopt. Ze had een doek om haar hoofd gebonden en hield een zwabber als een lans naast haar lichaam. Ze zette hem tegen de deur.

'Welkom!' riep ze en strekte haar armen naar ons uit.

Brenda stapte snel uit en liep naar haar toe. Ik stapte uit de auto op het moment dat ze elkaar om de hals vielen en zoenden. Toen draaiden ze zich naar mij om.

'Wacht tot je mijn ontdekking ziet, April,' zei Celia, terwijl ze zich naar mij omdraaide. 'Je krijgt je eigen verblijf. Achter het huis is een studio met een bed erin. Er is geen douche of bad, maar wel een toilet, en je kunt natuurlijk de douche en het bad in het huis gebruiken. Het belangrijkste is dat je je eigen ruimte hebt, je eigen kleine privéverblijf.'

Ik kneep sceptisch mijn ogen halfdicht. Een studio zonder douche of bad. Wat was dat voor iets?

'Ik heb het bed al voor je opgemaakt. Ik heb het zo druk gehad als een bezig bijtje. Ik heb voor ons allemaal nieuw beddengoed gekocht, handdoeken, linnengoed, alles om mee te beginnen. Ik heb zelfs de keuken bevoorraad! Ik zal April de studio laten zien.'

'Laten we eerst even uitpakken,' zei Brenda.

Ik kreeg de indruk dat ze zelfs niet keek naar het huis. We hadden onze intrek kunnen nemen in een garage, en het zou haar hetzelfde zijn geweest. Waar we nu waren deed er niet toe. Het enige belangrijke was dat we ergens anders waren.

'Aye, aye, generaal,' zei Celia, saluerend, met een knipoog naar mij.

We gingen terug naar de auto en begonnen dozen en tassen het huis in te dragen.

Ik moest dankbaar zijn dat er een studio was, dacht ik. De zitkamer was een kwart van onze vroegere zitkamer, en ook de keuken was verhoudingsgewijs niet veel groter. Er was geen aparte eetkamer; een deel van de zitkamer diende als eetruimte. Alle meubels zagen eruit of ze van een vrachtwagen waren gevallen op weg naar een vuilstortplaats. Ik zag de veren uit de lange donkerblauwe bank

194

tevoorschijn piepen. Hij leek hier al te staan sinds de dag waarop het huis was gebouwd, zonder ooit een centimeter te zijn verschoven. Degene die de zitkamer had ingericht had alle meubels rond een oude televisie opgesteld. Celia vertelde onmiddellijk dat de tv het niet deed en we een nieuwe moesten kopen.

Het enige wat mooi was van het huis was de vloer: donker parket, eikenhout, goed gelegd en van zo'n uitstekende kwaliteit dat het in de loop van de tijd alleen maar mooier werd. Er lagen hier en daar een paar kleden. De gootsteen in de keuken had een paar grote gele vlekken rond de afvoer, en de kraan lekte. Ik zag een vierpits gasstel en een kleine ijskast die elk moment een hartaanval kon krijgen. Het formica aanrecht en tafelblad waren vaalgeel, evenals de muren in de zitkamer en de keuken. Een antieke broodrooster stond onder een van de twee ramen in de keuken, waarvoor groezelige witte gordijnen slap omlaag hingen.

De kasten stonden open en ik kon zien waar Celia nieuw kastpapier op de planken had gelegd en het aanwezige serviesgoed keurig had uitgestald. Ze had een van de kasten ook volgestouwd met levensmiddelen.

De voornaamste slaapkamer was de grootste kamer in het huis, bijna zo groot als mijn kamer thuis. De vorige bewoner moest al zijn of haar aandacht hierop hebben gericht, want er hingen nieuwere gordijnen van betere kwaliteit voor de twee grote ramen naast het hoofdeinde van het hemelbed. Er stond een toilettafel aan de rechterkant met een grote ovale spiegel in een mahoniehouten lijst. Behalve de twee nachtkastjes bevatte de kamer nog een klerenkast en een ladekast die pasten bij de ombouw van het bed. Er was maar één ingebouwde kast.

De tweede slaapkamer was nog niet half zo groot en werd gebruikt als een soort opslagruimte, waar de eigenaar een paar kapotte meubels, het geraamte van een hangmat en een opvouwbare tafel had opgeborgen. Er stond geen bed. Ernaast en vlak voor de achterdeur was de badkamer. In plaats van tegels lag er gebarsten grijs linoleum. De muren moesten dringend opnieuw gewit worden. Er was geen douchecabine en er hing geen gordijn voor het bad, alleen een scherm.

Als dit het huis was, hoe zou die studio er dan uitzien? Celia deed de achterdeur open en zei dat ik haar door de kleine tuin moest volgen naar de schuur achter het huis. De deur klemde, dus moest ze hard trekken om hem open te krijgen.

'Dat maken we wel,' zei ze. Ze deed het licht aan en ging naar binnen.

Ik liep achter haar aan en keek achterom of Brenda ook kwam, maar ze was al terug naar de auto om nog een doos te halen. De studio bestond uit één kamer met een slaapbank, die Celia had opgemaakt met nieuw beddengoed, kussenslopen en een deken. Verder stonden er een bureau en een stoel. Het toilet was niet veel groter dan dat in een vliegtuig. Boven de kleine gootsteen hing een gebarsten spiegel.

'Ik weet dat het nu nog niet veel voorstelt,' zei Celia, 'maar bedenk eens wat je ervan kunt maken. Je kunt ermee doen wat je wilt,' voegde ze eraan toe. Het lag op het puntje van mijn tong om te vragen: *Mag ik het ook platbranden?*

Haar stem klonk vrolijk en enthousiast, in een poging het trieste onderkomen wat goed te praten.

'Het belangrijkste is dat het je privéverblijf is, en ik weet hoe belangrijk dat is voor een tiener. Het was voor mij altijd erg belangrijk toen ik zo oud was als jij. Ik weet dat het niet is wat je gewend bent, maar we zullen er echt iets leuks van maken. Ik beloof het je.'

'Het is oké,' zei ik. Als ik dat niet had gezegd, zou ze er eindeloos over zijn blijven doorzeuren. Ik zette de dozen met mijn spullen neer. 'Laten we naar de auto gaan en Brenda helpen.'

'Goed. Als we alles hebben uitgeladen, zullen we ons wat opfrissen en dan gaan we naar dat voortreffelijke restaurant een paar straten verder, de Memphis Belle. Het personeel draagt pittoreske oude kostuums en de zaal is ingericht als de eetkamer van een plantage van vóór de burgeroorlog. Je zult het enig vinden om dit deel van Memphis te verkennen, en je zult vast gauw nieuwe vrienden maken.'

'Laten we Brenda gaan helpen,' was mijn enige antwoord, en ik liep naar buiten.

Je hoefde niet door het huis naar de voorkant. Ik liep langs de zuidzijde van het huis, waar het gras ongelijkmatig groeide, naar de oprit. Brenda stond al bij de auto om weer een lading dozen uit de bagagekar te halen. Ik ging achter haar staan en hielp mee. Ze keek even naar me.

'Het is maar tijdelijk,' zei ze. 'Na afloop van het schooljaar zoeken we wat beters.'

Ik haalde mijn schouders op. Ik wist dat het haar ergerde. Ze zette de doos neer en draaide zich naar me om.

'Je moet eens ophouden met die onverschillige houding, April. Als iets je ergert, zeg het dan, wees eerlijk, neem een standpunt in. Begin met de mensen te laten weten dat je bestaat. Wees niet bang mensen te ergeren of kwaad te maken. Je hebt recht op je eigen mening.'

'Oké,' zei ik, en kneep mijn ogen samen om de tranen te verdringen. 'Ik haat het hier. Ik wil naar huis. Ik wil dat papa nog leeft en is zoals hij was toen hij van ons hield, en ik wil dat mama 's morgens loopt te zingen en wij allemaal lachend aan het ontbijt zitten.'

Celia kwam achter me staan. Ik kon haar aanwezigheid voelen, maar draaide me niet om.

'Ik wil overnieuw beginnen, om mezelf geven. Ik wil vriendinnen hebben, echte vriendinnen, en ik wil me leuk aankleden en naar party's gaan en jongens ontmoeten en zoveel plezier hebben dat het me de strot uitkomt. Ik wil normaal zijn!' schreeuwde ik.

Ik schreeuwde zo hard, dat een paar vogels die op een hoek van het dak van het huis zaten verschrikt opvlogen, naar elkaar krijsend dat dit geen plaats was om neer te strijken voor een meditatie in de late namiddag. Misschien zouden ze het aan het hele vogelrijk vertellen, en zou niet één vogel op dit dak of vlakbij gaan zitten.

Ik draaide me met een ruk om naar Celia. Ze keek me aan met die verdomde begripvolle uitdrukking op haar gezicht.

'Normaal!' schreeuwde ik tegen haar.

Ze knipperde met haar ogen.

'Oké,' zei Brenda. Ik draaide me weer naar haar om. 'Nu weet ik dat we echt familie van elkaar zijn.'

Ze vertrok geen spier maar er viel zo'n loodzware stilte, dat we allemaal onze adem inhielden.

En toen lachte ze.

En Celia lachte.

En ik kon er niets aan doen.

Ik lachte ook, door mijn tranen heen. Ik lachte harder dan ik ooit voor mogelijk had gehouden.

We omhelsden elkaar en gingen toen verder met uitladen, nu met een energie die Brenda een tweede krachtsinspanning zou noemen en ik een wonder.

13. Eerste stappen

Brenda liet het aan mij over om te beslissen wanneer ik naar de nieuwe school wilde, maar Celia vond dat ik niet moest wachten. Ze stak een preek af hoe noodzakelijk het was dat ik verderging met mijn leven en niet stil bleef staan bij de tragedie. Ze verwees voortdurend naar zichzelf en haar eigen soortgelijke ervaringen.

'Ik wil niets afdoen aan jouw persoonlijke verlies. Het is verschrikkelijk, maar het is zo gemakkelijk je over te geven aan droefheid en zelfmedelijden,' zei ze. 'Die onderga je op dit moment zelfs als troostende en veilige gevoelens. Je bent zo kwetsbaar omdat je emotioneel beschadigd bent. Er is maar heel weinig voor nodig om je te kwetsen en aan het huilen te brengen, zelfs al huil je alleen maar inwendig. De enige manier om je kracht op te bouwen is je te verdiepen in iets nieuws, er halsoverkop in te duiken.'

Ik begon inderdaad iets te doen aan mijn armzalige studio. Ik zocht gordijnen uit voor de ramen, en verf voor de raamlijsten en kozijnen. Ik kocht een felroze pluizig kleed voor bij de slaapbank en ging toen alles boenen en poetsen. Ik kocht ook een paar dingen voor het kleine toilet.

Ik deed het meeste nadat we hadden gegeten bij de Memphis Belle. We hadden alle drie honger, en ze hadden een uitgebreid menu, met veel variatie. Celia wilde dat we een dessert zouden delen dat Mud Pie heette, en bestond uit chocolade- en vanille-ijs in een knapperige deegkorst. Ik keek naar Brenda. Nu mama er niet meer was en Brenda mijn voogd was, zou ik altijd het gevoel hebben dat ze over mijn schouder meekeek, zelfs als ze niet aanwezig was, dacht ik. Ze keek even naar mij en toen naar Celia voor ze met tegenzin toegaf, en we deelden het dessert. We zouden het in ieder geval hebben moeten delen, want het was zelfs voor mij te veel. Uiteindelijk at ik het minst, Celia het meest, en we lieten een kwart staan omdat Brenda bijna niets at, en ik wilde niet degene zijn die het opmaakte.

Die avond, toen we terugkwamen van het warenhuis waar ik gordijnen, verf en het kleed had gekocht, waren we alle drie bezig met uitpakken en ons nieuwe verblijf in te richten. Celia moest de volgende ochtend terug naar college, maar Brenda had nog steeds rouwverlof. Tegen de middag vond ze echter dat ze genoeg had gedaan en besloot een college laat in de middag bij te wonen en dan naar de speciale basketbaltraining voor de all-starwedstrijd te gaan. Celia had gelijk dat ik me moest bezighouden. Toen we de tweede avond met elkaar aan tafel zaten voor ons eerste maal in het nieuwe huis, kondigde ik aan dat ik me de volgende ochtend wilde inschrijven.

'Ik heb pas om tien uur een college,' zei Celia. 'Ik kan haar brengen.'

'Nee, ze laten jou geen papieren tekenen. Ik ben haar wettelijke voogd,' zei Brenda.

Celia gaf toe, maar keek zo teleurgesteld, dat ik me afvroeg of ik soms een favoriet project van haar was geworden, iemand op wie ze de psychologische theorieën kon botvieren die ze had geleerd.

Ik maakte me zenuwachtig over de gedachte aan een nieuwe school, de ontmoeting met nieuwe docenten en nieuwe klasgenoten. Mijn gespannen zenuwen putten me uit. Het deed er niet toe dat we het oude tv-toestel nog niet hadden vervangen en ik geen nieuwe boeken had gehaald om te lezen. Ik ging vroeg naar bed. De muren van mijn kleine studio waren niet erg dik. Ik hoorde het lawaai van de straat, gedempt, maar duidelijk hoorbaar. In een naburig huis oefende iemand op een trompet. Hoe anders was het hier dan in ons huis in het rustige voorstadje. Ik droomde vroeger van het wonen in een grote stad, maar nu ik er was, wist ik het niet zo zeker meer. Eindelijk begon alles te vervagen en viel ik in slaap. Ik werd wakker toen Brenda op mijn deur klopte om te zeggen dat ik op moest staan en me moest aankleden en ontbijten. Ze had het adres van de school al geverifieerd en een afspraak voor me gemaakt. Feitelijk, ontdekte ik, had Celia dat al allemaal gedaan nog voordat we hier waren gearriveerd.

Het was koud en bewolkt. Ik trok iets warms aan voor ik door het tuintje holde om te gaan douchen in wat ik het 'hoofdgebouw' had gedoopt. Ik koos een bovenmaats zwart sweatshirt met de woorden

'The Ungrateful Living' (de ondankbare levenden) op de rug, omdat het mijn lievelingstrui op school was geweest, en trok een wijde spijkerbroek aan. De kleren wisten mijn gewicht goed te camoufleren, al zou ik een masker moeten opzetten om mijn mollige
wangen te verbergen. Mijn haar voelde aan als staalwol als ik het
borstelde, en ik maakte me niet op, gebruikte zelfs geen lippenstift.
Ik was nooit erg zelfverzekerd wat make-up betrof, en aan Brenda
had ik helemaal niets.

Zoals altijd babbelde Celia honderduit aan het ontbijt. Brenda
was een en al zakelijkheid, praatte over het naleven van schema's
en programma's, over de verdeling van de taken in huis, en het juridische werk dat nog geregeld moest worden na mama's overlijden.
Ik at niet veel. Mijn maag knorde van de zenuwen.

'Vandaag breng ik je, en Celia komt je afhalen,' zei Brenda.
'Morgen en daarna kun je zelf rijden.'

'Ik vind het niet erg om je te halen en te brengen als je ertegen
opziet om in de stad te rijden,' zei Celia.

'Ze kan het heel goed,' verzekerde Brenda haar. Het klonk in mijn
oren als de eerste onenigheid tussen hen.

'O, natuurlijk, maar ik dacht alleen dat…'

'We mogen niet haar krukken worden,' zei Brenda nadrukkelijk.
'En kom me niet aan met je psychologische logica,' voegde ze er
snel aan toe.

Celia lachte, maar het was een van haar ijle, fragiele lachjes die
verstomden in haar keel. Ze keek naar mij en toen weer snel naar
haar bord.

Ik voelde me plaatsvervangend gegeneerd.

'Brenda heeft gelijk,' zei ik. 'Het zal heel goed met me gaan.'

'Natuurlijk,' zei Brenda. 'Dat zal het ons allemaal.'

Zoals Brenda het zei, klonk het als een bevel. *Het zal goed met
ons gaan, of we willen of niet*, dacht ik.

De school was tien minuten rijden. Hij bevond zich in een gebouw dat veel ouder leek dan andere scholen die ik in de stad had
gezien, maar het was een gunstige locatie. Er waren ongeveer
twaalfhonderd leerlingen. De directrice was een Afro-Amerikaanse
vrouw, dr. Carol DeBerry. Ze kon niet veel langer zijn dan 1,50 meter, maar haar houding was zo zakelijk en vastberaden, dat ik het gevoel kreeg dat ik sprak met een vrouw van 1,80 meter. Een van de

meest verrassende dingen die ik onmiddellijk te horen kreeg was dat ik een schooluniform moest dragen. De shirts en blouses waren wit, de ergste kleur die je voor mij kon bedenken. Wit maakte me nog dikker dan ik al was, dus vermeed ik die kleur als het maar enigszins mogelijk was. De blouses hadden kragen en manchetten. Dr. DeBerry vond witte blouses met Peter Pan-kragen het mooist. Peter Pan-kragen, legde ze uit, waren platte kragen met ronde uiteinden die van voren bij elkaar kwamen. Ze praatte zo lang over het uniform dat ik dacht dat het op haar school belangrijker was dan goede cijfers.

'Sweaters, sweatshirts, vesten en lichtgewicht jacks mogen nu over het uniform worden gedragen, maar ze moeten wit, lichtbruin, marineblauw of zwart zijn. Rokken en truien moeten zwart, lichtbruin of marineblauw zijn. Lengte tot net over de knie of langer. Ik zal je er meteen bij vertellen dat spijkerbroeken en strakke of wijde lange broeken niet zijn toegestaan,' zei ze met een minachtende blik op mijn spijkerbroek. 'De hakken van de schoenen mogen niet hoger zijn dan drieënhalve centimeter. Tennisschoenen zijn toegestaan. We willen geen logo's, namen, afbeeldingen of insignes van fabrikanten zien op de kleding,' voegde ze eraan toe, wat een verbod betekende voor mijn lievelingssweater. 'In schooltijd mogen onze leerlingen geen dikke jacks of regenjassen dragen.

'Hier is een lijst van de dingen die je niet mee naar school mag nemen. Let erop dat alle soorten radio's verboden zijn. Een scherp voorwerp, van welke aard ook, betekent onmiddellijke schorsing en misschien zelfs een gerechtelijke vervolging. Het heeft geen zin sigaretten mee naar binnen te nemen; roken wordt gestraft met schorsing. Elke overtreding van de gedragscodes, vandalisme, gewelddadig optreden en gebruik van scheldwoorden en vloeken kan tot gevolg hebben dat je van school wordt gestuurd. Is dat allemaal duidelijk?'

'Ja,' zei ik.

'Goed. We hebben je gegevens bij je school opgevraagd en je lesrooster is opgesteld. Omdat je geen behoorlijk schooluniform draagt, kan ik je niet toestaan vandaag te beginnen,' eindigde ze.

Brenda's mond viel open.

'Maar dat wisten we niet, en…'

'U weet het nu. Hier is een lijst van de winkels in de onmiddellijke omgeving waar de juiste schoolkleding verkocht wordt.' Ze keek op haar horloge. 'Als u kunt kopen wat u nodig hebt en met de lunch terug kunt zijn, zal ik haar toestaan vanmiddag met haar lessen te beginnen.'

Ze glimlachte alsof ze gratie had verleend aan een ter dood veroordeelde en overdreven uitingen van dankbaarheid verwachtte. Brenda nam de lijst aan.

'Kom,' zei ze tegen mij. 'We zijn vóór de lunch terug,' zei ze tegen de directrice.

'Heel goed,' zei dr. DeBerry, die bleef glimlachen.

'Uniformen!' kermde ik toen we het kantoor verlieten. 'En wit. Ik zie er niet uit in wit.'

'Het zal je nog meer motiveren om af te vallen,' zei Brenda. Ze keek op haar horloge. 'Laten we zorgen dat we dit zo gauw mogelijk achter de rug hebben. Ik wil om één uur naar mijn college, en aan het eind van de middag wil ik mijn coach spreken.'

In de winkel wilde ik een extra-large blouse met lange mouwen en een Peter Pan-kraag kopen, maar Brenda stond erop dat ik een medium nam, die dichter bij mijn maat kwam. De vetrollen rond mijn middel waren opvallend zichtbaar. Ik liet Brenda een 'acceptabel' vest kopen dat paste bij een marineblauwe rok. Ik had al een paar tennisschoenen.

Haastig gingen we terug naar de school, om dr. DeBerry mijn kleding te laten keuren en haar fiat eraan te geven. Ze liet ons bijna twintig minuten wachten in de ontvangstruimte. Ik dacht dat Brenda een woedeaanval zou krijgen en de directeur lik op stuk zou geven, maar ze slikte haar boosheid in toen we eindelijk binnen mochten komen voor mijn modeshow.

'Heel goed,' zei dr. DeBerry, en vroeg haar secretaresse me mijn kaart met het lesrooster te geven. Brenda holde weg zonder afscheid te nemen. Dolores Donovan, een meisje uit de hoogste klas dat kantoordienst had in haar vrije tijd, werd aangewezen om me een snelle rondleiding te geven door het gebouw en me naar mijn volgende les te brengen: Amerikaanse geschiedenis.

Mij leek het meer of haar taak was mijn biografie te schrijven. Bijna om de anderhalve meter had ze weer een nieuwe vraag. Natuurlijk de gebruikelijke: 'Waar kom je vandaan? Wanneer ben je hiernaartoe verhuisd? Waarom? Hoe was je school? Je vriendinnen?

Vind je het erg dat je verhuisd bent?' Ik antwoordde zo vaag mogelijk, vertelde haar alleen dat we verhuisd waren wegens familieomstandigheden. Maar ze wist van geen ophouden.

'Wie was dat meisje dat je gebracht heeft? Waarom heeft je vader of je moeder je niet gebracht?'

Ze bracht me zo in het nauw dat ik gedeeltelijk de waarheid vertelde. Ik vertelde haar hoe papa was gestorven en dat mijn moeder was overleden aan een hartstilstand. Hartstilstand was zo'n goede manier om iemands dood te beschrijven, dacht ik. Iedereen accepteerde dat, en ik wilde beslist niet dat iemand hier zou weten dat mama zelfmoord had gepleegd. Ik schaamde me niet voor haar, maar ik wist hoe ze dan naar me zouden kijken, en ik had al twee minpunten: mijn gewicht en het feit dat mijn ouders niet meer leefden. Zelfs nu, dacht ik bij mezelf, zelfs onder deze omstandigheden was het nog belangrijk om te worden geaccepteerd, vriendinnen te vinden, niet het mikpunt van spot te zijn. Het verbaasde me dat het me zoveel kon schelen.

'O. Wat vreselijk voor jou en je zus,' zei Dolores. Voordat de schooldag was afgelopen zou iedereen in al mijn klassen weten wat Dolores wist.

Voorlopig althans, dacht ik, zou niemand me plagen met mijn gewicht. Ik kon me verschuilen achter medelijden en medeleven. Was dat slecht van me? Ik hoopte dat ik misschien een paar pond zou kunnen afvallen voordat iemand me als doelwit zou kunnen gebruiken. Onder één dak wonen met Brenda zou het gemakkelijker maken. Ze zou beslist alle levensmiddelen in de kasten controleren. Wie weet? Misschien zou ze zelfs de suiker checken, die elke avond wegen. Misschien had ik dat wel nodig: iemand die me onder controle hield. De helft van de tijd at ik uit verveling. Ik zou er dus voor moeten zorgen dat ik me niet verveelde.

Ik bekeek de naschoolse activiteiten en dacht erover de schaakcursus voor beginners te volgen. Ik hield van bordspelen, maar had nooit de tijd genomen om te leren schaken. Papa had me verteld dat hij het een beetje speelde, maar hij was nooit erg enthousiast om het me te leren, beweerde dat hij daar niet erg goed in was, omdat het hem ontbrak aan geduld. Het enige bordspel waartoe ik Brenda ooit had weten te verleiden was dammen. Maar zij vond langer dan tien minuten stilzitten niet gezond en weet mijn onvermogen om af te vallen gedeeltelijk daaraan. Maar voordat de school was afgelopen, schreef ik me in voor de schaakclub voor beginners, die de volgende dag bijeenkwam. Ze kwamen twee keer per week bij elkaar.

Geen van de andere leerlingen had veel haast om kennis met me te maken, wat me niet verbaasde. Ik ving tijdens de lessen 's middags een paar vaag nieuwsgierige blikken op. De docenten stelden me voor, maar niemand kwam zodra de bel gegaan was, haastig naar me toe om vriendschap te sluiten. Net als op mijn oude school voelden de andere leerlingen zich op hun gemak in hun kliekjes. Sommige vriendschappen waren in de loop van de tijd ontstaan, en daar kwam je niet gemakkelijk tussen. Ik begreep het wel, maar was toch jaloers. Afgezien van mijn docenten, was Dolores praktisch de enige die de hele middag tegen me praatte.

Celia stond te wachten op het parkeerterrein toen de school uitging. Ze was vrolijk en vol energie en enthousiasme. Ik wist dat het een show was om me te helpen me een goed gevoel te geven over de verhuizing en de nieuwe school. Ik was me daar heel goed van bewust, maar ik vond het moeilijk om opgewekt te zijn. Ik denk dat ik er vrij ongelukkig uitzag.

'Een mooie omgeving!' zei ze. Ze stond buiten de auto en keek om zich heen. 'En zo dichtbij. Je kunt het bijna lopen. Als het weer beter wordt, zou je dat misschien moeten doen.'

'Wie heeft je gevraagd dat te zeggen? Brenda?'

'Nee, waarom?' vroeg ze glimlachend.

'Een manier om af te vallen,' mompelde ik en stapte in de auto.

'Brenda heeft niets tegen me gezegd. Je wordt paranoïde, wat gebruikelijk is in jouw omstandigheden. Feitelijk ben jijzelf onbewust degene die achter je aan zit, en niet Brenda, en zeker ik niet. Maar maak je daar nu allemaal geen zorgen over. Ik zal je helpen.'

'Hoe?' snauwde ik.

Ze glimlachte. 'Heb geduld. Je zult het zien. Je hebt me niets verteld over de school. Hoe was het?'

Ik antwoordde met mijn beroemde schouderophalen. 'School is school,' zei ik.

'In ieder geval zijn er andere scholen in de stad die meer vervallen zijn dan deze,' verklaarde ze terwijl ze instapte. 'Was het in ieder geval wel oké?' drong ze aan. Waarschijnlijk had ze eens geleerd dat het belangrijk was een antwoord uit te lokken.

'Nee,' zei ik. Ik besloot niet te doen alsof, alleen om anderen een goed gevoel te geven. 'Kijk maar naar me. Kijk maar naar wat ik moet dragen. Ze hebben hier kledingvoorschriften.'

'Zo erg is het niet.'

'Jij hoeft het niet te dragen, dus jij hebt gemakkelijk praten,' kaatste ik terug. 'Ik moet gaan winkelen om nog een paar uniformen te kopen. Ik kan nog twee andere kleuren kiezen voor de rok.'

'O. Wil je nu gaan winkelen?'

Ik haalde mijn schouders op. Ze raadpleegde haar horloge.

'Laten we het doen, en dan pikken we Brenda op. Tegen die tijd zal ze wel klaar zijn met de training. We kunnen in dat grote Chinese restaurant eten.'

'Gaan we elke avond buiten de deur eten?'

'Nee, malle. Ik dacht alleen dat het gemakkelijker zou zijn tot we gesetteld zijn.'

'Gesetteld,' aapte ik haar na, en drukte mijn voorhoofd tegen het zijraam. De wereld zag er somber en duister uit.

Waarom had mama niet aan mij gedacht voor ze al die pillen nam? Ze wist hoe ik was, hoe mijn leven was. Waarom had ze daar geen rekening mee gehouden? Het leek vreemd om zo te denken, maar zo dacht ik wél. Mama had egoïstisch gehandeld toen ze zich van het leven beroofde. Soms moet je blijven leven ter wille van iemand anders, vooral als je moeder bent en vooral als de vader van je kind dood is. Ik dacht niet dat het mogelijk was, maar ik was kwaad op haar omdat ze me in de steek had gelaten.

Toen we de kleren hadden gekocht en Brenda hadden afgehaald, gingen we naar het Chinese restaurant. Wat me niet verbaasde, maar wel teleurstelde, was Brenda's gebrek aan belangstelling voor mijn schooldag en hoe ik die halve dag was doorgekomen. Vanaf het moment waarop we haar ophaalden tot we hadden gegeten, praatte ze aan één stuk door over de komende all-starwedstrijd en de ontdekking dat ze onder leiding zou staan van de coach van een andere school, iemand op wie ze niet erg gesteld was. Ze had te veel slechte dingen over hem gehoord.

'Hij deelt straf uit als je een worp doet die hij onverstandig vindt. Het zet ons allemaal onder veel te grote, onnodige druk. Op die manier kan ik niet goed spelen.'

'Wees gewoon jezelf, en als het hem niet bevalt, is dat zijn pro-

bleem. Ze weten toch allemaal wel dat jij de beste speler bent.'
'Ik ben niet de beste. Ik ben een van de besten.'
'Nee, je bent de beste. Ja toch, April?' vroeg Celia. Ze overviel
me.
Ik sperde mijn ogen open en wilde instemmen.
'Hoe moet zij dat weten? Ik zit niet te vissen naar compliment-
jes. Hou er dus mee op, Celia.'
'Oké, oké. Ik ben met April nog wat uniformkleding gaan kopen,'
zei ze, en leidde als een verkeersagent het gesprek naar een ander
onderwerp.
Brenda zuchtte en informeerde toen eindelijk naar de school.
'Ik ben lid geworden van de schaakclub voor beginners,' zei ik.
Ze grijnsde spottend. 'Ik heb het altijd al willen leren. Morgen ko-
men ze bij elkaar.'
'Mooi zo!' zei Celia snel.
'O, ja, geweldig. Met autorijden en schaken krijgt ze een hoop li-
chaamsbeweging.'
'Dat komt best in orde,' hield Celia vol.
Brenda keek me aan met een van haar 'Daar zou ik maar voor
zorgen'-blikken en at verder.
Ik at ongeveer de helft van wat ik besteld had. Mijn maag voelde
of ik een tiental lepels cement had ingeslikt.
'Laten we op weg naar huis een nieuwe televisie kopen,' stelde
Celia voor. 'Ik weet dat je de internationale basketbalcompetitie zult
willen zien.'
Brenda gaf toe en we gingen terug naar het warenhuis. Een ver-
koper bood aan het toestel voor ons naar de auto te brengen, maar
Brenda liet hem luid en duidelijk weten dat we daar zelf heel goed
toe in staat waren. Celia was het er kennelijk niet erg mee eens en
toonde weinig enthousiasme om ermee te sjouwen. Het toestel was
niet opvallend zwaar maar wel omvangrijk, en ik weet zeker dat we
een malle indruk maakten toen we probeerden het op de achterbank
te krijgen. Ten slotte moesten we het uit de doos halen, en ik moest
ernaast gaan zitten en het vasthouden toen we naar huis reden.
Brenda en ik brachten het naar binnen en Brenda installeerde het.
Ik keek samen met hen een tijdje naar de televisie voordat ik naar
mijn krot ging zoals ik het nu noemde. Het was echt niet veel meer
dan een inderhaast gebouwde schuur. Het elektrische kacheltje deed

niet veel, zelfs niet in die kleine ruimte. Ik werkte aan mijn school-opgaven, die leken achter te blijven bij wat ik al geleerd had in Hickory, en ging toen slapen.

Brenda had me duidelijk gemaakt voordat ik het 'hoofdgebouw' verliet, dat ze niet van plan was me elke ochtend wakker te maken.

'Je hebt nu je eigen verantwoordelijkheid,' zei ze. 'Je hebt je eigen auto. Je moet zelf op tijd opstaan en ontbijten. Ik wil niet te horen krijgen dat je te laat op school komt,' waarschuwde ze.

De rol van voogd maakte dat ze een heel andere houding aannam. Het amuseerde me als Celia, telkens als Brenda streng tegen me optrad, reageerde met een lach of een opmerking als: 'Het komt allemaal wel goed. Maak haar toch niet zo bang.' Of ik het wilde of niet, ze werd een bondgenote tegen mijn eigen zus. Het ergerde Brenda en ze verweet het Celia, maar Celia lachte erom en zette haar tactvol naar haar hand. Als ík dat doorhad, kon Brenda dat toch zeker, dacht ik, maar Brenda was vergevensgezind ten opzichte van Celia, veel meer dan van mij.

De schooldag begon zoals hij de vorige dag voor me geëindigd was. Ik was gewoon niet interessant of mooi genoeg om de belangstelling te wekken van een van de jongens of meisjes. Het beetje nieuwsgierigheid van de vorige middag leek op te gaan in rook, en ik voelde me algauw onzichtbaar. Dat was geen ongewoon gevoel voor me. Misschien omdat het eenvoudiger en veiliger was, accepteerde ik het.

In de lunchpauze vroegen drie meisjes van mijn Engelse les of ik bij ze kwam zitten. Ze begonnen me te ondervragen als openbare aanklagers. Ik wist dat ze zochten naar iets opzienbarends dat ze hun andere vriendinnen als de voorpagina van een krant onder de neus konden duwen, maar mijn antwoorden waren te vriendelijk en nietszeggend, te saai. Ik had niet veel te vertellen over het sociale leven, de jongens en meisjes in Hickory, of de docenten. Eén meisje, Nikky Flynn, had familie in Hickory en was er eens geweest. Ze beschreef het als 'saai'. Zelfs het winkelcentrum had haar teleurgesteld. Het gesprek ging al spoedig over op henzelf, en na een paar minuten was ik meer als een vlieg op de muur dan als een tafelgenoot.

Het opwindendste deel van de dag vond ik de schaakclub die middag. Ongeveer tien minuten na de laatste bel liep ik naar een kamer in de schoolbibliotheek, waar ik acht andere leerlingen aantrof en de economieleraar, een lange, slungelachtige man, meneer Kaptor. Hij had vlassig, lichtbruin haar en kraalogen onder een bril met dikke glazen in een goudkleurig montuur, maar hij heette me enthousiaster welkom dan iemand anders had gedaan. De andere leerlingen gingen twee aan twee aan de tafeltjes zitten, en ik zag een lange, heel donkere jongen met gitzwarte ogen en lang gitzwart haar, rondlopen en de schaakborden bestuderen, toen de anderen hun zetten begonnen te overwegen. Hij had een scherpe kaak en een strakke, krachtige mond. Toen ik hem van dichterbij zag, vielen me zijn lange wimpers op en ik bewonderde zijn hoge jukbeenderen. Hij was niet dik of, zoals Brenda het zou noemen lomp, maar zag er gespierd en afgetraind uit.

'Welkom in de club,' zei Kaptor, terwijl hij me een hand gaf. 'Ken je de beginselen van het schaken?'

'Nee, meneer,' zei ik.

'Prima, prima. Daarom noemen we het een club voor beginners, dus laat je niet ontmoedigen. Doe het rustig aan, en je zult verbaasd zijn hoe snel je het oppakt. Mijn leerling-assistent zal je op weg helpen. Peter,' riep hij, en de donkerharige, knappe jongen draaide zich naar ons om en zag me nu voor het eerst. Hij had zo gespannen gelet op de anderen, dat hij niet had gemerkt dat ik was binnengekomen.

Hij kwam naar ons toe.

'Dit is Peter Smoke,' zei Kaptor. 'Peter, mag ik je voorstellen aan een nieuw lid, April Taylor. Ze is gisteren pas op school gekomen en heeft onze club gekozen voor haar buitenschoolse activiteit.'

Peter staarde me met een uitdrukkingsloos gezicht aan. Ten slotte knikte hij.

'Peter is nogal cynisch ten opzichte van nieuwe leden,' legde Kaptor uit. 'We krijgen er elke maand een paar, die een of twee keer komen en die je daarna nooit meer ziet. Hij heeft er een hekel aan om zijn tijd te verspillen, niet, Peter?'

'Precies,' zei hij droogjes. 'Wat weet je van het spel?'

'Ik weet dat er een koning, een dame en lopers zijn, maar dat is dan ook alles,' zei ik eerlijk. 'Ik heb tot nu toe alleen maar gedamd.'

Hij lachte niet. Ik vroeg me af of hij kón lachen. Wat voor naam was dat trouwens, Peter Smoke?

'Laten we beginnen,' zei hij. Hij knikte naar een stoel. 'Ga zitten.'

Ik keek naar Kaptor.

'Ik loop wat rond en kom straks hier terug, maar Peter is perfect om iemand de eerste spelregels bij te brengen. Hij is heel bescheiden, maar hij is wel de regionale kampioen,' zei Kaptor.

Peter zette de stukken klaar, en ik ging tegenover hem zitten. Het was maar een schaakspel, maar mijn hart bonsde of ik me had ingeschreven voor een marathon.

'Oké,' zei hij. Hij keek naar de stukken en niet naar mij. 'Het doel van het spel is de koning van je tegenstander schaakmat te zetten. Schaakmat is wanneer een koning wordt aangevallen en bij de volgende zet niet kan uitwijken en in de val zit. De torens beginnen het spel in de hoeken. De paarden staan naast de torens. De lopers beginnen naast de paarden, en dan komen de koning en de dame. Denk eraan dat de witte dame op een wit veld begint en de zwarte dame op een zwart,' zei hij, en tilde één voor één de stukken op, zodat ik goed kon zien wat een dame was. 'Om het spel te beginnen doet wit de eerste zet, en daarna zwart, en dan om de beurt tot het schaakmat staat.'

Eindelijk sloeg hij zijn ogen op, en onwillekeurig staarde ik hem aan.

'Begrijp je het tot dusver?'

'Ja. Maar je springt niet over stukken heen zoals bij dammen, hè?'

'Nou, nee. Dammen is een grap vergeleken met schaken. Vergeet maar dat je het ooit gespeeld hebt.'

'Zo vaak heb ik het niet gespeeld.'

'Goed,' zei hij, keek even naar het bord en toen snel weer naar mij. 'Was er op je vorige school geen schaakclub?'

'Nee, maar ik heb het altijd graag willen leren. Mijn vader kon het, maar speelde niet vaak en had niet het geduld om het me te leren. Mijn zus heeft een hekel aan bordspelen, zij is een sportvrouw. We woonden in Hickory. Misschien weet je waar dat is.' Ik besefte dat ik doorratelde als een auto met kapotte remmen en beet onmiddellijk op mijn lip om mijn mond te houden.

'Natuurlijk weet ik waar dat is.' Hij richtte zijn aandacht weer op het bord, en ik dacht dat het daarbij zou blijven, maar hij keek weer op. 'Mijn volk waren de eerste bewoners van deze staat. Ik ken elk plekje erin.'

'Jouw volk?'

'Ik ben een Cherokee. Ik ben niet hier opgegroeid, maar in Oklahoma. Ik ging terug om bij mijn tante te gaan wonen toen mijn vader stierf. Mijn moeder is bij mijn geboorte gestorven.'

'O.'

Hij keek weer naar het bord.

'Mijn ouders zijn ook gestorven,' flapte ik eruit, omdat hij niets over mij leek te weten. Ik nam aan dat hij zich op school niet met het roddelcircuit bemoeide.

Hij keek me weer aan, en voor het eerst lag er een zachtere uitdrukking in zijn ogen. Hij zei niets. Hij pakte de koning op.

'De koning kan in alle richtingen één veld verplaatst worden, en een stuk van de tegenstander slaan als het op een van die velden staat, aangenomen natuurlijk dat je tegenstander dat stuk niet verdedigt. De koning kan nooit verplaatst worden naar een vak dat door de tegenstander verdedigd wordt. Als je dat doet, zet je je koning schaak. Zelfmoord.'

Hij verzette een paar stukken.

'Kijk. In dit geval staat de toren één veld verder en is onverdedigd. Als ik deze twee torens hier zet, op deze manier, kunnen ze elkaar verdedigen, en kan de koning maar één kant op. Ga ik te snel voor je?' vroeg hij.

'Ja.'

Hij leunde achterover.

'Goed. Laten we de zetten bekijken die elk stuk kan maken, en dan komen we terug op wat ik net zei. De toren kan een willekeurig aantal velden nemen in rechte lijn, horizontaal of verticaal, maar de toren mag over geen enkel stuk springen, van welke kleur ook. Snap je?'

Ik knikte.

'De loper kan diagonaal over een aantal velden bewegen, maar mag evenmin als de toren over een ander stuk heenspringen. Net als de toren, kan hij naar voren en naar achteren gaan, maar slechts in één richting tegelijk. Oké?'

'Ja.'

'De dame combineert de macht van de toren en de loper. Ze kan horizontaal, verticaal of diagonaal bewegen.'

'Wauw,' zei ik.

Hij keek me even aan, maar ging verder.

'Net als de koning kan ze elke richting uit, maar in tegenstelling tot de koning kan ze in één richting over het hele bord bewegen, zolang er geen stukken in de weg staan.'

Hij haalde diep adem.

'De paardensprong is heel bijzonder. Het springt van zijn eigen veld rechtstreeks naar het nieuwe veld. Het paard kan over andere stukken heenspringen die tussen het oude en het nieuwe vak staan. Beschouw de beweging van het paard maar als een "L". Het neemt twee velden horizontaal of verticaal en maakt dan een bocht naar rechts voor één extra veld. Het paard komt altijd te staan op een veld van een andere kleur dan zijn oude veld.

'Ten slotte de pion. Net als een soldaat in de oorlog gaat een pion één veld tegelijk naar voren. Hij kan nooit achteruit. Maar pionnen die nog niet verplaatst zijn hebben de keus te beginnen met een dubbele zet, twee velden naar voren. Ze kunnen niet over andere stukken heenspringen, maar kunnen diagonaal slaan, echter niet meer dan één veld naar voren. Beschouw het maar als vechten met een mes in plaats van met een zwaard.'

'Wordt dit hele spel als een gevecht gezien?'

'Natuurlijk. Militaire strategen zijn er dol op. Het is strategie, verdediging, agressie, hinderlaag, terugtrekken, noem maar op.'

'Dammen is vriendschappelijker,' zei ik.

Hij staarde me zo strak aan, dat ik dacht dat hij op zou staan en weg zou lopen, maar tot mijn verbazing glimlachte hij zowaar.

'Je bent niet zo prestatiegericht, hè?'

'Ik denk het niet. Dat is het monopolie van mijn zus in de familie. Ze is een ster van het basketbalteam van de Thompson University. Ze speelt in het all-starteam van de regio. Ze spelen morgen over een week.'

'Mooi,' zei hij, kennelijk niet erg onder de indruk. Hij haalde de stukken van het bord. 'Oké, ik wil dat je nu de stukken zelf opstelt. Herhaal daarbij zoveel mogelijk van wat ik je verteld heb.'

Ik voelde iets van paniek in me opkomen. Ik had heel beleefd zitten luisteren, maar ik wist niet of ik me zelfs maar de helft van wat hij verteld had zou kunnen herinneren. Maar ik begon, en tot mijn verbazing ergerde hij zich niet aan mijn fouten. Ik besefte nu dat zijn rustige manier van doen niet werd veroorzaakt door ergernis maar door een innerlijke vrede, die ik nog nooit had gezien in iemand die zo jong was. Hij straalde een volwassenheid uit die ik hem alleen maar kon benijden.

'Mag ik vragen wat er met je vader gebeurd is?'

'Dat heb je nu al gedaan,' zei hij.

Ik beet op mijn lip.

'Hij was alcoholist,' zei Peter. 'Helaas is het begrip vuurwater een stereotiep idee over *Native Americans,* dat meer regel is dan uitzondering. Het leven in de indiaanse reservaten is verschrikkelijk. Dat er armoede heerst, is veel en veel te zacht uitgedrukt.'

'Ben je een volbloed Cherokee?'

'Ja. Mijn tante niet. De Cherokees werden in 1838 uit Tennessee verdreven tijdens een historische gebeurtenis die we de Trail of Tears, het spoor van de tranen, noemen. Een paar halfbloeden bleven, en een paar kwamen terug, en mijn tante is een daarvan.'

Hij boog zich over het bord.

'Wees maar niet bang,' zei hij. 'Ik zal je niet scalperen.'

Ik denk dat hij mijn gelaatsuitdrukking komisch vond. Zijn glimlach werd breder.

'Hoe gaat het?' vroeg Kaptor.

'Het is een begin,' antwoordde ik.

'Hoe luidt dat Chinese spreekwoord ook weer, Peter?'

'Een reis van tweeduizend kilometer begint met één stap,' antwoordde hij, terwijl hij naar mij keek. 'Ze heeft de eerste stap bijna achter de rug.' Hij keek op zijn horloge. 'Laten we het nog een keer overdoen,' zei hij, en richtte zijn aandacht weer op de schaakstukken.

Toen het uur was afgelopen, duizelde het me, maar ik moest bekennen dat ik ervan genoten had. Peter ging met Kaptor praten en ik liep naar de uitgang. Ik liep langzaam, denkend aan de dag, mijn lessen, het huis waarin ik nu woonde. Ik dacht ook aan oom Palaver en bedacht dat ik Brenda eraan moest herinneren dat ze contact met hem moest opnemen. Ik was bijna bij de auto toen ik hoorde: 'Kom je donderdag terug?'

Ik draaide me om en zag Peter Smoke.

'Ja,' zei ik. 'Ik wil ook een eigen schaakbord hebben en thuis oefenen wat ik heb geleerd.'

'Is het niet een te bloederig spel, niet te gewelddadig?'

'Je moet me niet voor de gek te houden,' zei ik, en hij begon zo-

212

waar te lachen. Hij knikte naar mijn auto. 'Je hebt je eigen auto?'

'Ja. Het was de auto van mijn moeder.'

'Wat is er met haar gebeurd?' vroeg hij. 'Jij hebt naar mijn vader geïnformeerd,' voegde hij de er snel aan toe.

Ik dacht even na. Iets in hem eiste eerlijkheid.

'Zoals de koning niet mag doen, verplaatste ze zich naar een veld dat in handen was van de tegenstander.'

Hij staarde me aan terwijl de betekenis van mijn woorden tot hem doordrong. 'Ik zei dat mijn vader alcoholist was. Dat is ook een vorm van zelfmoord,' merkte hij op.

Ik knikte. We bleven staan.

'Kan ik je een lift naar huis geven?'

Hij trok zijn wenkbrauwen op. 'Dat is een omweg.'

'Hoe weet je dat? Ik heb je niet verteld waar ik woon.'

'Het is een heel eind. Dat duurt te lang.'

'Ik heb tijd genoeg. Nu jij weer.'

'Hè?'

'Ik zou zeggen schaakmat,' zei ik, en deze keer lachte hij echt.

Hij stapte in de auto, en we reden weg, terwijl hij me aanwijzingen gaf.

'Je weet toch wel hoe je straks weer thuis moet komen?' vroeg hij.

'Ja.' Ik maakte me er geen zorgen over. 'Mag ik iets vragen over je naam?'

'Peter of Smoke?'

'Ik denk Smoke,' zei ik lachend.

'Dat is mijn voorouderlijke naam. Mijn achternaam werd gegeven aan de over over overgrootvader van mijn vader die in de Burgeroorlog vocht. Ze gaven de indianen toen namen en hem gaven ze de naam Jordan. Vanaf mijn twaalfde jaar weigerde ik die te accepteren, maar ik kon hem pas veranderen toen mijn vader was gestorven. Ik ontdekte dat de naam van mijn grootvader Tsu-S-di was, wat vertaald betekent "Smoke" – rook, dus nam ik die naam aan.'

'Waarom heette hij Smoke?'

'De naam komt van de Smokey Mountains. Mijn volk leefde daar in het jaar 1000, en er bestaan veel legendes over de bergen en de rook. Die zijn mystiek, machtig.'

Ik kon voelen dat zijn ogen op me gevestigd waren, bang dat ik misschien, zoals waarschijnlijk veel jonge mensen van mijn leeftijd deden, hem zou uitlachen. Ik draaide me naar hem om en zei: 'Ik wou dat ik een naam had met zoveel macht.'

'April is voorjaar,' antwoordde hij. 'Wedergeboorte, leven.'

'Ik bedoel mijn achternaam. Er zou een namenwinkel moeten zijn, waar ik een nieuwe kon uitzoeken.'

'Die is er,' zei hij, en gebaarde naar buiten. 'De wereld. Bovendien kies je je naam niet zelf. De naam kiest jou,' zei hij. 'Wees maar niet bang. Hij vindt je wel.'

Hij zei dat ik een bocht moest maken bij de volgende kruising, dan kwamen we in zijn straat. Het huis van zijn tante was minstens twee keer zo groot als onze bungalow. Het had een groter, mooier grasveld en prachtige magnolia's aan de voorkant.

'Je kunt het pad oprijden,' zei hij.

'Hoe ga je meestal naar huis?'

'De bushalte is twee straten ten zuiden hiervan. Geen probleem. Bedankt voor de lift.'

'Graag gedaan. Bedankt voor de schaakles.'

'Graag gedaan. Op welke manier verplaatst de dame zich anders dan de koning?' vroeg hij, naar me wijzend.

'Ze... kan zich verplaatsen zover ze maar wil als er zich geen ander stuk op haar pad bevindt.'

'Denk daar maar eens over na,' zei hij. 'Denk erover na hoe je je moet verplaatsen als de dame.'

Hij deed het portier dicht, glimlachte en liep naar de voordeur. Ik zwaaide, reed achteruit en deed net of ik precies wist hoe ik terug moest rijden.

Het was de eerste keer dat het me iets kon schelen hoe een jongen over me dacht, het me écht iets kon schelen.

14. Rooksignalen

Ten slotte moest ik stoppen bij een garage, uitstappen en de weg vragen, zo erg was ik verdwaald. Toen ik thuiskwam, zaten Brenda en Celia in de zitkamer. Brenda keek als iemand die een hevige migraine heeft.

'We maakten ons ongerust over je, April,' zei Brenda zodra ik binnenkwam. 'Waar was je? Zo lang kan die club van je niet hebben geduurd.'

'Nee. Ik heb iemand thuisgebracht.'

'Heb je nu al iemand naar huis gebracht?' vroeg ze met een grimas.

'Een jongen of een meisje?' vroeg Celia.

'Een jongen.'

'Je moet heel voorzichtig zijn, April,' ging ze verder. 'Stadskinderen zijn heel wat geraffineerder in het profiteren van mensen.'

'Hij profiteerde niet van me. Hij heeft niet gevraagd of ik hem thuis wilde brengen.'

'O!' zei Celia met opgetrokken wenkbrauwen. 'Hoe heet die jongen?'

Ik wendde mijn blik af. Ze zaten me met z'n tweeën te ondervragen als rechercheurs in een moordzaak.

'De laatste keer dat je met een jongen in een auto zat, heb je je een hoop moeilijkheden op de hals gehaald, April,' bracht Brenda me in herinnering.

'Dit is heel iets anders.'

'Dat mag ik wel hopen.'

'Nou, hoe heet hij?' drong Celia aan.

'Waarom? Wat maakt dat voor verschil?'

'April,' snauwde Brenda. 'Niet zo brutaal.'

'Hij heet Peter Smoke.'

'Peter Smoke?' Celia glimlachte. 'Meen je dat serieus?'

'Hij is een volbloed Cherokee-indiaan die hier bij zijn tante woont.'

'Zit hij bij jou in de klas?' vroeg ze.

'Nee. Hij is een laatstejaars. Hij is de assistent van de schaakleraar en de regionale schaakkampioen. Zo hebben we elkaar leren kennen.'

Celia trok haar wenkbrauwen weer op. 'O, hij is geen domkop, hij is een denker, een *Native American*-denker.'

'Niet plagen,' zei Brenda.'Ik wil niet dat ze denkt dat we iets bagatelliseren. Maar wees voorzichtig,' ging ze verder tegen mij, 'mensen profiteren van een nieuwkomer, vooral van een jong meisje dat een eigen auto heeft.'

'Dat is de aard van het beestje,' viel Celia haar bij. 'Je hebt een groot, edelmoedig hart, en je zoekt wanhopig naar een beetje geluk.'

'Zo wanhopig ben ik niet,' viel ik uit.

'We proberen je alleen maar te beschermen, April,' zei Brenda. 'Doe niet zo vijandig.'

Ik zuchtte diep.

'We willen niet opdringerig of bazig zijn. We zijn gewoon bezorgd voor je,' zei Celia. 'We willen geen van beiden dat je ongelukkig bent.'

'Oké. Het spijt me. Heb je oom Palaver nog gebeld, en hem verteld waar we zijn en hoe hij ons kan bereiken?' vroeg ik snel aan Brenda toen ze op het punt stond om weg te gaan.

'Ja, dat heb ik gedaan.'

'Waar was hij?'

'In Beaumont, Texas, en op weg naar New Orleans.'

'Hoe gaat het met Destiny?' vroeg ik.

Ze schudde haar hoofd. 'Hoe moet ik dat weten? Waarom?'

'Ik vroeg het me gewoon af.' Ik glimlachte heimelijk. Oom Palaver had haar niets verteld over Destiny. Hij had alleen mij in vertrouwen genomen. Het maakte dat ik me heel bijzonder voelde.

'Ik rij dit weekend terug naar Hickory,' zei Brenda. 'Ik moet een paar juridische dingen bespreken met onze advocaat. Er wordt een trustfonds voor jou opgericht. En de makelaar heeft iemand die het huis voor de tweede keer wil bekijken. Lijkt veelbelovend. Ik ga maar één dag. Wil je mee?'

216

'Nee,' antwoordde ik fel. Teruggaan naar Hickory nu mama er niet meer was, vond ik een afschuwelijk idee. En ik wilde ons huis beslist niet meer zien.

'Zoals je wilt,' zei ze. 'We hebben voor vanavond een gebraden kip gekocht. Ik dacht dat we er wat sla bij konden nemen en dat dat wel voldoende zou zijn.'

'Goed,' zei ik. 'Ik maak de sla wel.'

Ik vond het inderdaad goed. Plotseling kregen mijn dieet en afvallen een heel nieuwe betekenis. Celia keek naar me met een van haar veelbetekenende glimlachjes. Voor ze verder nog iets kon zeggen, liet ik ze alleen, legde mijn boeken in mijn studio en trok zo snel mogelijk mijn schooluniform uit. Toen ging ik terug naar de keuken om de sla klaar te maken.

Tijdens het eten was ik blij dat het gesprek ging over Brenda's all-starwedstrijd op vrijdag. Celia had het erover dat wij er samen heen zouden gaan. De wedstrijd werd gehouden in de gymzaal van een nabijgelegen neutrale universiteit. Terwijl ze erover zaten te praten, kwam er een idee bij me op. Ik vroeg me af of Peter Smoke zin zou hebben om mee te gaan. Was het te optimistisch om dat zelfs maar te veronderstellen, en meer ter zake, zou ik de moed hebben het hem te vragen of er zelfs maar op te zinspelen? Was het te vlug om nu al met zo'n voorstel te komen? Als hij me eens uitlachte?

'Vraag je je nieuwe vriend of hij zin heeft om mee te gaan naar de wedstrijd?' vroeg Celia, toen ik de kamer uit wilde gaan.

Ik vond het vreselijk dat ze mijn heimelijke hoop had doorzien. Was ik werkelijk zo gemakkelijk te doorgronden? Kon iedereen dat, of was Celia extra intelligent? En waarom vond ze dat trouwens zo belangrijk?

'Ik weet het niet. Ik heb hem alleen maar een lift naar huis gegeven,' mompelde ik, en liep snel weg, zonder op haar reactie te letten.

Maar ik kon Peter Smoke niet uit mijn gedachten zetten. Was het mogelijk dat een meisje zo snel verliefd raakte op een jongen? Was het slecht van me om zelfs maar daaraan te denken zo kort na mama's dood? Ik hield mezelf voor van niet, omdat ik me er eigenlijk nog niet goed bij neer kon leggen dat mama werkelijk weg was. Ik had het heel ver weggestopt en dwong mezelf er niet aan te denken. Ik stortte me op mijn huiswerk, las tot mijn ogen pijn deden en probeerde toen te gaan slapen. De trompetspeler was weer bezig, alleen klonk zijn muziek vanavond melancholiek. Ik kreeg tranen in mijn ogen en dacht aan mama, haar glimlach, haar lach en haar fantastische manier om me te steunen, me hoop te geven. Ik voelde me zo eenzaam zonder haar.

Had Peter Smoke ook zulke slapeloze nachten? vroeg ik me af. Miste hij zijn moeder ook zo? Zijn leven leek nog triester dan dat van mij. Hoe ging hij met zijn droefheid om? Uit welke bron putte hij zijn kracht? Hoe had hij die gedwongen herhuisvesting van de Cherokee-indianen ook weer genoemd? Trail of Tears. Ik had het gevoel dat ik datzelfde pad bewandelde. Een slecht, afschuwelijk en onbarmhartig lot had mijn herhuisvesting afgedwongen. Misschien had hij gelijk. Misschien zouden mijn nieuwe naam en mijn nieuwe identiteit me vinden. Ik moest leren geduld te hebben.

Ik glimlachte even. Als we elkaar weer ontmoetten, dacht ik, zou ik dat schaakbord van voren en van achteren kennen. Ik besloot mijn studietijd in de bibliotheek te besteden aan het lezen erover.

Ik had gehoopt hem de volgende dag op school te zien, maar hij was als een geest. Ik was verbaasd dat ik hem zelfs niet met de lunch in de kantine zag. Waar was hij naartoe? Nieuwsgierig liep ik naar Dolores en begon een gesprek door haar te vertellen dat ik me had aangesloten bij de schaakclub voor beginners.

'O, wat saai,' merkte ze op. Haar vriendinnen waren het snel met haar eens en knikten spottend.

'Niemand doet daaraan mee, behalve de oenen,' zei JoAnn Docken. Ze was lang, had lichtbruin haar en haar duidelijk cosmetisch geopereerde neus leek een reclame voor Snobs 'R' Us.

'Er was een interessante jongen die de leraar assisteerde. Hij zei dat hij een indiaan was.' Ik probeerde zo achteloos mogelijk over komen.

'Peter Smoke?' antwoordde Dolores.

'Ja.'

'Vergeet hem maar. Hij is een rare.'

'Ik zie hem niet op school,' zei ik om me heen kijkend.

'Hij eet nooit binnen. Zelfs als het regent zit hij buiten onder het afdak. Ik heb gehoord dat hij met een wolf slaapt of zoiets,' ging JoAnn verder.

'Als je aan hem ruikt, kan dat wel kloppen,' zei een ander meisje, Enid Lester. Ze zat bij mij in de wiskundeklas, schuin tegenover me, met haar kleine make-upspiegeltje uitgeklapt, alsof ze voortdurend haar gezicht moest controleren of er iets veranderd was. Meisjes als Enid waren als luchtverkeersleiders die constant hun eigen radarschermen afspeurden naar een bliepje in hun uiterlijk.

Iedereen lachte.

'Ik heb niets verkeerds geroken,' zei ik.

'Waarschijnlijk ben je niet dicht genoeg bij hem gekomen. Waarom, zie je iets in hem?' ging Enid verder.

'Nee, ik vroeg me alleen af...'

'Pas maar op,' zei JoAnn. 'We hebben gehoord dat hij zijn initialen heeft gekerfd tussen de borsten van het laatste meisje dat zijn vriendinnetje was op zijn school in Oklahoma. Iets indiaans, om ervoor te zorgen dat je vrouw uitsluitend en alleen van jou is.'

Ze lachten weer.

'Doe niet zo stom,' zei ik.

'Ze vindt hem aardig,' zei Enid zelfingenomen, en weer schaterden ze van het lachen.

Ik liet ze giechelend achter en liep de kantine en het gebouw uit. Het was eigenlijk helemaal niet zo'n slechte dag om buiten te eten, dacht ik. Het voorjaar was in aantocht, en vandaag scheen de zon en was het warmer dan gewoonlijk. Ik speurde het schoolterrein af. Eerst zag ik hem niet, en ik dacht al dat die meiden gewoon iets verzonnen hadden om me te pesten. Maar net toen ik me wilde omdraaien en teruggaan, zag ik zijn gitzwarte haar en besefte dat hij met zijn rug tegen een boom zat.

'Hoi,' zei ik, en hij draaide zich langzaam om, alsof hij wist dat ik naar hem toeliep. Hij keek niet verbaasd.

'Eet je altijd buiten?'

Hij draaide zich nog verder om en keek me aan. 'Ik breng zoveel mogelijk tijd buiten door. We zitten daar overdag al te lang opgesloten. Waarom zou je in een grote, lawaaiige ruimte eten als je dit hebt?' Hij knikte naar het grasveld, de bomen, de vogels en de blauwe lucht.

'Je hebt gelijk. Kan ik bij je komen zitten?'

'De wereld is van ons allemaal, als hij al van íemand is.'

Ik ging zitten en opende mijn bruine tas. Er zat alleen maar een appel in en een stengel selderij. Hij keek er even naar, maar vroeg niets en gaf geen commentaar. Ik nam een hap van de appel en toen een hap van de selderij. Ik wist zeker dat hij het geknauw kon horen.

'Luidruchtig voedsel,' zei hij. 'Dat zou je in de kantine niet horen met al dat geklets daar.'

'Sorry.'

'Geeft niet. Ik heb geen hekel aan dat soort lawaai. Het is dat gekwebbel dat me soms dol maakt. We zouden allemaal moeten betalen voor het aantal woorden dat we per dag spreken. Dan zouden de mensen minder nonsens verkondigen.'

Ik begon te lachen en dacht toen aan wat ik wilde zeggen. Zou hij dat ook nonsens vinden?

'Ik heb nog wat meer over schaken gelezen. Die beschrijvingen brachten me eerst in de war.'

'Welke beschrijvingen?'

'E2 naar E4. G1 naar F3.'

'O. En wat heb je geleerd?'

Ik boog me voorover en tekende met mijn pen een vierkant in de aarde. De linkerkant van het bord heeft de cijfers een tot acht, en de onderkant de letters A tot H, dus als ze zeggen "E2 naar E4", dan wil dat zeggen dat de pion twee velden naar voren gaat.'

Hij staarde me even achterdochtig aan en vroeg toen met een vaag glimlachje: 'En wat staat er achter die pion op letter E?'

Ik dacht even na, zag met gesloten ogen het bord voor me. 'De koning,' zei ik, en toen ik mijn ogen weer opende, zag ik een brede glimlach op zijn gezicht.

'Heel goed.' Hij leunde achterover en at zijn sandwich. Ik dacht dat dit het eind van ons gesprek was, maar hij strekte zijn arm uit naar de lucht en zei: 'We zijn allemaal geneigd te denken dat de wolken volkomen willekeurig zijn, maar als je de lucht lang genoeg bestudeert, zie je patronen. Daarom houd ik ook van schaken, het gevoel van orde, pure orde. Zoveel om ons heen is een chaos. Het is prettig om ergens patronen en orde in te vinden.'

Ik hield mijn adem in en bleef stil zitten. Het was een van die momenten waarop woorden overbodig zijn. Hij keek even naar me en toen aten we zwijgend verder tot we de bel hoorden.

'Ik kan je wel weer thuisbrengen als je wilt,' zei ik snel toen we allebei opstonden. 'Ik ken de weg nu.'

'Waarom?' vroeg hij achterdochtig.

'Waarom? Omdat... ik dan wat extra hulp kan krijgen met mijn schaaklessen,' zei ik in een poging mijn aanbod egoïstisch te doen klinken.

Hij onderdrukte een glimlach, maar ik zag de lach in zijn ogen. 'Oké. Dat is een eerlijke ruil. Je gaat mee naar binnen en brengt een uur achter het schaakbord door,' zei hij.

Mee naar binnen? In zijn huis?

Misschien was het in zijn gedachten een ruil of een taak of werk, maar voor mij was het of ik mijn eerste echte afspraakje had. We liepen samen weer naar binnen en namen afscheid in de hal na te hebben afgesproken waar en hoe laat we elkaar op het parkeerterrein zouden zien. Ik liep haastig naar mijn klas, met mijn gedachten bij Peters lieve glimlach. Ik hoorde niet dat Dolores en haar vriendinnen achter en naast me kwamen lopen.

'We hebben je gezien door het raam,' kirde Dolores. 'Jou en opperhoofd Smoke.'

'Zo mag je hem niet noemen,' zei ik.

'Waarom niet? Hij is een indiaan, en een opperhoofd is toch de hoogste indiaan?'

'Omdat je hem bespot, en dat weet hij.'

'Mocht wat,' zei Enid.

'Wat hoop je te worden, zijn squaw?' vroeg JoAnn lachend.

'Ze zou best een squaw kunnen zijn,' ging Enid verder. 'Squaws zijn toch groot en dik?'

Ik werd vuurrood. Snel liepen ze alle drie door, mij voorbij.

Mijn gewicht zal altijd het mikpunt zijn voor valse mensen, dacht ik. Brenda had van begin af aan gelijk gehad. *Ik zál die kilo's kwijtraken, al betekent het mijn dood,* zwoer ik. De rest van de middag ving ik hun spottende blikken en sluwe glimlachjes op zodra ik naar hen of naar hun andere vriendinnen keek. Mijn wittebroodsweken waren snel voorbij, besefte ik. De enige die nu nog medelijden met me zou hebben was ikzelf. Net als in Hickory streefde iedereen naar de top in de populariteitswedstrijd, en als op mij trappen om wat hoger op de ladder te komen hielp, dan moest dat maar.

Natuurlijk zei ik niets over de andere meisjes en hun valse opmerkingen tegen Peter toen we elkaar na schooltijd ontmoetten. Ik wist trouwens niet eens of het hem wel iets kon schelen. Hij leek weinig belangstelling te hebben voor het maken of behouden van vrienden. We reden weg voordat een van de meisjes op het parkeerterrein verscheen. Ondanks mijn bravoure was ik de weg naar zijn huis toch een beetje vergeten en hij moest me bij twee bochten corrigeren.

'Mijn tante is niet thuis,' zei hij toen we bij haar huis kwamen. 'Ze werkt voor een tandarts, ze is mondhygiëniste.'

'En haar man?'

'Ze is gescheiden. Het huwelijk liep gelukkig op de klippen voordat ze kinderen hadden,' zei hij, en ging me voor naar de deur.

Het huis van zijn tante was bescheiden in vergelijking met ons huis in Hickory, maar als ik het vergeleek met waar we nu woonden, was het een paleis. De zitkamer zag er gezellig uit. De meubels waren rondom de open haard gerangschikt. Het was een mooie haard van veldsteen met een schoorsteenmantel waarop een miniatuur staande klok stond en twee vazen met bloemen van gekleurd glas. Boven de haard hing een portret van een oude indiaan met een cowboyhoed, een blauw hemd en jeans met laarzen. Achter hem zag ik een paardenkraal en links een grazende pony. In de verte waren bergen met een blauwachtige kleur en een groep witte wolken rond de toppen.

'Dat is mijn overgrootvader,' zei Peter. 'Achter hem liggen de Smokey Mountains.'

'Wie heeft het geschilderd?'

'Mijn overgrootmoeder,' zei hij lachend. 'Kom, het schaakbord staat klaar in mijn kamer. Ik heb een partij opgezet.'

'Tegen wie speel je? Je tante?'

'Nee, tegen mezelf. Je zet een beroemde partij op,' zei hij, terwijl hij door de korte gang liep, 'en probeert de uitdaging aan te gaan. Het is een wedstrijd van vijf jaar geleden om het regionale kampioenschap.'

Zijn kamer was keurig en eenvoudig. Het bed was op militaire wijze opgemaakt, de deken zo strak getrokken dat je er een munt op kon laten stuiteren, en de kussens vertoonden geen kreukje. Alles in de kamer stond op zijn plaats. Op de ladekast stond een foto van een donkerharige vrouw in zilveren lijst. Ik vroeg het niet, maar ik nam aan dat het zijn moeder was. Rechts stond een tafel met twee stoelen en het schaakbord. Tegen de linkermuur stond een bureau, met zijn boeken, schriften en pennen keurig gerangschikt. De deur van de kast was dicht. De hardhouten vloeren waren gewreven en schoon, met een lichtbruin ovaal kleed naast het bed. Ik dacht meteen aan mijn armzalige studio, die een zwijnenstal was vergeleken met dit.

Het enige ongewone was een lichtblauwe hoepel met veren, kralen en pijlpunten, die boven zijn bed hing.

'Wat is dat?' vroeg ik.

'Dat is een dromenvanger.'

'Een wát?'

'Een dromenvanger. We geloven dat de nachtlucht gevuld is met goede en slechte dromen. De dromenvanger, die vrij in de lucht is opgehangen boven of naast je bed, vangt de dromen als ze voorbijzweven. De goede dromen weten hoe ze door de dromenvanger heen kunnen, glippen aan de buitenkant langs de zachte veren omlaag, zo zachtjes dat de slaper vaak niet weet dat hij of zij droomt. De slechte dromen, die de weg niet kennen, raken verward in de dromenvanger en gaan ten onder bij het eerste licht van de nieuwe dag.'

'Wauw! Die zou ik kunnen gebruiken,' zei ik.

Hij glimlachte, liep naar de kast, maakte die open en pakte een bijna identieke hoepel van de binnenkant van de kastdeur.

'Die is voor jou,' zei hij.

'Echt waar? Maar die is prachtig.'

'Echt waar.' Hij gaf hem aan mij.

'Ik heb niets om je terug te geven,' zei ik.

'Je hebt je vriendschap gegeven. Toe dan, pak aan,' en ik deed wat hij zei. 'Oké, laten we gaan schaken,' zei hij.

Hij begon de stukken te herordenen om een nieuw spel op te zetten.

'Het was niet mijn bedoeling om je spel te bederven.'

'Geen probleem. Ik heb het in mijn geheugen geprent.'

'Kun je dat?'

'Het is net als een mooi schilderij. Je vergeet het niet zo gemakkelijk,' legde hij uit. 'Ga zitten.' Hij wees naar de stoel tegenover hem.

Snel nam ik plaats. Hij vouwde zijn handen en boog zich over het bord.

'Laten we er wat dieper op ingaan. Je kent het bord, de manier

waarop de stukken verplaatst worden, het doel van het spel, een paar van de regels. De pion, zoals ik al begon uit te leggen, verplaatst zich op een heel ongewone manier. Het is een van de moeilijkste zetten om te leren en brengt mijn leerlingen vaak tot wanhoop. We noemen het slaan *en passant,* wat Frans is voor –'
'In het voorbijgaan,' zei ik.
Hij knikte, liet blijken dat hij onder de indruk was. 'Ken je Frans?'
'Het tweede jaar. Ik heb het als keuzevak.'
'*Très bien,*' zei hij. 'Oké. Ik zal je het verhaal vertellen over deze zet. In de begintijd van het schaken konden pionnen niet meer dan één veld tegelijk vooruit. In Europa werden een paar veranderingen aangebracht, om het spel wat te versnellen. Een daarvan is, zoals ik heb uitgelegd, dat de pion twee velden vooruit mag als hij nog niet verplaatst is. Wat ik nog niet heb verteld is dat als een pion helemaal naar de laatste rij op het bord gaat, hij in een ander stuk verandert.'
'Hoe bedoel je, een ander stuk?'
'Hij krijgt promotie, alleen kun je hem niet bevorderen tot een koning. Wel tot een dame, maar geen koning. Meestal is het een dame, dus het is mogelijk meerdere dames te hebben op het bord. En zeg niet zoiets stoms als te veel opperhoofden en niet genoeg indianen.'
'Dat was ik niet van plan,' zei ik lachend. Hij lachte ook.
'Om terug te komen op dat *en passant.* Het werd mogelijk een pion helemaal aan de andere kant van het bord te krijgen zonder dat de pion van de tegenstander de kans kreeg te slaan. De *en passant-*regel wordt als volgt toegepast. Voor één zet, en niet meer dan één zet, kan de zwarte pion reageren door de witte pion te slaan alsof hij maar één veld vooruit was gegaan. Om dat te bereiken wordt de pion diagonaal naar voren geplaatst.'
Hij demonstreerde het met de witte en zwarte pion.
'Alleen pionnen kunnen *en passant* slaan, maar dat kan alleen een pion in een aangrenzende rij. Snap je?'
'Ik geloof het wel.'
'Het is moeilijk, ik weet het. Kijk goed hoe ik de stukken verplaats, dan doe ik het nog een keer voor.'
Ik zag hem tegen zichzelf spelen. Terwijl hij de zetten uitvoerde, vertelde hij wat hij deed.
'Zie je?'

'Ja.' Het was allemaal nog wat warrig, maar ik wilde hem niet ontmoedigen en laten stoppen met zijn lessen. 'Wie heeft jou leren schaken?'

'Mijn vader.'

'Je vader? Maar ik dacht dat je zei...'

'Het was praktisch het enige dat we samen deden. Hij kon drinken en toch goed spelen. Na verloop van tijd begon ik zijn zetten te voorzien, en hij begon dingen te vergeten. Toen ben ik opgehouden met hem te schaken.'

'O, wat erg.'

'Niets ergs aan. Het is geweest en is er niet meer. Mijn grootvader zei altijd dat als je in het verleden blijft hangen, het je gevangenneemt. Ga naar buiten en begraaf het verdriet. Ik herinner me dat ik me eens bezeerde, ik was gestruikeld en uitgegleden en had mijn handpalmen tot bloedens toe geschaafd. Ik huilde tot ik geen tranen meer had. Toen bleef ik pruilen, tot mijn grootvader me mee naar buiten nam en een gat in de aarde groef. "Vooruit," zei hij. "Gooi je verdriet in die kuil." Ik had geen idee wat ik moest gooien, maar maakte een gebaar dat erop leek. En hij zei: "Goed," en gooide het gat dicht. "Nu vergeet je de pijn," beloofde hij, en dat was waar.'

Ik glimlachte sceptisch.

'Probeer het maar eens,' zei hij. 'Oké, laten we teruggaan naar de koning.'

'Feitelijk denkt mijn zus net als jij. Ze zegt dat je niet aan de vorige wedstrijd kunt blijven denken, of je nu gewonnen of verloren hebt. Je moet vooruitkijken naar de volgende wedstrijd. Ze is heel sterk in dat opzicht.'

Hij knikte.

'Ze speelt vrijdag in de all-starwedstrijd.'

'Dat heb je verteld,' zei hij.

'Het zal vast een spannende wedstrijd worden. Heb je zin om mee te gaan?' vroeg ik snel. 'De kamergenote van mijn zus gaat ook mee.'

Hij staarde even voor zich uit. Ik hield mijn adem in.

'Ik ben nog nooit naar een basketbalwedstrijd tussen meisjesteams geweest.'

'Ze spelen niet als meisjes. Je zult verbaasd staan hoe spannend het is, en als je mijn zus ziet spelen...'

Hij begon te lachen. 'Oké,' zei hij, toen hij mijn gezicht zag betrekken. Ik dacht dat ik overkwam als een idioot. 'Ik ga mee, maar ik koop mijn eigen kaartje.'

'Mijn zus krijgt zes vrijkaartjes. Er is er vast wel een voor jou bij.'

'Anders moet je het me vertellen,' zei hij. 'Begrepen?'

'Ja, natuurlijk.'

'Nu krijgen we het zogenaamde rokeren,' zei hij. 'De koning mag deel uitmaken van een heel bijzondere zet, de enige zet waarbij twee stukken tegelijk betrokken zijn. Om te rokeren...'

'Zet je de koning twee velden naar de toren toe en de toren onmiddellijk naar het veld aan de andere kant van de koning.'

Hij keek een beetje verbaasd op en ik glimlachte.

'Je hebt een paar dingen geleerd,' zei hij.

Mama zei altijd dat ze het hart van mijn vader via zijn maag met haar kookkunst had veroverd. Ik hoopte Peters hart te veroveren via het schaken.

'Wanneer kun je niet rokeren?' vroeg hij. Hij leunde achterover en sloeg zijn armen over elkaar.

'Wanneer?' Ik raakte in paniek. Ik had geen idee. Ik had de uitdrukking alleen uit mijn hoofd geleerd om indruk op hem te maken. Ik schudde mijn hoofd

'En waarom doe je het? Wanneer heeft het strategisch gezien enig nut?'

Weer schudde ik mijn hoofd.

'Als je te ver de zee ingaat voordat je heel goed kunt zwemmen, word je meegesleurd door de stroming,' waarschuwde hij. Toen lachte hij. 'Het is oké. Als je dat allemaal wist, zou ik vandaag niet je leraar kunnen zijn.'

Mijn glimlach keerde terug. Hij stond op en liep naar zijn cd-speler om wat muziek op te zetten. Heel ongewoon, maar interessant.

'Wat is dat?'

'Cherokee-muziek. Indiaanse fluit,' zei hij. 'Vind je het mooi?'

'O, ja.'

'Goed. Terug naar het rokeren, nu ik tegenover een expert zit.'

We gingen nog bijna een uur door voor het tot me doordrong hoe laat het was. Ik sprong bijna overeind.

'Ik moet naar huis,' zei ik, denkend aan het derdegraadsverhoor dat Brenda en Celia me de vorige dag hadden afgenomen.

'Het spijt me. Ik laat me meeslepen,' zei hij, en stond eveneens op. 'Vooral als ik werk met iemand die oprecht geïnteresseerd is en luistert.'

Ik glimlachte, al wist ik in mijn hart dat ik niet hier was voor het schaken, maar voor hem. Als hij daar enig vermoeden van had, liet hij het niet blijken.

'Vergeet je dromenvanger niet,' zei hij en gaf hem aan me.

Hij liep met me mee de deur uit naar de auto.

'En, vertel je me deze keer de waarheid?' vroeg hij. Ik verbleekte. Doorzag hij me en wist hij dat ik minder belangstelling had voor schaken dan voor hem?

'Hoe bedoel je?'

'Weet je werkelijk de weg naar huis?'

'O,' zei ik, opgelucht over zijn vraag. Ik liet hem het papier zien waarop ik de routebeschrijving had geschreven die ik gisteren had gekregen.

'Oké,' zei hij, en hield het portier voor me open.

Ik stond hem aan te kijken. In een vlaag van overmoed ging ik op mijn tenen staan en gaf hem een kusje op zijn wang.

'Dank je,' zei ik haastig en stapte in de auto. Ik durfde hem niet aan te kijken.

Hij keek geamuseerd toen hij het portier dichtdeed. Ik startte de auto, schakelde in de achteruit, en keek naar hem om nog een keer te zwaaien, maar hij had zich al omgedraaid en liep weer naar binnen.

Ik had me als een idioot gedragen en me belachelijk gemaakt, dacht ik. Mijn ogen brandden van de tranen toen ik bij de hoek van de straat was, en ik was bang dat ik problemen zou krijgen met rijden. Ik haalde diep adem, beet op mijn lip en probeerde het gevoel van stomheid en gêne van me af te zetten, maar tijdens de hele rit naar huis slaagde ik daar niet in.

15. Wij tegen de wereld

Brenda was er niet toen ik thuis kwam. Celia kwam hun kamer uit zodra ik binnen was en vertelde me dat Brenda met haar teamgenoten was gaan trainen en daarna met hen een hapje zou eten.

'Je bent laat,' zei ze. 'Peter Smoke weer?'

'Ja. Hij heeft me een extra schaakles gegeven.'

'Alleen een schaakles?' vroeg ze met een veelbetekenende blik.

'Alleen een schaakles,' herhaalde ik bits.

'Wat is dat?' vroeg ze toen ze de dromenvanger zag.

'Die heb ik van Peter gekregen. Het is een dromenvanger. Als je hem boven je bed hangt, houdt hij de nachtmerries bij je vandaan.'

'Werkte dat maar,' zei ze.

'Misschien doet hij dat wel. Misschien moet je er gewoon in geloven. Misschien is jouw probleem dat jij nergens in gelooft,' zei ik fel.

Haar lach klonk me na toen ik door het huis holde naar de achterdeur. 'Wat wil je eten vanavond?' riep ze.

Ik bleef even staan. 'Doe wat je wilt,' zei ik. 'Ik kook wel een paar eieren voor mezelf.'

Ik deed de deur dicht voor ze kon antwoorden en liep haastig door het tuintje naar mijn studio. Het eerste wat ik deed was de dromenvanger boven mijn slaapbank hangen. Ik was net klaar toen ik Celia op de deur hoorde kloppen.

'Wat is er?'

'Mag ik binnenkomen?' vroeg ze.

'Kom erin,' zei ik en plofte neer op de bank. Ik sloeg mijn armen over elkaar en keek kwaad voor me uit.

Ze stond in de deuropening naar me te kijken.

'Wat is er mis, April?'

'Niks.'

'Hoor eens, het spijt me. Het was niet mijn bedoeling de spot te drijven met die dromenvanger. Ik weet overigens wat ze zijn en ik heb veel respect voor het indiaanse spiritualisme. Ik heb een cursus gevolgd in vergelijkende religies en was verbaasd over de overeenkomsten tussen de *Native American*-religie en de religies van het Verre Oosten.'

'Interessant,' zei ik.

'Er zit je iets anders dwars behalve mijn oneerbiedige opmerkingen.'

Ik gaf geen antwoord. Ze bleef staan en hield de deur open.

'Ik weet hoe het is als je niemand hebt om mee te praten. Ik heb het grootste deel van mijn leven niemand gehad. Het is oké. Ik wil je helpen.'

'Dat zal wel.'

Ze kwam binnen en deed de deur achter zich dicht.

'Je hebt geen moeder meer, en ik denk niet dat Brenda een zus was die het geduld had om naar je problemen te luisteren.' Ze verbaasde me. 'Het is in orde. Ik klap niet uit de school. Brenda zou de eerste zijn om het toe te geven. Vergis ik me?'

'Nee,' zei ik, wetend dat Brenda nooit zou pretenderen iemand anders te zijn dan ze was. Vaak wenste ik dat ze het eens zou doen.

'Het is afschuwelijk om alleen te zijn met je emoties, vooral als ze zo snel en wild op je afkomen en zo nieuw en zelfs angstaanjagend zijn,' zei Celia.

Ze zat naast me op de bank. Ik keek even naar haar en wendde toen mijn hoofd af. Ook daarin had ze natuurlijk gelijk. Wat kon ik zeggen?

'Vind je die jongen echt aardig?'

Ik aarzelde even, toen ontspande ik me. 'Ik geloof het wel.'

'Het is verwarrend, ik weet het.'

'Ik heb me misschien belachelijk gemaakt,' bekende ik.

'O? Hoe dan?'

'Toen we afscheid namen, heb ik... heb ik hem gauw een korte zoen op zijn wang gegeven en ben toen in de auto gesprongen. Hij moet me voor gek hebben verklaard.'

'Dat zou me verbazen. Meestal is het de jongen die voor gek staat,' mompelde ze. 'Wat deed hij?'

'Niks. Hij draaide zich gewoon om en liep terug naar huis.'

'Misschien is hij erg verlegen. Daar lopen er nog steeds een paar van rond.'

Ik draaide me om en keek haar aan. 'Haat je mannen werkelijk zo erg?'

'Haten? Nee, ik ben alleen, laten we zeggen een beetje cynisch. Ik heb een aantal ervaringen gehad toen ik niet veel ouder was dan jij, en geen ervan was erg bevredigend. De meeste waren nogal schokkend, eerlijk gezegd.'

'Wil je daarom graag met een vrouw samen zijn?'

'Nee, ik kan niet zeggen dat het alleen door die ervaringen komt. Het is niet makkelijk uit te leggen waarom je gevoelens een bepaalde kant opgaan. Iets in me drijft me in die richting. En ik voel me prettig erbij,' voegde ze er snel aan toe.

'Wanneer wist je voor het eerst wat je gevoelens waren?' vroeg ik, stoutmoediger nu. Per slot was zij degene die naar me toe was gekomen om met me te praten.

'Dat wist ik niet.'

'Hoe bedoel je?'

'Ik wist het eerst niet van mezelf. Iemand anders wist het en heeft het me duidelijk gemaakt.'

'Hoe wist zij het van je voordat jij het zelf wist?'

'Soms kunnen mensen je beter zien dan jij jezelf ziet. Je bent niet objectief, en er zijn een paar dingen die je verhinderen de waarheid onder ogen te zien. Ik maakte een hoop afspraakjes op high school. Ik maakte veel werk van mijn uiterlijk. Ik was heel aantrekkelijk.'

'Je bent nog steeds heel aantrekkelijk,' zei ik met een onderliggende toon van verbittering. Ik vond eigenlijk dat dat knappe uiterlijk aan haar verspild was.

'Ik kreeg de reputatie dat ik frigide was. Ik kon er niets aan doen. Ik vond het niet prettig om te knuffelen en verder te gaan. Ik voelde me niet op mijn gemak. De jongens op school begonnen me de "No Girl" te noemen. Ze schreven het op mijn kastje, maakten grapjes over me. Op een dag schilderden ze 's ochtends zelfs een groot "NO" op mijn rug zonder dat ik het merkte, en ik werd door iedereen op school uitgelachen; het duurde een hele tijd voordat ik in de gaten had waarom.'

'Wat afschuwelijk,' zei ik. Ik was onwillekeurig getroffen door haar bekentenis. Ze had zich voorgedaan als Miss Perfect, briljant, aantrekkelijk en evenwichtig, zelfs na een heel triest leven thuis.

'Een ander meisje op school, Donna Cameron, sloot vriendschap met me terwijl mijn zogenaamde beste vriendinnen het lieten afweten. Ik werd niet meer uitgenodigd op hun party's of voor een dubbele afspraak.

'Over mannenhaatsters gesproken,' ging ze verder. 'Donna zou de hele mannelijke bevolking hebben gecastreerd als ze gekund had. Het grootste deel van haar leven was ze het mikpunt van spot geweest en ze had een dikke huid gekregen. Maar tegen mij was ze heel aardig en altijd bereid me gezelschap te houden. Onze vriendschap werd hechter. We babbelden veel met elkaar aan de telefoon, maakten samen huiswerk, gingen samen naar de bioscoop. We praatten nooit echt over seks, of hoe ik behandeld werd. Het was bijna net een echte schoolvriendschap, weet je. Jongens waren er nog op de achtergrond of werden als concurrenten beschouwd.

'Ze vertelde me over haar eigen mislukte liefdesavontuurtjes toen ze jonger was, en van het een kwam het ander. Ik begon meer te vertellen over mijn ervaringen, en op een avond, toen ze 's nachts bleef slapen...'

'Ja?' Ik kon mijn nieuwsgierigheid niet bedwingen.

'Ze raakte me aan en dat wond me op, en toen raakte ze me weer aan en we zoenden elkaar, en toen gebeurde het. Later spraken we er geen van beiden over. We gingen vaker bij elkaar thuis slapen, en voor het eerst in mijn leven voelde ik me compleet, ongecompliceerd, ontspannen. Langzamerhand gaf ik me over aan mijn ware ik, en ik denk dat ik dat aan Donna te danken heb.'

'Wat is er met haar gebeurd?'

'Dat weet ik niet. Na high school hielden we nog een tijdje contact. Toen ging ze in het leger en we dreven uit elkaar. Ik weet zeker dat ze iemand anders gevonden heeft, en dat is prima. Ik had met haar nooit kunnen hebben wat ik met Brenda heb.'

Ze zweeg en staarde naar de grond.

'Peter is de eerste jongen aan wie ik ooit op die manier gedacht heb,' zei ik. 'Denk je dat dat iets betekent? Ik bedoel, dat het zo lang geduurd heeft voor ik dat voelde?'

Ze haalde haar schouders op. 'Als ik iets heb geleerd in mijn leven, April, dan is het dat dergelijke vragen niet luchthartig beantwoord kunnen worden. Iedereen die je een antwoord geeft, praat gewoon een of ander boek over kinderpsychologie na.'

Ze klopte op mijn knie en stond op.

'Laat de dingen gewoon op je af komen. Wat gebeuren moet, gebeurt,' zei ze. 'Weet je zeker dat je maar twee eieren wilt vanavond? Ik heb een goed nieuw Thais restaurant ontdekt, en die gerechten bevatten heel weinig calorieën en vet, als je de juiste dingen bestelt. En ze zijn heel lekker. Je hoeft niet te lijden door een dieet, ondanks alles wat Brenda zegt over geen pijn, geen gein.'

'Oké,' zei ik glimlachend.

Ze was zo openhartig geweest tegen me dat ik het dom zou vinden om nukkig te doen. Brenda had de laatste tijd zoveel aan haar hoofd, dat ik besefte dat ik bofte met een vriendin als Celia.

'Fijn. Ik vind het vreselijk om in mijn eentje te eten, en als je zus bezig is met iets als deze all-starwedstrijd, is ze slecht gezelschap. Dan kan ik net zo goed met een etalagepop aan tafel zitten – of waar dan ook. Als ik nog één keer hoor hoe stom de strategie van deze coach is of hoe duidelijk het spelletje is dat hij speelt, ga ik naar de gymzaal en vermoord hem eigenhandig.'

Ik lachte.

'Kom als je klaar bent, dan gaan we eten,' zei ze bij de deur.

'Ik heb Peter gevraagd om mee te gaan naar de wedstrijd,' vertelde ik.

'O?'

'Brenda heeft toch nog vrijkaartjes?'

'Voor zover ik weet wel. Je zult het haar moeten vragen en ervoor zorgen dat zij ze niet weggeeft aan haar oude teamgenoten. Hij gaat dus mee?'

'Tenzij hij me een idioot vindt en niets meer met me te maken wil hebben.'

Ze haalde haar schouders op. 'Als dat zo is, het zij zo.' Ze keek me strak aan. 'Het leven gaat door, April. Je moet niet blijven piekeren over mislukkingen en tegenslagen.'

'Op de een of andere manier zegt iedereen dat,' antwoordde ik, denkend aan de raad die Peters grootvader hem had gegeven.

'Dan moet het waar zijn,' zei Celia en ging weg.

Ik zocht iets uit om aan te trekken, waste mijn gezicht en borstelde mijn haar, en toen liep ik haastig de tuin door om met haar te gaan eten. Onder het eten vertelde ze nog meer over haar eigen jeugd, een paar grappige dingen die haar waren overkomen, de vriendinnen die ze op de universiteit had gehad vóór Brenda, en haar ambities.

De muur die ik had opgetrokken tussen mijzelf en Celia begon af te brokkelen. Het was een nare gedachte, maar in zeker opzicht begon ik haar meer te waarderen dan mijn eigen zus. Ze scheen het ook te merken en zei dat ze wilde dat ik haar als haar nieuwe zus zou beschouwen.

'Vergeet niet dat we nu alleen elkaar nog hebben. Jij, ik en Brenda tegen de rest van de wereld, en zal ik je eens wat zeggen?'

'Nou?'

'Het zal heel goed gaan. Met ons allemaal.'

Ze reikte over de tafel, kneep even zachtjes in mijn hand en glimlachte.

Brenda was woedend toen ze na de training thuiskwam. Ze zei dat ze zich gekooid voelde door de stomme strategie van de coach. Hij trok een meisje voor van zijn eigen team, Charlotte Johnson.

'Ze is goed, maar niet zo goed als ik,' verklaarde Brenda. 'In bijna elk spel dat hij heeft ontworpen, eindigt zij met de worp. Het spijt me dat ik heb toegestemd in deze wedstrijd mee te spelen.'

'Ik weet zeker dat je het uitstekend zult doen,' zei Celia.

'Luister je dan niet naar wat ik zeg? Ik haat het om onder leiding van deze man te spelen,' snauwde ze.

'Ze wil je alleen maar wat opbeuren, Brenda,' zei ik.

Brenda trok haar wenkbrauwen op. 'O,' zei ze. 'Dank je, dr. Taylor.' Ze keek naar Celia. 'Je begint volgelingen te krijgen', en met die woorden ging ze naar de slaapkamer.

'Maak je geen zorgen,' zei Celia. 'Ze kalmeert wel. Ze heeft vaak van die woedeaanvallen vóór een grote wedstrijd. Dat komt omdat ze onder druk staat. Later heeft ze de pest aan zichzelf omdat ze zo was. Ik ga met haar praten,' zei ze en stond op.

'Vergeet de kaartjes niet,' riep ik haar na.

Na nog een paar minuten televisie, die niet veel meer was dan een lichtvlek met bewegende schaduwen, stond ik ook op en ging naar mijn studio.

De volgende ochtend was Brenda wat kalmer. Celia had geïnformeerd naar de kaartjes, en ze vertelde me dat ze er een had voor Peter.

'Laat het me morgen definitief weten,' zei ze. 'Anders wil ik het aan Paula Grassman geven, een van mijn teamgenoten.'

'Oké,' zei ik.

Op school zocht ik Peter, en ik begreep nu waarom het altijd zo moeilijk was hem tussen de lessen door te vinden. Hij holde voortdurend het ene lokaal uit en het andere weer in. Andere leerlingen bleven treuzelen in de gangen, stonden met elkaar te praten tot de bel ging en haastten zich dan naar hun klas voordat dertig seconden later de tweede bel ging. Het merendeel van de dag was hij op een andere verdieping, dus was ik niet snel genoeg in de gang om hem te pakken te krijgen.

Maar tijdens de lunchpauze vond ik hem bij zijn boom.

'Hoi,' zei ik. Hij keek me even aan.

'Hoi,' antwoordde hij en staarde weer naar de lucht.

'Ik heb vannacht geen nachtmerrie gehad,' zei ik.

Hij keek me aan om te zien of ik het serieus meende.

'Natuurlijk had ik die ook niet de nacht ervoor,' voegde ik eraan toe, en hij lachte.

'Dan zullen we moeten wachten om te zien of hij jou helpt of niet.'

Ik ging naast hem zitten en maakte mijn bruine tas open.

'Zelfde lunch?'

'Het is geen geheim dat ik probeer af te vallen,' antwoordde ik. 'Ik probeer het al heel lang. Maar altijd als ik een paar kilo ben afgevallen komen ze er weer aan.'

'Je moet het magische rad volgen,' zei hij.

'Wat is dat?'

'Iedereen heeft vier aspecten in zich. Noord is het fysieke gebied; Oost is wat we het gebied noemen van de kennis, de verlichting; Zuid is het spirituele gebied; en West is het gebied van het zelfonderzoek. Als je de weg bewandelt van je herstel, kies je een startpunt en gaat verder in de richting van de zon, terug naar je uitgangspunt. Een cirkel heeft geen echt begin of einde, dus als je via het rad terug bent bij het punt waar je begonnen bent, begin je opnieuw, maar met nieuw begrip. Het is iets waar je je hele leven mee doorgaat.'

'Ik snap niet hoe het in zijn werk gaat,' zei ik.

Hij draaide zich om en trok een cirkel in het zand waar ik het schaakbord had getekend.

'Het noorden is een plaats om te beginnen omdat het de plaats van de wedergeboorte is. Je neemt hier een besluit om op te houden met het misbruik van je lichaam. Eerst moet je inzien dat je jezelf benadeelt. Dat kun je niet tot je het verband ziet tussen je fysieke en emotionele ik. Je schaadt je lichaam omdat je inwendig kwaad bent. Ga die kwaadheid te lijf.'

Ik knikte. 'Ja, ik ben kwaad vanbinnen. Hoe maak ik daar een eind aan?'

'Ga naar het oosten, in de richting van de ochtend. Vertel jezelf dat je de moeite waard bent, dat je een heilig geschenk hebt gekregen, het leven, en dat je het recht hebt jezelf te zijn. Je moet een evenwicht zien te vinden tussen jezelf en anderen, een harmonie. Als je je er eenmaal van bewust bent wat de oorzaak is dat je jezelf en anderen verkeerd behandelt, kun je beginnen er een eind aan te maken.

'Kijk naar het zuiden.' Hij knikte naar de lucht. 'Erken dat er een hogere macht bestaat dan wij. Wend je tot die macht om hulp. Je moet een innerlijke band krijgen met jezelf, met het intiemste deel van jezelf, en je angsten, je verlangens en emoties erkennen. Op die manier zul je je eigen geest verzorgen.

'Als je naar het westen kijkt, zul je zien dat je de weg naar herstel, naar het oplossen van je problemen, vindt als je toegeeft dat niemand anders dan jij iets aan jezelf kan veranderen. Uiteindelijk ben je verantwoordelijk voor jezelf.'

'Heb jij de weg van het rad afgelegd?'

'Ja, en dat doe ik nu weer.' Hij knoopte zijn hemd los en liet me een medaillon zien dat hij om zijn hals droeg.

'Dit heb ik van mijn grootvader gekregen,' zei hij. 'Het is een traditioneel magisch rad.' Hij draaide het om. 'Aan de achterkant staat een gebed tot de Grote Geest.'

Ik begreep het natuurlijk niet. 'Wat is dat voor gebed?'

'Dit is een vierwindenmedaillon. Er staat: "Wiens stem ik hoor in de wind."'

'Ik heb me afgevraagd hoe je al je problemen hebt verwerkt,' zei ik.

Hij knoopte zijn hemd weer dicht.

'O? Hoe heb ik dat dan gedaan?'

'Door je op je gemak te voelen met wie je bent,' zei ik. Hij glimlachte.

'Begin aan je eigen reis, April.'

Hij wijdde zijn aandacht weer aan zijn sandwich en ik nam een hap van mijn appel.

'O,' zei ik. 'Mijn zus heeft een kaartje voor de wedstrijd voor je. Ga je mee?'

'Ik ga mee.'

'Mooi. Ik kom je ophalen. Ik bedoel, wij komen je ophalen, Celia en ik. Ik ben tot de conclusie gekomen dat ze echt erg aardig is.' Hij lachte. 'Dat is mooi.'

We aten rustig verder. De eerste bel ging, en we stonden op om naar binnen te gaan.

'Ik zie je op de schaakclub,' zei ik.

Hij knikte en liep naar zijn klas. Ik keek hem even na, draaide me toen om en liep naar mijn eigen lokaal. Dolores en haar vriendinnen grijnsden weer naar me. Ik keek glimlachend terug.

Eén les had ik al geleerd van Peter Smoke. *Als ik me op mijn gemak voel met wie ik ben,* dacht ik, *zullen ze me nooit kunnen kwetsen.*

Peter en ik hadden weer een goed schaakuur. Ik was zelf verbaasd dat ik me zoveel herinnerde en enkele ideeën had over het doen van een paar zetten. Ik zag dat hij tevreden was. Maar hij wilde niet dat ik hem daarna naar huis bracht. Hij moest die dag nog een paar boodschappen doen voor zijn tante. We namen afscheid op het parkeerterrein met het plan elkaar weer te ontmoeten in de lunchpauze. Ik vertelde hem hoe laat ik langs zou komen om hem af te halen voor de basketbalwedstrijd, en ik moest hem nogmaals verzekeren dat het in orde was.

Voor het eerst sinds we uit Hickory waren vertrokken, was ik enthousiast en voelde ik me gelukkig. Ik was vastbesloten het magische rad te volgen. Celia en Brenda waren niet thuis. Ik trok een joggingpak aan en ging lopen; ik verdwaalde bijna, omdat ik er niet op lette waar ik liep. Toen ik terugkwam, waren Celia en Brenda inmiddels thuisgekomen, en beiden waren aangenaam verrast, vooral Brenda.

'Je bent begonnen iets intelligents te doen zonder dat ik het je gezegd heb of je achter je broek heb gezeten,' merkte ze op.

'Ik ga naar het noorden,' zei ik.

'Hè?' Ze keek naar Celia om te zien of zij het begreep. Celia schudde haar hoofd. 'Wat bedoel je daarmee?'

'Dat zul je wel zien,' antwoordde ik en ging douchen en me verkleden voor het eten.

Nu ik aan die cirkel begonnen was, hoopte ik hem te kunnen afmaken.

16. De grote wedstrijd

Peter en ik hadden weer een goed gesprek tijdens de lunch, en deze keer gingen we vroeg genoeg naar binnen om hem me naar mijn klas te kunnen brengen. Na school bracht ik hem thuis en reed toen haastig zelf naar huis om me voor te bereiden op wat ik als ons eerste afspraakje beschouwde. Celia was al bezig Brenda een massage te geven. Alleen Celia scheen te merken, en zich ervoor te interesseren, hoe opgewonden ik was dat ik met Peter naar de wedstrijd zou gaan. Brenda vertrok als eerste. Ze at nooit veel vóór een wedstrijd, en ik wilde zelf ook niet veel eten. Mijn maag draaide om en ik voelde me alsof ik een hele zwerm wilde bijen had ingeslikt.

Ik nam een douche en waste mijn haar. Terwijl ik me opmaakte, kwam Celia binnen en verraste me met een blad kaas en crackers en een glas witte wijn voor mij en voor haarzelf.

'Een klein beetje kan geen kwaad,' zei ze toen ze zag hoe verbaasd ik keek. 'Dan ontspan je wat. Ik weet dat je zenuwachtig bent. Je wilt graag een goede indruk maken en je vraagt je af of het allemaal wel goed zal gaan. Een eerste sociale gebeurtenis is altijd het moeilijkst. Tenzij je natuurlijk al intiem bent geweest met Peter,' voegde ze eraan toe, terwijl ze mijn reactie bestudeerde.

'We zijn op het ogenblik alleen maar goede vrienden.'

'Goed. Je weet niet zeker of het iets meer zal worden. Dat is logisch.'

Ze overhandigde me de wijn, en ik nam een slokje en een hapje van een cracker met kaas. Ze zat op de rand van het bad en sloeg me gade terwijl ik aarzelde over mijn haar en make-up. Ze deed een paar suggesties. Behalve mama's adviezen nu en dan, had ik nooit iemand gehad om me raad te geven over mijn uiterlijk. Brenda maakte zich nooit op en droeg haar haar altijd kort.

'Je hebt mooie gelaatstrekken, April,' zei Celia. 'Je moet weten

237

hoe je die goed moet laten uitkomen, hoe je bijvoorbeeld je ogen moet laten opvallen.'

'Hoe bedoel je?'

Ze pakte de eyeliner en mascara uit mijn hand en liet me op de rand van het bad zitten. Terwijl ze bezig was met de make-up en besliste wat de juiste kleur lippenstift was voor mijn teint, gaf ze me een lesje in cosmetica. Het lag op het puntje van mijn tong om te vragen hoe het kwam dat ze daar zoveel van wist en waarom het zo belangrijk voor haar was als ze geen interesse had voor jongens, maar alweer voorkwam ze mijn vragen.

'We willen er goed uitzien voor onszelf. Het geeft ons een beter gevoel en we krijgen meer zelfvertrouwen. Meisjes die zich alleen kleden en opmaken voor jongens, zijn vaak niet trouw aan hun innerlijke persoonlijkheid. Voor hen is het min of meer het opzetten van een masker. Misschien hebben ze een vriend die er een hekel aan heeft als haar haar op een bepaalde manier geknipt is, terwijl haar dat juist flatteert. Ik denk dat de truc is jezelf niet te zien zoals een ander je ziet, maar zoals jij jezelf ziet. Klinkt dat een beetje logisch?'

Ja,' zei ik, denkend aan Peter en het magische rad. 'Je moet je op je gemak voelen met wie je bent.'

'Precies. Zo, voor je in de spiegel kijkt, moet ik je wenkbrauwen nog een beetje bijplukken. Heb je ze nooit getrimd?'

'Nee.'

Ik wachtte terwijl ze ermee bezig was, en toen zei ze: 'Oké, kijk nu maar in de spiegel en vertel me wat je ervan vindt.'

Ik stond op en staarde naar mijn spiegelbeeld. Ik kon niets doen aan mijn mollige wangen en ik vond het vreselijk dat mijn neus zo gezwollen leek door het extra gewicht dat ik meetorste, maar Celia had wonderen verricht. Ik had nooit gedacht dat ik er glamoureus zou kunnen uitzien, maar de make-up vestigde de aandacht op mijn ogen, en op de een of andere manier leek ik minder dik dan ik me voelde. *Zou ik mezelf knap durven noemen?* vroeg ik me af.

'Er zit een aantrekkelijk meisje daarbinnen, April. Je moet naar haar toe werken,' zei ze.

Niets wat ooit tegen me gezegd was, niet de waarschuwingen en dreigementen van Brenda bijvoorbeeld, niet de smeekbeden in mama's ogen, niet de nare dingen die papa tegen me gezegd had tijdens zijn Mr. Hyde-periode, hadden zoveel effect als Celia's woorden. *Ja, ik moet*

naar mezelf toe werken. Ik moet mezelf bevrijden uit al dit... vet.
'Dank je,' zei ik.
Ze glimlachte en omhelsde me. Ik voelde dat ik een vriendin had, een echte vriendin. Ze volgde me zelfs naar mijn studio om me te helpen uitzoeken wat ik aan moest trekken. Ik gaf altijd de voorkeur aan zwart omdat het slank maakte. Celia aarzelde. Niets van wat ik in zwart had beviel haar.
'Het is allemaal niet flatteus voor je figuur,' zei ze.
'Welk figuur?' vroeg ik spottend.
'Dat zul je wel zien,' zei ze. 'Wacht even.'
Ze holde weg en kwam terug met een dunne zwarte trui met een lage v-hals, waarvan ze zei dat hij goed zou staan op mijn zwarte rok. Ze had ook een paar lange gouden oorhangers bij zich en een parelketting.
Normaal voelde ik me altijd erg verlegen als iemand me zag terwijl ik me uitkleedde, maar Celia scheen mijn vetrichels niet te zien. Ze had alleen maar oog voor wat me aantrekkelijker maakte.
'Je hebt geen goede beha,' merkte ze op toen ik in mijn beha en slipje stond. 'Wanneer heb je er voor het laatst een gekocht?'
'Dat weet ik niet meer. Een paar maanden geleden, misschien wel een halfjaar.'
'Je hebt grotere borsten gekregen, dat is zeker,' zei ze. 'Kijk, zo kun je het controleren.' Ze legde haar vinger op de plaats van de gleuf en drukte. 'Zie je dat mijn vinger op en neer springt? De cups zijn te klein.'
Ze streek met haar vinger langs de randen aan de voorkant van de beha en omlaag langs mijn arm. Ik voelde een tinteling door mijn lichaam gaan naar mijn ruggengraat, maar ik gaf geen krimp.
'Je hebt hier zwellingen, April, en die komen niet alleen van overgewicht. Je bent uit je beha gegroeid. Verdomme, dat had je iemand moeten laten weten, dan hadden we nieuw ondergoed voor je kunnen kopen. Ik vind die wijde onderbroeken ook een verschrikking. Die zijn voor oude dames. Morgen gaan we shoppen, maar voorlopig...'
'Voorlopig?'
'Ik zal je een van mijn oude beha's lenen, die zal je wel passen. Ik kom zo terug.' Haastig liep ze weer weg.
Toen ze terugkwam, had ze een zwarte strapless Wonder Bra in haar hand.
'Toe maar,' zei ze, toen ze zag dat ik aarzelde. 'Pas hem maar eens.'

Ik maakte mijn beha los en liet hem van mijn schouders en armen glijden.

'Heb je het niet gemerkt?' vroeg ze toen ik mijn beha uit had en ze mijn borsten bestudeerde. 'Je ontwikkeling gaat echt heel snel, April. Je hebt jezelf verwaarloosd.' Ze streek met haar hand over mijn haar en wang. 'Maar het is niet jouw schuld. Je hebt zoveel meegemaakt. Je bent heel lang echt alleen geweest. Toe maar. Trek die beha maar aan.'

Ik deed wat ze zei en bekeek mezelf toen in de kleine spiegel boven de wasbak. De beha tilde mijn borsten omhoog en mijn boezem leek wel twee keer zo groot. Ze kwam naast me staan en overhandigde me de trui. Toen ik hem aantrok was de gleuf tussen mijn borsten duidelijk te zien in de v-hals. Was het niet te opvallend?

'Heel aantrekkelijk,' zei Celia voor ik iets kon vragen.

'Ik denk niet dat Brenda het ermee eens zal zijn,' zei ik. Ik voelde me verlegen.

'Brenda heeft het veel te druk met Brenda om het zelfs maar te merken,' zei ze. 'En jij bent Brenda niet, jij bent jij. Kom, kleed je verder aan. We moeten weg om je vriendje af te halen.'

Ik staarde weer naar mezelf en kleedde me verder aan. Was ik eerder al nerveus, nu waren mijn zenuwen tot het uiterste gespannen.

'Ik haat het als mannen beweren dat een vrouw te sexy of te uitdagend is, als excuus voor hun eigen openlijk aanstootgevende gedrag. Als je er niet uitziet als iemands grootmoeder, voelt hij zich gerechtvaardigd je te betasten en zelfs te verkrachten. Ik erger me dood aan een man die zijn vrouw bekritiseert omdat ze te uitdagend is, maar intussen kwijlt bij het zien van andermans vrouw of een andere sexy uitziende vrouw,' zei Celia.

'Kwijlen sommige vrouwen niet voor een man?' vroeg ik.

'Natuurlijk, maar niet in verhouding. Aangapen, verlekkerd kijken, wellustige blikken zijn voornamelijk kenmerkend voor mannen.'

Denkend aan een paar meisjes die ik kende in Hickory, was ik het niet helemaal met haar eens, maar ik zei niets. Per slot was zij degene met ervaring, niet ik.

Peter kwam het huis uit zodra we voorreden.

'Smachtende jongen,' zei Celia. 'Hij moet voor het raam hebben staan wachten. Dat is positief.'

Ik stelde hen snel voor toen Peter instapte. In de schaduw kon hij niet goed zien hoe ik was opgemaakt of wat ik droeg. Celia ging op de achterbank zitten. Ik was zo zenuwachtig dat ik gas gaf zonder de versnelling in de achteruit te zetten, en reed bijna tegen de garagedeur.

'Hé, kalm een beetje!' riep Celia lachend. 'Heb je altijd zo'n effect op vrouwen, Peter?'

'Ik weet niet of ik enig effect heb,' zei hij. Hij bleef strak voor zich uit kijken.

'O, ik weet zeker dat zo'n knappe man als jij effect heeft op de andere sekse.'

Hij draaide zich om en keek naar mij in plaats van haar antwoord te geven. Ik zag dat hij zijn ogen half dichtkneep terwijl hij me aandachtig opnam. Toen draaide hij zich snel om en deze keer ging het goed en reed ik weg.

'April vertelde dat jij ook pasgeleden hiernaartoe verhuisd bent,' zei Celia.

'Ik woon hier nu bijna een jaar,' antwoordde hij.

'Bevalt het je hier?'

'Ja,' zei hij. 'Maar ik voel me overal thuis waar ik ben.'

'Heus? Hoe bedoel je dat?'

'Ik bedoel dat ik de aarde als mijn thuis zie. Overal waar je naartoe gaat, leef je onder dezelfde lucht.'

Celia lachte. 'Je bent niet op sommige plaatsen geweest waar ik was, anders zou je dat niet zo gemakkelijk zeggen.'

'Misschien niet,' zei hij. 'We bereizen verschillende wegen, maar eindigen gewoonlijk op dezelfde plaats.'

'Provocerend,' ging Celia verder. 'Nu begrijp ik dat je een schaakexpert bent.'

'Ik ben geen expert.'

'Dat is niet wat April zegt.'

'Alles is betrekkelijk. Ze begint net. Dan lijkt een middelmatige speler op Michail Botwinnik.'

'Wie?'

'Een Russisch schaakkampioen die ik bewonder.'

Ik keek in de achteruitkijkspiegel naar Celia. Ze schudde lachend haar hoofd.

'Ga je vaak naar basketbalwedstrijden?' vroeg Celia.

'Dit is de eerste keer hier,' antwoordde Peter. 'En ik geloof niet dat ik meer dan twee wedstrijden heb bijgewoond op mijn vorige school.'

'Het is heel wat anders dan schaken,' mompelde ze.

'Niet echt,' zei Peter. 'Strategie is strategie.'

Ze begon hem vragen te stellen over zijn indiaanse afkomst. Ik was blij toen we het parkeerterrein opreden van de universiteit waar de wedstrijd werd gehouden. Ik wist hoe het was als je het gevoel had dat je ondervraagd werd.

'Het spijt me,' fluisterde ik toen we uitstapten en naar de ingang van de gymzaal liepen. Er stond al een hele menigte voor de deur. Peter zei niets. Hij keek me ook niet aan.

We gingen naar binnen en namen plaats op de tribune. Nu we onder de felle lampen zaten, voelde ik me weer verlegen. Ik wachtte angstig op commentaar van Peter over mijn haar, mijn gezicht, wat dan ook. In plaats daarvan concentreerde hij zich op de wedstrijd, de spelers.

'Wie is je zus?' vroeg hij.

'O, wat stom van me om haar niet aan te wijzen. Ze heeft nummer achttien.'

Hij sloeg haar gade tijdens haar warming-up. 'Ze ziet er sterk uit,' zei hij.

'Wacht maar tot je haar in actie ziet,' schepte Celia op.

Maar het bleek niet een van Brenda's beste wedstrijden. Ik zag aan haar gezicht en de manier waarop ze zich bewoog aan het begin van de wedstrijd dat ze zich nog steeds ergerde aan de coach. Zijn strategie en de positie waarin hij haar plaatste, maakten het haar vaak moeilijk de bal goed te gooien. Het andere team behaalde snel een reeks successen, en naarmate de wedstrijd vorderde, werd het verschil tussen hen en Brenda's team steeds groter. Twee keer werd Brenda eruit gehaald en moest ze op de bank zitten. Ze zat er zelfs tijdens bijna de gehele derde periode, en als ze weer terugkwam in het spel, was ze zo woedend en agressief dat ze snel een overtreding beging.

Peter zei er weinig over. Ik maakte een paar opmerkingen over Brenda's ergernis en dat het haar prestaties beïnvloedde. Celia bleef maar zeggen: 'O, nu staat ons wat te wachten.'

Toen de wedstrijd eindigde, had Brenda's team met twintig punten verloren.

'Je zus zal des duivels zijn. Erger kon niet. Het was beter geweest als ze niet was gekozen,' zei Celia.

Ze richtte zich tot ons toen we de gymzaal verlieten.

'Gaan jullie maar. Ik denk niet dat dit een goed moment is voor Peter om Brenda te ontmoeten.'

'Oké,' zei ik. Ik wilde dolgraag alleen zijn met Peter, en ik was het volkomen eens met Celia. Brenda zou nu onuitstaanbaar zijn.

'Het spijt me,' zei ik toen we naar de auto liepen. 'Het had een leuke avond moeten worden. Brenda kan veel beter spelen dan je nu hebt gezien. Ze haatte haar coach.'

'Zich concentreren op haar afkeer van hem was niet bevorderlijk voor haar spel,' zei Peter. 'Als een tak niet buigt, dan breekt hij.'

'Brenda is heel serieus wat haar sportcarrière betreft. Ze zou naar de Olympische Spelen kunnen,' zei ik, een beetje geërgerd over zijn commentaar.

'Ik bedoel alleen maar dat ze veel coaches of mensen zal krijgen aan wie ze een hekel heeft, en ze moet leren hoe ze een compromis moet sluiten en ermee leren omgaan, om toch steeds tot haar beste spel te kunnen komen,' zei hij.

We stapten in de auto. Toen pas drong het tot me door dat ik niet wist waar we naartoe moesten.

'Heb je zin om even met mij mee naar huis te gaan?' vroeg ik. 'Al is er niet veel te zien.'

'Waarom wil je dan dat ik meega?'

Ik voelde me plotseling heel klein worden. Ik kon voelen dat zijn houding jegens mij veranderde. Alle warmte die ik dacht dat er tussen ons geweest was, leek verdwenen.

'Laten we naar mijn huis gaan,' zei hij. Het is de bridgeavond van mijn tante, en ze is niet thuis.'

Nou, goed dan, dacht ik en reed het parkeerterrein af. Nog zenuwachtiger dan aan het begin van de avond, kletste ik hem de oren van het hoofd over Brenda's sportprestaties, haar trofeeën en medailles, de scouts die op bezoek waren geweest in Hickory, haar plannen om docent lichamelijke opvoeding te worden op een universiteit, en de mogelijkheid dat ze werkelijk naar de volgende Olympische Spelen zou gaan.

'Het is goed dat je je zuster respecteert en zo in haar geïnteresseerd bent,' zei Peter. 'Nu moet je respect en belangstelling hebben voor jezelf.'

Ik wist dat hij het goed bedoelde, maar de opmerking deed de tranen in mijn ogen springen omdat hij zo kritisch klonk.

Ik reed naar het huis van zijn tante, en we stapten uit en gingen naar binnen.

'Wil je iets eten of drinken?' vroeg hij.

'Koud water graag. Mijn keel is droog van het aanmoedigen.'

Hij knikte en haalde een glas ijswater voor mij en voor zichzelf. Toen gingen we naar zijn kamer. Hij ging op zijn bed zitten en keek naar me.

'Waarom heb je je zo gekleed?' vroeg hij.

'Hoe gekleed?'

'Zoals je gekleed bent. De make-up, de kleren. Is dat wie je bent?'

'Ik heb gewoon geprobeerd er goed uit te zien.'

Hij nam een slokje water. 'Het verbaast me alleen,' zei hij, en zette het glas op het nachtkastje.

'Vind je niet dat ik er mooi uitzie?'

'Ik weet niet zeker of *mooi* het juiste woord is.' Hij klopte op het bed. 'Ontspan je.'

Iets in de uitdrukking van zijn gezicht deed een alarm in me afgaan. Aarzelend ging ik naast hem zitten.

'We weten eigenlijk niet zoveel van elkaar, hè?' vroeg hij. 'Elk moment is een nieuwe ontdekking. Het lijkt een beetje op spelen tegen een nieuwe speler bij het schaken. Je wacht zijn of haar zetten af en leert hoe hij of zij denkt. Dan pas kun je je eigen zetten verstandig overdenken.'

'Je kunt niet alles met schaken vergelijken,' zei ik.

'Waarom niet? De wereld is één groot schaakbord voor me, en de meeste mensen erin zijn slechts pionnen.'

Hij pakte het glas uit mijn hand en zette het naast zijn eigen glas.

'Dus zal ik vanavond ontdekken wie je werkelijk bent, hè?' zei hij met een wellustig lachje. Hij bracht zijn gezicht dichter bij het mijne.

'Nee, ik wilde dat je meeging naar de wedstrijd en Brenda zag spelen en…'

'Je praat te veel over je zus,' zei hij, en toen kuste hij me.

Hij trok zich terug en maakte een grimas bij de smaak op zijn lippen.

'Die lippenstift,' zei hij. 'Het is of je een paar lagen pepermunt of zo erop gesmeerd hebt.'

Hij bukte zich en pakte een paar tissues uit een doos en veegde hard mijn mond af.

244

'Hé,' zei ik, en trok me terug toen hij me echt pijn begon te doen.
'Je hebt niet zoveel nodig,' zei hij. 'En waarom heb je je ogen zo
opgemaakt?'
'Ik dacht dat het er goed uitzag.'
'Voor een clown,' zei hij. 'Volgens mij heb jij dat niet nodig.'
Ik draaide me om en hij stak zijn hand uit en legde die onder mijn
kin.
'Wees gewoon jezelf, April. Probeer niet iemand anders te zijn.'
'Ik bén mezelf,' verklaarde ik ferm.
'O? Misschien wel, ja.' Hij zoende me weer en liet zijn hand van
mijn schouder glijden langs mijn arm. De kus was langer en inten-
ser. Toen zoende hij me in mijn hals en streelde mijn arm en toen
mijn borst, drukte zich dicht tegen me aan.
Ik lag achterover op het bed, en hij verraste me door mijn trui omhoog te schuiven en mijn buik te zoenen. Hij schoof de trui steeds
verder omhoog om de weg vrij te maken voor zijn lippen. Mijn hart
bonsde zo hard dat ik zeker wist dat hij het moest voelen. Toen Peter
zijn handen naar mijn rug bracht om mijn beha los te maken, kwam
de herinnering terug aan Lukes poging tot verkrachting. Even zag
ik Lukes gezicht in plaats van dat van Peter. Ik kon er niets aan doen,
ik duwde hem weg.
'Wat is er? Wat is er mis?' vroeg hij.
'Ik kan het niet. Ik... kan het niet,' zei ik, en trok mijn trui omlaag.
Hij stond op en keek me met een vuurrood gezicht aan. Hij scheen
zich meer opgelaten te voelen dan ik.
'Weet je, er is een naam voor meisjes die doen wat jij doet,' zei
hij, de vernedering snel inruilend voor woede.
'Wat heb ik dan gedaan?' kermde ik.
'Je brengt me na schooltijd thuis, je zoent me na me pas twee keer
te hebben gezien, je vraagt me mee uit en je kleedt je op deze ma-
nier, en dan kom je bij mij thuis en als ik een poging doe tot intimi-
teit, duw je me weg. Je speelt met me,' zei hij beschuldigend.
'Nee. Dat was niet mijn bedoeling. Het spijt me.'
'Laat maar.' Hij draaide zich om. 'Je kunt beter weggaan. Mijn
tante kan elk moment thuiskomen, en misschien vindt ze het niet
prettig dat ik hier 's avonds met een meisje kom.'
'Wees niet boos op me, Peter.'

'Ik ben niet boos op jou. Ik ben boos op mezelf. Ga naar huis. Ga maar liever weg.'

Ik stond op. De tranen stroomden over mijn wangen. Hij bleef met zijn rug naar me toe staan.

'Het spijt me,' zei ik. 'Echt waar.'

Hij zei niets, en te oordelen naar de houding van zijn schouders, leek elk woord dat ik zei, mijn hele aanwezigheid, hem onaangenaam te zijn.

'Dag,' mompelde ik, en liep haastig zijn huis uit.

Op het moment dat ik het portier van de auto opende, stopte een andere auto naast die van mij. Ik zag dat zijn tante vol belangstelling naar me keek. Ze was de donkerharige vrouw; haar gezicht was ronder en dikker dan dat van mij. Voordat ze kon uitstappen en me iets vragen, sprong ik in de auto, startte de motor en reed achteruit. De banden piepten toen ik op het gaspedaal trapte en wegreed.

Ik weet niet hoe ik thuiskwam zonder te verdwalen of een ongeluk te krijgen. Ik huilde zo hard bij een verkeerslicht, dat ik niet zag dat het licht op groen sprong. De bestuurders in de vier auto's achter me begonnen luid te toeteren, en de nijdige claxons maakten dat ik snel doorreed.

Brenda en Celia waren niet thuis, waar ik blij om was. Haastig liep ik naar mijn kleine studio en boende elk spoor van make-up van mijn gezicht. Ik trok Celia's trui en beha uit en plofte neer op mijn bed, verborg mijn gezicht in het kussen om mijn gesnik te smoren. Ik zag alleen maar Peters beschuldigende blik vol walging.

Waarom had ik hem zo hard en fanatiek weggeduwd? Waarom zag ik Luke in plaats van hém? Waarom was ik naar zijn huis, naar zijn kamer gegaan, als ik niet wilde dat hij me zoende en met me vrijde? Mijn eigen gedrag verbaasde me net zoals ik dacht dat het hem zou doen. *Ik ben een idioot,* dacht ik. *Ik zal nooit gelukkig worden.*

Ik kon niet in slaap komen en bleef staren naar die lelijke vale muur en het schijnsel van mijn kleine plafondlamp die wazige schaduwen wierp op de grond. Ik voelde me als verlamd, bijna alsof ik uit mijn lichaam was getreden, een lichaam dat ik was gaan verfoeien. Het was niet alleen zwaar en log, maar ook verraderlijk. Ik kon het optutten, en optimistisch zijn over Peters affectie voor mij, maar zodra hij enige begeerte toonde, reageerde ik met een afwijzing. Het sprong terug als een elastiek om zijn aanrakingen, zijn zoenen, zijn licfkozingen te vermijden. Waar diende een lichaam als het mijne toe? Als ik het met een mes kon bijsnijden als een stuk zeep, zou ik het doen. Inwendig tierde ik van kwaadheid, mijn handen balden zich tot vuisten, ik klemde mijn tanden op elkaar, mijn ogen puilden uit van woede.

Plotseling werd er zacht op mijn deur geklopt. Eerst dacht ik dat ik het me verbeeldde, maar ik hoorde het weer en toen hoorde ik Celia's stem.

'April?'

'Wat is er?'

Ze opende de deur en kwam binnen. Ik vergat dat ik naakt op bed lag. Ze bleef even naar me staan staren en deed de deur toen zachtjes weer dicht.

'Wat is er gebeurd?'

Ik wendde mijn hoofd af. 'Ik heb me als een idioot aangesteld,' mompelde ik.

Ze liep naar het bed en kwam naast me zitten, legde haar hand op mijn schouder.

'Hoe? Waarom? Het leek juist zo goed te gaan.'

'Dat deed het niet. Van begin af aan niet,' zei ik door mijn tranen heen. 'Ik had me niet zo moeten aankleden. Hij dacht dat ik... dat ik een sletje was.'

'O, dat is belachelijk. Je zag er zo aantrekkelijk uit. Misschien is hij gewoon de juiste jongen niet voor je. Misschien is dit wel goed geweest, April.

'Ik heb een vreselijke tijd doorgemaakt met je zus. Ik heb haar al eerder kwaad meegemaakt, maar nog nooit zo erg. Ik ben tot nu toe bezig geweest haar te kalmeren. Blijkbaar had ze na afloop ook nog ruzie met de coach. Ze wilde niks eten. Ze dronk te veel. Ik heb haar net kotsend in de badkamer achtergelaten.

'Maar vertel eens precies wat er gebeurd is. Waar zijn jullie na de wedstrijd naartoe gegaan?'

Ik zuchtte en haalde diep adem. 'Ik vroeg hem of hij hier wilde komen, maar dat wilde hij niet. We zijn naar zijn huis gegaan. Zijn tante was nog niet thuis.'

'O. Dus hij nodigde je bij hem thuis uit.'

'Alleen maar om me uit te kafferen en toen om... om...'

'Je een goeie beurt te geven, zoals ze zeggen,' vulde ze aan. Haar

lippen vertrokken sarcastisch. 'Misbruik van je te maken?'
Hij dacht dat ik het wilde. Dat dacht ik zelf ook.'
'Dus wat is er gebeurd?'
'Ik kon het niet. Ik raakte in paniek. Ik... ik weet het niet.'
'Je bent op een leeftijd waarop die gevoelens zo verwarrend zijn,'
zei ze zacht. 'Lichaam en geest kunnen gemakkelijk twee verschillende wegen volgen, een andere richting kiezen. Ik herinner me nog heel goed dat ik dezelfde ervaringen had als jij vanavond.'
'Dat betwijfel ik.'
'O, nee. Het is niets ongewoons wat je vanavond hebt meegemaakt, April. Je bent pas aan het verkennen, aan het ontdekken. Laat je niet ontmoedigen.'
'Mooie verkenning. Ik sprong praktisch uit mijn vel toen hij begon me... me intiem aan te raken.'
'Jullie pasten gewoon niet bij elkaar.' Ze glimlachte, streek het haar van mijn voorhoofd. 'Afgezien van jezelf, en dat afschuwelijke incident in Hickory met die walgelijke jongens en dat meisje, heeft niemand je ooit op die plaatsen aangeraakt, hè?'
'Nee.'
'Om te beginnen is er de verrassing, en dan de verwarring hoe je moet reageren. Iedereen die je spreekt en alles wat je leest zegt één ding, en dan, misschien, ontdek je iets over jezelf wat je nooit verwacht had. Heb ik gelijk?'
'Ja.'
Ze glimlachte. 'Het ergste is dat sommige ouders, veel mensen, vooral gewichtig doende religieuze mensen, je voorhouden dat die gevoelens slecht zijn. Ze brengen je in de waan dat je lichaam smerig is omdat het die gevoelens heeft. Ze dringen je een schuldgevoel op, wat alles alleen maar nog verwarrender maakt en mensen uiteindelijk tot waanzin drijft of dingen laat doen die slecht voor ze zijn. Je moet niet bang zijn voor jezelf.'
Ze streelde mijn wangen en bukte zich toen en gaf me een zoen op mijn voorhoofd. 'Als ik naar jou kijk, zie ik mezelf als jong meisje.'
Ze legde haar hand op mijn hals en kneep tussen mijn hals en schouder. 'Je bent zo gespannen. Je lichaam lijkt wel een stuk steen.'
'Ik weet het.'
'Doe je ogen dicht, ontspan je. Laat me jou helpen zoals ik je zus help.' Ze maakte een beweging om me rechtop te laten zitten terwijl

ze mijn hals en schouders masseerde. 'Hoe voelt dat?'

'Goed,' zei ik.

'Natuurlijk.' Ze verbaasde me door me een zoen in mijn hals te geven. 'Ontspan je. Laat je gaan. Laat je lichaam zelf zijn capaciteit voor genot en bevrediging bepalen.'

Ze sprak heel zacht, haar woorden en stem werkten hypnotiserend. Ik ontspande me. Haar handen bewogen zich over mijn schouders, kneedden mijn spieren, versoepelden ze als ze hard en gespannen waren.

'Heeft hij je hier aangeraakt?' vroeg ze. Haar vingers gleden over mijn borsten naar mijn tepels, die onmiddellijk hard werden.

'Ja.'

'En toen heb je hem weggeduwd?'

'Ja.'

'Maar nu wil je mij niet wegduwen, hè?'

Ik dacht dat ik geen adem meer kreeg. Ik kon zelfs geen woord uitbrengen. Haar vingers gingen over en onder mijn borsten, haar lippen beroerden mijn hals.

'Je moet weten hoe dit voelt. Je moet voorbereid zijn,' zei ze. 'Ontspan je maar. Probeer van je gevoelens te genieten. Je geniet er toch van, hè?'

Ik zei nog steeds niets. Verwarring legde me het zwijgen op.

Ze duwde me zachtjes achterover, trok haar blouse onhoog, maakte haar eigen beha los en ging weer naast me zitten. Ik was niet in staat iets te zeggen of mijn ogen van haar borsten af te wenden. Ze pakte mijn hand en bracht die naar haar borst, bewoog hem over haar tepel. Mijn arm verstijfde, maar ik trok mijn hand niet terug.

Ze kreunde. 'Zie je? Zie je hoe heerlijk dit kan zijn als je je op je gemak voelt? Je voelde je niet op je gemak met hem.'

Ik wilde haar vertellen dat het dat niet was. Ik wilde haar vertellen dat het voornamelijk was omdat ik Lukes aanval opnieuw beleefd had, maar haar handen bewogen zich over mijn lichaam, ze zoende me waar Luke me had gezoend, tot ze bijna aan de onderkant van mijn buik was.

Haar vingers gleden langs mijn heupen en raakten me aan waar, zoals ze had gezegd, alleen ikzelf me ooit had aangeraakt.

Op dat moment ging de deur open en Brenda stond wankelend op de drempel.

249

Ik wist zeker dat als iemand werd neergeschoten met een pistool of een geweer, hij of zij hetzelfde gevoel zou hebben als ik. De elektrische pijl die door mijn hart in mijn ruggengraat drong, maakte dat ik naar adem snakte en een kreet gaf. Celia ging verbaasd rechtop zitten. Ze volgde de richting van mijn blik, draaide zich om en zag Brenda woedend naar ons kijken.

'O,' zei Celia, 'we waren net bezig..,'

'Je hoeft me niet te vertellen waarmee je bezig bent, Celia. Ik geloof ik dat wel weet. Jullie zijn... weerzinwekkend.' Ze liep weg, smeet de deur achter zich dicht.

Ik begon meteen te huilen.

Celia stond snel op, trok haar beha en haar blouse aan, mompelde tegen mij dat ik me geen zorgen moest maken, dat ze alles zou uitleggen.

'Ze is nog steeds dronken,' voegde ze eraan toe en liep weg.

Ik bleef liggen zonder me te kunnen verroeren, mijn lichaam voelde of het wegsmolt tot gelei. Pas toen ik rechtop ging zitten, merkte ik hoe hevig en snel mijn hart bonsde. Het benam me de adem. Ik dacht werkelijk dat ik misschien een hartaanval had of dat mijn hart zou ontploffen in mijn borst.

Toen ik opstond, was ik duizelig, dus moest ik weer gaan zitten en wachten tot het over was. Eindelijk was ik in staat naar de badkamer te gaan, waar ik mijn gezicht bette met koud water. Ik trok mijn badjas aan en deed de deur open om naar het huis te kijken. Ik hoorde Brenda schreeuwen tegen Celia, haar uitschelden, en toen hoorde ik geschokt dat ze mij ook uitschold. Haar woede was gericht tegen iedereen. Ze vervloekte mijn vader, mama, Celia en mij, coaches, letterlijk iedereen met wie ze ooit in contact was geweest. Het geschreeuw leek zo'n twintig minuten door te gaan voor ze zweeg en er een doodse stilte viel.

Moest ik naar haar toegaan? vroeg ik me af. *Moest ik het uitleggen?* Dit was niet mijn schuld. Ik had Celia niet gevraagd bij me te komen. *Waarom haat Brenda me zo? Ze zal me nu nog meer haten. Telkens als ze naar me kijkt, zal ze zien wat ze hier zag gebeuren.*

Ik deed een stap achteruit en sloot de deur. Toen ging ik op mijn bed zitten en dacht na.

Ik was op een school waaraan ik een intense hekel had, woonde in een kleine schuur, en was afgestoten door de enige op school van wie ik had gedacht dat hij me aardig vond. Ik woonde bij mijn zus en haar geliefde, en mijn zus, die er nooit zo erg blij mee was geweest dat ze voor me moest zorgen, zag me nu als iemand die slecht en weerzinwekkend was.

Wie had ik nog? Wie was ik eigenlijk? Zou ik ooit mijn naam vinden, zoals Peter had voorspeld? Hij had me zoveel goed gedaan. Hij had me aan zoveel mooie dingen laten denken. Nu zag ik me niet meer terugkeren naar de schaakclub en tegenover hem zitten.

Hoe moest ik dit alles noemen? Schaakmat? Was het leven, de Pech, te moeilijk gebleken om te verslaan? Ik had *en passant* verloren. Op mijn doortocht hier was ik weer gedwarsboomd, overwonnen, verslagen.

Ik hoor helemaal nergens thuis, dacht ik.

En toen dacht ik: *Ik weet waar mijn plek is. Ik weet wat het is om nergens te zijn.*

Ik stond op en trok een shirt, sweater, spijkerbroek en sneakers aan. Toen pakte ik mijn kleine koffertje en stopte Mr. Panda erin.

Het was nu uren later, bijna vier uur in de ochtend. Ik bewoog me heel snel maar heel stil, liep door de kleine tuin en deed zo zacht mogelijk de achterdeur van het huis open. Ik liep op mijn tenen naar binnen en luisterde. Brenda was nu waarschijnlijk volkomen van de wereld en sliep haar roes uit. Maar ze zou nooit haar woede uitslapen. Ik wist hoe goed en hoe lang ze haat en wrok kon blijven koesteren. Ze bleef altijd een tegenstandster. Wat er tussen Celia en mij gebeurd was, zag ze duidelijk als een nederlaag. Ze zou het nooit vergeven. Haar filosofie was overwinnen, overwinnen, overwinnen, en nooit achteromkijken naar de vijand die je hebt verminkt en verpletterd.

Ik sloop langs hun slaapkamer naar de keuken, opende zo zacht mogelijk de la waarin ik wist dat een paar belangrijke papieren lagen. Ik vond wat ik zocht. Ik had het al eerder gezien. Het lag onderin, en ik klemde het in mijn linkerhand. Toen ging ik naar de bijkeuken en vond het blikje op de plank met ons huishoudgeld. Er zat bijna vijfhonderd dollar in. Ik nam alles mee.

Zij krijgen morgenochtend meer, dacht ik. *Ze hebben het niet nodig.*

Ik liep als op een laag lucht weer door de korte gang en zag geschokt dat Celia op de bank in de zitkamer sliep. Ik bleef even staan om naar haar te kijken, liep toen haastig de voordeur uit naar mijn auto.

Toen ik instapte, haalde ik nog een keer diep adem en vroeg me af of ik dit werkelijk wilde.

Ja, was mijn antwoord.

Ik draaide het contactsleuteltje om en zonder de koplampen aan te doen, omdat ik wist dat het licht in de zitkamer zou schijnen en mogelijk Celia wakker zou maken, reed ik achteruit de oprit af. Toen deed ik de lampen aan en reed langzaam naar de hoek. Ik nam een bocht naar de boulevard en zette koers naar de snelweg die naar het westen voerde.

Op de stoel naast me lag het papier dat ik nodig had. Het was oom Palavers reisroute. Ik wist waar hij nu was en waar hij morgen zou zijn. *Morgen* was voor mij het belangrijkste woord geworden, omdat ik morgen zou zijn waar ik thuishoorde.

Nergens.

Rondreizen. Daarom voelde oom Palaver zich zo gelukkig op de weg, dacht ik. Niemand kon beslag op hem leggen, en hij hoefde nergens wortel te schieten. Hij bewoog zich met de wind, deed wat in hem opkwam, en daarin vond hij vrede en veiligheid.

Wat had Peter ook weer gezegd tegen Celia toen ze vroeg of het hem beviel waar hij woonde? 'Ik zie de aarde als mijn thuis. Overal waar je naartoe gaat, leef je onder dezelfde lucht.'

Dat was het enige wat erop aankwam, leven onder dezelfde lucht. De rest was gewoon… gewoon etalagemateriaal.

Het moest fantastisch zijn om het verleden achter je te laten en alleen naar de toekomst te kijken.

Vroeger haatte ik het woord *binnenkort.* Vroeger haatte ik het om afhankelijk te zijn van morgen.

Maar op het ogenblik was het het enige woord dat vol belofte was. Al het andere werd bedorven door nederlagen, droefheid, fouten.

Dus, vaarwel, Brenda. Vaarwel, herinneringen aan Mr. Hyde. Vaarwel, de verschrikking van mama's dood. Vaarwel, het ongemak van een onaangenaam nieuw thuis. Vaarwel aan alles.

En hallo, morgen.

En toen ik verder reed, kon ik het licht van een nieuwe dag zien gloren aan de horizon en de schaduwen en duisternis verjagen.

Hield ik mezelf alweer voor de gek?

17. Aprils avontuur

Voordat ik de stad uitreed, stopte ik bij een benzinestation en kocht een wegenkaart. Ik ging in de auto zitten en bestudeerde hem, trok een lijn van de ene snelweg naar de andere, tot ik kwam bij de I-10W, in de richting van oom Palavers volgende halteplaats op zijn route: El Paso, Texas. Het was geen plaats die ik in één nacht kon bereiken, dacht ik. De nacht was trouwens al half voorbij, maar op de een of andere manier vond ik het gemakkelijker om in het donker te rijden, omdat het mijn gevoel versterkte dat ik ontsnapte.

Ik stopte niet toen het licht begon te worden. Ik dacht niet aan vermoeidheid, maar toen het middag werd, besefte ik dat ik dorst had en zelfs een beetje honger. Ik nam de volgende afslag en reed naar een fastfoodrestaurant, waar ze een ontbijt serveerden in de vorm van eieren in een muffin. Ik bestelde wat sap en koffie en een extra beker koffie om mee te nemen. Ik wilde aan één stuk doorrijden, want zolang ik reed dacht ik niet aan wat ik had gedaan.

Ik besefte dat Brenda en Celia inmiddels ontdekt zouden hebben wat ik had gedaan. Ze zouden geen idee hebben hoe ver ik had gereden of wat mijn plannen waren. Ik kon Brenda al horen zeggen: 'Ze komt wel terug. Het is een driftbui. Ik wil geen tijd verspillen aan piekeren over haar.'

Of misschien zouden ze weer ruzie krijgen en zouden ze uit elkaar gaan na wat er was gebeurd. In Brenda's gedachten zou ik beslist op de een of andere manier de oorzaak van alles zijn. Ze hield altijd meer van Celia dan van mij. Het kon niet anders of ik was de oorzaak van alle narigheid. Als ik in dat huis was gebleven, en Celia haar in de steek had gelaten of zij Celia, zou het een verschrikking zijn geweest. Het was heel verstandig van me om weg te gaan, was mijn conclusie.

Toen ik op de snelweg I-20W reed, besefte ik dat ik te vaak van baan wisselde. Ondanks mijn vaste voornemen, werd de vermoeidheid me te machtig. Mijn ogen vielen voortdurend dicht. Het was bijna vijf uur en ik moest stoppen om iets te eten. Ik was kwaad op mezelf, dat ik niet gewoon de hele dag en nacht kon rijden tot ik in El Paso was en oom Palaver had gevonden. Weer liet dat afschuwelijke lichaam me in de steek. Ik nam de volgende afslag en deze keer moest ik enkele kilometers rijden voor ik iets vond dat op een ouderwets wegrestaurant leek. Ik zag de trucks op het parkeerterrein en stelde me voor dat het een populaire stopplaats was. Ik herinnerde me dat papa ons had verteld dat als je op de snelwegen in Amerika rijdt, je moet uitkijken naar parkeerterreinen vol vrachtwagens.

'Vrachtwagenchauffeurs weten precies waar je goed kunt eten,' had hij gezegd.

Het leek nu zo lang geleden. Het was echt of ik twee levens had geleefd. Ik luisterde altijd ingespannen naar alles wat papa zei in die tijd. In mijn ogen was hij een held, knap, succesvol en sterk, in zoveel opzichten. Ik dacht dat er niets was wat hij niet wist en niets wat hij niet kon. Als meisjes ontdekken dat hun vader maar een gewone man is, is het de eerste stap naar het einde van de onschuld. We willen die stap niet nemen. We verzetten ons, maar het is een vergeefse strijd. Maar ik vroeg me af of Brenda dat ooit had meegemaakt. Misschien was dat wel het grootste verschil tussen ons. Brenda had nooit een kinderlijk vertrouwen gehad dat beschaamd kon worden. Brenda was geboren met realisme in haar ogen. Schijn en fantasie waren tijdverspilling, omwegen die ze zinloos vond.

Misschien had ze uiteindelijk wel gelijk, dacht ik. Ze had geen desillusie te duchten, en de enige teleurstellingen die ze ondervond waren aan haarzelf te wijten. Er volgden geen ochtenden met duistere depressies en angsten als de zeepbellen van dromen uiteenspatten.

Ik reed het parkeerterrein op, zocht een plaatsje voor de auto en stapte uit na een blik in de spiegel te hebben geworpen en mijn best te hebben gedaan er niet al te verfomfaaid en verwilderd uit te zien. Het was al voldoende dat ik een jong meisje was dat alleen reisde, ik hoefde verder niets te doen om de aandacht te trekken. Toen ik binnenkwam, probeerde ik zo onopvallend mogelijk te blijven, hield mijn ogen neergeslagen en mijn hoofd gebogen toen ik de hostess volgde naar een tafeltje achter in de zaal.

Het was erg druk en er zaten bijna uitsluitend vrachtwagenchauffeurs. Ik zag twee vrouwen die de indruk wekten dat ze met hun man meereden, maar verder waren er geen vrouwen. Drie mannen achter de toonbank en twee koks bij het snelbuffet werkten koortsachtig om de bestellingen bij te benen die twee overwerkte serveersters hun toeriepen. Het geroezemoes van de gesprekken was zo luid dat ik pas hoorde dat er countrymuziek klonk door de luidsprekers, toen ik al zat en het menu bestudeerde.

Zodra ik dat deed, zag ik Brenda's kritische blik voor me, in afwachting van het dikmakende voedsel dat ik zou bestellen. Het was ironisch dat zelfs na alles wat er gebeurd was, en al was ik meer op de vlucht voor haar dan voor iets anders, ik nog steeds haar advies en kritiek hoorde en me die aantrok.

Ik bestelde water en de gebraden kip en groenteschotel zonder brood. De serveerster knikte alsof ze niets anders verwacht had en pakte de menukaart op voor ik van mening kon veranderen. Ik zag dat een van de jonge vrachtwagenchauffeurs die aan een naburig tafeltje zat, naar me keek. Hij glimlachte, en ik wendde snel mijn blik af.

Het begon sneller donker te worden omdat de lucht steeds bewolkter raakte. Het gaat regenen, dacht ik. Ik had er een hekel aan om in de regen te rijden. Het leek altijd of de rit dan langer duurde. Er bestond geen monotoner geluid dan het constant heen en weer gaan van ruitenwissers. Zonder te beseffen wat ik deed, sloot ik mijn ogen en leunde wat meer tegen het rode imitatieleer van mijn zitplaats. Het dreunende geluid van de conversatie, het gerammel van borden en bestek, en de vage achtergrond van countrymuziek werkten als een slaaplied.

'Gaat het goed, meid?' vroeg de serveerster.

'Ja,' zei ik snel. 'Een beetje moe.'

'Waar ga je naartoe?'

'Ik ga mijn oom opzoeken.'

'Ik zou maar voorzichtig zijn met rijden in dit weer als je zo moe bent,' zei ze.

Het geroep van de andere klanten belette haar om verder te vragen of meer adviezen te geven, waar ik blij om was.

Ik begon te eten. De jonge vrachtwagenchauffeur stond op van zijn tafel en liep naar die van mij. Hij was lang en slank, met heel donkerbruine ogen en een scherpe neus en kaak. Ik zag dat hij een klein litteken had op zijn kin. Zijn bruine haar was aan de zijkanten heel kort geknipt.

'Je was totaal van de wereld een paar ogenblikken geleden,' zei hij. 'Voel je je niet goed?'

'Niks aan de hand,' antwoordde ik. 'Ik was alleen een beetje moe.'

'Hoe ver heb je gereden?'

Ik keek naar de andere chauffeurs aan zijn tafel. Ze keken allemaal lachend naar ons.

'Ze is te jong voor je, Dirk,' riep een van hen, en ze lachten weer toen iemand anders zei: 'Zo heeft hij ze het liefst. Verse eieren.'

Dirk ging tegenover me zitten en vouwde zijn handen op de tafel. 'Hoe ver?' vroeg hij.

'Uit Memphis,' zei ik.

Hij knikte en leek onder de indruk. 'Waar ga je naartoe?'

'El Paso.' Ik was te moe om een leugen te bedenken, en het kon me trouwens toch niet schelen wat hij dacht. Ik bleef dooreten.

'Helemaal in je eentje?'

Ik dacht aan Brenda en vooral aan Celia en hoe zij zou reageren als een man kalm bij haar aan tafel ging zitten en zijn neus in haar zaken stak.

'Zie je nog iemand anders naast me?' kaatste ik terug.

'Hela,' zei hij. 'Een stoere tante, hè?'

'Nee. Ik heb je niet gevraagd om hier te komen zitten.' Het bloed steeg naar mijn wangen. Ik was erg bang, maar onderdrukte alles wat erop zou kunnen wijzen.

'Ik maak maar een babbeltje,' zei hij. 'Weet je hoe je er komen moet?'

'Ja, dank je.'

'Het is verder dan een paar uur rijden, zie je. Als ik je mag adviseren waar je kunt stoppen, er is een motel ongeveer honderdtien kilometer verderop, ten westen van hier. Het heet Dryer's. De eigenaar heet Fred Dryer; het wordt beheerd door hem of zijn zoon Skip.'

Ik zei niets. Ik bleef eten. Het eten was goed, maar nogal flauw van smaak. Niets bijzonders. Papa had geen gelijk. Zijn uitspraken gingen niet altijd op. Zou dit mijn hele leven zo blijven, ontdekkingen doen die in tegenspraak waren met wat mijn vader me had verteld en wat ik als een evangelie had beschouwd?

'Hoe oud ben je?' vroeg Dirk.

'Dat gaat je niets aan,' antwoordde ik en keek hem kwaad aan, probeerde er zo stoer mogelijk uit te zien.

'Zoals je wilt. Ik probeer alleen maar te helpen,' zei hij en stond op. Zijn vrienden begroetten hem spottend en lachend toen hij terugkwam aan hun tafel. Ik was blij dat ik ze allemaal zag vertrekken voor ik uitgegeten was.

'Rij voorzichtig,' riep Dirk. Ik gaf geen antwoord.

'Kan ik je nog wat brengen, kind?' vroeg de serveerster. Ik bestelde een koffie voor onderweg, betaalde en stapte in de auto.

Het was veel donkerder geworden. Ik deed mijn koplampen aan, en net toen ik wegreed begon het te motregenen. Ik zette de radio aan om het geluid van de ruitenwissers te overstemmen, nam een slok koffie en reed verder over de snelweg. Het begon steeds harder te regenen. De ruitenwissers waren er nauwelijks tegen opgewassen en ik moest vaak vaart minderen. Toen een auto plotseling vlak voor me stopte, trapte ik op de rem en slipte zijwaarts. Er werd luid getoeterd door de auto's die langsreden.

Het ontbrak er nog maar aan dat ik een ongeluk zou krijgen, dacht ik. Ik kroop bijna over de weg toen ik verder reed. Het bleef hard regenen. Ten slotte gaf ik het op en besloot ergens te stoppen. Ik nam de volgende afslag en zag een bord dat het motel aankondigde dat Dirk, de jonge vrachtwagenchauffeur, had aanbevolen.

Er was tenminste nog iets goeds voortgekomen uit het feit dat hij zich met mijn zaken had bemoeid, dacht ik, en reed naar de ingang van het motel, stopte onder de luifel voor het kantoor. Ik stapte uit en ging naar binnen. Ik moest bellen tot er een oudere, kalende man tevoorschijn kwam. Hij had borstelige grijze bakkebaarden en een lichtrode snor.

'Ik wil graag een kamer,' zei ik. 'Het regent te hard.'

Hij keek me met samengeknepen ogen aan en ging toen achter de balie staan.

'We verhuren niet aan iemand onder de achttien,' zei hij. 'Kun je bewijzen dat je ouder bent dan achttien?'

'Waarom is dat?'

'Te veel weggelopen jongeren tegenwoordig,' antwoordde hij.

'Ik ga mijn oom bezoeken in El Paso. Ik ben niet weggelopen,' antwoordde ik. Hij beet op zijn mondhoek en keek alsof hij bezig was op mijn antwoord te kauwen. 'Ik heb Dirk leren kennen in een wegrestaurant, en hij zei dat ik hier moest overnachten,' voegde ik er snel aan toe.

'Dirk Parson? Ken je Dirk?'

'Ik heb maar even met hem gesproken, maar hij zei dat dit een goede plek was om de nacht door te brengen.'

'O. Nou ja, als Dirk je heeft aanbevolen, zal het wel in orde zijn.'

Ik liet mijn adem ontsnappen en tekende het gastenboek. Toen ik hem contant betaalde, keek hij weer achterdochtig. Hij gaf me de sleutel van kamer 8C en legde uit waar ik die kon vinden. Ik moest om het gebouw heenrijden naar een vleugel, die eruitzag alsof hij er pas later aan was gebouwd. Ik zag twee vrachtwagens geparkeerd staan en vier andere auto's. Het stroomde nu van de regen en ik was doorweekt toen ik van de auto naar de deur van de motelkamer was gelopen. De sleutel werkte niet zo goed, en ik moest het een paar keer proberen voor de deur openging.

Toen ik binnen was, ging ik meteen naar de badkamer en wreef mijn kletsnatte haar droog. De kamer zag er behoorlijk uit, al was het meubilair oud en versleten, en de verlichting zwak, waardoor alles een gelige gloed kreeg. De tafel naast het bed zat onder de brandvlekken van sigaretten, maar het laken en de deken waren schoon. De aanblik van de matras en het kussen was zo uitnodigend, dat het me niet veel had kunnen schelen als ze vuil waren geweest, dacht ik.

Ik trok een lang nachthemd aan en zonder mijn tanden te borstelen of wat dan ook, stapte ik in bed. De regen op het dak klonk als zwermen pikkende vogels. Maar het was een constant geluid dat me in slaap deed vallen, en een paar ogenblikken later zakte ik weg in een welkome stilte.

Voor de ochtend aanbrak werd ik geteisterd door vreselijke nachtmerries. Wat me wakker deed schrikken en de rillingen over mijn rug deed lopen, was het visioen van de jonge vrachtwagenchauffeur die glimlachend toekeek terwijl ik sliep. Mijn omgeving was me zo onvertrouwd, dat ik niet zeker wist of het silhouet dat ik zag wel de chauffeur was. Ik kreeg het benauwd. Na een ogenblik besefte ik dat er niemand was. Het was de staande lamp.

Ik deed het licht aan en keek om me heen. Het was opgehouden met regenen, bijna tenminste. De klok naast het bed stond op twintig minuten over vijf. Ik was nog doodmoe en besloot nog een paar uur te gaan slapen, dus deed ik het licht uit en ging weer liggen.

Ik ben alleen, dacht ik. *Ik zou weleens heel lang alleen kunnen zijn. Ik kan er beter aan gewend raken om bang te zijn, en ik moet harder worden, anders moet ik nog op mijn knieën terug naar Brenda en Celia.*

Ik werd weer wakker van de honger. Ik had langer geslapen dan een paar uur. Het was bijna negen uur. Mijn maag knorde, en ik kreeg visioenen van eieren met spek, zachte broodjes met boter, vruchtensap en koffie. Ik had maar heel weinig gegeten. Het verbaasde me niet, maar ik was vastbesloten mijn honger onder controle te houden.

De volgende keer dat Brenda me ziet, zal ze me niet herkennen.

Interessant, dacht ik, terwijl ik me waste en aankleedde, dat ik verwachtte Brenda terug te zien en nog wel zo gauw. Wat voor wegloopster was ik?

Ik stapte snel in mijn auto en ging langs het kantoor om de sleutel af te geven. Deze keer stond er een jongeman achter de balie. Hij had zwarte kraalogen en haar dat laag in zijn nek hing en over zijn oren, en eruitzag als een zwarte zwabber die over zijn hoofd was gedrapeerd. Hij was ongeschoren en in zijn mondhoek bungelde een onaangestoken sigaret.

Hij keek verbaasd op toen hij me zag. Toen herinnerde hij zich wat zijn vader hem waarschijnlijk zou hebben verteld.

'Jij bent 8C,' zei hij.

'Niet meer.' Ik legde de sleutel op de balie. 'Waar is het dichtstbijzijnde restaurant waar ik kan ontbijten?'

'Child's, tussen hier en de snelweg.' Hij keek zo verveeld of was zelf zo vermoeid, dat hij zijn ogen open zou moeten houden met luciferhoutjes.

Ik bedankte hem en ging weg.

In Child's, een heel druk klein restaurant, bestelde ik een glas sinaasappelsap en twee zachtgekookte eieren. De geur van bacon en ham en het zien van stapels verrukkelijke pannenkoeken waar de stroop afdroop deed mijn maag knorren van verlangen, maar ik hield me aan mijn dieet en besloot zelfs mijn koffie zwart te drinken, zonder suiker. Ik at zo snel ik kon, zodat ik niet al dat lekkers hoefde te zien, en reed terug naar de snelweg na te hebben getankt.

Ik reed de I-10W op en voelde me energieker toen ik wist dat ik dichter bij oom Palavers verblijfplaats kwam. Voordat ik El Paso bereikte, stopte ik weer en at een salade met een glas water. Mijn maag begon in opstand te komen, verlangde naar meer en maakte geen eind aan mijn hongergevoel, maar ik dronk gewoon meer water in plaats van nog iets te bestellen.

In El Paso stopte ik bij een pompstation en vroeg de weg naar het theater waar oom Palaver optrad. Het bleek buiten de stad te zijn, verder naar het westen op de I-10. Ik nam een paar verkeerde afslagen en bereikte het theater pas toen het bijna halfzeven was. De kassa was nog niet open, maar er hing een grote poster van oom Palaver en Destiny.

Het theater zelf zag eruit als een verbouwd oud warenhuis. Ik had geen idee waar oom Palaver zijn camper geparkeerd kon hebben, dus leek het me beter te wachten tot de kassa open zou gaan om te zien of ik wat informatie kon krijgen. Ik zat in de auto en keek naar de mensen die begonnen te arriveren. Eindelijk ging de kassa open, en ik stapte uit.

De vrouw achter de kassa was bezig haar contante geld te sorteren toen ik aankwam.

'Kunt u me zeggen waar ik Palaver kan vinden?' vroeg ik.

'Binnen om halfacht,' antwoordde ze zonder zelfs maar op te kijken.

'Nee, ik bedoel nu.'

Ze keek me geërgerd aan. Haar haar zag eruit als staaldraad dat op haar hoofd was geplakt, en ze was zo opgemaakt, dat iedereen zou denken dat ze deel uitmaakte van de voorstelling.

'Hè?' vroeg ze, haar ogen tot spleetjes knijpend.

'Ik moet hem vóór die tijd zien. Ik ben zijn nichtje, en ik kom net uit Tennessee gereden.'

Ze trok haar wenkbrauwen op en haar onderlip in.

'Uit Tennessee?'

'Ja.'

'Tja, ik heb geen idee waar hij is. Ik verkoop hier alleen maar de kaartjes. Hij komt om halfacht hier. Wil je een kaartje of niet?'

Vier mensen stonden achter me te wachten. Andere mensen hadden hun auto geparkeerd en liepen het theater in.

'Ja,' zei ik snel. Ik wist niet wat ik anders moest doen.

Ik betaalde het kaartje en liep het theater in. Dit was niet de manier waarop ik hem had willen verrassen, maar ik zou het ermee moeten doen. Helaas waren de eerste vijf rijen al vol. Ik ging zo dicht mogelijk bij het toneel zitten en wachtte. Ik dacht dat er zo'n driehonderd mensen in de zaal konden, en hij liep snel vol. Ik vermoedde dat oom Palavers televisieoptredens en andere publiciteit hem veel goed hadden gedaan.

Ik had nog nooit een van oom Palavers shows gezien. Dat hadden we geen van allen. We hadden alleen maar knipsels en foto's uit de kranten. Ik was heel opgewonden en wilde hem dolgraag laten weten dat ik hier was. Ik zat te wachten tot het doek opging. Ik droeg het horloge dat hij me een tijdje geleden had gegeven ter gelegenheid van Brenda's basketbalwedstrijd. Over tien minuten zou de voorstelling beginnen. Iedereen om me heen leek in gespannen verwachting. Ik was trots op oom Palaver, en blij voor hem. Hij had succes.

Even voor halfacht ging het doek langzaam omhoog en de lichten werden gedimd. Een spotlight was gericht op het midden van het podium en ging toen plotseling uit en weer aan als het knipperen van een oog. Voor ons zat Destiny op een stoel, alleen…

Ik boog me naar voren. *Wat was dat? Een truc?* Het werd doodstil in de zaal.

Dit was niet Destiny zelf. Het was een levensgrote pop. Even later kwam oom Palaver in smoking en hoge hoed naar voren. Het publiek applaudisseerde en hij glimlachte, boog, en keek naar de pop.

'Goed publiek, Destiny,' zei hij.

Het hoofd van de pop draaide langzaam en leek met kritische blik naar de zaal te kijken. Toen knikte de pop en de mond bewoog. We hoorden: 'Het is publiek. Hoe weet je dat het een goed publiek is?' De mensen lachten. *Hij is ook nog buikspreker,* dacht ik. Gek dat we dat nooit geweten hadden en hij nooit zoiets had gedaan bij ons thuis.

'Nou, daar zullen we gauw genoeg achter komen,' zei oom Palaver. 'Laten we een paar mensen op het podium vragen.'

Hij liep het toneel af, koos een stuk of zes mensen uit de zaal en nodigde hen uit op het toneel te komen. Terwijl ze zich voorstelden, deed hij een paar goocheltrucs en haalde zogenaamd gênante dingen uit hun oren en uit hun jas- en broekzakken. Hij liet een oudere man zelf in zijn eigen zak zoeken, en hij haalde een opgevouwen centerfold uit *Playboy* tevoorschijn. Het gezicht van de man werd zo rood als een kreeft. Zijn vrouw krijste en het publiek barstte in lachen uit. Hij zwoer dat hij die nooit in zijn zak had gestopt. Oom Palaver richtte zich tot de pop en vroeg haar mening. Ze zei dat de man nu in zijn achterzak moest zoeken. Zenuwachtig gehoorzaamde hij, en toen hij weer een centerfold in zijn hand hield, klonk er een luid applaus in de zaal.

Na elke truc van oom Palaver richtte hij zich tot de pop, die haar mond bewoog en commentaar gaf. Waar was Destiny zelf? vroeg ik me af. Ik keek naar alle kanten van het toneel, in de verwachting dat ze elk moment haar opwachting kon maken.

Maar nee.

Na de trucs wist hij op een of andere manier de hele groep vlak voor onze ogen te hypnotiseren. Hij liet ze heel malle dingen doen die Destiny voorstelde. Het publiek vond het prachtig. Daarna maakte hij ze allemaal wakker; ze keken oprecht verbaasd. Hij bedankte hen en ze keerden terug naar hun plaats.

Hij ging door met zijn buiksprekersact; Destiny zong terwijl hij een glas water dronk. Bijna alles wat hij deed oogstte luide bijval. Het volgende deel van zijn act hield in wat hij zijn psychische geheugen noemde. Een van de zaalwachters liep over het middenpad, zocht mensen uit die hij vroeg op te staan. Iedereen noemde zijn of haar naam, en daarop raadde hij hun leeftijd met een marge van een of twee jaar. Mijn hart bonsde toen de zaalwachter onze rij naderde, maar hij koos niet mij. Nadat er zeker vijftig mensen hun naam hadden genoemd, vroeg oom Palaver hen te gaan zitten.

Hij legde zijn hand op de schouder van de pop en bukte zich om iets te kunnen horen dat op een gefluister leek. Hij draaide zich weer om naar de zaal en begon de namen af te roepen van de mensen die eerder waren opgestaan. Als hij of zij opstond, boog hij zich naar de pop en noemde naam en leeftijd. Hij maakte niet één fout, en toen alle vijftig toeschouwers stonden, juichte en klapte het publiek.

Hij bedankte de vrijwilligers, die weer gingen zitten, en begon toen op te scheppen over zijn vermogens. Ik vond dat hij een beetje al te onbescheiden werd, toen de pop plotseling schreeuwde: 'Ben je niet een beetje egoïstisch? Zonder mij zou je dit nooit kunnen.'

Daarop kregen ze ruzie wie belangrijker was. Eindelijk zei hij: 'Oké, wijsneus. Laat maar eens zien hoe je het er zonder mij afbrengt.' Hij beende het toneel af en het enige wat we zagen was de pop die naar ons zat te staren. Iedereen dacht hetzelfde. Oom Palaver zou terugkomen, en de pop zou moeten toegeven dat ze volledig afhankelijk van hem was. Maar dat was niet wat er gebeurde.

Plotseling, nu oom Palaver er niet meer was, bewoog het hoofd van de pop heen en weer, ze boog zich voorover naar de zaal en haar mond ging open.

'Is hij weg?' vroeg ze, zonder dat hij erbij was.

Het doek viel onder daverend applaus en ging weer op voor oom Palaver die buigend dankte. Hij wees naar de pop, die naar voren boog. We applaudisseerden alsof de pop leefde.

Iedereen begon te vertrekken. Ik probeerde haastig achter het toneel te komen, maar de mensen bewogen zich tergend langzaam. Eindelijk was ik er. Een toneelknecht hield me tegen, en ik vertelde hem wie ik was en dat ik mijn oom wilde spreken. Hij zei dat hij via de achterdeur wegging, dus stak ik het toneel over en was net op tijd om oom Palaver met de pop in zijn armen naar de camper te zien lopen, die achter het gebouw geparkeerd stond.

Ik riep hem en hij draaide zich langzaam om. Eerst keek hij of hij me niet herkende. Ik kwam dichterbij en toen sperde hij zijn ogen open.

'April, wat doe jij hier?' vroeg hij.

'Het is een lang verhaal, oom Palaver, een lang, onplezierig verhaal, maar ik ben gekomen om bij jou te blijven, want ik weet niet waar ik anders naartoe moet.'

Hij keek naar de pop alsof hij verwachtte dat ze iets zou zeggen, en ik dacht dat ik haar in zijn oor zag fluisteren.

'Kom mee naar binnen,' zei hij en liep de kleine trap op naar zijn camper.

Ik volgde snel en zag hoe hij de pop door de camper naar de achterkant droeg, waar zijn slaapkamer was.

'Een ogenblik,' zei hij, ging naar binnen en deed de deur dicht.

Ik bleef staan en keek om me heen. De camper was zoals ik me hem herinnerde, maar minder netjes. Er stonden borden in de gootsteen en er lagen kleren rondgestrooid in de kleine zitkamer.

'Oké,' zei oom Palaver, die uit de slaapkamer kwam. 'Vertel eens wat er aan de hand is.'

Hij ging op de kleine bank zitten en ik nam plaats tegenover hem. *Waar moet ik beginnen?* vroeg ik me af. *Hoe moet ik het uitleggen zonder mezelf in verlegenheid te brengen?* Ik begon met hem bijzonderheden te geven over onze verhuizing, mijn komst op de nieuwe school, mijn vriendschap met Peter Smoke. Ik praatte maar door, vermeed de crisis die me voor Brenda had doen vluchten. Hij luisterde beleefd, maar ik kon zien dat hij ongeduldig begon te worden.

'Waarom ben je weggelopen?' vroeg hij ten slotte.

Ik haalde diep adem en vertelde over de relatie van Brenda met

Celia. Hij keek niet verbaasd. Hij knikte en luisterde.

'Zo is je zus nu eenmaal. Je had niet weg moeten lopen.'

'Dat is de reden niet,' zei ik en vertelde hem alles over mijn laatste avond daar. Ik ging niet op details in, maar het was voldoende om hem zijn ogen te doen opensperren en hem te doen begrijpen waarom ik daar weg moest.

'Ik begrijp het,' zei hij. 'Dat is betreurenswaardig. Goed, we zullen Brenda bellen om haar te laten weten dat je veilig en gezond bent.'

'Nee,' zei ik fel. 'Ze zal alleen maar zeggen dat je me terug moet sturen. Ik wil niet terug. Nooit meer!'

Hij staarde me aan. Ik keek naar de slaapkamer en informeerde toen naar Destiny.

'Waar is ze?'

Hij hief zijn hoofd achterover en keek met open mond zo lang naar het plafond, dat ik dacht dat hij met open ogen in slaap of flauw was gevallen.

'Ze is moe,' zei hij, me weer aankijkend. 'Uitgeput, om eerlijk te zijn. Herinner je je nog die ziekte waarover ik je heb verteld?'

'Ja. Maar waar is ze?'

'In bed,' antwoordde hij, alsof dat heel duidelijk was. 'Ik heb het haar uitgelegd van jou.'

Ik knikte. 'Ik wil niemand tot last zijn. Ik zal je helpen met haar, met alles.'

'Dat is lief van je,' zei hij, met een onnoemelijk trieste blik.

'Hoe lang heb je die levensgrote pop van haar?'

'Zo lang ik me kan herinneren. We zijn nu een act. We zijn onafscheidelijk.'

'Ik heb nooit geweten dat je zo'n goede buikspreker bent,' zei ik.

'Dat ben ik niet,' antwoordde hij. 'Heb je honger? Meestal eet ik iets voor ik op weg ga. Ik heb rare werkuren, April. Ik leef niet zoals de meeste mensen. Soms rij ik de hele nacht door en slaap overdag tot de voorstelling. Dat doe ik vanavond ook. Je kunt de slaapbank boven de cabine opmaken, zoals je deed toen je nog een klein meisje was,' zei hij glimlachend. 'Tot we hebben besloten wat we met je aan moeten.'

'Ik zou jou willen helpen met je act, en bij jou blijven, oom Palaver. Ik kan je assistente worden. Ik ben graag op de weg. Ik heb geen plek meer die ik mijn thuis kan noemen.'

'Hm, dat weet ik nog zo net niet. Een meisje van jouw leeftijd voortdurend onderweg. Ik weet het niet.' Hij schudde zijn hoofd.

'Jij bent de enige die ik nog heb,' jammerde ik. 'Alsjeblieft. Als jij me niet helpt, weet ik niet waar ik naartoe moet en wat ik moet doen.'

Hij dacht even na en knikte toen.

'Goed, we zullen zien. We zullen zien. Honger?'

'Een beetje, maar ik hou me aan mijn dieet.'

'Nou, veel heb ik niet. Ik ben niet zo'n goede kok als je moeder was. Ik heb alleen een broodje tonijn en koffie voor je.'

'Ik maak het voor je klaar,' bood ik snel aan en ging naar de ijskast. Toen ik die opendeed, schrok ik toen ik zag dat die bijna leeg was.

'Je zorgt niet goed voor jezelf, oom Palaver. Het is maar goed dat ik er nu ben,' zei ik, en eindelijk glimlachte hij.

Ik moest eerst de koffiepot schoonmaken en afwassen. Terwijl ik bezig was, ging hij terug naar de slaapkamer. Ik hoorde hem praten en dacht dat Destiny nu wel wakker zou zijn. Misschien zou hij me eindelijk aan haar voorstellen. Maar toen hij terugkwam, zei hij geen woord over haar.

We aten aan het kleine tafeltje. Ik nam alleen wat van zijn tonijn en dronk een kop zwarte koffie. Hij vertelde over een paar van zijn voorstellingen en ik stelde hem vragen over zijn trucs. Alweer, zoals altijd, zei hij dat een goede goochelaar zijn trucs nooit verraadt.

'Hoe kon je het hoofd van die pop laten bewegen en haar mond laten opendoen?'

'Het is nooit gemakkelijk. Soms weigert ze mee te werken.'

Ik lachte, maar er kwam geen glimlachje op zijn gezicht.

'En je auto?' vroeg hij. 'Waar heb je die geparkeerd?'

'Op het parkeerterrein,' antwoordde ik.

'Oké. Rijd hem hiernaartoe. Ik heb een trekhaak achter aan de camper, dus kunnen we hem er gemakkelijk genoeg aan vastmaken.'

'Dank je, oom Palaver. Ik ben zo blij dat ik bij jou ben.'

'Ik vind die problemen van je heel erg, April. Je moeder zou willen dat ik alles doe wat ik kan. We moeten goed nadenken over je toekomst. Dit is geen leven voor een meisje van jouw leeftijd. Maar voorlopig,' zei hij, toen hij mijn teleurstelling zag, 'zullen we er het beste van maken.'

'Dank je,' zei ik, en ging mijn auto ophalen. Toen ik om het gebouw was heengereden, stond hij al te wachten.

'Dit kan ik wel alleen af,' zei hij. 'Neem wat je nodig hebt mee in de camper en maak de slaapbank gereed voor jezelf. Ik kom zo, en dan gaan we op weg. Morgenavond moet ik in Phoenix zijn.'

'Ik weet het. Ik heb je reisroute.'

'Is dat zo?'

'Die heb je ons gegeven toen je de laatste keer bij ons thuis was.'

'O,' zei hij, toen hij het zich weer herinnerde. 'Ja, dat is zo.'

Ik pakte de spullen die ik nodig had en stapte in de camper. De slaapbank was gauw opgemaakt. Ik trok een lang nachthemd aan, en had me gewassen en mijn tanden gepoetst toen hij terugkwam.

'Voor elkaar,' zei hij.

'Kan ik verder nog iets doen?'

'Nee. Ga maar slapen.'

Hij ging achter het stuur zitten.

'Rij je de hele nacht door?'

'Een groot deel ervan,' zei hij. 'Zo doe ik het meestal. Geen probleem.'

'Oké. Welterusten, oom Palaver, en bedankt,' zei ik, en klom omhoog naar de slaapbank.

'Slaap lekker,' riep hij. Hij startte de motor en reed langzaam weg.

Ik ging liggen en dacht aan de tijd toen ik hier als kind had geslapen. Als het toen al een groot avontuur had geleken, was het dat nu zeker. De reis en de spanning hadden meer van me geëist dan ik me gerealiseerd had, en mede door de lichte schommeling van de camper viel ik algauw in slaap.

Een tijdje voordat het licht werd, werd ik met een schok wakker. Het was of iemand me door elkaar had geschud. Ik knipperde met mijn ogen toen het besef waar ik was langzaam tot me doordrong. Het was donker in de camper, maar het licht van een lantaarn viel naar binnen en tekende de contouren duidelijk af. Ik zag oom Palaver uitgezakt op de bank zitten, een fles whisky voor hem op tafel. Ik staarde een tijdje naar hem en meende toen iemand te horen roepen.

Destiny heeft hem voor iets nodig, dacht ik.

'Oom Palaver,' fluisterde ik, maar hij bewoog zich niet.

Weer dacht ik iets te horen en deze keer besloot ik te gaan kijken wat er aan de hand was. Ik klom omlaag en stond in het donker te luisteren. Ik hoorde duidelijk iemand praten, en het kwam uit de slaapkamer.

'Oom Palaver?' Ik liep naar hem toe en tikte hem zacht op de schouder. 'Oom Palaver?'

Hij kreunde even, maar deed zijn ogen niet open. Ik keek naar de fles en zag dat die bijna leeg was. Ik schudde hem wat harder heen en weer.

'Oom Palaver?'

Hij draaide zich om zonder zijn ogen te openen. Ik schudde nog harder. Hij begon iets te mompelen en zakte toen nog verder onderuit.

Ik hoorde nog steeds een stem praten, maar heel zacht. Riep Destiny hem en was ze te zwak om haar stem te verheffen? Ik liep naar de achterkant van de camper en luisterde. Het was duidelijk de stem van een vrouw, maar ze leek niet om hulp te roepen. Ze lag gewoon hardop te fluisteren. Misschien ijlt ze, dacht ik, en klopte zacht op de deur.

'Destiny? Gaat het goed met je? Ik ben het, April, het nichtje van oom Palaver. Hij ligt te slapen. Heb je iets nodig?'

Ik keek achterom naar oom Palaver. Hij bewoog zich niet. Langzaam draaide ik de deurknop om en deed de deur op een kier open, zachtjes roepend.

'Destiny? Is alles in orde?'

Toen de deur helemaal open was, keek ik naar binnen en zag haar in bed liggen. Ik kon haar nu duidelijk horen fluisteren. Ze praatte over iets dat zij en oom Palaver samen hadden gedaan, een heerlijke tijd die ze hadden gehad in de omgeving van de Grand Canyon. Toen ik hem hoorde lachen, liepen de rillingen over mijn rug. Ik keek achterom. Hij lag nog steeds roerloos op de bank. Hoe kon ik hem dan horen lachen?

'Destiny?'

Ik liep naar binnen. Het licht van de lantaarns buiten scheen hier minder helder naar binnen dan in de zitkamer, maar duidelijk genoeg om Destiny's hoofd en lichaam in bed te zien liggen. Ik kwam dichterbij en keek naar haar.

Mijn hart klopte in mijn keel.

Het was de levensgrote pop. Ik keek om me heen in de kleine slaapkamer, maar er was niemand.

En die stemmen? Die kwamen uit een bandrecorder die naast de pop lag.

267

18. Volg het magische rad

Ik deed geen poging oom Palaver wakker te maken. Ik geloof trouwens toch niet dat het me gelukt zou zijn. Hij rook naar whisky en lag nu luid te snurken. Ik deed de deur van de slaapkamer dicht en keerde terug naar mijn eigen bed. Slaap was onmogelijk, al was ik nog zo moe. Het gedempte geluid van de stemmen uit de bandrecorder dat uit de slaapkamer kwam, maakte dat ik lag te draaien en te woelen. Tegen de ochtend viel ik eindelijk in slaap en ik werd pas wakker toen ik de motor hoorde starten. Ik luisterde gespannen naar de stemmen, maar hoorde niets. Ik lag met open ogen naar het plafond van de camper te staren en vroeg me af of wat ik de afgelopen nacht had gehoord en gezien niet meer dan een afschuwelijke nachtmerrie was geweest.

Toen ik in de camper keek, zag ik oom Palaver niet. De fles whisky was verdwenen. Plotseling voelde ik een schok en we reden naar voren.

'Oom Palaver?'

'Hé,' riep hij terug. 'Ik zet de camper een klein eindje verderop. Ik heb vannacht op het parkeerterrein van een supermarkt gestaan, en meestal komt hun veiligheidsdienst op de deur kloppen als ze merken dat ik er te lang parkeer. Het is maar vijftien kilometer naar een afslag, en daar stoppen we en maken het ontbijt klaar.'

Zijn stem klonk helder en verstandig. Ik klom omlaag en keek naar de deur van de slaapkamer, die nog dicht was.

Hij keek me even aan en vroeg onder het rijden: 'Goed geslapen?'

Ik hield mijn adem in en zei niets, vroeg me af of ik hem moest vragen naar de bandrecorder. Moest ik hem vertellen dat ik in de slaapkamer was geweest? Moest ik hem vragen naar de pop in het bed? Naar Destiny?

Iets zei me dat het beter was om te wachten, hem me alles zelf te laten vertellen.

'Goed, ja,' zei ik.

'Mooi. Over een paar minuten kunnen we ontbijten.'

Ik ging naar de badkamer, waste me, en trok snel mijn spijker-broek en sweatshirt aan. Ik voelde dat hij van de hoofdweg afboog en de camper parkeerde. Toen ik naar buiten kwam, stond hij al in de kleine kitchenette en schonk een glas sinaasappelsap voor me in.

'Als ik langere tijd parkeer, schuif ik de wanden uit, maar we blij-ven hier alleen maar voor het ontbijt,' legde hij uit. 'Waar heb je trek in? Ik heb vanmorgen in de supermarkt eieren gekocht en een paar zachte en een paar zoete broodjes.'

'Ik eet niet zoveel meer, oom Palaver.'

'O, nou ja, het is er in ieder geval. Wat wil je?'

'Alleen een zachtgekookt ei. Ik doe het wel,' ging ik snel verder.

'Ga zitten, dan zal ik je bedienen.'

'O, ik ga niet zitten,' zei hij. 'Ik moet iets klaarmaken voor Des-tiny. Ze houdt van havermout,' ging hij verder, met een knikje naar het fornuis. Er stond een pan op waarin havermout stond te koken.

Ik staarde ernaar en toen naar hem, en mijn hart stond even stil. Waarom deed hij dit, deed hij net alsof ze werkelijk in die slaapka-mer lag? Deed hij het ter wille van mij, om tragisch nieuws te ver-heimelijken? Hij praatte maar over haar door, verbijsterde me zo erg door de manier waarop hij over haar sprak, dat ik me niet kon ver-roeren.

'Ze is van streek omdat ik dit allemaal doe, dat ik haar niet ge-woon naar een of ander instituut breng en haar vergeet. Ze denkt dat ze een zware last voor me is. Zo is het nu al een tijdlang, maar men-sen om wie je werkelijk geeft, zet je niet aan de kant omdat ze je pro-blemen veroorzaken.

'Je vader begreep dat niet. Hij dacht dat hij jullie allemaal een dienst bewees door die fantasie dat hij jullie in de steek liet, zodat jullie niet met hem mee zouden lijden, maar hij brak het hart van je moeder. Van iemand houden betekent dat je bij iemand blijft in goe-de en in slechte tijden, zoals het ook gezegd wordt in de huwelijks-gelofte. Mensen verbreken hun contract tegenwoordig zo gemak-kelijk. In elk opzicht,' zei hij, zich naar me omdraaiend. Blijkbaar zag hij mijn verbaasde gezicht niet of las hij er niets meer in dan verbazing over zijn huishoudelijke capaciteiten.

'Ze zijn er als de kippen bij om zakelijke overeenkomsten te verbreken. Ze zeggen dat een contract niet meer waard is dan het papier waarop het is geschreven, en om een goede reden. Niemand houdt zich meer aan zijn woord, zijn beloftes.

'Nou, zo zit ik niet in elkaar. Als ik me ergens toe verbind, dan kom ik mijn belofte na, al val ik er dood bij neer, en ik verwacht dat anderen me op dezelfde manier behandelen. Natuurlijk doen ze dat niet. Ik weet niet hoeveel vastgestelde voorstellingen op het laatste moment zijn geannuleerd.

'Destiny en ik hadden een act die goed werkte. Zij was er een integraal deel van. Toen ze ziek werd,' ging hij verder, roerend in de pan met havermout, 'kwam ik op dit idee om ons als act voort te laten bestaan. Ik had altijd al een beetje buikspreken verwerkt in mijn act. Dat wist je toch?'

Ik schudde mijn hoofd.

'Ja. En toen we in Atlanta waren, raakte ik bevriend met die poppenmaker. Ik vertelde hem mijn idee, en hij vond het prachtig, een uitdaging. Dus deed hij heel erg zijn best. Hij kwam bij ons op bezoek en maakte foto's van Destiny. De gelijkenis is opvallend. Vind je niet?'

Ik knikte, nog steeds met stomheid geslagen. Wat had ik moeten zeggen? Ik had haar nooit ontmoet, dus hoe moest ik dat weten?

'In ieder geval hebben we nog steeds succes.'

'Hoe doe je dat?' vroeg ik ten slotte.

'Doe wat?' Hij draaide zich om en stak de lepel omhoog. 'Havermout koken?'

'Nee,' zei ik glimlachend. 'Hoe kun je die pop haar hoofd laten omdraaien en laten bewegen?'

'O, dat. Oké. Ik zal het je vertellen, want het is minder een goocheltruc dan een technisch foefje. Ik heb een zender in mijn zak, en de pop heeft kleine ontvangers. Dat was een idee van de poppenmaker. Het publiek is enthousiast over het einde van de act. Soms overdrijf ik weleens. Ik hol het toneel af de zaal in en het theater uit, of zogenaamd het theater uit. Ik sluip stiekem dichterbij om binnen het bereik van de zender te komen.'

'En de stem?'

'Die staat op een bandrecorder die door mij bediend wordt, zodat de stem door de geluidsinstallatie van het theater klinkt. Nu ken je het geheim.' Hij dacht even na. 'Weet je, ik kreeg net een idee.

Iets wat jij kunt doen. We zullen natuurlijk moeten oefenen tot ik tevreden ben.'

'Wat dan?' vroeg ik opgewonden.

'Ik zal je leren hoe je de zender moet bedienen. Dat kun jij vanuit de zaal doen. Op die manier zal het publiek nog meer onder de indruk zijn, omdat ik heel duidelijk en overtuigend zal vertrekken. Ik ga via een zijdeur naar buiten of zo. Wat denk je?'

'Graag,' zei ik. 'Ik zal alles doen om met je mee te kunnen reizen.'

Hij knikte en schudde toen zijn hoofd. 'Ik zit maar wat te dromen. Je kunt niet met mij meereizen, April. Je moet naar school.'

'O, dat is in orde. Ik kan buitenschools onderwijs volgen en een diploma halen dat gelijkwaardig is aan dat van de school. Jij kunt mijn wettelijke voogd worden, oom Palaver. Ik weet zeker dat Brenda het niet erg zal vinden of dat het haar zelfs maar iets kan schelen.'

'Ik weet het niet.' Hij keek naar de slaapkamer. 'Met Destiny en zo...'

'Ik zal je ook met haar helpen,' flapte ik eruit. 'Ik bedoel, ik zal alles doen wat er gedaan moet worden.'

Wat zei ik? Ik wist wat ik tegen hem zei, maar wat zei ik tegen mijzelf? Simpel, dacht ik. Ik was bereid in alles mee te gaan zolang ik maar bij hem kon blijven en niet gedwongen werd terug te keren naar Brenda en dat leven. Wat kon het trouwens voor kwaad? Als hij op deze manier gelukkig was, wilde ik niets doen om hem ongelukkig te maken.

Hij overwoog het. 'Misschien,' zei hij. 'Misschien.'

Hij schepte de havermout in een kom en zette die op een blad.

'Maak je ontbijt klaar, April. Ik wil over een halfuur of zo vertrekken. We moeten nog een heel eind, en de voorstelling in het theater moet ook nog worden voorbereid.'

Ik keek hem na toen hij met het blad naar de slaapkamer liep. Hij deed de deur open en ging naar binnen, waarna hij de deur weer sloot. Ik hoorde zijn stem, gedempt maar lief en bezorgd. Ik hoorde ook mijn naam noemen.

De wereld van oom Palaver is een wereld van illusie, hield ik me voor. *Hem lijkt dit waarschijnlijk allemaal acceptabel.* Natuurlijk vroeg ik me af wat er werkelijk met Destiny gebeurd was en hoe

271

lang hij deze illusie al in stand hield, maar ik dacht dat hij me mettertijd wel alles zou vertellen. Hij zou me misschien alles uitleggen als hij me beter leerde kennen of me vertrouwde. Ik zou hem nooit verraden. Ik wist hoeveel pijn dat deed.

Ik maakte mijn ontbijt klaar en later, toen hij weer binnenkwam en me vertelde dat ze sliep, waste ik de lege kom en andere ontbijtboel af, en hij ging naar buiten om de trekhaak en de auto te controleren. Een paar minuten later waren we onderweg. Ik zat naast hem en luisterde naar hem terwijl hij zijn plannen vertelde voor de volgende voorstelling die hij zou geven. Hij beschreef een paar trucs en illusies en ratelde door over vroeger publiek en de grappige dingen die waren voorgevallen. Altijd als hij een gebeurtenis of een plaats beschreef, viel Destiny's naam en vertelde hij wat ze had gedacht of gedaan. Ze was nu kennelijk zo diep in zijn geheugen en leven geworteld, dat er serieuze psychiatrische hulp voor nodig zou zijn om haar eruit te halen, en waarvoor? Hij deed niemand kwaad, en het maakte het hem gemakkelijker om verder te leven.

Het deed me denken aan het toneelstuk *Harvey* over het onzichtbare konijn. Uiteindelijk besefte Dowds zuster dat hij beter af was als hij het konijn zag en erin geloofde. De psychiater kon hem alleen maar ongelukkig maken.

Toen we jong waren geloofden we in sinterklaas en de Kerstman of een andere mooie illusie. Toen we ouder waren concentreerden we ons op filmsterren of zangers en maakten er mensen van die veel groter en belangrijker waren dan in werkelijkheid het geval was. We zochten altijd naar iets of iemand om ons wat hoop en opwinding te geven, ons leven te vullen en te vervolmaken. Dus oom Palaver geloofde in zijn Destiny, nou en?

Ik had niets om in te geloven, en kijk eens hoe leeg, hol en verloren ik me voelde. Wie was ik om kritiek op hem uit te oefenen en zijn illusies te verstoren?

Nee, dacht ik. Als hij wilde dat ik haar morgen de havermout zou brengen, zou ik dat doen, en net zoals hij de schijn ophouden dat ze er was om die op te eten.

Ik zou alles doen om in beweging te blijven, want in gedachten bewoog ik me steeds verder weg van alle droefheid en teleurstellingen die achter me lagen. Ik verlangde ernaar om het verleden te kunnen vergeten en alleen maar uit te kijken naar wat voor me lag.

272

Maar toen we aankwamen in oom Palavers volgende pleister-plaats, lag er een bericht van Brenda op hem te wachten. Op de een of andere manier had ze beseft dat ik naar hem toe zou gaan. Misschien had ze gemerkt dat het papier met zijn reisroute ontbrak. Het verbaasde me dat ze zich iets ervan kon herinneren, of misschien had ze op een of andere manier een ander exemplaar weten te bemachtigen. Het bleek dat ze had geweten hoe ze contact kon opnemen met oom Palavers agent.

'Je zus zoekt je,' zei hij. 'Ze heeft een boodschap achtergelaten dat je bent weggelopen en vraagt of ik iets weet. Ik moet haar terugbellen.'

'Niet doen,' zei ik.

'Dat kunnen we niet maken, April. Je moet met haar praten. Het kan alleen maar erger worden voor jou, en voor mij, als je dat niet doet. Jij belt haar, of ik doe het. Wat wil je?'

Met tegenzin liep ik naar een telefoonautomaat bij het theater en belde Brenda.

'Waar denk je dat je mee bezig bent?' vroeg ze zodra ze mijn stem hoorde.

'Met wat ik wil doen en wat ik moet doen,' antwoordde ik.

'Wat heb je oom Palaver verteld?'

'De waarheid.'

Even bleef het stil. Toen hoorde ik haar diep zuchten. 'Celia is weg,' zei ze.

'Voorgoed?'

'Waarschijnlijk. Hoor eens, April, je moet thuiskomen en je schooljaar afmaken. In de zomer…'

'Het is mijn thuis niet, Brenda. Ik haat het. Ik heb geen thuis, en misschien zal ik het nooit hebben. Het is beter om zoals oom Palaver rond te reizen, nooit gebonden aan iets of iemand.'

'Papa noemde hem een zigeuner, een zwerver op wielen.'

'Oom Palaver is gelukkig, en als ik hem vergelijk met ons of zoals we waren, zou ik zeggen dat hij beter af is.'

'April, dit is krankzinnig. Je bent nog geen achttien. Beseft oom Palaver wel dat hij je wettelijke voogd moet worden?'

'Ja. Ik ga hem helpen bij zijn act en ga buiten school om mijn diploma halen. Ik weet wat ik doe.'

'Wat doe je in die act van hem?'

Ik wilde niets zeggen over Destiny. Daar kon ze maar beter niets van weten, dacht ik.

'Het heeft iets te maken met zijn goocheltrucs en zo. Het is te moeilijk om uit te leggen, en bovendien praat oom Palaver nooit over zijn trucs, en dat mag ik ook niet.'

'Ja, nou ja,' zei ze. 'Ik ben niet van plan je achterna te komen, April. Je zult op eigen benen moeten staan. Laat me weten waar ik je geld heen kan sturen, dan zal ik dat doen. Alle paperassen voor je trust zijn in orde, en het huis is verkocht.'

Ik wilde er niets over horen. Ik had mijn handen voor mijn oren willen houden. Ons huis, ons thuis, mama, papa, alles was weg.

'Goed,' zei ik. 'Het kan me niet meer schelen.'

'Ik vind het heel erg wat er met Celia gebeurd is. Ik weet dat het niet jouw schuld was, April,' zei Brenda op ongewoon zachte en vriendelijke toon.

'Dat was het ook niet. Ik was ook... verbaasd.'

'Die jongen is hier geweest,' onthulde ze me.

'Peter Smoke?'

'Ja. Hij leek heel teleurgesteld dat je er niet was. Ik moest hem vertellen dat ik niet wist waar je was of wanneer je terug zou komen. Hij heeft een boodschap voor je achtergelaten.'

'En?'

'"Het spijt me," zei hij. "Vertel haar dat het me spijt."'

'O? Was dat alles wat hij zei?'

'Nee. Hij zei ook iets heel vreemds. Hij zei dat ik je moest zeggen dat je het rad moest volgen, wat dat ook betekent.'

'Ik weet wat het betekent. Als hij ooit weer mocht bellen, zeg dan dat ik dat doe.'

'Is hij degene die je gezegd heeft dat je weg moest lopen?'

'Nee, dat deed Mr. Panda.'

Ze zweeg. Lange tijd zeiden we geen van beiden iets.

'Ik heb een aanbod om deel uit te maken van een internationaal team deze zomer. Ik overweeg het te doen. Ik had je trouwens toch willen voorstellen dan bij oom Palaver op bezoek te gaan.'

'Dan is er dus geen kwaad geschied,' zei ik. 'Het gebeurt alleen een beetje vroeger. Ik ben blij voor je, Brenda. Volg je bestemming. Volg het rad.'

'Wat betekent dat in vredesnaam?' Ze lachte zelfs.

274

'Zoek het maar op. Het heet het magische rad. Het is iets indiaans.'

'Oké, oké. Pas goed op jezelf, April. Het spijt me dat we nooit wat zusterlijker met elkaar zijn omgegaan. Misschien is het meeste hiervan mijn schuld.'

'Het is niemands schuld. Het is gewoon gebeurd,' zei ik.

'Wil me zo nu en dan bellen om me te vertellen hoe het je gaat?'

'Ja,' beloofde ik.

'En vergeet niet oom Palaver om een adres te vragen waar ik het geld naartoe kan sturen.'

'Oké,' zei ik. Ik kon de communicatielijn tussen ons voelen verslappen en wegglijden. Het voelde alsof we elkaars hand hadden losgelaten.

'Dag, April,' zei ze.

'Dag,' antwoordde ik.

Zij hing als eerste op. Ik bleef staan met de telefoon in mijn hand. Ik voelde me koud en verdoofd, en een tijdlang kreeg ik bijna geen lucht. Ik voelde me als een astronaut die uit zijn ruimteschip is gestapt en in de ruimte blijft hangen. Ondanks alles was ze mijn zus. Zij was de laatste band met wat vroeger een heerlijk gezinsleven was geweest.

'Dag,' zei ik weer, al wist ik dat ik haar niet langer aan de lijn had.

Toen hing ik op en ging terug naar de camper, waar oom Palaver zichzelf en zijn Destiny gereedmaakte voor de avondvoorstelling. Hij had zijn smoking al aan en droeg zijn witte handschoenen en hoge hoed.

'Wat zei ze?' vroeg hij, en ik vertelde het hem. Hij gaf me een adres voor Brenda en praatte niet over mijn terugkeer, wat me verheugde tot hij eraan toevoegde: 'Destiny maakt zich zorgen over je, maar is het er voorlopig mee eens dat je blijft.'

Hij liet me de zender zien voor de pop en legde uit hoe hij die gebruikte.

'Ik wil dat je eerst wat oefent. We mogen niet een illusie verstoren, anders bederf je de hele avond voor het publiek. We beginnen er morgen mee.'

Ik zag een kostuum over de bank gedrapeerd. Het was een glinsterend badpak met een zwarte sjerp. Hij vertelde me dat Destiny dat droeg als ze met hem het toneel opkwam in de beginperiode van hun act. Hij zei dat ze een paar rekwisieten zou opzoeken. Een van de trucs was dat ze in een doos kroop, die hij daarna uit elkaar zou nemen en bewijzen dat hij leeg was.

'Als ik voldoende afval om erin te passen, kan ik die truc dan met jou doen en kan ik je alles aanreiken?'

'Eh, ik weet het niet. Ik… nou ja, waarschijnlijk wel.' Hij knikte. 'Ik weet zeker dat Destiny dat ook prettig zal vinden. Maar ga niet op een hongerdieet, zoals sommige vrouwen,' waarschuwde hij.

Hij keek op zijn horloge en constateerde dat het tijd was om achter het toneel te gaan. Hij liep naar de slaapkamer en kwam terug met Destiny's replica in zijn armen. Ik deed de deur voor hem open en volgde hem naar de achteringang van het theater. Onder het lopen hoorde ik hem tegen de pop praten, het theater beschrijven en haar herinneren aan de laatste keer dat ze in deze streek waren.

'De mensen verschillen in heel Amerika, maar als ze in een zaal zitten te kijken naar een goochelaar, een hypnotiseur of een geheugenexpert, worden het allemaal kinderen,' zei hij.

De manier waarop hij reageerde, gaf zelfs mij het gevoel dat de pop het ermee eens was.

Hij zei dat ik in de zaal moest gaan zitten, naar de voorstelling kijken en kritiek leveren.

'Ik wil dat je alles bekijkt, en me vertelt of je iets doorhebt van wat ik doe, en let ook op de reacties van het publiek. Op die manier weet ik wat ik wel en niet in de volgende voorstelling moet opnemen. Oké?'

'Ja, oom Palaver.'

'Verzwijg niets,' zei hij. 'We kunnen tegen kritiek.'

We?

'Oké,' zei ik.

Een van de toneelknechten kwam met oom Palaver praten en toen hij gehoord had wat er van hem verlangd werd, kwam hij naar mij toe.

Hij was een jongeman met zwart krulhaar en een goed verzorgd kort baardje.

'Ben jij een van Palavers assistentes?' vroeg hij.

'De enige,' antwoordde ik.

'Ik was hier verleden jaar toen hij optrad. Was je toen niet bij hem?'

'Hij is mijn oom. Ik ben pas kortgeleden bij hem gekomen.'

'O. Ben jij ook goochelaar en hypnotiseur?'

'O, nee. Ik verricht geen magische toeren.'

Hij kwam meer in het licht staan, en ik zag dat hij opvallende zwarte ogen had en een ferme kaak en een perfecte rechte neus. Waarom werkte hij achter het toneel? vroeg ik me af. Hij had een filmster kunnen zijn.

'Hoe lang ben je al toneelknecht?'

'Mijn vader is eigenaar van dit theater. Ik ben hier al sinds ik tien was. Ik ben overigens geen toneelknecht. Ik ben de toneelmeester, ik regel alles. Mijn vader is half en half gepensioneerd. Hij gaat tegenwoordig veel diepzeevissen met vrienden. Je oom heeft een uitverkochte zaal vanavond.'

'Dat is mooi.'

'Ja. Hij is voor morgenavond ook al bijna uitverkocht. Als alles goed gaat vanavond, weet ik zeker dat dat het geval zal zijn. Ik heet Russell, Russell Blackman.' Hij gaf me een hand, die ik snel drukte.

'Ik ben April Taylor.'

'Hé!' schreeuwde hij tegen een man die een toneelgordijn droeg. 'Voorzichtig een beetje. Het zit vast. Straks scheur je het nog.'

De man deed snel wat langzamer aan.

'Het is moeilijk goede hulp te krijgen voor iets als dit. Vaak neem ik kinderen van high school, die tenminste enthousiast zijn dat ze achter het toneel mogen werken.' Hij bekeek me wat aandachtiger. 'Hoe oud ben je, April?'

'Achttien,' jokte ik. 'Ik neem wat tijd vrij om te besluiten wat ik wil gaan doen.'

'Ja, goed idee. Kom, het is bijna tijd. Als je je daarna verveelt, kom dan even langs mijn kantoor. Daar achterin.' Hij wees naar de coulissen aan de rechterkant. 'Dat is een soort tweede thuis van me geworden. Meestal wil ik me wat ontspannen na een avond in het theater, bestel een pizza. Dat heb ik van mijn vader geleerd. Je moet relaxen na een avond als deze. Hé!' schreeuwde hij tegen iemand anders. 'Schroef die spot eens vast. Ik kan hiervandaan zien dat hij loszit.' Hij schudde zijn hoofd. 'Het theater. Op de caissière en mijn boekhouder na, heb ik meer verloop dan de banden van een raceauto. Tot straks,' zei hij en liep weg.

Waarom zou hij me in zijn kantoor uitnodigen? Waarschijnlijk stond ik te veel in het donker om goed te kunnen hoe ik eruitzag.

Ik liep haastig de zaal in om te gaan zitten en naar de voorstelling te kijken. Het leek veel op de vorige show, alleen voegde oom Palaver er nog een paar spectaculaire trucs aan toe, de meest verbazingwekkende was een levitatie van hemzelf. Natuurlijk gebruikte hij Destiny erbij en voor het publiek leek het of de pop op de een of andere manier de oorzaak ervan was dat hij langzaam van het toneel opsteeg en midden in de lucht bleef hangen. Ze hief langzaam haar rechterarm op en hij bewoog samen ermee omhoog. Toen ze haar arm liet zakken, kwam hij langzaam weer omlaag. Het publiek klapte luid, en ik hoorde mensen aan elkaar vragen hoe hij dat deed.

De grote finale met de schijnbare ruzie bracht het publiek luid applaudisserend op de been. Ik klapte harder dan iemand in de zaal, en ik wist hoe hij het deed. Het uit de werkelijkheid treden in de wereld van de illusie was zo behaaglijk en gemakkelijk. *Ik hoor bij hem,* dacht ik. *Dat doe ik echt. Misschien zit het zowel in mijn bloed als in het zijne.*

Later hielp ik hem zijn spullen bijeen te pakken en naar de camper te brengen. Hij droeg Destiny naar binnen en legde haar weer in de slaapkamer. 'Zo,' zei hij. 'Ik geloof dat het goed is gegaan vanavond. Misschien is de voorstelling voor morgenavond ook uitverkocht.'

'Russell denkt van wel,' zei ik.

'Russell? O, de zoon van de eigenaar. Ja. Wil je wat eten?'

Ik dacht aan Russells uitnodiging. 'Ik ben uitgenodigd om een pizza te komen eten achter het toneel.'

Oom Palaver keek verbaasd. 'O, ja? Dat is mooi. Het is goed om met de mensen van het theater om te gaan en er een band mee te scheppen. Ik deed dat vroeger vaak, maar met Destiny's gezondheid en zo ga ik meestal nergens meer naartoe. Ga maar gauw. Kom niet te laat thuis. Ik ga zelf een beetje rusten, Destiny over de voorstelling vertellen. Ze vindt het heerlijk om erover te horen.'

Hij liep naar de kast boven de gootsteen en haalde er een volle fles bourbon uit. Ik zag dat er nog twee flessen stonden.

'Morgen zullen we de grote finale oefenen,' ging hij verder en liep naar de badkamer.

Ik aarzelde, vroeg me af of ik naar het kantoor moest gaan. Was

278

het gewoon beleefdheid of meende Russell Blackman het echt? Het zou weleens heel pijnlijk kunnen zijn, dacht ik. Ik stapte uit de camper en wandelde langzaam in de warme avondlucht. De opwinding van de voorstelling, de grootse ontvangst die oom Palaver ten deel was gevallen en zijn verbazingwekkende show gaven me nieuwe hoop. Ik zou werkelijk deel van dit alles kunnen worden, dacht ik. Ik kreeg plotseling behoefte aan kennis over het theater. Ik wilde zoveel ik kon en zo snel ik kon leren, zodat ik indruk zou kunnen maken op oom Palaver en een integraal deel van de act zou kunnen worden. Wie weet? Misschien kon ik ook een goochelaar worden, samen met hem. Dan zou het een echte familieshow zijn. Wat zou mama verbaasd hebben opgekeken.

Er was niemand achter het toneel toen ik via de achterdeur het theater binnenging. Het enige licht kwam van de noodverlichting boven de uitgangen. Ik liep over het toneel naar de coulissen aan de rechterkant, waar ik muziek hoorde komen uit een kamer achterin. De deur stond halfopen. Het gelach van een meisje deed me even stilstaan. Toen hoorde ik Russell uitroepen: 'Fantastisch!'

Ik liep naar de deur en zag hem lui op een bank liggen. Op de tafel voor hem stond een open pizzadoos met een kratje bier. Een lang, slank, blond meisje in een wit topje en een rok tot haar knieën schonk een glas bier in, leunend tegen het bureau. Russell zag me en ging snel rechtop zitten.

'Hé, April, kom binnen. Dit is het nichtje van Palaver,' zei hij tegen het meisje. Ze keek naar me en glimlachte. 'Mijn nichtje Tess,' zei hij, en stelde haar voor.

'Achter-achternichtje,' vulde ze aan, en ze moesten allebei lachen. 'Hoi,' zei ze. 'Wil je een biertje?'

'Graag,' zei ik.

'De pizza is nog warm en lekker,' zei Russell. Ik keek ernaar met hongerige ogen. Ik had me zo goed aan mijn dieet gehouden, maar ik had vandaag niet veel gegeten, dus mocht het, redeneerde ik.

'Dank je.'

Ik pakte een punt met een servetje en het glas bier dat Tess had ingeschonken en ging tegenover Russell zitten.

'Je oom had een uitstekende avond,' zei hij. 'Het enthousiasme was enorm. We verwachten morgenavond een uitverkochte zaal. De mensen hier in de buurt zijn dol op dit soort voorstellingen, hè, Tess?'

'O, ja. Ik vond hem geweldig. Hoe deed hij dat, zo recht opstijgen?'
'Ik mag geen geheimen verklappen,' zei ik. Ze lachten.
'Weet je,' zei Russell, zich vooroverbuigend. 'Ik heb natuurlijk veel gezien achter het toneel, maar de manier waarop hij tegen die grote pop praat en hoe die pop reageert, is grandioos. Je zou bijna geloven dat ze echt was, hè, Tess?'
Ze knikte.
Ik bedoel, de details van het gezicht, de huid of wat de huid moet voorstellen, en die ogen, alles. Het is de beste pop die ik ooit heb gezien.'
'Ik ook,' zei Tess. 'En, waar kom jij vandaan?'
'Tennessee.'
'Hoe lang ben je al bij je oom?'
'Een tijdje.' Ik probeerde het zo vaag mogelijk te houden. 'Ik verken mijn mogelijkheden.'
'Dat doet Tess ook. Al jaren,' voegde Russell er lachend aan toe. Ze gaf hem een speelse por tegen zijn schouder.
'Is het waar dat theatermensen meer promiscue zijn?' vroeg Tess na een ogenblik.
'Hoe bedoel je?'
'Ongebonden, feestnummers, ongeremd,' weidde ze uit.
'Mijn ervaring is dat het waar is,' zei Russell.
'Vertel er eens wat over,' zei Tess. 'Weet je hoe ze dit kantoor noemen?'
'Oké, hou het voor je,' zei Russell op scherpe toon.
'We zijn geen boerenheikneuters hier,' ging Tess verder. 'Mensen die door deze plaats reizen, denken dat altijd. Ben jij cool?' vroeg ze aan mij.
'Ik weet niet goed wat je daarmee bedoelt,' zei ik behoedzaam. 'Ik neem aan van wel.'
Ze lachten allebei.
'Ze is voorzichtig,' zei Tess.
'Ja, zijn we dat niet allemaal?'
Hij reikte onder de tafel en haalde er een pakje uit van een soort vetvrij papier. Toen glimlachte hij naar Tess en mij en pakte het zorgvuldig uit. Ik zag een laagje fijn wit poeder. Uit de zak van zijn shirt haalde hij drie dunne rietjes. Met een scheermes begon hij het poeder in lijntjes te verdelen.

'Tess,' zei hij, wijzend naar het eerste lijntje. Hij gaf haar een rietje.

'April,' zei hij, wees naar het tweede lijntje en overhandigde me een rietje.

Ik keek even naar ze en nam het snel aan.

Het derde hield hij voor zichzelf.

'Dames, zullen we met het feest beginnen?'

Tess liep naar de tafel, ging op haar knieën liggen, plaatste het rietje op haar lijn, bracht het andere eind in haar neusgat en begon te inhaleren, schoof langs de lijn omhoog, en snoof het poeder op als een ministofzuiger.

'Wauw!' riep ze uit en hief haar hoofd achterover. 'Dat is goeie stuff!'

'Alleen het beste voor mijn nichtje,' zei Russell. Hij keek naar mij. 'Jij volgt.'

Hoe vaak in ons leven komen we op dit soort kruispunten? Ik kon hem het rietje teruggeven, me omdraaien en weglopen, dacht ik. Het kon hem kwaad of nerveus maken, en misschien zou hij het dan op de een of andere manier afreageren op oom Palaver. Misschien zou hij met opzet zijn voorstelling bederven, en dan zou ik daar verantwoordelijk voor zijn. Ze dachten allebei dat ik cool was, door de wol geverfd, alleen omdat ik rondreisde met oom Palaver. Hoorde dit er ook bij?

Als er één ding was waartegen Brenda tekeerging, dan was het tegen jonge mensen en drugs, alles wat de gezondheid en het weerstandsvermogen kon verminderen. Ze had ook een intense hekel aan het gebruik van de pepmiddelen die sommige atleten superieur deden lijken. Hoe vaak had ik niet zitten luisteren naar haar vermaningen en tirades, vooral als ze een teamgenote een of ander verdovend middel had zien gebruiken? Ik had nog geen vierentwintig uur geleden met haar gesproken, en nu werd ik geconfronteerd met precies datgene wat zij haatte.

'Kom,' zei Russell. 'We hebben nog meer te doen.'

Tess lachte.

Ik liep naar de tafel, ging net als zij op mijn knieën liggen en plaatste het rietje onhandig op de witte lijn. Maar in plaats van het op te snuiven, blies ik het per ongeluk te snel en te hard uit. Zo zenuwachtig was ik. Het poeder dwarrelde weg van het eind van mijn rietje, en Tess en Russell sprongen achteruit alsof ze bang waren erdoor besmet te worden.

'Hé! Verdomme! Dat is duur!' riep Russell uit.

'Het spijt me,' kermde ik.

'Ze heeft dit nog nooit gedaan,' verklaarde Tess, met glanzende, wijdopengesperde ogen.

Russell keek van haar naar mij. 'Is dat zo?'

'Het spijt me,' zei ik weer.

'Sta op. Ga ervandaan voordat je mijn lijn bederft,' beval hij.

Snel stond ik op. Hij knielde en met zijn ogen op mij gericht, bracht hij het rietje bij zijn lijn en snoof het allemaal zo snel op dat ik dacht dat zijn hoofd zou knappen. Hij ging op zijn hurken zitten en schudde zijn hoofd.

'Je bent nog geen achttien, hè?' zei hij beschuldigend.

Tess ging rechts naast me zitten en schoof dichterbij. 'Hoe oud ben je? Nou?' Ze kneep in mijn schouder.

'Ik ben zeventien,' bekende ik.

Tess keek naar Russell. 'Misschien is hij ook niet echt haar oom,' zei ze.

Hij knikte.

'Dat is hij wél!' riep ik uit. 'Hij is de broer van mijn moeder.'

'Ik weet het niet,' zei Tess. Ze trok haar rechtermondhoek omlaag. 'Ik ruik iets onfris, jij ook, Russell?'

'Mijn idee,' zei hij.

'Hoe kan een jong meisje met een volwassen man in een camper wonen?' vroeg Tess hem.

'Dat vraag ik me af.' Hij staarde me aan. 'Als ik jou was, zou ik mijn mond maar houden hierover,' zei hij, knikkend naar het restantje poeder.

'Natuurlijk doe ik dat.' Ik stond op en liep naar de deur.

'Waar ga je naartoe?' vroeg Tess.

'Ik dacht dat jullie me hier niet meer wilden hebben.'

'De pret begint pas,' zei Tess. 'Doe het kalm aan. Ze is nog een groentje,' zei ze tegen Russell en hij keek haar lachend aan.

Hij ging weer met zijn scheermes naar het papiertje en maakte nog een lijntje met wat hij bijeen kon schrapen.

'Probeer het nog eens,' zei hij. 'Houd je adem in tot je rietje bij het lijntje is en snuif het dan op.'

Ik keek er even naar en keek toen naar Tess, die me met een vreemd, scheef lachje aanstaarde. Wat was ze nog meer van plan? Wat bedoelde hij toen hij zei dat we nog meer te doen hadden? 'Beter van niet,' zei ik. 'Ik moet terug voordat mijn oom zich ongerust maakt.'

'We zouden ons meer op ons gemak voelen als je het wél deed,' zei Russell vastberaden.

'Heel wat meer,' zei Tess, die dichter naar me toekwam.

'Ik wil niet nog meer verspillen.'

'Dat doe je niet,' zei Russell. Hij leunde achterover. 'Kom. De eerste keer is vaak het meest opwindend.'

Tess hing over me heen.

Ik ging terug naar de tafel, plaatste met trillende vingers het rietje op het poeder, sloot mijn ogen en snoof. Zodra het eerste poeder in mijn neus kwam, raakte ik in paniek en viel achterover.

Ze lachten allebei. Ik stond haastig op.

'Ik kan het niet!' gilde ik, en holde de deur uit, pardoes tegen een stel kabels. Ik draaide me om en rende verder door de coulissen, gevolgd door hun gelach.

'Zorg dat je je mond houdt,' hoorde ik Russell schreeuwen.

Ik holde door de achterdeur van het theater naar de camper. Mijn hart bonsde wild. Wanhopig probeerde ik tot bedaren te komen voor ik naar binnen ging. Ik wilde niet dat oom Palaver me zo zou zien en erachter zou komen wat ik had gedaan. Hij zou erop staan dat ik terugging naar huis.

In plaats van naar binnen te gaan, liep ik een rondje om de camper heen. Mijn hele lichaam gloeide. Ik voelde me opgewonden, sterker en plotseling heel alert op elk geluid en licht. Als ik omhoogkeek leken de sterren dichterbij, helderder. Mijn hart bleef nog even wild bonzen en ik ging sneller lopen. Ik verbeeldde me dat ik zo hard en snel liep dat ik een greppel groef rond de camper. Lachend bleef ik staan.

Ik leunde tegen de zijkant van de camper en besefte pas toen ik hoorde snikken, dat ik recht onder het raam van de slaapkamer stond. Ik kon elk geluid binnen duidelijk horen. Het gesnik van oom Palaver werd duidelijker. *Ik moet naar hem toe,* dacht ik. *Er gebeurt iets vreselijks.*

Ik stormde naar de voordeur, maakte die snel open en ging naar binnen. Toen liep ik haastig naar de slaapkamer en luisterde aan de deur. Hij snikte nog steeds, maar het klonk zachter. Ik klopte.

'Oom Palaver, gaat het goed met je?'

'Wat doe je daar?' hoorde ik, en ik draaide me met een ruk om. Oom Palaver zat achter het stuur en dronk uit zijn fles. Ik keek naar hem en toen naar de deur en toen weer naar hem.

'Ik...'

'Ga slapen,' zei hij. 'We hebben morgen weer een drukke dag.'

Hij draaide zich om en staarde uit het raam.

Ik hoorde nog steeds zijn gesnik in de slaapkamer.

Waarom wilde hij dat dat doorging? Hij moest het toch ook horen? Hij zat daar maar te drinken en door het raam naar de duisternis te staren. Mijn zenuwen begonnen me de baas te worden en ik liep haastig naar de badkamer.

Later klom ik naar mijn slaapbank, maar proberen de slaap te pakken te krijgen gaf me het gevoel dat ik een van die windhonden was op een hondenracebaan die proberen de mechanische haas te pakken. Ik bleef maar in het rond tollen, raakte uitgeput, maar kon niet slapen.

Eindelijk, meer dan een uur later, voelde ik de vermoeidheid in mijn lichaam dringen als water in een spons. Oom Palaver zat onder me nog steeds zijn bourbon te drinken en uit het raam te staren.

Voor ik in slaap viel, begon ik zelf stilletjes te huilen.

Rondtrekken was niet zo avontuurlijk en heerlijk als ik gedacht had.

Het was gewoon een andere reis door een doolhof van teleurstellingen en verdriet.

Uiteindelijk jaagde iedereen achter die ongrijpbare haas aan.

19. Oom Palavers finale

De volgende dag was ik moe en mijn hele lichaam deed pijn. De slaapbank was krap en ongemakkelijk geweest omdat ik blijkbaar de hele nacht had liggen draaien en woelen. Ik maakte dezelfde ontbijtillusie mee met oom Palaver. Hij maakte de havermout klaar en bracht die naar Destiny in de slaapkamer. Ik dronk koffie en merkte dat ik te veel honger had om met alleen eieren genoegen te nemen. Ik verslond het zoete broodje dat er nog was.

Net als de vorige keer leek oom Palaver geen last te hebben van een kater na zijn constante drinken. 's Middags haalde hij de Destiny-pop tevoorschijn, en hij en ik oefenden met de zender tot hij zeker wist dat ik de trucs goed genoeg kende om ze aan me te kunnen toevertrouwen.

Ik kreeg de kans om de pop wat aandachtiger te bekijken en was onder de indruk van de aandacht die aan de details van haar gezicht was besteed, tot aan een klein moedervlekje vlak onder haar onderlip. Waarom zou dat zo belangrijk zijn geweest? Wie kon zoiets zien vanuit de zaal? Oom Palaver kon de pop zowel laten staan als zitten, en voor het eerst vroeg ik me af of een paar van die reclamefoto's en posters die hij ons had gestuurd van hem en de pop waren genomen, en niet van de echte Destiny.

Ik vermeed het theater en een confrontatie met Russell zo lang ik kon, maar toen het tijd werd voor de voorstelling, moest ik mee met oom Palaver. Russell stond in de coulissen. Hij zei niets tegen me, glimlachte slechts, schudde met zijn vinger en liep weg om iemand een paar bevelen te geven. Ik slaakte een zucht van opluchting. In ieder geval zou hij niets tegen oom Palaver zeggen.

Hij gaf dezelfde voorstelling, maar aan het eind, nu ik de pop activeerde, ging hij er op een nog veel dramatischer manier vandoor. Mensen draaiden verbaasd hun hoofd om toen hij plotseling over het middenpad rende, de voordeur uit, die hij achter zich dichtsmeet. Hij keek heimelijk even naar mij toen hij langskwam, maar ieders aandacht was op hem gericht en toen, verward, op de pop. Hij had me op het hart gedrukt minstens tot zestig te tellen. Het publiek begon zelfs onrustig te worden. Ik zag het aan de gezichten. Ze vroegen zich allemaal af wat er aan de hand was. Hoe lang werden ze geacht zo te blijven zitten? Wanneer zou hij terugkomen?

Toen drukte ik op de eerste knop en Destiny kwam tot leven. Het daaropvolgende applaus leek me nog luider en enthousiaster dan dat van de vorige avond. Oom Palaver kwam terug en liep buigend over het middenpad. Hij glimlachte naar mij, en ik wist dat ik het goed had gedaan.

Later, toen we bezig waren in te pakken, kwam Russell achter me staan en fluisterde: 'Ik heb gezien wat jullie tweeën deden. Achterbaks, hoor.' Hij lachte om mijn verbazing. 'Blijf cool,' zei hij. 'Misschien, als je terugkomt, áls je terugkomt, zul je meer ervaring hebben.'

Waarin? dacht ik. In het jezelf te gronde richten? Nee, dank je wel, Russell Blackman.

Toen we alles hadden opgeruimd in de camper, besloot oom Palaver dat hij zo snel mogelijk op weg wilde.

'Je hebt het heel goed gedaan, April, heel goed. Ik zal er eens over denken of ik je misschien nog op andere manieren aan de voorstelling kan laten meewerken.'

'Heus? Dat zou ik fijn vinden,' zei ik, en besloot flink af te vallen, zodat ik gauw in dat glinsterende badpak zou passen.

Hij ging naar zijn kast en haalde zijn fles bourbon eruit. Na een haastige slok, zei hij dat hij het grootste deel van de nacht zou doorrijden. Hij zag dat ik naar de fles whisky keek.

'Wees maar niet bang. Ik drink niet veel als ik rijd. Een enkele slok om te kalmeren is voldoende.'

Er stonden verschillende voorstellingen op het programma, die ons naar Noord-Californië zouden voeren, en ten slotte in het late voorjaar naar Napa Valley. De afstanden tussen de diverse plaatsen waren niet groot, maar hij zei dat hij altijd graag wilde ontspannen vóór een show. Ik ging naar bed en liet me in slaap wiegen door het zachte geschommel van de camper. Tegen de ochtend werd ik wakker en merkte dat hij de camper weer op het parkeerterrein van een supermarkt had neergezet. Ik zag dat het licht nog aan was in de zit-kamer en kon net de fles op de tafel onderscheiden en zijn benen op de bank. De fles leek bijna leeg.

Hoe lang voordat ik hier was gekomen had hij al zo gedronken? vroeg ik me af. Hoe lang kon hij het volhouden elke nacht zoveel te drinken? Ik durfde geen kritiek uit te oefenen, maar toen ik weer wakker werd en ik hem achter een kop koffie zag zitten, vroeg ik me hardop af of hij soms een kater had.

Hij lachte. 'Nee, daar heb ik nooit last van. Zoveel drink ik niet. Net genoeg om de scherpe kantjes eraf te slijpen. Maak je geen zorgen. Het gaat me prima.'

Maar voordat we de volgende dag vertrokken, kocht hij nog zes flessen bourbon en borg die op in de kast. Overdag leerde hij me een paar van zijn trucs, vooral de meer eenvoudige vingervlugheidtrucs, zoals de zichzelf knopende zakdoek, het doorgeknipte en weer herstelde koord, de munt door een elleboog, en iets wat hij de Houdini Elastiek Ontsnapping noemde, waarbij het eruitzag of hij een elastiek op magische wijze van zijn wijs- en middelvinger liet springen naar de laatste twee vingers van zijn hand, en toen liet hij me de verdwijnende-knooptruc zien met behulp van een zakdoek. Ten slotte leerde hij me de truc die hij vaak bij ons thuis had getoond en waar zelfs papa enthousiast over was. Die heette de Onbreekbare Lucifer. Hij wikkelde een lucifer in een zakdoek, vroeg mij of papa die te breken, en als dat gebeurd was, brabbelde hij wat onverstaanbaars en, voilà, de lucifer was weer heel. Het geheim was gewoon dat je twee lucifers moest hebben, waarvan één verborgen in de zoom van de zakdoek.

Het waren niet de trucs die hij op het toneel gebruikte, maar hij legde uit dat hij van tijd tot tijd optrad op conventies of deel uitmaakte van een groep entertainers die ingehuurd werd voor grote partijen. De trucs, oud en eenvoudig als ze waren, deden het nog altijd goed, zei hij.

Het duurde een tijdje voor ik ze allemaal doorhad, maar het waren gewoon goocheltrucs, die ik gemakkelijk kon doen. Het was met gemengde gevoelens dat hij me de geheimen of technieken liet zien. Als kind vond ik het schitterend om in magie en oom Palavers macht te geloven. Nu hij onthulde dat het op een of andere manier allemaal bedrog was, voelde ik teleurstelling onder de trots op mijn prestaties.

Uiteindelijk bestond er geen magie, waren er geen echte wonderbaarlijke momenten. Het was allemaal een illusie. Oom Palaver viel van het voetstuk waarop ik hem had geplaatst. Een deel van me klampte zich vast aan het idee dat hij nog steeds een uitzonderlijk man was. Hij had het talent om alle goocheltrucs perfect uit te voeren, en dat was op zichzelf een prestatie, maar een ander deel van me, misschien de droomster, het kind in me, zag hem plotseling als een huichelaar, een leugenaar, een bedrieger. Het was allemaal vals, onwaar. Ik denk dat de beste vergelijking was het moment waarop ik, of elk ander kind, plotseling ontdekte dat sinterklaas en de Kerstman niet bestonden.

'Pas maar op, jij. Ik zou maar liever niet zo schreeuwen,' was niet langer een haalbare waarschuwing. Cadeaus waren gewoon cadeaus. Wensen deden er niet echt toe. Maar ironisch genoeg, als we later zelf ouders werden, vertelden we onze kinderen allemaal dezelfde verhalen, dezelfde fantasieën. In ons hart wisten we dat, voor een tijdje althans, het kostbaar en belangrijk was om in sprookjes te geloven.

Zien hoe oom Palaver zich elke avond laveloos dronk, het geheim kennen achter elke goocheltruc die hij op het toneel uitvoerde, op de knoppen van de zender drukken en het publiek en mijzelf wijsmaken dat er zojuist iets wonderbaarlijks was gebeurd, verhardde me langzamerhand en maakte me triest. Ik staarde in de gezichten van het publiek dat we avond aan avond tijdens onze trektocht te zien kregen. Zowel volwassenen als kinderen wilden zo wanhopig graag geloven, ontsnappen aan de wereld waarin ze leefden. Ik kon ze bijna horen denken: *Alsjeblieft, doe iets om me te helpen geloven dat er meer is dan dit, zodat ik vanavond naar huis kan gaan, dromend en denkend aan het vertrouwen dat ik had als kind.*

In de ware zin van het woord kon oom Palaver dat voor hen doen. *April, respecteer en bewonder hem daarvoor,* dacht ik, gesteund door een innerlijke stem. Maar er was nog een andere stem, verbitterd, lachend, kwaad, die me waarschuwde mijn ogen te openen en mezelf niet langer voor de gek te houden. *De reis die je maakt heeft ook een eind, zei die stem, en op een dag zul je in de spiegel kijken en zien wie je werkelijk bent, en beseffen wat je werkelijk doet met je leven. Dit is niet het magische rad, en het is niet het rad van fortuin, April. Het is gewoon een rad. Je gaat slechts rond in cirkels en komt helemaal nergens.*

Tijdens een van onze stops stuurde ik Brenda een brief met het adres dat oom Palaver me had gegeven, waarheen ze me kon sturen wat ze wilde. Vanaf dat adres werd alles doorgestuurd naar onze stopplaatsen. Bij de tweede cheque was een brief ingesloten. Ik trok nu al maanden rond met oom Palaver. Ik was wat afgevallen en had het glinsterende badpak gepast. Celia had in één opzicht gelijk gehad: mijn lichaam ontwikkelde zich snel, alsof het zich zojuist herinnerd had dat het niet anders kon. Het pak paste me, maar ik vond dat mijn dijen nog te veel uitpuilden, dus besloot ik het nog een tijdje in de kast te laten hangen en nog even te wachten voor ik oom Palaver op het toneel assisteerde bij zijn trucs en in die magische doos kon kruipen.

De brief van Brenda was kort, maar liet een gevoel van droefheid bij me achter. Ik klom naar mijn slaapbank en keek naar het handschrift op de envelop. Eindelijk bracht ik de moed op hem open te maken en te lezen.

Lieve April,
Hierbij een cheque voor je maandelijkse toelage. Ik heb met meneer Weiss, onze advocaat, afgesproken dat deze cheques voortaan rechtstreeks door zijn kantoor worden verzonden. De reden is dat ik besloten heb van de universiteit af te gaan. Ik weet dat het een schok voor je zal zijn, maar ik geef de sport niet op. Ik word eerder professional dan ik verwacht had, en ik kan altijd teruggaan naar de universiteit om mijn diploma te halen als ik dat wil of moet.
Ik wil vooral een ontmoeting met Celia vermijden. Ze heeft een nieuwe vriendin, en ik schijn ze niet te kunnen ontlopen. Het is niets voor mij om voor iets of iemand op de vlucht te slaan, en dat doe ik ook niet. Ik ben alleen tot de conclusie gekomen dat ik me op het ogenblik prettiger voel op de vloer van een gymzaal dan van een collegezaal. En je had gelijk wat dit huis betreft... Thuiskomen en alleen zijn in dit huis is erg deprimerend. Soms betrap ik me erop dat ik je benijd. Misschien heb je het juiste besluit genomen. Wie zal het zeggen?
Soms zit ik stil na te denken over alles wat ons zo snel is overkomen. Het lijkt een droom. Laatst zag ik een vader en zijn jonge kinderen basketballen op hun tuinpad, en ik dacht aan papa en

de tijd dat hij en ik er zo fervent mee bezig waren. We putten el-
kaar uit, maar daarna voelde ik me dichter bij hem dan ooit. Het
was gewoon de blik in zijn ogen die me liever was dan een zoen.
Houd in ieder geval de sportpagina's goed in de gaten. De vol-
gende overwinning is voor jou.
Brenda

Het duurde bijna een volle minuut voor ik besefte dat ik huilde. De
tranen stroomden over mijn wangen en drupten langs mijn kin. Ik
stopte de brief weer in de envelop en legde hem onder mijn kussen.
Ik zou hem vaak overlezen, want als ik dat deed, kon ik duidelijk
haar stem horen en was het of we nog steeds als zussen samen-
woonden. Deels verlangde ik naar dat leven, al was ik nog zo ongelukkig geweest en was ik nog zo ver gevlucht.

Ondanks alles wat ik over het leven van oom Palaver had gefantaseerd, werd het me heel duidelijk dat hij net als mensen die op één
plek woonden, een dagelijkse en vaak monotone routine volgde.
Vaak reed hij voornamelijk 's nachts, maar voor het ochtend werd
parkeerde hij de camper zodat hij kon gaan zitten en drinken of teruggaan naar de slaapkamer en de banden met de gesprekken met
Destiny die hij had opgenomen, kon afspelen. Natuurlijk wist ik dat
het gefingeerde gesprekken waren. Haar stem was zijn stem die ge-
projecteerd werd via de pop. Of het herinneringen waren aan echte
gesprekken of niet, wist ik niet. In tegenstelling tot wat ik had voorzien en gehoopt, vertelde hij uit eigen beweging niets over Destiny
en hemzelf. Met subtiele vragen probeerde ik wat meer te weten te
komen.

'Wanneer heb je haar leren kennen?' vroeg ik, maar hij antwoordde slechts: 'Een tijdje geleden.'

'Waar?' vroeg ik verder, en hij antwoordde: 'Tijdens een van mijn
optredens.'

'Hoe zijn jullie bij elkaar gekomen?'

'Het was magie. Gewoon magie.'

Dan leek hij somber en koud te worden alsof hij zich dieper in
zichzelf terugtrok. Hij antwoordde niet op verdere vragen, en de uitdrukking op zijn gezicht beangstigde me voldoende om het onderwerp te laten varen. Na een tijdje ontwaakte hij uit zijn mijmerin-
gen en praatte hij over de volgende plaats, het volgende publiek.

Hij bracht zijn tijd door met het oefenen van zijn goocheltrucs en het bedenken van nieuwe.

'De goede kant van het rondtrekken,' zei hij, 'is dat mijn optreden voor elk publiek nieuw is. Of ik kom een tijdlang niet terug – jaren feitelijk – of het is voor de eerste keer. Op die manier blijft alles een verrassing.'

Ik vroeg hem naar zijn cruises, en daar vertelde hij uitvoerig over, over de plaatsen die hij had bezocht en de vrienden die hij had gemaakt. 'Maar dat zijn voorbijgaande vriendschappen,' voegde hij eraan toe. 'Het schip vaart verder als je van boord bent gegaan, en tenzij je spoedig daarna weer op hetzelfde schip terugkomt, vervliegen de namen en gezichten in korte tijd als rook.'

Het drong tot me door dat hij eigenlijk geen goede vrienden had. Toen ik hem ernaar vroeg, knikte hij en gaf toe dat het een groot nadeel was van het artiestenleven op de weg.

'De enige mensen met wie ik tegenwoordig contact heb zijn mijn agent, mijn advocaat, mijn accountant en een paar theatereigenaars die ik ken en van tijd tot tijd ontmoet. Ik spreek eigenlijk met niemand uit mijn verleden. Destiny,' zei hij, 'is degene die me nu het meest na staat, nu je moeder er niet meer is.'

'Je hebt mij toch ook, oom Palaver,' bracht ik hem in herinnering. Hij glimlachte.

'Ja, jou heb ik ook. Maar je kunt niet eeuwig bij me blijven, April. Na dit seizoen zul je aan je eigen toekomst moeten gaan denken. Misschien de universiteit?'

'Misschien.'

Alleen al het idee aan een toekomst joeg me angst aan. Wat moest ik gaan doen? Waar moest ik naartoe? Waarom kon ik dit niet blijven doen?

Ik besefte dat oom Palaver naarmate de tijd verstreek, steeds meer begon te drinken. Zijn huid kreeg een vaalgele teint en hij at ook niet goed. Al was zijn gezicht ingevallen, zijn maag leek op te zwellen. Hij klaagde dat zijn broek hem niet paste, alsof het de schuld was van zijn broek en niet van hem, maar ik zag dat zijn armen en benen ook begonnen op te zwellen. Overdag trok hij zich meer en meer terug in zijn slaapkamer en ging slapen naast zijn Destiny. Ik tuurde naar binnen en zag hem liggen, met één arm om de pop geslagen.

Eén keer voelde ik me pijnlijk verlegen en geshockeerd, toen ik hem volkomen naakt ernaast zag liggen. Feitelijk was ik meer bang dan geshockeerd. Zo snel ik kon deed ik de deur dicht en nam me voor hem nooit meer te bespioneren. Hijzelf scheen niets van mijn waarnemingen te merken of zich erom te bekommeren. Hij praatte over Destiny's ziekte alsof die pas kortgeleden was gediagnosticeerd, en kwam er altijd weer op terug dat mensen die van elkaar hielden elkaar door dik en dun moesten bijstaan. Als hij besefte dat hij in een illusie leefde, verdronk hij die gedachte in zijn bourbon. Voor hem leek dat de enige oplossing te zijn.

Maar op een dag dronk hij kort voor een optreden. Voor het eerst sinds ik bij hem was, stond hij te klungelen en maakte hij zo'n puinhoop van een truc, dat er een geroezemoes ontstond in de zaal. Hij kreeg zichzelf weer in de hand en bracht de truc tot een goed einde, maar ik kon zien dat de theatereigenaar hem na afloop achterdochtig opnam.

Ik wilde hem waarschuwen, met hem praten over zijn drankzucht, maar telkens als ik erover begon, klemde hij zijn lippen op elkaar en keek me kwaad aan. Ik wist zeker dat als ik erover bleef zeuren, hij de whisky boven mij zou verkiezen en me zou vragen naar huis te gaan. Ik dacht erover zijn whisky te verstoppen, in de hoop dat hij het zou vergeten en denken dat hij door zijn voorraad heen was, maar ondanks zijn dronkenschap was hij zich altijd heel goed bewust van wat er om hem heen gebeurde. Het was een probleem, maar ik wist niet wat ik eraan moest doen.

En toen op een avond, nadat hij de pop had teruggebracht naar de camper en in de slaapkamer had gelegd, kwam er een idee bij me op. Alleen al de gedachte eraan was een beetje beangstigend. Ik maakte me ongerust over zijn reactie. Hij zou makkelijk kunnen denken dat ik hem plaagde of bespotte, en dan zou hij woedend op me worden. Het zou ertoe kunnen leiden dat hij me zou zeggen dat ik weg moest, maar getuige zijn van zijn voortdurende aftakeling was voldoende om me de motivering en de moed ertoe te geven.

We zaten in de zitkamer achter een lichte lunch en keken naar de televisie. Hij had de vorige avond weer een van zijn trucs verprutst, maar had zich hersteld voordat de zaal het merkte. Natuurlijk wist ik het onmiddellijk. Het bracht hem uit zijn ritme; hij maakte zelfs voortijdig een eind aan de show en ging tien of vijftien minuten eerder dan de planning over op de finale. Ik zei er niets over, maar de manager van het theater vroeg hem of alles goed ging. Ik hoorde hem zeggen: 'Je leek een beetje verstrooid vanavond.'

Oom Palaver verzekerde hem dat hij zich prima voelde en weet het feit dat hij enigszins uit zijn ritme raakte aan de introductie van een nieuwe truc. Natuurlijk was er geen sprake van een nieuwe truc, en ik kon zien dat de manager het ook wist. *Hij gaat boekingen kwijtraken,* dacht ik. Het was onvermijdelijk.

Mijn stem trilde toen ik begon, maar ik was vastbesloten het te proberen. 'Toen je vanmorgen in de supermarkt was, hoorde ik Destiny om je roepen,' zei ik. Hij draaide zich langzaam naar me om. Een glimlach bevroor op zijn gezicht.

'Wát?'

'Ik wist zeker dat ik haar gehoord had, dus ging ik naar de slaapkamer om te zien wat ze wilde, en we hebben een heel gesprek over jou gehad.'

'Wat voor gesprek? Waar praat je over, April?'

Mijn hart bonsde en mijn adem stokte in mijn keel, maar ik verzamelde al mijn moed en ging verder. 'Ze zei dat ze zich bezorgd maakte over je, bezorgd dat jij je te bezorgd maakte over haar en daardoor misschien wat te veel dronk.'

Hij staarde me aan. Ik hield mijn adem in. Zou hij tekeergaan, schreeuwen, zeggen dat ik moest vertrekken?

'Ach,' zei hij, zwaaiend met zijn hand. 'Ze maakt zich te bezorgd. Ik zal met haar praten. Daar hamert ze altijd op. Ik weet wanneer te veel te veel is.'

Maar ik hoopte dat ik een gedachte in zijn hoofd had geplant. Als hij geloofde dat Destiny wilde dat hij zou minderen, zou hij het misschien doen.

Hij ging verder met eten en keek naar de televisie, maar plotseling hield hij op met kauwen en keerde zich met een ruk naar me om. Ik hield mijn adem weer in.

'Denk eraan dat je niet mijn glazen drank gaat tellen en iets aan haar verklikt,' waarschuwde hij.

'Dat doe ik niet. Ze weet zelf wat ze weet.'

Hij dacht na over mijn antwoord, knikte en keek weer naar de televisie.

Maar mijn riskante idee had niet veel uitwerking op hem. Ik dacht zelfs dat zijn drankzucht eerder toenam. Ik hield het aantal flessen bij dat hij kocht en leegdronk en zag dat het er steeds meer werden. Toen merkte ik iets nog angstaanjagenders. Eerst dacht ik dat het een vlek was van ketchup of tomatensap, maar algauw besefte ik dat hij nu en dan bloed opgaf. Ik zag het op de tissues en ik zag het op zijn linnen zakdoek. Hij deed zijn best het voor me te verbergen, zelfs al had ik het op me genomen onze was te doen. We hadden een kleine wasmachine in de camper, maar vaak namen we de tijd om bij een wasserette te stoppen voor een grotere was.

Het tweede wat me alarmeerde was het feit dat hij beefde. Ik keek op een middag naar hem toen hij bezig was zijn vingervlugheid te oefenen en zag dat hij dingen liet vallen. Zijn vingers trilden. De enige manier waarop hij het scheen te kunnen stoppen was weer een slok whisky te nemen. Het ontwikkelde zich tot een krankzinnige, verwoestende cyclus en ik stond hulpeloos aan de kant.

Eén keer, toen ik zag dat hij een halve fles bourbon in de kast had zet, profiteerde ik van het feit dat hij even weg was om de helft van de inhoud te laten weglopen en de fles tot hetzelfde niveau met water bij te vullen. Eerst scheen hij niets te merken, maar toen dronk hij het gewoon sneller op en opende een nieuwe fles.

Misschien waren mijn zorgen de reden dat ik nog sneller afviel, maar op een dag merkte ik plotseling dat ik er langer en slanker uitzag. Ik trok het glitterpak aan en zag dat het een stuk beter paste en zelfs flatteerde. Misschien dat hij, als ik hem vertelde dat ik gereed was om hem te assisteren op het toneel, zijn gedrag zou veranderen. Toen hij terugkwam in de camper had ik het pak nog aan en liet hem zien hoe goed het paste.

In plaats van hem blij te maken en aan te moedigen, keek hij bedroefd.

'Als ik dat kostuum zie, komen er een paar gelukkige herinneringen bij me op, een paar gelukkige verloren herinneringen,' zei hij, en liep naar de slaapkamer.

De ironie was dat wat ik gehoopt had dat hem uit de sombere duisternis zou halen, hem juist dieper erin dreef. Die avond ging hij zelfs niet op weg. Hij ging meteen aan de drank. Hij lag te slapen op de bank toen ik 's morgens wakker werd. De flessen waren leeg. Ik wekte hem, maar hij strompelde naar de badkamer, waar ik hem hoorde kotsen. Later zag ik dat hij weer bloed had opgegeven. Toen hij naar buiten kwam, ging hij regelrecht naar de slaapkamer en deed de deur dicht.

Ik realiseerde me dat we nooit op tijd zouden komen voor onze volgende voorstelling als we nu niet meteen wegreden. Ik smeekte hem om achter het stuur te komen zitten, maar het enige wat ik hoorde was gesnik en gedempte stemmen. Ik had hem de camper vaak genoeg zien besturen om te weten hoe het moest en besloot zelf maar op weg te gaan. Ik was zenuwachtig. Een paar keer ergerde ik automobilisten achter ons, maar ik slaagde erin op de juiste snelweg te komen en ver genoeg door te rijden, zodat we, als hij bijkwam, dicht bij het volgende theater waren. Hij was verbaasd en minder kwaad dan ik verwacht had. Hij maakte zichzelf verwijten en zei dat Destiny hem een standje had gegeven. Hij beloofde ons allebei zijn leven te zullen beteren.

Op de een of andere manier, ondanks zijn conditie en ondanks zijn geklungel en moeheid, wist hij zich door de voorstelling heen te worstelen. Toen we bij de camper terugkwamen, begon hij niet zoals gewoonlijk onmiddellijk te drinken. Hij zei dat hij een eindje zou rijden en dan ging slapen. Ik maakte iets te eten voor hem klaar, een roerei met brood, en hij at en dronk koffie. Hoopvol ging ik zelf ook slapen. Misschien had deze bijna professionele ramp hem doen inzien wat er aan de hand was, dacht ik. Maar toen ik de volgende ochtend opstond, vond ik hem als altijd languit op de bank, met bungelende armen en benen, de lege fles whisky op tafel. We moesten ongeveer tweehonderdtachtig kilometer rijden, wat niet zo gek veel was gezien de tijd van de voorstelling, maar hij was al even weinig in staat om te rijden als de dag ervoor. Opnieuw ging hij naar de badkamer om te kotsen. Later strompelde hij naar de slaapkamer.

Ik huilde en wachtte, hoopte dat hij zou opstaan, zich aankleden en wegrijden, zoals hij op wonderbaarlijke wijze al eerder had gedaan. Toen hij niet tevoorschijn kwam, ging ik met tegenzin achter het stuur zitten en startte de motor, in de hoop dat het lawaai en de schommelingen van de camper hem weer bij zouden brengen, maar hij liet zich niet zien.

Ik raadpleegde de kaart, maar besefte, toen ik ongeveer een halfuur gereden had, dat ik een belangrijke afslag gemist had en meer dan zestig kilometer van de route was afgeraakt. Ik stopte aan de kant van de weg en bestudeerde de kaart, zocht naar de beste manier om de fout te herstellen. Het betekende dat ik een zijweg moest nemen door wat op akkerland leek en het begin van de wijngaarden. De weg was minder breed dan de snelweg, en het plaveisel was gebroken en op veel plekken was het weggespoeld door de regen. De camper hotste en botste soms zo verschrikkelijk, dat ik zeker wist dat hij zou komen kijken om te zien wat er gebeurde. Hij kwam niet. Ik reed zo langzaam mogelijk, maar ik maakte me ongerust over de tijd. Als ik weer verkeerd reed of ik kreeg pech, dan zou hij natuurlijk woedend zijn.

Ik kwam bij een andere zijweg en stopte om de kaart aandachtiger te bekijken, zodat ik zeker wist dat ik een juiste beslissing had genomen. Niet dus. De weg die ik koos was nog slechter dan de vorige, en na vijftien kilometer zag ik een bord dat aangaf dat het een doodlopende weg was. Ik raakte in paniek en stopte. Er was nergens plek om te draaien, en ik was bang dat als ik dat toch zou proberen, ik vast zou komen te zitten in de zachte berm.

Het heeft geen zin, dacht ik, *ik moet hem wakker maken en hem vertellen wat er gebeurd is.* Ik liet de motor lopen en liep terug naar de slaapkamer, klopte aan en riep hem. Hij reageerde niet. Ik klopte nog harder en luisterde. Het bleef stil. Hij speelde zelfs zijn cassettes niet af. Ik draaide aan de knop van de deur, maar de deur was op slot.

'Oom Palaver, word alsjeblieft wakker. Ik ben bang dat we verdwaald zijn,' riep ik. Ik wachtte, luisterde en klopte zo hard dat ik bijna stond te bonzen op de deur.

Nog steeds geen reactie.

Ik draaide en rukte aan de deurknop en duwde en bonsde. Eindelijk gaf het kleine slot het op en de deur vloog open, zodat ik struikelend naar voren viel, de kamer in. Ik hield me vast aan de rand van het bed en keek naar oom Palaver, die met zijn been dwars over Destiny lag, zijn ogen half geopend, een stroom opgedroogd bloed was uit zijn mondhoek langs zijn kin gelopen. Zijn vingers lagen geklemd om de zender die we in de show gebruikten en het hoofd van de pop bewoog langzaam heen en weer alsof ze zei: *Nee, nee, nee.*

Ik gilde, maar hij werd niet wakker.

Paniek maakte zich van me meester. Ik kon me niet verroeren, kon geen beweging krijgen in mijn armen en benen. Ik stak mijn hand uit om hem door elkaar te schudden. Zijn lichaam schokte, maar zijn ogen veranderden niet. Ze waren zo glazig dat ze me deden denken aan die van de pop. Langzaam bracht ik mijn vingers naar zijn gezicht. Toen ik zijn koude huid voelde, was het of ik een vuurbal had ingeslikt die onmiddellijk rond mijn hart explodeerde.

'Oom Palaver!' schreeuwde ik.

En toen deed ik het merkwaardigste wat ik ooit voor mogelijk had gehouden. Ik keek naar Destiny, alsof ik geloofde dat ze me op de een of andere manier zou kunnen helpen. Het hoofd bleef bewegen, maar steeds langzamer. De batterijen raakten op, dacht ik. Misschien was de zender al uren en uren geleden aangezet. Ik wrikte hem uit oom Palavers stijve, harde vingers, en het hoofd van de pop hield op met bewegen.

Ik wist niet wat ik moest doen. Ik bleef domweg naar mijn oom en zijn levensgrote pop staren, die als twee geliefden die een zelfmoordpact hadden gesloten, verstrengeld lagen. Het begon tot me door te dringen wat er gebeurd was, of liever gezegd, ik had het gevoel dat ik wegzonk in de werkelijkheid, die omhoogkroop door mijn lichaam tot aan mijn borst en zich klemde rond mijn romp, zodat ik bijna geen adem kreeg.

Ik holde struikelend de kamer uit, viel bij de bank op de grond. De motor van de camper liep nog. Ik voelde mijn maag omdraaien en plotseling, bijna zonder enige waarschuwing, begon ik over te geven. Ik zakte ineen en bleef liggen, bijna getraumatiseerd door mijn eigen hysterie. Eindelijk kwam ik tot bedaren, en ik krabbelde bevend overeind. Snel ruimde ik de troep op en dronk een glas koud water.

Dit kan niet. Dit kán gewoon niet, bleef ik herhalen, maar het enige geluid was het geronk van de motor. Het deed de realiteit tot me doordringen van de doden die niet spreken. Oom Palaver was niet meer. Ik was alleen en ik was verdwaald, op zoveel manieren verdwaald.

Ik haalde diep adem, veegde mijn gezicht af met een nat washandje en ging weer achter het stuur zitten. Een tijdlang zat ik te staren naar de velden, het struikgewas en de bomen aan beide kanten van de kapotte weg. Ik durfde de camper nog steeds niet te keren. Het was te riskant met mijn auto erachter, dus reed ik vooruit. Ik had er niet op gelet, maar de wolken die steeds donkerder waren gewor-

297

den, hadden zich opeengepakt; de lucht was nu volledig bedekt. Het ging regenen, en gauw ook. Ik was al zenuwachtig genoeg om die grote camper bij goed weer te besturen.

Ik reed nog drie kilometer verder, maar kon nog steeds geen plek vinden om gemakkelijk te keren. Toen kwam ik bij een lange, brede bocht en zag een heel oude, maar heel grote hofstede links van me. Toen ik dichterbij kwam, zonk het hart me in de schoenen, want het drie verdiepingen hoge gebouw, al was het heel monumentaal, met een drie ramen bevattende toren, een dubbele voordeur en erkerramen over twee verdiepingen, leek verlaten. De houten bekleding van de buitenmuren was dofgrijs en moest dringend geschilderd worden. Het erf was overwoekerd en de beeldhouwwerken zagen er vuil, gevlekt en vergeten uit. Onkruid drong het terras binnen als groene parasieten die de dood roken. Dit landgoed was een zwakke afspiegeling van wat het vroeger geweest was, dacht ik.

De lange, rechte oprijlaan die naar het huis leidde, was even gebarsten en vol kuilen als de weg waarop ik reed. Ik wilde al doorrijden en gaf al bijna gas, toen ik een pick-up in het oog kreeg die aan de zijkant van het huis geparkeerd stond. Hij zag er betrekkelijk nieuw uit. Er was iemand thuis, dacht ik. Ik minderde vaart en reed de oprijlaan in. De camper hotste en botste zo hevig, dat ik bang was dat mijn auto los zou raken. Eerst zag ik niemand, maar toen ik dichterbij kwam, zag ik dat er gordijnen voor de ramen hingen, en binnen scheen licht. Met nieuwe moed reed ik door tot ik aan de voorkant kon parkeren. Toen zette ik de motor af, haalde diep adem en stapte uit de camper.

Voor ik bij de zes treden van de portiek was, kwam een lange, gezette zwarte man met zilverachtig grijs haar om de hoek van het gebouw. Hij had een schop en een schoffel over zijn rechterschouder en droeg een paar hoge rubberlaarzen. Toen hij me zag, bleef hij staan en veegde zijn voorhoofd af, alsof hij zijn ogen niet kon geloven.

'Ik heb hulp nodig!' riep ik.

'Hebben we dat niet allemaal?' antwoordde hij, en liep naar me toe.

Toen hij vlakbij was, zag ik dat hij een grijze stoppelbaard had en plukken grijs haar op zijn kaak en wangen. Hoewel zijn haar erop wees dat hij van gevorderde leeftijd was, had hij een glad gezicht en heldere en vriendelijke ogen, als de ogen van iemand die veel jonger en onschuldiger was en gevangenzat in een ouder lichaam.

'Wat is het probleem?' vroeg hij. Hij droeg een flanellen hemd met open kraag. De manchetten waren gerafeld. Zijn spijkerbroek zat onder de moddervlekken en was op de knieën doorgesleten. Hij droeg geen horloge, slechts een zilveren ketting met iets wat eruitzag als een zilveren hart.

'Mijn oom. Er is iets verschrikkelijks met hem gebeurd.'

Hij keek naar de camper. 'Zoals?'

'Ik weet het niet,' zei ik. Ik kon mijn tranen niet langer bedwingen.

Hij keek weer naar de camper alsof het verboden terrein was. Toen liet hij zijn gereedschap vallen, krabde op zijn hoofd en liep langzaam naar de deur van de camper. Op dat moment ging de voordeur van het huis open en een bejaarde dame in een vale blauwe ochtendjas kwam naar buiten. Haar grijze haar was witter dan het zijne, maar keurig in een wrong geborsteld. Ze leunde op een donkerbruine stok met parelmoeren knop. Haar bril met dikke glazen zakte af naar het puntje van haar neus toen ze naar me keek.

'Wat is er, Trevor?' riep ze en deed nog een paar stappen naar voren. Haar voeten waren in donzige witte pantoffels gestoken.

'Dit meisje zegt dat ze in moeilijkheden verkeert, mevrouw Westington.'

'Wat voor moeilijkheden?'

'Ze zegt dat haar oom daarbinnen ligt en er slecht aan toe is. Ik wilde juist gaan kijken.'

'Nou, we kunnen hier niet nog meer moeilijkheden gebruiken,' mompelde ze luid genoeg dat ik het kon horen.

'Ja, mevrouw, dat weet ik,' zei Trevor, keek even naar mij en liep toen de camper in.

Ik bleef buiten. De oude dame bleef stokstijf staan, leunend op haar stok, en keek me strak aan.

'Het spijt me,' zei ik. 'Ik ben verdwaald.'

'Ja,' zei ze, knikkend. 'Niemand komt hier meer, behalve als ze verdwaald zijn.'

Trevor kwam met een geschokt gezicht naar buiten.

'Nou?' vroeg mevrouw Westington onmiddellijk. Ze liep naar de bovenste tree van de portiek.

'Er ligt inderdaad een dode man daarbinnen naast een reusachtige pop.'

'Wát?' vroeg ze, achteruitdeinzend. 'Wat is dat voor nonsens?'

'Ik zweer het u, mevrouw Westington,' zei Trevor en stak zijn hand op.

Ik bleef staan snikken en sloeg mijn armen om me heen. 'Mijn oom is een… entertainer… en… de pop maakt deel uit van onze act,' legde ik ademloos uit.

'Hoe is hij de pijp uitgegaan?' vroeg mevrouw Westington aan Trevor.

'Ik zou het u niet kunnen zeggen, mevrouw Westington. Hij moet behoorlijk ziek zijn geweest. Het lijkt me dat hij bloed heeft opgegeven,' voegde hij eraan toe, met een blik op mij.

'Hij dronk,' mompelde ik.

'Hoe bedoel je?' vroeg ze.

'Mijn oom was alcoholist,' bekende ik.

'O. Nou, daar weet ik wel het een en ander van. Mijn man heeft zich doodgedronken. Dat is geen pretje. Nou, blijf daar niet staan. Het gaat straks stromen van de regen. We zullen het noodzakelijke telefoontje plegen. Laat de deur van die camper open, Trevor. Dat ding moet gelucht worden.'

'Ja, mevrouw.'

Ze tikte hard met haar stok op de houten vloer van de portiek. 'Kom mee. We hebben niet de hele dag de tijd,' zei ze en draaide zich om.

Ik keek achterom naar Trevor.

'Je kunt maar beter doen wat ze zegt,' merkte hij op.

Ik volgde mevrouw Westington naar haar huis.

Ik wist dat toen nog niet, maar het zou niet zo heel lang duren voor het ook mijn huis zou worden.

20. Smachtend naar liefde

Binnen zag het huis eruit alsof het bevroren was in de tijd en de eigenaar koppig weigerde iets weg te gooien. Een versleten kleed, een gerafelde bank, een gebroken vaas of een gebarsten beeldje op een wankele piëdestal, alles werd kennelijk nog gekoesterd. In de grote hal stonden een mahoniehouten kapstok en een hoedenrek, waarop kleren lagen die er vijftig jaar geleden leken te zijn neergelegd en daarna nooit meer waren aangeraakt.

Van dichtbij gezien leek mevrouw Westington op haar bezittingen. Haar lichte albasten huid had plekjes kleine, ragfijne adertjes dicht aan de oppervlakte, wat haar op een levensgrote gebarsten porseleinen pop deed lijken. Er waren een paar vergeefse pogingen gedaan met make-up, op sommige plekken te dik aangebracht en totaal ontbrekend op andere plaatsen. Haar lippenstift was om de een of andere reden dikker op de onderlip gesmeerd dan op de bovenlip.

Maar ondanks haar broze verschijning, haar benige schouders, haar handen met de lange dunne vingers en haar afhankelijkheid van de stok, straalde ze vastberadenheid en lef uit, vooral zichtbaar in haar donkergrijze, heldere ogen.

'Doe de deur dicht!' riep ze tegen Trevor, die vlak achter me stond.

'Hij is dicht, mevrouw Westington.'

Ze draaide zich om en keek alsof ze er geen woord van geloofde, en knikte toen. 'Het huis staat op instorten. De wind waait er tegenwoordig dwars doorheen.'

'Ja, mevrouw,' zei Trevor. 'Ik heb het kozijn gemaakt van het raam in de bijkeuken.'

'Hm,' zei ze. Ze wees met haar stok naar de bank. 'Ga zitten, kind,' zei ze. 'Trevor, bel de verkeerspolitie. Het nummer staat op het bord naast de telefoon.'

Ze was kennelijk gewend om bevelen uit te delen. Ik ging zitten, en ze staarde me even aan, ging toen naar het raam om de gordijnen open te trekken. De staande klok in de hoek kreunde in plaats van het uur te slaan. Ze keek op haar horloge en schudde haar hoofd.

'Ik weet niet waar de tijd blijft,' mompelde ze, meer tegen zichzelf dan tegen mij. 'Zo,' zei ze. 'En vertel me nu eens wat je op deze weg doet, achter het stuur van dat grote geval, met die dode oom van je erin.'

Iets in de manier waarop ze me aankeek en tegen me sprak, dwong me haar mijn verhaal te vertellen. Misschien had ik het al te lang in me opgekropt. Ik was zelf verbaasd hoeveel eruit kwam, hoeveel ik onthulde, en hoe snel ik sprak. In het begin stond ze alleen maar te luisteren. Toen liet ze zich langzaam in haar donkerbruine fauteuil zakken, waarop ze een extra kussen had gelegd om hoger te zitten en gemakkelijker te kunnen opstaan. Ze leunde op haar stok en keek me aan terwijl ik verder vertelde. Haar gezicht gaf weinig blijk van emotie, verbazing of ongenoegen.

'Soms vraag ik me af of God ons heeft geschapen of de duivel,' zei ze na een lange stilte, toen ik eindelijk zweeg. Al die tijd dat ik zat te praten stroomden de tranen over mijn wangen. Ik slikte woorden in en struikelde dan weer over andere woorden. Ik besefte niet dat Trevor al een tijdje in de deuropening stond, wachtend op toestemming om te spreken. Eindelijk knikte mevrouw Westington naar hem.

'Ze zijn onderweg,' zei hij, 'en ook een ambulance.'

'Waarvoor hebben we een ambulance nodig?' mompelde ze, alsof hij hem zelf had besteld.

'Het lichaam moet naar de lijkschouwer, mevrouw Westington. Ik neem hem niet mee in mijn truck.'

Ik wachtte om te zien of ze hem een berisping zou geven voor zijn antwoord, maar ze knikte slechts en keek alsof ze zijn koele, nuchtere antwoord waardeerde. Ze keek weer naar mij.

'Hoe oud ben je, kind?'

'Zeventien, bijna achttien.'

Ze schudde haar hoofd en draaide zich om naar Trevor.

'Het schijnt dat de wereld vol raakt met weeskinderen. Vrouwen brengen tegenwoordig kinderen voort als veldmuizen, en zodra ze kunnen lopen, moeten ze zichzelf maar zien te redden.'

'Ja, mevrouw,' zei Trevor.

'Goed, laten we dat kind wat te eten en te drinken geven terwijl we wachten.' Ze stond op uit haar stoel. 'Ik zal wat bramenthee zetten en een paar tonijnsandwiches maken. De badkamer is rechts in de gang, daar kun je je wat opknappen,' zei ze.

'Dank u,' zei ik, en volgde haar de kamer uit.

'Ik wacht buiten op ze,' zei Trevor.

Ik kon zien dat het sanitair in de badkamer al heel oud was, de porseleinen wasbak had roestvlekken. Alles werkte goed, maar verried de ouderdom van het huis, dat, zoals ik later ontdekte, bijna vijfentachtig jaar geleden was gebouwd, toen het landgoed een succesvolle wijngaard was en de familie zijn eigen wijnmakerij had. Je kon je gemakkelijk voorstellen dat het huis vroeger prachtig was geweest. De kroonlijsten van de muren en de open haard waren mooi afgewerkt. De kroonluchters zagen er weliswaar uit of ze een goede schoonmaakbeurt nodig hadden, maar waren schitterend. De parketvloeren moesten waarschijnlijk alleen maar goed gewreven worden, zelfs na al die tijd.

Mevrouw Westington zei dat ik naar de eetkamer moest gaan, waar ze de thee en de sandwiches, die ze in kleine vierkantjes had gesneden, klaarzette op de lange, donkere kersenhouten eettafel. Ik dankte haar weer en dronk de thee en at van de sandwiches. Ze keek een tijdje toe terwijl ik zat te eten en stond toen op en zei: 'Ze zijn er.'

Ik had niets gehoord. Het leek wel of ze radar bezat die haar waarschuwde zodra er iemand op haar landgoed kwam. Ik stond op en volgde haar naar buiten.

Bij het zien van de politie en de ambulance ging er weer een nieuwe golf van rillingen door me heen en een gevoel van verlamming, dat op de een of andere manier even afstand had genomen van de droevige en afschuwelijke recente gebeurtenissen. De politie ging de camper binnen, gevolgd door de twee ziekenbroeders. Ik keek toe vanuit de portiek. Het was begonnen te regenen, zoals mevrouw Westington had voorspeld; er viel een gestage druilregen.

Een man van de verkeerspolitie, een gezette, lange man met lichtbruin haar, slenterde naar ons toe alsof de regen het niet zou wagen hem nat te maken. Hij kwam dichterbij en haalde een notitieboekje uit zijn achterzak. Hij sloeg het open, zette zijn pet af voor mevrouw

Westington en richtte toen zijn aandacht op mij.

'Hoe is je volledige naam?'

'April Taylor.'

'Die man daarbinnen is je oom?'

'Ja, meneer, Palaver.'

'Palaver?'

'Hij is goochelaar en hypnotiseur. Ik hielp hem met zijn voorstelling. We reizen naar diverse theaters.'

'Hoe oud ben je?'

Ik keek naar mevrouw Westington.

'Achttien,' antwoordde ze voor me. 'Het arme kind heeft een hel doorgemaakt. Kom ter zake.'

'Ik probeer mijn werk te doen, mevrouw Westington. Er ligt een dode man daarbinnen. Een onbegeleid overlijden. Ik moet de procedure volgen.'

'Nou, niemand zegt u om die procedure niet te volgen, agent. Schiet alleen een beetje op. Ik gaf het arme kind net iets te eten toen u kwam. De thee wordt koud.'

'Ja, mevrouw,' zei hij, en draaide zich weer naar mij om. 'Wat is er met je oom gebeurd?'

'Hij is gestorven,' zei mevrouw Westington alsof de politieman een volslagen imbeciel was. Ik moest bijna lachen. Ik was helemaal in de war, dronken van de waanzin van alles wat er gebeurde.

De politieman maakte een grimas en keek weer naar mij.

'Mijn oom had al een lange tijd veel gedronken. Ik denk dat hij daar ten slotte erg ziek van is geworden.'

'Die grote pop in zijn bed hoorde bij zijn act?'

'O, de hemel zij ons genadig,' mompelde mevrouw Westington. 'Wat heeft dat er nou mee te maken?'

'Waar is de rest van je familie, April?' vroeg hij, en probeerde mevrouw Westington zoveel mogelijk te negeren.

'In Memphis. Mijn zus is een professionele basketballer.'

'En je ouders?'

'Allebei overleden.'

'Dat wist ik,' zei mevrouw Westington tegen hem.

De ziekenbroeders droegen oom Palaver op een stretcher de camper uit, zijn hele lichaam bedekt, en schoven hem in de ambulance. Ik begon weer te huilen.

'O, lieve help,' zei mevrouw Westington. Ze legde haar arm om mijn schouders. 'Ik neem haar mee naar binnen. U kunt meekomen om uw procedures af te maken of later langskomen,' zei ze vastberaden, en draaide me om naar de deur.

'Iemand komt bij u langs. Slaapt ze bij u?'

'Natuurlijk slaapt ze bij mij. Wat verwacht je dat ze zal doen, in die kar stappen en wegrijden?' Ze knikte in de richting van de camper met mijn daaraan vastgehaakte auto.

'Nee, mevrouw, het is alleen...'

'Het gaat alleen harder regenen. Zorg voor uw procedures.' Ze bracht me naar binnen.

'Ik moet mijn zus bellen,' zei ik. Toen ik de politieman over haar vertelde, had ik me gerealiseerd dat ik dat onmiddellijk moest doen.

'Ga je gang. De telefoon is in de keuken, aan de muur.' Ze wees met haar stok in de richting van de keuken.

Ik liep erheen, hield mijn adem even in en sloot mijn ogen om de kracht te verzamelen die ik nodig zou hebben om Brenda alles te vertellen en haar verwijten aan te horen dat ik zo lang bij oom Palaver was gebleven. Toen nam ik de telefoon op. Hij had een draaischijf en zag eruit of hij een dag nadat Graham Bell de telefoon had uitgevonden, gefabriceerd was. Ik draaide Brenda's nummer en wachtte. Hij ging twee keer over en toen antwoordde een automaat: 'Dit nummer is niet langer in gebruik. Er is geen ander nummer bekend.' Ik stond met de telefoon in mijn hand en luisterde naar de herhaling van het bericht. Het werd gevolgd door een nummercode en toen werd de verbinding verbroken.

Mevrouw Westington stond in de gang naar me te kijken.

'Mijn zus... is er niet,' zei ik. 'Ze is vertrokken. Haar telefoon is afgesloten.'

'Verbaast me niks. De halve wereld is afgesloten,' zei ze. 'Ga je sandwiches eten en drink je thee. Tijd genoeg om te doen wat gedaan moet worden.'

'Ik heb geen honger,' zei ik.

'Doet er niet toe. Je lichaam heeft een grote schok gehad. Zorg dat je wat aansterkt, meid, anders word je zelf ziek en ben je geen cent meer waard. Schiet op,' beval ze.

Ik ging terug naar de eetkamer en knabbelde verder aan de sandwiches. Ze ging het water weer warm maken voor mijn thee. Ik bleef zitten en dacht weer aan Brenda. Ik moest haar vinden. Ik kreeg een idee en ging naar de camper om de papieren te halen die Brenda me had toegestuurd toen ik uit Memphis was vertrokken. Toen liep ik haastig weer naar binnen.

'Wat voer je uit, kind?' vroeg mevrouw Westington. 'Je hebt het water weer koud laten worden.'

'Ik weet hoe ik mijn zus misschien kan bereiken,' zei ik. 'Onze advocaat hoort het te weten.'

Ze knikte. 'Ja, advocaten weten meestal alles van iedereen. Ga je gang. Je weet waar de telefoon is.' Ze bracht de ketel weer terug naar de keuken.

Ik belde en kreeg meneer Weiss aan de telefoon nadat ik door zijn secretaresse was doorverbonden. Hij luisterde en zei dat hij wist waar Brenda was. Ze stond op het punt met een team naar Duitsland af te reizen, en hij had net een paar documenten naar haar hotel in New York gefaxt. Hij zou onmiddellijk proberen haar te bereiken.

'Wat ga je nu doen?' vroeg hij.

'Ik weet het niet.'

'Bel me als je daar hulp nodig hebt, April.'

Hij vroeg het telefoonnummer, en ik vroeg het op mijn beurt aan mevrouw Westington, die had staan luisteren. Ze vertelde het me en ik gaf het hem door. Hij beloofde meteen aan de slag te gaan en te proberen Brenda zo snel mogelijk te bereiken.

'Meer kun je niet doen,' zei mevrouw Westington toen ik haar vertelde wat de advocaat had gezegd. 'De politie weet dat je hier bent. Ze zullen bellen.'

Het begon harder te regenen. We konden de druppels die door de wind werden voortgejaagd, horen spetteren op het dak.

'Een flinke stortbui,' zei mevrouw Westington, starend uit het raam van de eetkamer.

Ik bleef stil zitten. Ik voelde me nog steeds verdoofd. Ze keek even naar me en knikte toen.

'Ik wil dat je nu gaat liggen, kind. Ik zal je je kamer wijzen. Wees maar niet bang,' ging ze verder voor ik kon protesteren. 'Als er gebeld wordt, zal ik het je laten weten. Kom mee,' beval ze, en liep naar de trap, die als een 'J' omhoogging naar de eerste verdieping. Ze hield zich vast aan de leuning, maar scheen geen moeite te hebben met het beklimmen van de trap.

De bedekte lucht en de regen deden de overloop van de eerste verdieping nog donkerder lijken dan hij al was. Ik zag dat er geen ramen waren. De twee kroonluchters wierpen schaduwen op de muren. Ze bracht me naar de eerste slaapkamer rechts en deed de deur open.

'Je zult hem vast wel comfortabel vinden,' zei ze. 'Het was vroeger de kamer van mijn dochter.'

Ik keek naar binnen zag een mooi wit-met-roze hemelbed. De bijpassende ladekast, klerenkast en toilettafel hadden dezelfde roze krullen. Rond het bed lag een pluizig, roomwit vloerkleed.

'Eén keer per week komt een Mexicaanse vrouw het huis schoonmaken, en ze doet deze kamer er altijd bij. Daar is de badkamer.' Ze wees met haar stok naar een deur aan de rechterkant. 'Maak het jezelf gemakkelijk. Ik roep je als er gebeld wordt, en je kunt die telefoon daar gebruiken.' Ze wees naar een antieke koperen telefoon op het nachtkastje naast het bed.

'Ik ben niet echt moe,' zei ik.

'Meer dan je denkt. Je bent door de molen gehaald. Vertel mij niet wat je wel en niet bent,' voegde ze er streng aan toe. 'Toe maar, ga wat rusten, dan zien we later wel verder. Als een tragedie bij je op bezoek komt, laat die je geen moment met rust.'

Het bed zag er inderdaad uitnodigend uit. Ik liep erheen en ging erop zitten.

'Maak het je gemakkelijk,' drong ze aan. 'Ga onder dat dekbed liggen. Heb je zo lang in dat vehikel rondgereden dat je vergeten bent hoe je van een echte kamer moet genieten?' vroeg ze toen ik aarzelde.

'Nee, mevrouw.'

'Goed, doe dan wat ik zeg.'

Ik sloeg het dekbed open, deed mijn schoenen uit en ging liggen. De kussens voelden als wolken onder mijn hoofd. Ze stond op de drempel een tijdje naar me te kijken. Mijn oogleden vielen dicht, en een paar minuten later sliep ik.

Toen ik mijn ogen weer opendeed, dacht ik dat ik nog droomde. Naast het bed, me met grote ogen aanstarend, stond een meisje dat niet ouder leek dan veertien. Ze droeg een donkerblauwe jurk met een witte kanten kraag. Ze had kort zwart krulhaar, dat eruitzag of iemand een kom op haar hoofd had gezet en het eromheen had afgeknipt. Hoewel ze zwart haar had, waren haar ogen groen. Ze had een mooie zachte huid met een klein wipneusje, zachte, volle lippen en een kuiltje in haar kin.

Ik ging op mijn elleboog liggen en wreef in mijn ogen. 'Hoi,' zei ik.

Ze bleef me aanstaren, hief toen plotseling haar handen op, omcirkelde haar mond met haar rechterwijsvinger en wees met die vinger naar mij.

'Ik begrijp het niet,' zei ik, en ze herhaalde beide gebaren, nu nadrukkelijker. Het leek of ze zou gaan huilen als ik niet uitpuzzelde wat ze bedoelde. Ik dacht even na en glimlachte toen. 'O, je wilt weten wie ik ben?' zei ik, wijzend op mijzelf.

Ze glimlachte en knikte.

'Je bent doof,' fluisterde ik tegen mezelf. 'Ik heet April,' zei ik hardop, en herhaalde toen om de een of andere reden langzaam 'April', elke lettergreep duidelijk uitsprekend. Ze bestudeerde kennelijk mijn lippen.

Ze drukte haar vingers omlaag, liet me haar palm zien en bewoog toen snel haar vingers. Ik schudde mijn hoofd en ze vertrok even haar gezicht. Toen dacht ze na, liep naar de la van het nachtkastje en haalde er een pen en blocnote uit. Ze schreef erop en gaf hem toen aan mij.

Ze had geschreven 'April'.

'Ja,' zei ik. 'Zo heet ik. Wie ben jij?'

Ze bewoog drie keer snel haar vingers, en toen ik weer mijn hoofd schudde, nam ze de blocnote terug en schreef 'Echo'.

Echo? Begreep ze me niet? Ik wees weer naar haar en mimede: 'Wie?'

Ze knikte en wees naar de blocnote.

Wat een vreemde naam, als dat werkelijk haar naam is, dacht ik, maar ik glimlachte naar haar en knikte.

Ze glimlachte terug en keek toe terwijl ik uit bed stapte en mijn schoenen aantrok. Had Brenda nog niet gebeld? Wat gebeurde er? Was dit kleine meisje mevrouw Westingtons kleindochter? Waar waren haar ouders? Ik wilde naar de deur lopen, en ze pakte onmiddellijk mijn hand vast. Het verbaasde me, maar ik zag dat ze alleen maar met me mee wilde lopen.

Mevrouw Westington kwam naar de voet van de trap toen ze me

naar beneden hoorde komen. Ze begon onmiddellijk in gebarentaal te spreken met Echo. Ze keek ook kwaad. Echo liet mijn hand los en bleef op de trap staan. Ze keek naar mij en draaide zich toen om en holde weer de trap op, de gang door.

'Wat is er gebeurd? Wie is ze?' vroeg ik.

'Doet er niet toe wie ze is. Ze weet dat ze gasten niet mag lastigvallen.'

'Ze viel me niet lastig,' zei ik. 'Heeft niemand nog gebeld?'

'Nee. Ik heb je toch gezegd dat ik je zou roepen als er gebeld werd? Kom,' drong ze aan. 'Je kunt me helpen met het eten klaarmaken, aardappels schillen terwijl ik de erwten dop. Ik heb een braadstuk voor vanavond.'

Ze wachtte mijn antwoord niet af. Ze draaide zich om en liep naar de keuken. Ik keek achterom en zag Echo in een deuropening naar ons kijken. Zodra ze merkte dat ik haar zag, trok ze zich terug en deed de deur dicht.

Wat was hier aan de hand? vroeg ik me af, terwijl ik verder de trap afliep naar de keuken. De aardappelen stonden in een emmer op de tafel, het schilmesje ernaast. Mevrouw Westington knikte ernaar. Ze ging zitten en begon de erwten te doppen.

'Wie is ze?' vroeg ik terwijl ik ging zitten om aan het werk te gaan.

'Mijn kleindochter. Ze is doof. Doof geboren. Mijn dochter kreeg haar toen ze ongetrouwd was en vond het te moeilijk om een leuk leventje te leiden met een gehandicapt kind. Ze heeft bijna vier jaar met haar dochtertje hier gewoond en heeft ons toen allebei in de steek gelaten, zogenaamd voor een vakantie. Die vakantie duurt volgende maand al tien jaar. Daar zat ik dus, een vrouw van begin zestig, die tegen wil en dank een fulltime moeder wordt.'

'Gaat ze naar een bijzondere school?'

'Ja, hier. Er komt regelmatig een privéleraar, een jongeman die specialist is op het gebied van dove kinderen.' Ze zweeg even. 'Hoe staat het met jouw schoolopleiding?'

'Ik wil buiten een school om mijn diploma halen. Ik zal er nu wat serieuzer over moeten gaan denken en beslissen wat ik later wil gaan doen.'

'Ik neem aan dat je dat ook zult doen. Tijd om het gelag te betalen en te stoppen met dat weglopen voor je moeilijkheden, kind. Jij ziet ze misschien niet, maar ze zijn er en ze blijven, ze kleven aan je hielen. Het probleem met de jonge mensen van tegenwoordig is dat ze geen lef hebben, geen uithoudingsvermogen. Zodra er moeilijkheden komen, geven ze het op en hollen weg. Mijn dochter is een schoolvoorbeeld.

'Denk je soms dat ik het leuk vind om achter te blijven met een klein meisje dat nog doof is op de koop toe?' vroeg ze voor ik kon tegenspreken. 'Nee, maar ik kerm en klaag niet en wring mijn handen niet en jammer "o wee, o wee". Ik doe wat gedaan moet worden. Heb ik altijd gedaan en zal ik altijd blijven doen. Pak een stuk papier.'

'Sorry?'

'Pak een stuk papier. Schrijf dat op en onthoud het.' Ze begon weer de erwten te doppen en stopte toen. 'Heeft ze je haar naam verteld?'

'Ze zei dat haar naam Echo was. Is dat waar?'

'Ja, dat is waar. Die idioot van een moeder van haar heeft haar zo genoemd omdat, als ze iets tegen haar zei, het gewoon weer bij haar terugkwam, want het kind was doof. Dacht dat ze leuk was, denk ik. Achteraf vind ik het een aardige naam, en ik geloof Echo ook. Al is het niet makkelijk te zien wanneer ze iets leuk vindt en wanneer niet.'

Op dat moment ging de telefoon. We staarden ernaar.

'Eindelijk,' zei ze en stond op om de telefoon aan te nemen. 'Ja, ze is hier. Nou, ze gaat er heus niet vandoor. Oké, ik zal het tegen haar zeggen.' Ze hing op en draaide zich naar me om. 'Ze zijn met de autopsie van je oom begonnen en voorlopig ziet het ernaar uit dat het een acuut geval van cirrose is. Weet je wat dat is?'

'Een leverkwaal,' zei ik.

'Ja. Dat krijgen alcoholisten. Mijn man is eraan gestorven. Nogal ironisch, als je bedenkt dat we een wijngaard hadden. Hij hield niet erg van wijn. Hij dronk scotch als water. We zijn allemaal onze eigen grootste vijand en gooien onze eigen ruiten in. Blijf schillen. Ik wil graag vanavond eten en niet morgen,' zei ze en ging weer zitten.

'Hoe zijn jouw ouders gestorven?' vroeg ze verder.

Ik vertelde haar over papa en probeerde te verzachten wat mama had gedaan, deed het voorkomen of ze gewoon een vergissing had gemaakt.

'Iedereen op deze wereld krijgt zijn portie te verwerken,' zei ze.

'Jij bent wel door een hcl gegaan, en nu weer je oom...' zei ze met enig hartelijk medeleven, dat echter niet lang duurde. Ze trok een lelijk gezicht en ging verder met haar erwten. 'Moeilijke tijden komen en gaan. Je moet al je krachten verzamelen en doorgaan. Gedane zaken nemen geen keer.'

De telefoon ging weer. Deze keer begon mijn hart wild te bonzen. Ze nam op, luisterde, knikte en gaf toen de hoorn aan mij. Langzaam stond ik op en nam hem aan.

'April, wat is er gebeurd?' vroeg Brenda zodra ik hallo had gezegd.

Ik vertelde haar over oom Palavers drankzucht en dat ik geprobeerd had hem te doen stoppen met drinken of het althans te minderen, maar dat niets had geholpen.

'Waar ben je precies?' vroeg ze. Ik wist het echt niet en vroeg het aan mevrouw Westington.

'Ongeveer vijftien kilometer ten oosten van Healdsburg,' zei ze, en ik gaf het door aan Brenda.

Ze zweeg even. 'Hm, ik weet niet wat we moeten doen,' zei ze. 'Ik vlieg over vier uur naar Duitsland. Je kunt niet terug naar het huis in Memphis. Ik ben daar vertrokken,' ging ze snel verder. 'Ik zal neef Pete moeten bellen. Hij is de enige die ik zo gauw kan bedenken. Meneer Weiss zal je ook helpen. We maken een tournee, en ik blijf twee maanden weg.'

'Met mij komt het wel goed,' zei ik met tranen in mijn ogen. Ik wilde niet dat ze haar kans liet varen, maar het deed me verdriet te horen dat ze er zelfs geen seconde aan dacht.

'Natuurlijk doet het dat,' mompelde mevrouw Westington achter me. Ik keek even naar haar en draaide me toen weer om.

'O, misschien zal ik het moeten annuleren, misschien kan ik hen later nareizen.'

'Nee, het is goed, Brenda.'

'Nou zie je wat je gedaan hebt door weg te lopen,' snauwde ze.

'Alles is in orde. Ik bel neef Pete zelf wel.'

'Goed,' antwoordde ze snel. 'En bel meneer Weiss weer. Hij zal een advocaat zoeken om je daar te helpen met wat er gedaan moet worden.'

'Oké.'

'Ik vind het vreselijk van oom Palaver. Ik wist niet dat hij zoveel dronk. En mama zeker niet.'

'Ik weet het.'

'Hoe zit het met die vriendin van hem, die Destiny? Waar is ze?'

'Ze is gestorven voordat ik bij hem kwam,' zei ik. Ik besloot niets te zeggen over de pop en alles wat daarna gebeurd was, zeker niet waar mevrouw Westington bij stond.

'O. Misschien is dat de reden waarom hij zoveel is gaan drinken.'

'Misschien.'

'April, zul je echt neef Pete bellen? Blijf twee maanden bij hem, dan regel ik alles als ik terug ben. We zullen je inschrijven op een school en...'

'Oké. Ik zal het doen.'

'Beloof je het?'

Wat stelden beloftes voor in de wereld waarin we leefden? dacht ik.

'Ja.'

'Ik zal neef Petes huis over twee dagen bellen vanuit Duitsland,' zei ze.

'Oké, maar ik moet hier blijven tot alles is afgehandeld.'

'Als ik je daar niet bereik, bel ik dit nummer weer. Ik vind het heel erg dat je dit alles hebt moeten doormaken, April.'

'Ik ook.'

'Ik bel je,' antwoordde ze en hing op.

Ik bleef staan met de telefoon in mijn hand.

'Komt ze je halen?' vroeg mevrouw Westington.

Ik haalde diep adem. Ik was van plan tegen haar te liegen, maar toen ik me omdraaide en haar aankeek, besefte ik dat ze dwars door me heen zou kijken.

'Ze staat op het punt naar de luchthaven te gaan en naar Duitsland te vliegen. Ze wil dat ik een neef van ons bel.'

'Waar woont die neef?'

'In North Carolina.'

Ze grijnsde spottend. 'En wat word jij geacht te doen, dat monster terug te rijden naar North Carolina?'

'Ik weet het niet.'

'Nou, ik wel. Schil de rest van die aardappelen. Je blijft hier tot er een zinnige oplossing is gevonden. Niet tegenspreken,' zei ze, voor ik daar zelfs maar aan kon denken. 'Dan praat je tegen de muur.'

Nog geen vijf minuten later werd er weer gebeld. Deze keer was

312

het meneer Weiss. Brenda had hem onmiddellijk gebeld nadat ze met mij had gesproken.

'Ik ga onmiddellijk aan de slag,' zei hij. 'Mijn secretaresse belt de politie. Na mijn gesprek met jou heb ik de familiepapieren doorgenomen en informatie gevonden over je oom. Hij had je moeder tot erfgename benoemd en daarna jou en je zuster. Ik weet ook hoe hij het wilde regelen ingeval van zijn overlijden. Doe het kalm aan, April. Ik los het hier op. Geen probleem. En hoe zit het met die neef? Brenda wilde zeker weten dat je hem zou bellen. Wil jij het doen, of zal ik het doen en vragen of hij jou belt?'

'Ik doe het wel,' zei ik.

Neef Pete was praktisch een vreemde voor me. Ik kon me niet voorstellen dat ik bij hem voor de deur zou staan, maar op het moment kon ik daar niet aan denken.

'Goed. Oké. Ik bel je op dit nummer en zal je laten weten wat ik geregeld heb.'

'Dank u.'

Toen ik had opgehangen vertelde ik alles aan mevrouw Westington.

'Hm, goed dat je advocaat dat allemaal doet,' zei ze. 'Maar ik kan me voorstellen wat hij daarvoor in rekening brengt. Mijn man zei altijd dat ze een klok in hun hart verankeren, zodra ze hun diploma hebben.'

'Het geld kan me niet schelen,' zei ik bits.

Ze keek me even aan en knikte toen. 'Dat komt wel. Vroeg of laat.' Ze keek naar de aardappels die ik had geschild. 'Snijd ze nu in vieren. Ik kook ze in de jus, daar houdt Trevor van. Ga dan uit dat monsterlijke ding halen wat je nodig hebt en neem een warm bad. Er is heerlijk badzout in de badkamer. Eén ding waar mijn dochter goed voor zorgde was dat ze altijd in blakende vorm was.'

Ik begon de aardappels te snijden. 'Waarom stuurde u uw kleindochter weg toen ze samen met mij de trap afkwam?'

'Ze smacht te erg,' antwoordde ze.

'Waarnaar smacht ze dan?'

Ze aarzelde en haar ogen kregen een zachtere uitdrukking. 'Naar liefde,' zei ze. Ze draaide zich om en goot de erwten in een pan.

Epiloog

Toen ik klaar was met de aardappelen, drong mevrouw Westington er weer op aan dat ik naar boven ging en een warm bad nam. Ik ging terug naar de camper om een paar kleren te halen en wat andere dingen die ik nodig zou hebben. Zodra ik er binnenkwam, begon ik te huilen. Als ik om me heen keek naar oom Palavers spullen, voelde ik me intens verdrietig. Voor ik wegging deed ik iets vreemds. Ik ging naar de slaapkamer en keek naar de Destiny-pop. Het hoofd was naar de deur gekeerd en de ogen waren open. Natuurlijk projecteerde ik mijn eigen gevoelens op de pop, maar ze keek echt bedroefd. De tranen sprongen in mijn ogen. Ik zuchtte en verliet haastig de camper.

Toen ik weer de trap opliep, ging Echo's deur op een kier open en ik zag dat ze naar me keek. Ik glimlachte naar haar en ging mijn kamer binnen en liet het bad vollopen. Ik viel bijna in slaap toen ik in het warme, geurige water lag. Toen ik uit de badkamer kwam om me aan te kleden, zat Echo op de rand van het bed. Ze bekeek mijn spulletjes, glimlachte en begon in gebarentaal iets te zeggen. Ik schudde mijn hoofd.

'Sorry, ik kan je niet volgen,' zei ik. Ik haalde mijn schouders op en ze keek teleurgesteld. Ik wist zeker dat ze me tientallen vragen stelde over van alles en nog wat. Zelfs al leek het mal, toch bleef ik tegen haar praten, en ik verbeeldde me dat ze van tijd tot tijd iets oppikte door mijn lippen te lezen. Ik maakte een gebaar van eten, en ze knikte lachend. Misschien zou haar grootmoeder deze keer niet tegen haar tekeergaan als we samen beneden kwamen, dacht ik.

Mevrouw Westington had de tafel gedekt en begon brood en boter, peper en zout en een kan water binnen te brengen. Ik zag dat er voor vier gedekt was. Ze keek naar ons tweeën en gebaarde tegen

Echo, die onmiddellijk naar de keuken ging om te helpen het eten op te dienen. Ik hielp haar.

Toen we terug waren in de eetkamer, was Trevor inmiddels ook gearriveerd, in een schoon wit hemd en een zwarte broek. Zijn haar was keurig geborsteld.

'Alles ruikt even lekker als altijd,' zei hij.

'Dat zeg je zelfs als het niet waar is,' zei mevrouw Westington. Ze gebaarde naar Echo, die tegenover Trevor ging zitten. Ik nam naast haar plaats. Toen deed ze me verbaasd staan door weer naar Echo te gebaren en haar hoofd te buigen.

Echo bad in gebarentaal. Mevrouw Westington hield haar in het oog, en toen Echo klaar was, hieven zij en Trevor hun hoofd op en zeiden: 'Amen.'

Echo lachte naar mij, trots op haar prestatie, en ik lachte terug.

'Dank u voor uw gastvrijheid,' zei ik tegen mevrouw Westington, die de schalen begon door te geven.

Ze stopte even, keek naar Echo die me stralend aankeek en schudde haar hoofd.

'Alles op deze wereld gebeurt om een reden,' begon ze. 'We zien die reden niet onmiddellijk en het kan jaren en jaren duren.'

'Amen,' zei Trevor.

Ze staarde hem even aan en trok haar lippen in. Hij wierp een snelle blik op mij en concentreerde zich toen op zijn bord.

'Vaak is het probleem van de een een zegen voor de ander. Het geheim is dat je jezelf openstelt en bereid bent Gods mysteries blijmoedig te aanvaarden. Begrijp je me?'

'Ja, mevrouw.'

'Misschien wel, misschien niet. Op het ogenblik doet het er niet zoveel toe. Als je ouder bent, net zo oud als Trevor en ik, wordt het belangrijk.'

Ze zweeg en wendde zich met een ruk naar Echo, die nog steeds naar mij zat te staren, en tikte toen met een lepel op haar schouder. Ze gebaarde kwaad en Echo begon te eten.

'Het is een groot probleem,' ging mevrouw Westington verder. 'Ik doe wat ik kan, maar ik ben de eerste om toe te geven dat het niet genoeg is.'

'O, mevrouw…'

'Nee, Trevor,' viel ze uit. 'Op mijn leeftijd hoef ik mezelf niet meer voor de gek te houden. Dat hoor jij beter te weten dan wie ook.'

'Ja, mevrouw.'

'Trevor is al bijna vijftig jaar bij onze familie.'

'Morgen is het negenenveertig jaar en zeven maanden,' zei hij met een glimlach naar mij.

'Dus zie ik zijn slechte gewoontes door de vingers en tolereer zijn gebreken,' ging ze verder, en zijn glimlach werd nog stralender. 'In ieder geval, ik heb er eens goed over nagedacht. Het lot heeft jou op die weg geplaatst, even duidelijk als het dat arme kind doof heeft gemaakt. Jij hebt er niet om gevraagd, zij heeft er niet om gevraagd. Mij man zei altijd dat je moet spelen met de kaarten die je krijgt, en daarmee uit. Jij bent nu een wees, en Echo is niet veel meer.'

'O, mevrouw Westington,' zei Trevor. 'Niemand kan dat kind een wees noemen. Niet met alles wat u voor haar doet.'

'Als ik een compliment wil, Trevor, zal ik een beroep op je doen,' zei mevrouw Westington.

Trevor schudde zijn hoofd en at verder.

'Wat ik wil zeggen is dat je welkom bent als je hier wilt blijven. Je kunt ons goede diensten bewijzen,' ging ze verder, met een knikje naar Echo, die weer naar mij zat te staren. 'Natuurlijk zal ik voor je schoolopleiding en al het andere zorgen, tot je bedenkt dat je ergens anders naartoe wilt.'

Ik keek naar Echo, die scheen te begrijpen wat mevrouw Westington zei.

'Ik weet niet wat ik moet zeggen,' stotterde ik.

'Zeg maar dankjewel en trek bij ons in,' antwoordde ze. 'Ik zag hoe graag je bij die neef van je wilde gaan wonen.'

Ik keek naar Trevor. Hij glimlachte, maar hield zijn hoofd gebogen.

'Je kunt me enorm helpen met Echo,' voegde ze eraan toe. 'Je zult gauw genoeg gebarentaal leren. Zoals ik je al zei, heb ik een goede leraar voor haar, maar ik besef dat ze hier geïsoleerd is en wat jonge mensen als gezelschap nodig heeft. Misschien kan die leraar je helpen met hoe je dat ook noemt.'

'Buiten een school om mijn diploma halen.'

'Ja, dat. Nou, eet nu maar. Laat het niet koud worden terwijl je zit te denken.'

Ze begon meteen met Trevor te praten over een paar dingen die op het land en in het huis moesten gebeuren. Later hielpen Echo en ik met de tafel afruimen en afwassen. Toen dat gebeurd was, nam ze me mee naar de zitkamer om me haar boeken te laten zien. Ze was trots op haar bibliotheek, en ik was onder de indruk van wat ze allemaal al gelezen had. Een paar titels had ik voor de literatuurles op high school moeten lezen.

Naast de boeken op de plank stond een foto van Echo en een jonge, knappe man met zwart haar en Aziatische gelaatstrekken, die zijn arm om haar schouder had geslagen.

'Wie?' gebaarde ik, en wees naar de foto.

Ze antwoordde in haar taal. Het duurde even voor ik begreep dat ze me vertelde dat het haar leraar was.

'Hij heet Tyler Monahan,' zei mevrouw Westington, die in de deuropening stond. Ik wist niet hoe lang ze daar al had gestaan en ons had gadegeslagen. 'Ik bof met hem. Hij werkte op een school voor gehandicapten in Los Angeles voor hij hierheen kwam om zijn eigen familie te helpen na de dood van zijn vader. Hij is een goede zoon en gaf zijn werk in Los Angeles op om zijn moeder te helpen met hun sauzenbedrijf. Echo geeft hem de kans zijn eigen vak uit te oefenen. Je zult hem over een paar dagen leren kennen.'

Ik bekeek de foto weer.

De telefoon was gegaan terwijl Echo en ik in de zitkamer waren.

'Dat was de politie. De dood van je oom wordt toegeschreven aan een acute levercirrose, zoals ze al dachten. Je advocaat heeft contact met ze opgenomen en de begrafenis wordt geregeld, wat niet veel om het lijf heeft. Hij wilde gecremeerd worden. Overmorgen om elf uur wordt een korte rouwdienst gehouden.'

Ik zei niets, boog slechts mijn hoofd.

'Ik heb tegen Trevor gezegd dat hij dat grote vehikel achter het huis moet rijden. Ook dat regelt je advocaat.'

'Dank u,' zei ik.

Mevrouw Westington sprak in gebarentaal met Echo, en te oordelen naar de manier waarop Echo reageerde, nam ik aan dat ze haar alles vertelde over mij en mijn oom en wat er gebeurd was. Ze eindigde met uit te leggen dat ik misschien hier zou blijven wonen. Echo luisterde en begon stralend te lachen.

'Ik moet de administratie doen,' zei mevrouw Westington. 'Ze vindt het niet erg om met jou naar de televisie te kijken, ook al kan ze het niet horen.

'Ze klampt zich vast aan gezelschap,' voegde ze er triest aan toe. 'En aan mij heeft ze tegenwoordig niet veel. Ik sta 's morgens om zeven uur op.' En met die woorden liep ze de kamer uit.

Echo was vastbesloten me zoveel mogelijk over zichzelf te laten zien. Ze haalde fotoalbums tevoorschijn, haar schoolwerk en nog meer foto's. Op een gegeven moment vond ik een boek over gebarentaal, en ik ging naast haar zitten en oefende een paar gebaren. Dat vond ze nog het leukst, en ik moest zelf ook lachen. Ten slotte eisten de gebeurtenissen van die dag hun tol, en ik vertelde haar dat ik dringend slaap nodig had. Ze was teleurgesteld, maar ze begreep het, en nadat ik haar geholpen had alles weer op zijn plaats te leggen, liep ze met me mee naar boven. Bij de deur van mijn kamer liet ze zien hoe ze welterusten zei en toen gaf ze me, verlegen maar gretig, een zoen op mijn wang en ging naar haar eigen kamer.

Ik had medelijden met haar dat ze in een zwijgende wereld leefde. Maar ik benijdde haar ook dat ze niet de stemmen, de kreten en het gesnik kon horen die in mijn eigen hoofd weergalmden.

Er waren twee ramen in de kamer die vroeger van mevrouw Westingtons dochter was geweest. Ze keken uit op de oostkant van het huis, en toen ik naar buiten keek, zag ik de achterkant van de camper en mijn auto waar Trevor ze geparkeerd had. Ik kon begrijpen dat de camper en oom Palavers bezittingen verkocht zouden worden, maar zijn rekwisieten en vooral de Destiny-pop wilde ik bewaren. Ik had geen idee wat ik ermee zou doen, maar ik nam me voor dat als voorwaarde te stellen voor mijn verblijf in mevrouw Westingtons huis. Ik zag geen reden waarom ze het niet zou willen.

Toen het donker begon te worden en de sterren begonnen te flonkeren, dacht ik na over de reis die ik had gemaakt om hier terecht te komen. Was ieders leven zo gecompliceerd? Reisde iedereen door een soortgelijke doolhof, waar elke bocht ons dwong de ene of de andere richting te kiezen? Ik vond het maar chaotisch, tot ik eraan dacht hoe elke gebeurtenis de volgende bepaalde. Misschien was er een bepaald patroon. Misschien had oom Palavers pop een passende naam en waren we allemaal op een of andere manier in handen van het lot, van Destiny.

Was dat niet wat mevrouw Westington geloofde? Dat het lot me hierheen had gevoerd?

Misschien was dat wel zo. Misschien had Echo God gevraagd om iemand als mij naar haar toe te sturen. Wie was ik om ergens aan te twijfelen, of het nu Peter Smokes magische rad was, oom Palavers obsessie voor een verloren liefde, of mevrouw Westingtons vertrouwen dat er voor alles een reden was?

Zoveel in ons leven is een illusie, dacht ik. Papa had geprobeerd er een te creëren om zijn tragische realiteit voor ons te verbergen. Brenda had een illusie met Celia geaccepteerd, die als een zeepbel uiteen was gespat. En ik was weggelopen, om achter mijn eigen schaduwen en dagdromen aan te jagen. Ik besefte dat oom Palaver gewoon uit die bron van fantasie putte en dat overbracht op zijn publiek.

Uiteindelijk eindigen we hier allemaal, dacht ik. We stoppen en zien hoe de duisternis de schaduwen en de illusies opslokt. Dan keren we ons tot onszelf en hopen de kracht te vinden om de werkelijkheid onder ogen te zien en door te gaan. Dat was wat mevrouw Westington deed of probeerde te doen. Ze had mij gevraagd de handen ineen te slaan.

Ik stond op het punt aan een nieuwe reis te beginnen, een hoek om te slaan in de doolhof.

Wat zou het einde zijn van die reis?

Geluk?

Nog meer verdriet?

Of gewoon weer een nieuwe bocht?

Morgen zou de jacht op het antwoord beginnen.

Dus welterusten, papa, dacht ik. *Welterusten, mama en Brenda en oom Palaver.*

Ik drukte mijn lippen tegen het raam en staarde naar oom Palavers camper.

'Welterusten, Destiny,' fluisterde ik.

En ergens in mijn hart geloofde ik dat ze me hoorde.